Alka Joshi est née en Inde et vit aux États-Unis depuis l'âge de neuf ans. Titulaire d'une licence de l'université de Stanford et d'une maîtrise du California College of the Arts, elle gère une agence de publicité et de marketing. Elle a vécu en France et en Italie et réside actuellement à Pacific Grove, en Californie, avec son mari. *La Tatoueuse de Jaipur* est son premier roman.

De la même autrice :

La Tatoueuse de Jaipur
(Grand Prix du roman historique 2022)
Le Secret de Jaipur
La Parfumeuse de Paris

www.editions-hauteville.fr

Alka Joshi

La Tatoueuse de Jaipur

Traduit de l'anglais (États-Unis) par Suzy Borello

Hauteville

Hauteville est un label des éditions Bragelonne

Titre original : *The Henna Artist*

ISBN : 978-2-38122-336-0

Bragelonne – Hauteville
60-62, rue d'Hauteville – 75010 Paris

E-mail : info@editions-hauteville.fr
Site Internet : www.editions-hauteville.fr

À ma mère, Sudha Latika Joshi,
qui a défendu mon indépendance.
À mon père, Ramesh Chandra Joshi,
qui m'a chanté la plus douce des berceuses.

Le voyageur doit frapper
à toutes les portes avant de parvenir à la sienne,
et l'on doit errer à travers tous les mondes extérieurs
pour atteindre enfin le plus intime des sanctuaires.

Extrait du poème *L'Offrande lyrique*
de Rabindranath Tagore

Quand la déesse de la fortune vient donner
sa bénédiction,
on ne quitte pas la pièce pour se nettoyer le visage.

Proverbe hindou

Personnages qui apparaissent dans le roman

Lakshmi Shastri : tatoueuse âgée de trente ans, vit dans la ville de Jaipur.

Radha : sœur de Lakshmi, treize ans, née après que celle-ci a quitté le village.

Malik : jeune serviteur de Lakshmi âgé de sept ou huit ans (il ne sait pas trop), vit dans les quartiers pauvres et surpeuplés avec sa tante et ses cousins musulmans.

Parvati Singh : mondaine de trente-cinq ans, épouse de Samir Singh, mère de Ravi et Govind Singh, cousine éloignée de la famille royale de Jaipur.

Samir Singh : architecte renommé issu d'une famille rajput de caste supérieure, époux de Parvati Singh et père de Ravi et Govind Singh.

Ravi Singh : fils de dix-sept ans de Parvati et de Samir Singh, en pension au Mayo College (à quelques heures de Jaipur).

Lala : vieille fille, domestique de longue date de la maison Singh.

Sheela Sharma : fille de quinze ans de M. et Mme V.M. Sharma, couple brahmane fortuné aux origines modestes.

M. V.M. Sharma : entrepreneur en bâtiment officiel de la famille royale de Jaipur, mari de Mme Sharma et père de quatre enfants, dont la plus jeune des filles est Sheela Sharma.

Jay Kumar : ancien camarade célibataire de Samir Singh de l'époque d'Oxford, médecin en exercice à Shimla (dans les contreforts de l'Himalaya, à onze heures de route de Jaipur).

Mme Iyengar : logeuse de Lakshmi à Jaipur.

M. Pandey : voisin de Lakshmi et autre locataire de Mme Iyengar ; professeur de musique de Sheela Sharma.

Hari Shastri : mari dont Lakshmi s'est séparée.

Saas : signifie « belle-mère » en hindi ; quand Lakshmi parle de sa *saas*, elle fait référence à la mère de Hari mais, si une femme s'adresse directement à sa belle-mère, elle l'appelle respectueusement « *Saasuji* ».

Mme Joyce Harris : jeune Anglaise, épouse d'un officier de l'armée britannique qui fait partie de l'équipe de transition de Jaipur pour la passation de pouvoirs au Raj britannique.

Mme Jeremy Harris : belle-mère de Joyce Harris.

Pitaji : signifie « père » en hindi.

Maa : signifie « mère » en hindi.

Munchi : vieillard du village de Lakshmi qui lui a appris à dessiner et a montré à Radha comment mélanger les pigments.

Kanta Agarwal : épouse de vingt-six ans de Manu Agarwal, originaire d'une famille lettrée de Calcutta, a fait ses études en Angleterre.

Manu Agarwal : gestionnaire des installations pour la famille royale de Jaipur, époux de Kanta, parent de la famille Sharma, a fait ses études en Angleterre.

Baju : vieux domestique de famille de Kanta et Manu Agarwal.

Maharadjah de Jaipur : figure de proue de la post-indépendance détenant le plus haut titre de noblesse de toute la ville, riche propriétaire terrien possédant de nombreux palais à Jaipur.

Naraya : constructeur de la nouvelle maison de Lakshmi à Jaipur.
Maharani Indira : belle-mère du maharadjah, veuve du défunt maharadjah de Jaipur, sans enfant, aussi appelée la reine douairière.
Maharani Latika : épouse du maharadjah actuel, trente et un ans, a fait ses études en Suisse.
Madho Singh : perruche de la maharani Indira.
Geeta : veuve, maîtresse actuelle de Samir Singh.
Mme Patel : une des fidèles clientes de Lakshmi pour ses tatouages au henné, propriétaire d'un hôtel.

Vous trouverez à la fin un glossaire de termes hindis et anglais.

Prologue

Ajar, État d'Uttar Pradesh, Inde
Septembre 1955

Ses pieds calleux effleurent la terre dure, insensibles aux petits cailloux et à la boue séchée qui longent la berge. Sur sa tête, elle tient en équilibre un *mutki*, la même cruche en terre cuite dont elle se sert chaque jour pour porter l'eau tirée du puits. Aujourd'hui, ce n'est pas de l'eau qu'elle porte, mais toutes ses possessions : un jupon et un bustier de rechange, le sari nuptial de sa mère, *Les Légendes de Krishna* que son père a pris pour habitude de lui lire et dont les pages sont devenues douces comme l'étoffe après des années passées à les feuilleter, et la lettre parvenue de Jaipur plus tôt dans la matinée.

En entendant les voix des villageoises au loin, la fille hésite. Les colporteuses de ragots bavardent, se racontent des histoires, rient tout en nettoyant saris, gilets, jupons et *dhotis*. Mais dès qu'elles l'apercevront, elle sait qu'elles s'interrompront pour la dévisager ou cracher par terre en suppliant Dieu de les protéger de la Fille porte-malheur. Elle se rappelle la lettre, bien au chaud dans le *mutki*, et se dit : *Laisse-les faire. Ce sera la dernière fois.*

Hier, les femmes haranguaient le chef du village : « Pourquoi est-ce que la Fille porte-malheur vit encore dans la hutte du maître d'école alors qu'on en a besoin pour le nouvel instituteur ? » Terrorisée à l'idée d'émettre le moindre bruit de peur qu'on ne l'entraîne dehors en la tirant par les cheveux, la fille est restée parfaitement immobile entre les quatre murs de boue. Désormais, il n'y a plus personne pour la défendre. La semaine dernière, on a brûlé le corps de sa mère avec des ossements d'animaux morts, le bûcher funéraire des pauvres. Son père, l'ancien maître d'école, les avait abandonnées six mois plus tôt et s'était noyé peu après dans une eau peu profonde le long de la rive, tellement soûl qu'il n'avait sûrement même pas senti la piqûre de la mort.

Tous les jours de la semaine, la fille a guetté à l'orée du village l'arrivée du facteur qui vient à vélo de temps en temps depuis le village voisin. Ce matin, dès qu'elle l'a repéré, elle a bondi de sa cachette en le faisant sursauter et lui a demandé s'il y avait des lettres pour sa famille. Il a froncé les sourcils en se mordant l'intérieur de la joue et l'a considérée de ses yeux chassieux à travers les verres épais de ses lunettes. Il avait manifestement de la peine pour elle, mais il était aussi agacé – ce qu'elle lui demandait, seul le chef du village avait le droit de l'avoir. Elle a soutenu son regard malgré tout, sans ciller. Lorsqu'il a fini par lui tendre l'épaisse enveloppe en papier pelure adressée à ses parents, il l'a fait à la hâte, évitant son regard avant de s'éloigner en pédalant à toute allure.

À présent, le dos droit et les épaules en arrière, elle passe nonchalamment devant les femmes sur la rive. Celles-ci la fusillent du regard. Malgré son cœur qui tambourine follement dans sa poitrine, elle poursuit sa route, droite comme une canne à sucre, son *mutki* sur la tête comme si elle se rendait au puits des fermiers, à trois kilomètres du village, le seul puits auquel elle ait le droit de puiser de l'eau.

Les colporteuses de ragots ne chuchotent plus entre elles, mais hurlent : « Voilà la Fille porte-malheur ! L'année de sa naissance, les sauterelles ont dévoré le blé ! Sa sœur aînée a abandonné son mari et on ne l'a plus jamais revue ! Quelle effrontée ! La même année où sa mère a perdu la vue ! Et son père qui s'est mis à boire ! Quelle honte ! Même son teint est suspect. Seules les *Angrezi-walli* ont les yeux bleus. Est-elle vraiment des nôtres ? A-t-elle sa place dans ce village ? »

La fille s'est souvent demandé ce qu'il en était de cette sœur aînée dont elles parlaient tant. Celle dont le visage n'est qu'une ombre qui traverse ses rêves, celle dont ses parents n'ont jamais reconnu l'existence. Les colporteuses de ragots disent qu'elle a quitté le village treize ans plus tôt. Pourquoi ? Où est-elle allée ? Comment a-t-elle pu échapper à leur surveillance ? S'est-elle sauvée en pleine nuit, quand les vaches et les moutons sont plongés dans le sommeil ? Elles disent qu'elle a volé de l'argent, mais dans le village personne n'en a. Comment a-t-elle fait pour manger ? Certains racontent qu'elle s'est déguisée en homme pour ne pas être arrêtée sur la route. D'autres, qu'elle s'est enfuie avec un artiste de cirque et qu'elle gagne sa vie comme fille de *nautch* en dansant dans le quartier des plaisirs à des kilomètres de là, à Agra.

Trois jours plus tôt, le vieux Munchi à la jambe boiteuse, son seul ami au village, l'a avertie que si elle ne quittait pas la hutte, le chef insisterait pour qu'elle épouse un fermier veuf ou qu'elle s'en aille.

— Il n'y a plus rien pour toi ici, a affirmé Munchi-*ji*.

Mais comment pouvait-elle partir, elle qui n'était qu'une orpheline de treize ans sans famille ni argent ?

— Arme-toi de courage, *bheti*, lui a conseillé Munchi-*ji*.

Il lui a expliqué où trouver son beau-frère, le mari que sa sœur aînée a abandonné il y a de nombreuses années, dans un village voisin. Peut-être pourrait-il l'aider à la retrouver.

— Pourquoi je ne peux pas rester avec toi ? a-t-elle demandé.

— Ce ne serait pas convenable, a répondu le vieillard avec douceur.

Il gagne sa vie en peignant des images sur les squelettes des feuilles de *peepal*. Pour la consoler, il lui en a offert une. Furieuse, elle la lui a presque jetée au visage, jusqu'à ce qu'elle se rende compte que la peinture représentait le seigneur Krishna donnant une mangue à manger à son épouse Radha, déesse dont elle porte le nom. C'était le plus beau cadeau qu'on lui avait jamais fait.

Radha ralentit en s'approchant du terrain de battage du village. Un attelage de quatre taureaux tourne en rond autour d'une grosse pierre plate pour moudre le blé. Prem, qui s'occupe des bêtes, dort assis, le dos calé contre le mur de la maison. Sans un bruit, elle file devant lui pour gagner le sentier étroit qui mène au temple de Ganesh-*ji*. Une étroite ouverture permet de pénétrer à l'intérieur, où se dresse une statue de Ganesh. Aux pieds du dieu éléphant sont disposées des offrandes : une noix de coco encore verte, des œillets, un petit pot de *ghee*, des tranches de mangue. Un cône d'encens au bois de santal laisse échapper une volute de fumée indolente.

La fille dépose la peinture de Krishna offerte par Munchi-*ji* devant Ganesh-*ji*, celui qui chasse tous les obstacles, et le supplie de briser la malédiction de la Fille porte-malheur.

Lorsqu'elle finit par atteindre le village de son beau-frère, à une quinzaine de kilomètres vers l'ouest, l'après-midi est bien avancé et le soleil s'est rapproché de l'horizon. En sueur sous son bustier en coton, elle a la gorge sèche, les pieds et les chevilles couverts de poussière.

Elle entre dans le village avec prudence, se tapit dans les broussailles, se cache derrière les arbres. Elle sait qu'une fille seule ne sera pas accueillie avec bienveillance. Elle cherche l'homme qui ressemble à celui décrit par Munchi-*ji*.

Elle l'aperçoit. Là. Accroupi sous le banian, face à elle. Son beau-frère.

Ses cheveux sont gras, épais, noirs comme du charbon. Une longue cicatrice bosselée serpente de sa lèvre inférieure jusqu'à son menton. Il n'est pas jeune, mais pas vieux non plus. Sa saharienne est tachée de curry et son *dhoti* est souillé de poussière.

C'est alors qu'elle remarque la présence de la femme accroupie devant lui. Elle se tient le coude d'une main et son avant-bras pendouille bizarrement. La tête entièrement recouverte de son *pallu*, elle échange avec l'homme des chuchotements étouffés. Radha les observe en se demandant si son beau-frère s'est pris une nouvelle épouse.

Elle ramasse une petite pierre et la lui jette dessus. Manqué. La deuxième fois, elle lui frappe la cuisse mais il se contente d'une chiquenaude, comme pour chasser un insecte. Il écoute attentivement la femme. Radha jette encore des cailloux et atteint sa cible plusieurs fois. Enfin, il lève la tête et regarde autour de lui.

Radha pénètre dans la clairière.

Il écarquille les yeux, comme s'il voyait un fantôme.

— Lakshmi ?

Première partie

Chapitre premier

Jaipur, État du Rajasthan, Inde
15 novembre 1955

L'indépendance avait tout changé. L'indépendance n'avait rien changé. Huit ans après le départ des Anglais, nous avions désormais des écoles publiques, de l'eau courante et des routes pavées. Mais à mes yeux, Jaipur restait la même que dix ans auparavant, quand j'avais foulé sa terre poussiéreuse pour la première fois. En chemin pour notre premier rendez-vous de la matinée, Malik et moi étions presque entrés en collision avec un homme portant des sacs de ciment sur la tête après qu'un vélo nous avait coupé la route. Le cycliste, une échelle de près de deux mètres sous le bras, avait foncé dans une charrette tirée par un cheval qui avait flanqué un coup oblique à un cochon, lequel s'était précipité en couinant dans une ruelle étroite. À un moment donné, nous avions dû nous ranger sur le côté pour laisser passer un groupe de *hijras* bruyants. Ces hommes en saris et aux lèvres fardées chantaient et dansaient devant une maison pour bénir la naissance d'un petit garçon. Nous étions tellement accoutumés aux odeurs de la ville – bouses de vaches, feux de cuisson, huile capillaire à la noix de coco, encens au bois de santal et urine – que nous les percevions à peine.

Mais ce que l'indépendance avait bel et bien changé, c'était les gens. Ça se voyait à leur façon de se tenir, torse bombé, comme s'ils pouvaient enfin s'autoriser à respirer. Ça se voyait à leur manière de marcher – l'air fier, décidé – vers leurs temples. À leur posture lorsqu'ils marchandaient, plus hardie qu'avant, avec les commerçants du bazar.

Malik siffla un *tonga*. C'était un garçon fluet, mince comme un roseau et, quand il sifflait, assez fort pour qu'on l'entende jusqu'à Bombay, cela me prenait toujours par surprise. Il hissa nos lourds tiffins dans la charrette et le *tonga-walla* nous fit parcourir de mauvaise grâce les cinq petits pâtés de maisons qui nous séparaient de la propriété des Singh. Au portail, le gardien nous regarda descendre du *tonga*.

Avant l'indépendance, la plupart des familles de Jaipur avaient habité des résidences familiales exiguës au sein de la vieille ville rose. Mais les Singh, eux, vivaient depuis des générations dans un vaste domaine à l'extérieur des murs de la cité. Ils appartenaient à la classe dirigeante – rajas et princes mineurs, officiers de l'armée – habituée depuis longtemps aux privilèges, pendant et même après la domination britannique. Le domaine Singh se situait sur un large boulevard bordé d'arbres *peepal*. Des murs de près de trois mètres de haut hérissés d'éclats de verre protégeaient des regards l'hôtel particulier à un étage. Une véranda en marbre, surplombée de cascades de jasmin et de bougainvilliers, bordait chaque niveau et rafraîchissait la maison en été, quand il pouvait faire aussi chaud que dans un four tandoori.

Une fois que le *chowkidar* des Singh eut assisté à notre arrivée en *tonga*, nous déchargeâmes notre cargaison. Malik resta à papoter avec le gardien pendant que je longeais l'allée de pierres flanquée d'une grande pelouse impeccable et que je gravissais les marches qui menaient à la véranda de Parvati Singh.

En cet après-midi de novembre, l'air était vif mais humide. Lala, la plus ancienne domestique de Parvati Singh et la nounou de ses fils, m'ouvrit la porte. Elle tira son sari sur ses cheveux en signe de respect.

Je souris et joignis les mains en un *namaste.*

— As-tu mis l'huile de magnolia, Lala ?

Lors de ma dernière visite, je lui avais glissé un flacon de mon remède contre les cors aux pieds.

Elle dissimula un sourire derrière son *pallu* tout en avançant un pied nu et en le faisant tourner pour exhiber son talon lisse.

— *Hahn-ji*, lâcha-t-elle avec un petit rire.

— *Shabash*, renvoyai-je en guise de félicitations. Et comment va ta nièce ?

Six mois plus tôt, Lala avait amené sa nièce de quinze ans dans la demeure des Singh pour qu'elle y travaille.

La vieille femme fronça les sourcils et son sourire disparut. Mais, alors qu'elle ouvrait la bouche pour répondre, sa maîtresse appela depuis l'intérieur de la maison :

— Lakshmi, c'est vous ?

En un clin d'œil, le visage de Lala changea et, le sourire crispé, elle me fit comprendre d'un hochement de tête qu'elle allait bien. Pivotant vers la cuisine, elle me laissa trouver seule le chemin jusqu'à la chambre de Parvati, où je m'étais rendue plus d'une fois.

Assise à son bureau en bois de rose, Parvati jeta un coup d'œil à la fine montre en or qu'elle portait au poignet avant de se pencher de nouveau sur la lettre qu'elle écrivait. Très à cheval sur la ponctualité, elle ne supportait pas les retardataires. Pour ma part, j'avais l'habitude de patienter pendant qu'elle rédigeait un message hâtif à Neh[illegible] qu'elle terminait une conversation téléphoni[illegible] membre de la Ligue indo-soviétique.

Je posai mes tiffins et arrangeai les coussins sur son divan de soie couleur crème pendant qu'elle cachetait sa lettre et appelait Lala.

Au lieu de la vieille domestique, ce fut sa nièce qui apparut. Ses grands yeux noirs rivés au sol, elle joignait les mains devant elle.

Parvati considéra la jeune fille avec méfiance.

— Nous aurons un invité au déjeuner, lâcha-t-elle après une pause presque imperceptible. Veille à ce qu'il y ait du *boondi raita*.

La jeune fille blêmit, comme sur le point de vomir.

— Il n'y a plus de yaourt frais, MemSahib.

— Pourquoi cela ?

Mal à l'aise, l'adolescente se balança d'un pied sur l'autre. Elle chercha une réponse du regard dans les motifs du tapis turc, dans la photographie encadrée du Premier ministre, dans le bar tapissé de miroirs.

— Veille à ce qu'il y ait du *boondi raita* au déjeuner, insista Parvati d'une voix aussi claire et tranchante que du verre.

Les lèvres tremblantes, la fille me jeta un regard implorant.

Je m'avançai vers les fenêtres qui surplombaient le jardin de derrière. Parvati était ma maîtresse à moi aussi, et je ne pouvais pas plus aider cette fille que la peau de tigre accrochée au mur.

— Aujourd'hui, c'est Lala qui apportera le thé.

Parvati la congédia et s'abandonna sur le divan. J'allais pouvoir commencer son henné. Je pris ma place habituelle à l'autre bout du canapé et m'emparai de sa main.

Avant que j'arrive à Jaipur, mes dames s'étaient fait tatouer les mains et les pieds au henné par des femmes issues de la caste des shudras. Or, ces tatoueuses de caste inférieure peignaient ce que leurs mères avaient peint avant [illegible] simples points, traits, triangles. Tout juste ce qu'il fallait pour leur permettre de gagner leur maigre revenu. Mes motifs à moi, plus élaborés, racontaient les histoires de mes clientes. La pâte de mon henné était plus fine et soyeuse que le mélange utilisé par les femmes shudras. Je prenais soin de frictionner la peau de mes dames avec une lotion au sucre et au citron avant d'appliquer le henné, de sorte que le dessin tienne plusieurs semaines. Plus le henné était sombre, plus une femme était aimée de son mari – c'était du moins ce qu'elle croyait –, et mes motifs couleur cannelle ne décevaient jamais. Au fil du temps, mes habituées en étaient venues à croire que mes tatouages avaient le pouvoir de ramener des époux volages dans leur lit ou de faire germer un bébé dans leur ventre. Grâce à cela, j'étais en mesure de réclamer un prix dix fois plus élevé que celui que demandaient les tatoueuses shudras. Et de l'obtenir.

Parvati elle-même attribuait la naissance de son cadet à mes talents en matière de henné. Elle avait été ma première cliente à Jaipur. Lorsqu'elle avait accouché, j'avais vu les pages de mon carnet de rendez-vous se noircir des noms de dames de sa connaissance – l'élite de Jaipur.

À présent, alors que le henné séchait sur ses mains et que je commençais à dessiner sur ses pieds, Parvati se penchait pour observer mon travail au point que nos têtes se frôlaient et que je sentais son haleine parfumée par la noix de bétel. Son souffle chaud m'effleura la joue.

— Vous me dites que vous n'êtes jamais sortie d'Inde, pourtant je n'ai vu cette feuille de figue qu'à Istanbul.

Je cessai de respirer. L'espace d'un instant, mes vieilles peurs m'envahirent. Sur les pieds de Parvati, j'avais dessiné les feuilles du figuier de Turquie. Cet arbre n'a rien à voir avec son cousin du Rajasthan, le banian, dont le misérable fruit n'est bon que pour les oiseaux. Sur sa voûte plantaire, réservée aux seuls yeux de son époux, j'étais en train de peindre une grosse figue, sensuelle et charnue, coupée en deux.

Le sourire aux lèvres, je croisai son regard et appuyai doucement sur son épaule pour la rasseoir sur les coussins du divan.

— C'est tout ce que votre mari va remarquer ? lâchai-je en haussant un sourcil. Que les figues sont turques ?

Je sortis un miroir de ma sacoche et le portai à son pied pour lui permettre de voir la guêpe minuscule que j'avais dessinée à côté du fruit.

— Je suis sûre qu'il sait que chaque figue nécessite une guêpe bien particulière pour fertiliser la fleur qu'elle porte en elle.

Étonnée, elle haussa les sourcils, entrouvrit ses lèvres peintes d'une couleur prune foncé, puis éclata de rire, en un puissant rugissement qui secoua le divan. Parvati était une belle femme aux yeux harmonieux et à la bouche généreuse dont la lèvre supérieure était plus charnue que l'autre. Ses saris étincelants, comme la soie fuchsia qu'elle portait ce jour-là, illuminaient son teint.

Elle s'essuya le coin des yeux avec le bout de son sari.

— *Shabash*, Lakshmi ! Les jours où vous me faites mon henné, Samir ne veut plus quitter mon lit.

La langueur dans sa voix contenait l'allusion à un après-midi passé sur des draps de coton frais, les cuisses réchauffées par celles de son mari.

Je chassai à grand-peine cette image de mon esprit.

— Comme il se doit, marmonnai-je avant de reprendre mon travail sur sa voûte plantaire, un endroit sensible pour la plupart des femmes mais pas pour elle, qui était habituée à mes soins et parvenait à ne jamais faire trembler mon roseau taillé en pointe.

Elle eut un petit rire.

— Ainsi, les feuilles de figuier turc restent un mystère, tout comme vos yeux bleus et votre teint clair.

Depuis dix ans que je la servais, Parvati n'avait cessé de me questionner à ce sujet. En Inde, les iris étaient noirs comme du charbon. Des yeux bleus requéraient une explication. Avais-je connu un passé sordide ? Un père européen ? Ou, pire encore, une mère anglo-indienne ? J'avais trente ans, j'étais née sous la domination britannique et je m'étais habituée à ce qu'on jase sur mes origines. Jamais je ne m'étais laissé déstabiliser par les commentaires de Parvati.

Je tendis un linge humide sur la pâte de henné et versai un peu d'essence de giroflier sur ma paume. M'étant frotté les mains pour réchauffer l'huile, j'attrapai les siennes afin d'en enlever la pâte de henné séchée.

— Dites-vous, *Ji*, qu'une de mes ancêtres s'est peut-être laissé séduire par Marco Polo. Ou Alexandre le Grand.

À mesure que je lui massais les doigts, des écaillures de pâte de henné séchée tombaient sur la serviette posée en dessous. Le motif que j'avais peint sur ses mains commençait à apparaître.

— Tout comme vous, il se peut que j'aie du sang de guerrier qui coule dans mes veines, ajoutai-je.

— Oh, Lakshmi, un peu de sérieux !

Ses boucles d'oreilles en forme de clochettes dorées serties de perles dansèrent gaiement lorsqu'elle laissa échapper un nouveau rire. Nous appartenions l'une et l'autre de naissance aux deux castes hindoues les plus élevées, elle une ksatriya et moi une brahmane. Mais elle n'avait jamais pu se résoudre à me traiter en égale, car je touchais les pieds de femmes que je tatouais au henné. Les pieds étaient considérés comme impurs, ne devant être manipulés que par les membres de la caste inférieure des shudras. Ainsi, même si sa caste avait dépendu de la mienne pendant des siècles pour éduquer ses enfants et accomplir des rites spirituels, aux yeux de l'élite de Jaipur, je n'étais qu'une brahmane déchue.

Mais les femmes comme Parvati payaient bien. Sans tenir compte de ses provocations, je finis de retirer la pâte de ses mains. Au fil du temps, j'avais amassé un petit pécule et je me rapprochais de mon objectif: avoir une maison bien à moi. Elle aurait des sols de marbre pour me rafraîchir les pieds après une journée passée à arpenter la ville. Autant d'eau courante que nécessaire, ce qui m'épargnerait de devoir supplier ma logeuse de remplir mon *mutki* comme je le faisais actuellement. Une porte d'entrée dont je serais seule à détenir la clé. Une maison que nul ne pourrait me forcer à quitter. À l'âge de quinze ans, quand mes parents n'avaient plus eu les moyens de me nourrir, j'avais été chassée de mon village pour aller me marier. C'était désormais à mon tour de les nourrir, de prendre soin d'eux. Certes, ils n'avaient répondu à aucune des lettres et aucun des dons d'argent que je leur avais envoyés toutes ces années, mais ils finiraient forcément par changer d'avis pour venir à Jaipur quand je leur offrirais un lit sous mon propre toit, pas vrai ? Ils s'apercevraient enfin que tout avait bien tourné. En attendant nos retrouvailles, je garderais ma fierté pour moi. N'était-ce pas Gandhi-*ji* qui avait dit : « Œil pour œil et le monde finira aveugle » ?

Nous sursautâmes en entendant un bruit de verre brisé. Je vis une balle de cricket rouler sur le tapis pour s'arrêter devant le divan. Un instant plus tard, Ravi, le fils aîné de Parvati, franchit les portes de la véranda en apportant la fraîcheur de novembre.

—*Bheta!* Ferme tout de suite cette porte!

Ravi se fendit d'un grand sourire.

—J'ai catapulté une vraie bombe et Govind n'était pas prêt pour la recevoir.

Repérant la balle près du divan, il se pencha pour la ramasser.

— Il est beaucoup plus jeune que toi, Ravi.

Parvati était complaisante à l'égard de ses fils, surtout le plus jeune, Govind, l'enfant qui selon elle ne pouvait être que le fruit de mes applications de henné. (Je n'avais jamais cherché à la démentir.)

Depuis la dernière fois que je l'avais vu, Ravi était plus grand et large d'épaules. Son menton et ses mâchoires carrées, les mêmes que ceux de son père, étaient désormais couverts d'un fin duvet. Il avait dû commencer à se raser. Avec son teint rose et ses longs cils hérités de sa mère, il était presque beau.

Il jeta la balle en l'air et la rattrapa, une main dans le dos.

— Il y a du thé ?

On aurait pu croire que c'était son père qui parlait, tant l'anglais qu'ils avaient appris au pensionnat était le même.

Parvati actionna la clochette argentée qu'elle gardait près du divan.

— Govind et toi allez prendre le vôtre sur la pelouse. Et dis au *chowkidar* qu'il va nous falloir un vitre-*walla* pour remplacer celle-ci.

Ravi nous gratifia d'un sourire et me décocha un clin d'œil en sortant. Il referma la porte si négligemment qu'un autre bris de verre en tomba. Je le regardai traverser la pelouse au petit trot. Trois jardiniers, la tête enveloppée dans un cache-nez, désherbaient, arrosaient et taillaient les arbustes d'hibiscus et feuillages de chèvrefeuille.

L'irruption de Ravi constituait le parfait enchaînement pour la discussion que je voulais engager. Malgré tout, je devais agir avec prudence.

— Il revient du pensionnat ?

— *Hahn*. Je voulais que Ravi m'aide à couper le ruban du nouveau *gymkhana*. Vous connaissez Nehruji, il tient à moderniser l'Inde.

Avec un soupir, elle abandonna la tête sur le coussin, comme si le Premier ministre la harcelait au quotidien. Pour ce que j'en savais, c'était peut-être le cas.

Lala entra avec un plateau à thé en argent.

— Je ne t'avais pas dit de la congédier ? entendis-je Parvati réprimander la vieille femme pendant que je sortais d'un tiffin les mets salés que j'avais préparés spécialement pour elle.

La domestique joignit les mains en une prière et les porta à ses lèvres.

— Ma nièce n'a nulle part où aller. Maintenant, je suis sa seule famille. Je vous en supplie, *Ji*. Nous sommes à votre merci. Vous ne voulez pas y réfléchir encore un peu ?

Je n'avais jamais vu Lala aussi bouleversée. Je me détournai, craignant qu'elle se mette à genoux. Un autel dédié à Ganesh trônait sur une petite table à côté du lit à baldaquin. Une guirlande de gardénias et une autre de feuilles de *tulsi* étaient enroulées autour de la statue, devant laquelle brûlait une *diya*. Elle avait beau vouloir passer pour moderne, Parvati priait les dieux tous les matins. Autrefois, j'avais moi aussi prié Lakshmi, déesse de la beauté et de la richesse dont je portais le nom. *Maa* adorait réciter l'histoire du fermier brahmane qui avait offert à la déesse sa faux, son unique possession. En guise de remerciement, celle-ci lui avait fait cadeau d'un panier magique qui procurait de la nourriture à son maître chaque fois qu'il en avait besoin. Mais ce n'était rien de plus qu'une histoire, pas plus vraie que toutes celles que *Maa* racontait et, à dix-sept ans, j'avais tourné le dos aux dieux, tout comme je me détournai à cet instant de l'autel de Ganesh.

Parvati parlait encore à sa domestique :

— Je ne voudrais pas te perdre aussi, Lala. Veille à ce que cette fille parte aujourd'hui.

Elle la fusilla du regard jusqu'à ce que la servante baisse les yeux, les épaules voûtées.

Je regardai Lala quitter la pièce. Elle garda le visage baissé. Je me demandai ce que sa nièce avait bien pu faire pour mettre sa maîtresse dans une telle colère.

Parvati attrapa sa tasse et sa soucoupe, signe que je pouvais faire de même. Le service à thé était de ceux qu'affectionnaient les Anglais, avec des images de femmes vêtues de robes corsetées, d'hommes en culottes et de fillettes à bouclettes. Avant l'indépendance, ces objets avaient symbolisé l'admiration que mes dames portaient aux Anglais. À présent, ils représentaient leur dédain. Mes dames n'avaient rien changé, mis à part les raisons qui motivaient leurs choix décoratifs. Si j'avais appris une chose d'elles, c'était celle-ci : « Seul un sot vit dans l'eau et demeure un ennemi du crocodile. »

Je bus une gorgée de thé et haussai les sourcils.

— Votre fils est devenu un beau jeune homme.

— Contrairement au jeune Rao, qui se prend pour le *Devdas* du Rajasthan.

Parvati, à l'instar de mes autres dames, me faisait des confidences qu'elle n'aurait jamais livrées à une de ses semblables. J'étais sans enfant, donc à plaindre, ce qui leur permettait de se sentir supérieures. À trente ans, je n'étais ni une jeune écervelée ni une vieille cancanière. Mes clientes supposaient depuis longtemps que mon mari m'avait abandonnée, ce que je ne m'étais pas donné la peine de contredire. Je portais encore sur le front le *bindi* vermillon qui annonçait au monde que j'étais mariée. Sans cela, ces dames ne m'auraient jamais accordé leur confiance ni permis de pénétrer dans des chambres comme celle dans laquelle je me trouvais à présent, les pieds posés sur un sol en marbre rose de Salumbar, ma maîtresse assise à côté de moi sur un divan en bois de rose.

Je bus une autre gorgée de mon chaï.

— Trouver l'épouse parfaite pour un fils aussi parfait ! Je ne vous envie pas.

— Il n'a que dix-sept ans. Quand il en a eu douze, il m'a abandonnée pour le Mayo College. Dans un an, il va encore me quitter pour intégrer Oxford. Mais le perdre au profit d'une épouse ? Non, je refuse d'y penser.

J'ajustai mon sari.

— C'est intelligent de votre part. Je crains fort que les Dutt ne se soient un peu trop précipités.

Je relevai le pétillement dans son regard.

— C'est-à-dire ?

— Bon, repris-je. Ils viennent à peine de prendre les dispositions nécessaires pour que leur fils épouse la fille Kumar. Vous savez, celle qui a un grain de beauté sur la joue ? Évidemment, le mariage sera repoussé jusqu'à ce qu'il décroche son diplôme.

Je contemplai par la fenêtre les garçons en tenue blanche de cricket.

— Les meilleures partent comme des petits *jalebis*. Une fois qu'un fils s'en est allé en Angleterre ou en Amérique, les parents craignent qu'il revienne avec une épouse qui ne parle pas un mot de hindi.

— Tout à fait. Les mariages les plus heureux sont ceux où les parents choisissent la fille. Regardez Samir et moi.

J'aurais pu émettre un commentaire, mais je m'en abstins. À la place, je soufflai ostensiblement sur mon thé.

— J'ai aussi entendu dire que la fille Akbar avait été promise au fils de Muhammad Ismail, enchaînai-je. Un des camarades de Ravi, c'est bien cela ?

Je bus une autre gorgée tout en soutenant le regard de Parvati.

Elle redressa un peu le dos et regarda par la vitre. Sur la pelouse, la nièce de Lala servait leur thé aux garçons. Ravi s'adressa à elle et lui tapota une fois le bout du nez, taquin, ce qui la fit glousser.

Parvati fronça les sourcils. Sans quitter du regard ce qui se passait à l'extérieur, elle se pencha vers moi, lentement, tel un oisillon, signe que je devais lui donner la becquée. Je lui déposai sur la langue un *namkeen*, un de ceux que j'avais préparés le matin même, assaisonné de persil. Comme toutes mes dames, elle ne se doutait pas que les ingrédients de mes petites friandises, conjugués à ce que je lui dessinais sur les mains et les pieds, stimulaient son désir autant que celui de son mari.

Au bout d'un moment, elle se détourna de la fenêtre et reposa délicatement sa tasse sur la table.

— Dans le cas où je chercherais à le marier – et je ne dis pas que c'est le cas... (Elle s'interrompit pour se tamponner la bouche avec une serviette.) Vous penseriez à quelqu'un en particulier ?

— Vous n'êtes pas sans savoir que les jeunes filles convenables ne manquent pas à Jaipur, lâchai-je en lui souriant par-dessus le bord de ma tasse. Mais Ravi n'est pas un garçon comme les autres.

Lorsqu'elle reporta son attention sur ses fils, la nièce de Lala était repartie. Le visage de Parvati se décrispa.

— Ravi quitte l'école pour me voir dès que je le lui demande. « À quoi bon l'envoyer là-bas ? » me dit Samir, ajouta-t-elle avec un petit rire. Mais il me manque. À Govind aussi. Il n'avait que trois ans quand Ravi est parti en pensionnat.

Elle souleva la théière et se servit une autre tasse de chaï.

— Vous avez entendu des choses sur la fille de Rai Singh ? demanda-t-elle. On dit qu'elle est ravissante.

— Pas de chance ! Hier seulement, Mme Rathore l'a prise pour son fils.

Je laissai échapper un soupir. Cette conversation était délicate, car aucune de nous ne devait révéler son jeu.

Elle me dévisagea, les yeux plissés.

— Quelque chose me dit que vous avez déjà quelqu'un en tête.

— Oh, mais je crains que vous ne trouviez mon choix inconvenant.

— Comment ça ?

— Eh bien… Peu conventionnel, sans doute.

— « Peu conventionnel » ? Vous me connaissez mieux que ça, Lakshmi. Je me suis rendue non pas une, mais deux fois en Union soviétique l'année dernière. Nehruji a insisté pour que j'y accompagne la Ligue indo-soviétique. Alors allez-y, racontez-moi.

— Eh bien…, commençai-je en feignant de caler une mèche de cheveux dans mon chignon. Cette fille n'est pas une Rajput.

Elle haussa un sourcil épilé, sans se détourner pour autant. Je soutins son regard.

— C'est une brahmane.

Parvati cilla. Elle se prenait sans doute pour une femme de son temps, mais n'avait jamais envisagé que Ravi puisse épouser une femme en dehors de sa caste. Pendant des siècles, chacune des quatre castes hindoues – même celles des marchands et des serviteurs – se mariait essentiellement au sein de son propre groupe.

Je donnai une autre bouchée à Parvati.

— Je n'imagine pas de meilleur parti pour la famille Singh, poursuivis-je. Cette fille est belle. Gracieuse. Bien éduquée. Pleine de vivacité. Elle ne pourrait que plaire à Ravi. Et sa famille est influente. Oh, votre thé a-t-il refroidi ? Je crains que ce ne soit le cas pour le mien.

— Cette fille, nous la connaissons ?

— Pour tout vous dire, depuis son enfance. Voulez-vous que j'en redemande ?

Je posai ma tasse et fis mine d'attraper la clochette argentée, mais Parvati m'agrippa l'avant-bras.

— Oubliez le thé, Lakshmi ! Parlez-moi de cette fille ou je m'essuie les pieds sur cette serviette et je ruine toute une heure de votre travail.

Évitant son regard, je tapotai le henné sur ses pieds pour voir s'il était sec.

— La fille s'appelle Sheela Sharma. M. V.M. Sharma est son père.

Bien sûr que Parvati connaissait les Sharma. Les deux familles évoluaient souvent dans les mêmes cercles professionnels. L'entreprise en bâtiment de M. Sharma, la plus importante du Rajasthan, venait de décrocher le contrat pour remanier le Rambagh Palace du maharadjah. Le mari de Parvati possédait un cabinet d'architectes qui avait conçu grand nombre des bâtiments résidentiels et commerciaux de la ville. Il s'agirait d'une union inattendue entre deux familles éminentes. Si je réussissais mon coup, l'élite de Jaipur s'arracherait mes services d'entremetteuse, perspective bien plus lucrative que celle de simple tatoueuse.

Elle inclina la tête.

— Mais… Sheela n'est encore qu'une enfant.

Au cours de l'année passée, à force de multiplier les portions supplémentaires de riz au lait et de *chapatti* agrémentés de *ghee*, Sheela avait pris des formes délicates. À présent, elle ressemblait moins à une fille et plus à une femme.

— Sheela a quinze ans, rappelai-je. Et elle est charmante. Elle fréquente l'école pour filles de la maharani. Encore la semaine dernière, son professeur de musique m'a confié que son chant lui évoquait Lata Mangeshkar.

Je m'emparai de ma tasse. J'imaginais la liste que Parvati était en train de dresser dans sa tête, la même que j'avais établie la semaine d'avant. Points positifs : une fois alliées, les deux entreprises, Sharma Construction et Singh Architects, seraient plus profitables qu'elles ne l'étaient chacune de leur côté ; et Parvati aurait une belle-fille qui parlait l'anglais et qui serait à même de distraire hommes politiques et *nawabs*. Seul point négatif : Sheela appartenait certes à une caste supérieure, mais pas à celle qu'il fallait. Et puis, il y avait des détails que je ne pouvais pas dévoiler : l'affreuse grimace qui lui tordait la bouche juste avant qu'elle tire sur les couettes de ses cousines, sa manie de donner des ordres à sa nounou et sa paresse qui consternait son professeur de musique. J'avais passé des années dans les demeures de mes dames, à voir leur progéniture grandir. Je connaissais les personnalités de leurs enfants, les tics que même une marieuse professionnelle n'aurait pu voir. Mais il s'agissait là de défauts qu'il appartenait à un mari de découvrir par lui-même, non à moi de révéler.

Parvati sombra dans le silence. Elle tripotait la frange d'un des petits traversins.

— Vous vous souvenez du mariage Gupta ?

Je souris en guise d'acquiescement.

— Dès que j'ai vu votre motif de jeune fille au jardin pour le henné nuptial, j'ai su que la mariée donnerait naissance à un petit garçon avant la fin de l'année. Et c'est ce qui s'est passé.

Les noces de la fille Gupta avaient été un mariage d'amour, mais je n'en dis rien à Parvati.

— Votre travail fait des miracles, affirma-t-elle avec un sourire en coin. Je pense que vous seriez en mesure de venir en aide à une personne qui nous est très chère.

J'inclinai poliment la tête, sans trop savoir de quoi elle parlait.

— Hier soir, Samir et moi nous trouvions au Rambagh Palace. Une soirée de bienfaisance pour marquer la fin des travaux du *gymkhana*, précisa-t-elle avec un air entendu.

Elle tenait à ce que je sache qu'elle avait bel et bien des idées progressistes.

— Le maharadjah nous a dit qu'il allait transformer sa résidence en hôtel. Vous imaginez un peu ? Nous nous sommes battus pour l'indépendance et avons chassé les Anglais, tout ça pour qu'ils reviennent s'installer dans nos palais ?

Elle secoua la tête, agacée.

Ainsi, seuls les Européens fortunés, des Britanniques pour la plupart, pourraient se permettre ce genre de tarifs.

— La maharani n'était pas présente à la réception, ce qui est très inhabituel. Latika adore les soirées. J'ai entendu dire qu'elle n'était pas… en forme, ajouta Parvati en baissant la voix.

J'attendis la suite.

Elle se frotta les paumes et huma le parfum du henné.

— Pourriez-vous la guérir avec vos talents ?

J'attendais depuis si longtemps que Parvati me fasse entrer au palais ! À cette seule pensée, je reposai ma tasse, craignant de trembler des mains. Une commande passée par la maharani déboucherait inévitablement sur d'autres. J'aurais réglé toutes les factures de la maison avant même de m'en être rendu compte ! Je faisais déjà le calcul dans ma tête et prêtais à peine attention à ce que disait Parvati.

Elle se pencha pour goûter à une autre friandise et je lui en déposai une sur la langue, veillant à ne pas croiser son regard. J'avais peur qu'elle lise l'empressement dans le mien. Elle avait peut-être même déjà remarqué mes doigts tremblants.

— J'ai dit à Son Altesse que votre henné m'avait aidée à concevoir mon Govind. Discrètement, bien sûr. Si je vous recommandais au palais…

Je comprenais désormais où elle voulait en venir. Parvati tenait à ce que je trouve une épouse à Ravi sans avoir à me payer. *Quel culot!* Un mariage arrangé requérait autant d'efforts que de compétences. Si elle avait fait appel à une noble de caste supérieure, elle aurait dû lui verser une somme sûrement deux ou trois fois supérieure à celle qu'elle aurait pu me régler. Même si je demandais dix mille roupies, mes services resteraient bon marché. Il me faudrait œuvrer pendant des semaines, voire des mois entiers, avant que les deux familles ne soient satisfaites. En outre, il n'était pas rare qu'une proposition de mariage soit rejetée et que tout ce travail n'aboutisse à rien.

Et voilà que Parvati espérait que j'allais m'occuper de cette union sans qu'elle ait à me payer, pour me faire entrer au palais à la place. Or, avant de protester, je devais réfléchir. Ses liens de parenté avec la famille royale (son père était un cousin d'une des maharanis) me garantiraient, tout au moins, de décrocher un rendez-vous au palais. Mais quelle femme indienne, riche ou pas, n'essaierait pas de marchander ? Dans le cas contraire, elle passerait pour une idiote, une proie facile. Si j'acceptais, sans hésiter, la proposition de Parvati, je scellerais ma réputation de femme aisément manipulable. En outre, il se pouvait même que je finisse par ne pas travailler au palais. Après tout, un rendez-vous ne présentait aucune garantie.

Sentant mon hésitation, Parvati se pencha et me dévisagea jusqu'à ce que je sois contrainte de croiser son regard.

— Si j'étais aussi douée que vous en dessin, Lakshmi, j'aurais peut-être exercé votre profession.

Dans la bouche de mes dames, le terme « profession » était une calomnie, pas un compliment.

Je déglutis.

— Oh, *Ji*, votre existence est vouée à un destin bien plus grandiose ! Qui d'autre saurait organiser des soirées aussi somptueuses pour des hommes politiques ? Il faut bien que quelqu'un veille à les accueillir comme il se doit.

Elle lâcha un petit rire. Nous avions repris des positions confortables : moi, la subalterne ; elle, la MemSahib.

Mais j'avais une dernière carte à abattre.

— La confiance que vous me témoignez m'honore, mais je me dois de vous prévenir : Son Altesse s'attendra sûrement aux meilleurs produits.

Parvati pinça les lèvres, pensive.

— Six mille roupies suffiraient-elles ?

Je lissai l'étoffe de velours sous ses pieds et vérifiai la pâte, puis tendis le bras pour attraper l'essence de giroflier servant à enlever le henné séché.

— Il me faudra sans doute faire venir certains produits de loin. Les feuilles de combava, par exemple. Les plus puissantes viennent de Thaïlande.

Elle garda le silence. Étais-je allée trop loin ? Je sentais mes tempes qui battaient pendant que je lui massais les pieds.

Les yeux plissés, elle jeta un coup d'œil au calendrier Pan Am accroché au mur du fond.

— Notre soirée de Noël approche, déclara-t-elle enfin. Le 20 décembre. Cet après-midi-là, je pourrais organiser une fête du henné pour les filles dans l'entourage de Ravi.

Parvati tapota sa joue rose.

— Et, pourquoi pas, faire venir la troupe Shakespeareana. Les jeunes adorent leurs représentations.

Ce serait l'occasion pour elle d'étudier les filles susceptibles de convenir à Ravi. Sheela Sharma en ferait forcément partie.

Elle s'étira les pieds et les fit tourner d'un côté et de l'autre pour admirer mon travail.

— Mais votre carnet de rendez-vous est peut-être rempli ? Vous voulez bien vérifier ?

Une fête du henné nécessiterait certes beaucoup de travail, mais valait largement la promesse d'une entrée au palais.

Je lui décochai mon sourire le plus gracieux.

— Pour vous, MemSahib, j'ai toujours de la place dans mon carnet.

Elle se fendit d'un large sourire qui dévoila ses petites dents régulières et mit en valeur ses yeux pétillants.

— Alors c'est entendu. Neuf mille pour les produits à commander pour la maharani Latika ?

Je relâchai le souffle que j'avais retenu. J'avais décroché ma première commande pour un mariage. Certes, elle ne s'avérait pas aussi lucrative que je l'avais espéré, mais elle m'aiderait malgré tout à finir de payer pour la maison que je comptais partager avec mes parents afin de me faire pardonner pour tout ce que je leur avais fait subir. Il ne me restait plus qu'à faire en sorte que le mariage se fasse.

— J'insiste pour vous offrir la fête du henné, déclarai-je en lui remettant ses lourds bracelets de cheville.

Sur la véranda des Singh, j'enfilai mes sandales. Je repérai Malik qui riait sur la pelouse avec le jardinier en chef, à l'ombre d'un immense pommier dont les branches nues et difformes se détachaient sur le ciel sans nuages.

Je l'appelai.

Il bondit sur ses jambes aussi fines que des brindilles et courut vers moi. Il aurait pu avoir six ans comme dix. Combien de repas avait-il sautés avant que je remarque enfin ce gamin des rues à moitié nu vêtu d'un short sale qui me suivait partout en ville ? Je lui avais tendu quelques tiffins pour qu'il les porte et il avait souri, me dévoilant le trou béant qui avait remplacé ses deux dents de devant. Depuis ce jour, trois ans auparavant, nous travaillions ensemble sans répit, la plupart du temps en silence. Je n'avais jamais demandé où il vivait, ni s'il dormait sur un lit ou à même le sol.

— Des nouvelles ? demandai-je.

Pendant que je travaillais avec mes dames, Malik avait souvent des courses à faire. Tous les jours au cours des derniers mois, il était passé par la gare pour voir si mes parents étaient arrivés. Ils avaient dû recevoir l'argent pour les billets de train que je leur avais envoyé dans ma dernière lettre. Mais jusque-là, je n'avais reçu aucune réponse.

Il secoua la tête et fronça les sourcils. Il n'aimait pas me décevoir.

Je poussai un soupir.

— Appelle un *tonga* s'il te plaît.

Il partit en courant vers le portail principal. Ce jour-là, il portait la chemise en coton jaune que je lui avais donnée pour remplacer son ancienne saharienne. Son pantalon court bleu marine était neuf aussi. En revanche, il refusait de porter des chaussures et leur préférait des sandales de caoutchouc bon marché que les autres enfants du voisinage lui volaient souvent. Elles étaient plus faciles à remplacer ; il pouvait toujours chiper celles d'un autre. La paire de ce jour-là, remarquai-je, était un peu trop grande.

Sachant que Malik allait devoir gagner une rue passante pour héler un *tonga*, je m'assis sur le mur de la véranda pour attendre, apaisée par le parfum d'un frangipanier. Je cueillis deux fleurs sur la plante grimpante et les calai derrière mon oreille. Ce soir-là, je les plongerais dans un verre d'eau afin de laver mon bustier avec l'eau parfumée le lendemain matin.

Je sortis un petit calepin d'une poche que j'avais cousue à l'intérieur de mon jupon. Mon père, le maître d'école du village, avait pour habitude de taper sur les doigts de ses élèves à l'aide d'une règle s'ils donnaient une mauvaise réponse. Pour éviter une telle punition, je m'étais mise à conserver des carnets dans lesquels je consignais avec zèle (et apprenais par cœur) les tables de multiplication, noms de vice-rois britanniques et verbes hindis. C'était devenu une habitude et, plus tard, je m'en servis pour noter les dates et heures de mes rendez-vous, des résumés de conversations et les produits que je devais acheter.

Sur la page indiquant « Parvati Singh », je griffonnai : « 15 novembre : 40 roupies pour mains/pieds. » J'écrivis ensuite la date de la fête du henné chez Parvati ainsi que les neuf mille roupies que j'allais toucher pour le mariage arrangé. Je savais que Mme Sharma, une autre de mes clientes, était assez futée pour saisir les avantages d'une union Singh-Sharma. Elle était certes aveugle à la nature irascible de sa fille, mais je ne doutais pas que les charmes de Ravi Singh sauraient en venir à bout.

J'ouvris à une page blanche. D'une main tremblante, j'écrivis : « Maharadjah Sawai Mohinder Singh et maharani Latika – commande du palais ? » Mon esprit fourmillait de possibilités. Après un tel engagement, toutes les femmes de Jaipur s'arracheraient mes services. Il se pourrait même que je puisse cesser mes activités de tatoueuse plus tôt que prévu. C'est alors que les paroles de ma mère résonnèrent dans ma tête : *« N'étire pas les jambes plus loin que ton lit. »* J'allais un peu trop vite en besogne.

Je fermai le carnet et, les yeux clos, me laissai emporter par mes rêveries. Treize ans plus tôt, mon unique désir avait été de m'éloigner le plus possible du mari aux mains de qui mes parents m'avaient abandonnée. Je n'aurais jamais imaginé pouvoir être un jour libre de mes mouvements, au point de négocier les termes de mon existence. Comment mes parents réagiraient-ils en voyant tout ce que j'avais accompli ? Souvent, j'avais songé au jour où je leur montrerais ma maison, le magnifique sol de mosaïque que j'avais conçu, le ventilateur de plafond électrique, la cour où j'allais faire pousser mes plantes médicinales, les toilettes à l'occidentale que personne au village ne pouvait se permettre. J'avais espéré que le constructeur aurait tout fini lorsqu'ils arriveraient enfin, mais je n'arrêtais pas d'ajouter des petits détails superflus. Et une fois que mes parents auraient vu ce que j'avais conçu, cela ne les dérangerait sûrement pas de dormir dans mon logement le temps que la maison soit achevée ?

Je visualisai la stupéfaction sur leur visage lorsqu'ils verraient cette résidence que j'avais fait construire toute seule. J'entendais déjà mon père dire : « *Bheti*, tout ça est à toi ? » Qu'ils seraient fiers de voir la vie que je m'étais forgée ! Je leur servirais des *kheers*, des *subji* et des *rotis* tandoori jusqu'à ce qu'ils soient repus. Je leur achèterais des lits tellement neufs que les cordes de jute grinceraient sous leur poids. J'engagerais une *malish* pour masser les pieds fatigués de *Pitaji*. Je voyais déjà *Maa* se prélasser sur un canapé en bois de rose comme celui de Parvati. Et – pourquoi pas – des coussins de soie ! Garnis de plumes ! J'étais tellement absorbée par ma vision – évidemment, je ne pouvais pas encore m'acheter tout ça – que je ne pus m'empêcher d'éclater de rire.

— J'ai l'air si drôle que ça, Lakshmi ?

J'ouvris les yeux et aperçus Samir Singh qui gravissait les marches. Brusquement, mon monde me parut plus léger. Là où Parvati était ronde, son mari était anguleux : nez pointu, menton osseux, pommettes saillantes. C'étaient ses yeux que je trouvais le plus séduisants : marron foncé, avec les striations d'une bille en verre, animés de curiosité, prêts à se laisser divertir. Même quand son visage était figé, ses prunelles continuaient d'enjôler, d'amadouer, de taquiner. Depuis dix ans que je le connaissais, ses cernes s'étaient creusés et son front s'était dégarni, mais il n'avait jamais perdu son énergie débordante.

— « Au royaume des aveugles, les borgnes sont rois », répliquai-je, le sourire aux lèvres.

Il rit en retirant ses chaussures. Samir était un curieux mélange de la nouvelle Inde et de l'ancienne : il portait des costumes anglais sur mesure, mais suivait les coutumes indiennes.

— « *Arré !* Que connaît un singe idiot du goût du gingembre ? »

— « Celui qui ne sait pas danser accuse le plancher. »

C'était un jeu auquel nous nous adonnions souvent, cet échange de proverbes. J'avais appris les miens de la langue prudente de ma mère ; les siens provenaient de ses années passées en pensionnat et à Oxford.

Je me levai, enfonçai mon crayon dans mon chignon et glissai le carnet dans la poche de mon jupon.

Il haussa un sourcil tout en marchant vers moi.

— C'est l'argenterie des Singh que tu caches là-dessous ?

— Entre autres, répondis-je avec un sourire en coin.

— Je vois que tu as déjà fait main basse sur ma flore ? releva-t-il, les yeux rivés aux fleurs de frangipanier calées derrière mon oreille.

Il se pencha, tout près de moi, et inspira.

— *Bilkul* enivrant, murmura-t-il en me caressant le lobe d'oreille d'un souffle chaud qui m'enflamma le bas-ventre.

Treize ans étaient passés depuis que j'avais senti la chaleur d'un homme sur ma peau, son poids contre mes seins. Il m'aurait suffi de tourner à peine la tête pour que mes lèvres effleurent celles de Samir ; j'aurais pu laisser mon propre souffle réchauffer le creux entre son col et son cou.

Mais Samir était un séducteur. Et moi, encore une femme mariée. Un seul geste déplacé et je perdrais mon gagne-pain, mon indépendance, mes projets d'avenir. Je tendis l'oreille pour écouter le bruit des domestiques qui approchaient – le bruissement d'un balai, le claquement de pieds nus sur la pierre. À contrecœur, je reculai d'un pas.

— Tu as une épouse enivrante, comme tu ne vas pas tarder à le constater par toi-même.

Samir sourit.

— Les jours où Lakshmi Shastri s'occupe d'elle, Mme Singh se sent toujours très… amoureuse. En parlant de ça…

Il tendit une main.

— Ah.

Je sortis trois sachets en mousseline des plis de mon sari et les disposai sur sa paume.

— Tu es un homme chanceux, Sahib. Tu as une épouse dans ta chambre et la liberté en dehors.

Il soupesa les sachets dans sa main, comme s'il s'agissait de rubis.

— La liberté est relative, Lakshmi.

D'un geste habile, il me glissa plusieurs billets de cent roupies et un bout de papier.

— Avant, les Anglais étaient au-dessus de nous. Maintenant, ils sont à nos pieds.

Je dépliai la feuille de papier pour lire ce qu'elle contenait.

— Une femme *angrezi* ?

— Même les Anglaises ont besoin de tes services. Elle attend ta venue demain. Elle sera chez elle. Comment avance la maison ? s'enquit-il en rangeant les sachets dans sa poche.

Le moment aurait été bien choisi pour lui raconter avec quelle grossièreté le constructeur avait suggéré que je règle mes dettes. Je lui devais encore quatre mille roupies, mais j'étais la seule fautive. Je convoitais ce que mes dames possédaient chez elles : un sol en marqueterie de marbre, des toilettes à l'occidentale, des murs à deux épaisseurs pour protéger de la chaleur de midi. Le problème était de mon propre fait, et j'étais seule à pouvoir le résoudre. Conclure un mariage arrangé aiderait à établir ma réputation.

— Demain, on scelle le sol de mosaïque avec du lait de chèvre, annonçai-je. Tu devrais venir voir.

— C'est une visite privée que tu m'offres ? lâcha-t-il en baissant les yeux sur mes lèvres.

J'éclatai de rire.

— Tu m'as déjà fait prendre du retard dans mon travail, tu trouves que je devrais te récompenser ?

— « Celui qui fait rire ses compagnons mérite le paradis ! » entendis-je une voix énoncer derrière moi.

Samir et moi nous retournâmes. Un homme de haute stature, vêtu d'un costume en laine grise et d'une cravate rouge, gravit les marches de la véranda à petits bonds. Seules ses boucles brunes en désordre altéraient son allure soignée.

Samir fit un pas de côté pour serrer le nouveau venu dans ses bras.

— Kumar ! s'écria-t-il. Ravi de te revoir, mon vieux ! Tu as réussi à venir à Jaipur. Enfin !

— Je n'aurais pas cru que le train de Shimla m'amènerait ici à temps pour le déjeuner, ni même le dîner, déclara Kumar en me regardant, son sourire timide révélant deux incisives qui se chevauchaient. Ravi de vous rencontrer, madame Singh.

Samir et moi nous étions-nous donc tenus si près l'un de l'autre ?

Samir tapota chaleureusement son ami dans le dos.

— *Nahee-nahee*. Permets-moi de te présenter Mme Lakshmi Shastri, pourvoyeuse de beauté dans le Tout-Jaipur.

— Je vois qu'elle n'a pas encore commencé le travail sur toi, Sammy.

Samir lâcha un petit gloussement. Kumar promena son regard sur moi, sur Samir, sur la véranda, sur ses chaussures, et puis de nouveau sur moi. Il considérait tout avec vigilance.

— Lakshmi, voici un vieil ami d'Oxford, Jay Kumar. Le docteur Kumar.

J'esquissai un *namaste* alors que le médecin, tendant la main pour serrer la mienne, me flanquait un coup dans le poignet.

Samir éclata de rire.

— Pardonne-lui, Lakshmi. Il a passé trop de temps à l'étranger. Et il n'a pas d'épouse pour lui enseigner les coutumes indiennes.

Le rouge aux joues, le docteur Kumar nous jeta des regards furtifs.

— Toutes mes excuses, madame Shastri.

— Ne vous en faites pas, docteur.

Derrière son épaule, j'aperçus Malik qui nous observait depuis les marches de la véranda.

— *Tonga* ? lui demandai-je.

Malik hocha la tête en guise d'acquiescement. À quelques pâtés de maisons de la demeure Singh, nous abandonnerions la voiture pour poursuivre dans un rickshaw meilleur marché jusqu'à notre rendez-vous suivant.

— Enchantée d'avoir fait votre connaissance, docteur Kumar. À la prochaine, « Sammy ».

Dans ma bouche, ce vieux sobriquet dut leur paraître aussi ridicule qu'à moi. Ils rirent de concert.

Je ramassai les tiffins et mon sac en vinyle et rappelai à Malik de récupérer les deux autres fourre-tout sous le pommier. Tout en saluant les deux hommes de la tête, je songeai que je devais me rappeler de consigner dans mon carnet le règlement de Samir pour les sachets.

En descendant l'escalier, j'entendis Samir dire :

— Rentrons. Parvati est impatiente de te rencontrer !

Arrivée à la dernière marche, j'accrochai ma sandale et me retournai pour la remettre. Je levai les yeux et surpris le médecin qui m'observait alors que la porte d'entrée se refermait.

Au coin de la véranda, Lala se mordillait la lèvre inférieure tout en tripotant nerveusement les coins de son *pallu*. Je crus lire une supplication dans son regard et faillis remonter les marches pour la rejoindre, mais elle tourna vivement les talons et disparut.

La journée chargée de rendez-vous s'était encore étirée jusqu'au soir, et Malik et moi étions épuisés. Nous nous arrêtâmes devant le *Pink City Bazaar*, qui s'animait à cette heure tardive. Des femmes en sari à motifs se choisissaient des épingles à cheveux, des hommes en *kurta* mâchaient des *chaat* épicés, des vieillards tuaient le temps en dessinant de leurs *beedis* des arcs orangés dans le crépuscule. Je leur enviais leur camaraderie facile, la liberté avec laquelle les castes des travailleurs et des marchands se côtoyaient la nuit.

Depuis la partition des Indes, les passages pour piétons de la vieille ville rose étaient devenus plus étroits, bordés de part et d'autre d'une multitude de petits commerces de fortune dont le seul toit se réduisait parfois à un vieux sari ou à une bâche en toile. Les vieux marchands du bazar avaient fait de la place aux réfugiés pendjabis et sindhis de l'ouest du Pakistan qui installaient des étals où ils vendaient de tout, des épices jusqu'aux bracelets. Après tout, blaguaient les marchands de Jaipur, ce n'était pas un hasard si la ville rose était peinte de la couleur de l'hospitalité.

Malik vivait dans un des innombrables bâtiments qui constituaient les quartiers pauvres. Je ne lui avais jamais demandé s'il avait des frères ou des sœurs, une mère ou un père. Le fait que nous soyons ensemble dix heures par jour, qu'il porte mes tiffins, hèle des rickshaws et des *tonga*, marchande avec les fournisseurs, suffisait. Nous avions des instants de connivence, bien sûr, comme le regard impatient qu'il m'avait lancé quand notre dernière cliente de la journée nous avait fait patienter une heure.

Je posai trois pièces d'une roupie dans sa paume après lui avoir fait promettre de s'acheter de quoi faire un vrai repas, et pas des en-cas pleins d'huile.

— Tu es en pleine croissance, lui rappelai-je, comme s'il l'ignorait.

Il sourit et fila à toutes jambes en se faufilant entre les passants qui faisaient leurs courses en direction des lumières éblouissantes.

— *Chapatti* et *subji*, d'accord ? lui criai-je.

Il se retourna, agita sa main libre.

— Et des *chaat*. Un garçon en pleine croissance ne doit pas mourir de faim, lança-t-il avant de disparaître dans la foule compacte.

Tout en remontant dans le rickshaw qui attendait, je songeai à passer voir ma maison, qui serait bientôt terminée, afin de vérifier l'avancée des travaux. Si je n'effectuais pas de contrôle tous les deux jours, le constructeur, Naraya, n'hésitait pas à brûler les étapes. Il me faudrait alors me disputer avec lui, insister pour qu'il arrache tout et recommence de zéro (j'avais déjà dû le faire plus d'une fois). Mais il était tard, et j'étais trop fatiguée pour me chamailler. Je demandai au rickshaw-*walla* de me ramener chez moi.

Quand je finis par verrouiller le portail derrière moi et me dépêchai de traverser la cour intérieure de Mme Iyengar, il était 20 heures. Mon ventre gargouilla. Je posai mes tiffins vides à côté du tuyau de descente. Je les récurerais dans la soirée dès que la domestique de Mme Iyengar aurait fini sa vaisselle. Je m'apprêtais à gravir l'escalier qui donnait sur la chambre que je louais quand ma logeuse m'appela depuis une porte ouverte.

— Bonsoir, *Ji*, saluai-je en joignant les mains en un *namaste*.

— Bonsoir, madame Shastri.

Mme Iyengar s'essuya les mains sur une petite serviette. Sentant l'odeur du *mirch*, je manquai d'éternuer. Les Iyengar étaient originaires du sud et aimaient une cuisine si épicée que sa seule odeur me piquait la gorge.

Mme Iyengar, femme petite et trapue, levait vers moi un regard sévère.

— Quelqu'un est venu vous rendre visite aujourd'hui.

Personne ne passait jamais me voir à part Malik, que ma logeuse désignait sous le nom de « voyou ».

Elle frotta l'*atta* séchée sur ses doigts en faisant tinter ses bracelets d'or.

— Il a demandé à attendre dans votre chambre. Mais vous savez que je n'autorise pas cela ici.

Elle me décocha un regard d'avertissement.

— Vous avez bien fait, madame Iyengar, lui assurai-je d'une voix apaisante. Il a dit ce qu'il voulait ?

— Il a demandé si vous étiez la dame du village d'Ajar. Je lui ai répondu que je n'en savais rien.

Elle me dévisagea, attendant que j'ajoute aux rares détails divulgués sur mon passé.

— Il avait une très grosse cicatrice.

Elle passa un doigt du coin de la bouche jusqu'au menton.

— D'ici à là.

Elle agita le même doigt à mon intention, les sourcils froncés.

— Si vous voulez mon avis, c'est signe qu'il n'est pas très recommandable.

Le cœur affolé, je fis mine de lui attraper la main, autant pour l'apaiser que pour me calmer.

— La cuisine assèche beaucoup les mains, vous ne trouvez pas ? Si vous voulez, je pourrai les frotter demain avec un peu d'huile de géranium.

Le front plissé, elle les contempla comme pour la première fois.

— Je ne voudrais pas vous déranger.

— Ça ne me dérange pas. Et la prochaine fois que votre mari vous prendra dans ses bras, il reverra en vous sa jeune mariée.

Riant avec désinvolture, je m'apprêtai à tourner les talons.

— Je suppose que ce visiteur n'a pas dit quand il reviendrait ? ajoutai-je en tâchant de garder un ton léger.

Mme Iyengar était occupée à déloger la pâte gluante de sous ses ongles.

— Non, déclara-t-elle.

Sa domestique, qui s'était mise à nettoyer des casseroles dans la cour, lança :

— Je l'ai vu sur le trottoir d'en face tout à l'heure, quand je suis sortie jeter les épluchures de légumes pour les vaches.

Pendant que Mme Iyengar réprimandait sa servante en lui disant de s'occuper de ses affaires, je m'échappai pour gagner le palier du premier étage. Une fois dans ma chambre, je verrouillai la porte derrière moi. Le cœur battant frénétiquement, je tâchai de calmer ma respiration. Ne m'étais-je pas attendue à ce que Hari vienne frapper un jour chez moi ? J'avais toujours été à l'affût de ses sourcils épais et de cette affreuse cicatrice. Puis, à mesure que les années passaient sans incident, je m'étais convaincue que mon époux ne me retrouverait jamais.

Comment avait-il fait pour me localiser ? Dans mes lettres à *Maa* et *Pitaji*, où je les suppliais de pardonner ma désertion, je m'étais appliquée à ne jamais révéler mon adresse. Même quand j'avais envoyé de l'argent pour les billets de train à destination de Jaipur, je leur avais donné pour instruction de demander Malik à la gare, en précisant que celui-ci les mènerait jusqu'à moi. Mais personne ne l'avait encore approché. Mes parents avaient-ils envoyé Hari pour me ramener à la maison ? M'en voulaient-ils toujours à ce point ? Me pardonneraient-ils un jour ?

Sans allumer le plafonnier, je m'approchai de la fenêtre et regardai à l'extérieur. Là, presque dissimulé par le manguier de l'autre côté de la rue, j'aperçus le bas d'un *dhoti* blanc qui luisait dans le noir. Puis l'arc rouge d'une *beedi*. Personne ne rôdait dans ce quartier résidentiel à cette heure de la nuit. La domestique de Mme Iyengar affirmait l'avoir vu quelques minutes plus tôt. Cela ne pouvait être que Hari. Je devais réfléchir, trouver le moyen de le rencontrer loin d'ici.

J'entendis les pas légers de l'autre locataire de Mme Iyengar, M. Pandey, dans l'escalier, et ouvris la porte. Perdu dans ses pensées, il leva les yeux, très surpris.

— Madame Shastri, bonsoir.

Il étira ses lèvres pleines en un lent sourire qui gagna progressivement tout son visage. Ses yeux en amande lui donnaient un air gentil et patient qui convenait parfaitement à un professeur de musique. Ses cheveux longs se terminaient en boucles soignées au niveau des épaules. Il m'arrivait de l'imaginer au lit avec sa femme, leurs mèches emmêlées sur les oreillers.

— *Namaste*, Sahib.

Je joignis les mains pour le saluer autant que pour m'empêcher de trembler.

— Vos cours se passent bien ?

— Cela dépend des élèves, répondit-il en souriant.

— Sheela Sharma a merveilleusement bien chanté à la soirée entre femmes pour le mariage Gupta. Un grand merci à vous.

— *Nahee-nahee*, lâcha-t-il avec un rire doux tout en se touchant les lobes d'oreilles pour écarter les esprits jaloux. Il y a encore beaucoup à faire avant que Sheela devienne Lata Mangeshkar.

Il donnait des cours à Sheela Sharma depuis son enfance et, du peu qu'il m'avait dit, j'en avais conclu que le don naturel de la jeune fille l'avait rendue arrogante et très paresseuse. À moins qu'elle n'y mette du sien, il paraissait peu probable qu'elle atteigne un jour les prouesses musicales de la chanteuse légendaire. Tout le contraire de ce que j'avais affirmé à Parvati.

— Et la santé de Mme Pandey ?

— Excellente. Merci de l'avoir demandé.

— Monsieur Pandey, vous pourriez me rendre un service ?

Je parlais si doucement qu'il dut s'approcher pour entendre. Je sortis mon calepin de mon jupon, en déchirai une page et griffonnai rapidement dessus. Je pliai la feuille et la lui tendis. Il la prit sans me quitter du regard.

— Il y a un homme de l'autre côté de la rue. Il fume une *beedi*. Vous voulez bien lui donner ça ? Ce ne serait pas convenable pour moi de le rencontrer seule…

Je laissai ma phrase en suspens, baissai les yeux et reculai d'un pas.

Il s'éclaircit la voix.

— Bien sûr, bien sûr. Maintenant ?

— Si cela ne vous dérange pas.

Il leva une main et secoua la tête.

— Cela ne me dérange absolument pas.

Il descendit les marches.

Je me précipitai vers la fenêtre de ma chambre. Mes lumières étaient encore éteintes, ce qui me permettait de regarder dehors sans être vue. Je reconnus le *kurta pyjama* blanc de M. Pandey. Il traversa la rue, puis marqua une hésitation. Quelques pas sur sa gauche, une allumette craqua et il se tourna dans sa direction. Je relâchai le souffle que j'avais retenu.

Chapitre 2

Plâtre humide, ciment, pierre. C'était l'odeur de ma nouvelle maison. Plus tôt dans la soirée, j'avais résisté à la tentation de venir jeter un coup d'œil à l'avancée des travaux. À 22 heures, alors que j'aurais dû être en train de faire mes comptes et de préparer la journée à venir, je me tenais debout dans ma demeure inachevée à attendre Hari, agrippant d'une main le couteau qui me servait à couper les plantes et à fendre les graines.

La lumière des réverbères ruisselait sur mon sol magnifique et révélait une mosaïque de fleurs de safran parmi les volutes rondes de feuilles du motif *boteh* et de vases aux formes féminines. Je songeai à Hazi, à Nasreen et aux autres courtisanes de la ville d'Agra qui m'avaient fait connaître les motifs de leurs terres natales – Ispahan, Marrakech, Kaboul, Calcutta, Madras, Le Caire. Dans la ville du Taj Mahal, où j'avais travaillé trois ans après avoir quitté Hari et avant de venir à Jaipur, j'avais décoré au henné les bras, hanches et dos des filles de joie. Mes dessins étaient devenus plus élaborés au fil du temps. J'avais inséré un paon perse à l'intérieur d'une coquille de palourde turque, transformé un oiseau afghan des montagnes en éventail marocain. Ainsi, quand le temps était venu de concevoir le sol de ma maison, j'avais créé un motif aussi complexe que les tatouages au henné que j'avais peints sur la peau de ces femmes, me délectant de savoir que sa signification ne serait connue que de moi seule.

Les fleurs de safran représentaient la stérilité, aussi incapables de produire des graines que je l'étais de porter un enfant. Le lion d'Ashoka, à l'instar de l'emblème de notre nouvelle république, était symbole de mon ambition. J'en voulais plus, toujours, en échange de ce que je pouvais accomplir à l'aide de mes mains, de mon esprit. Bien plus que ce que mes parents avaient cru possible. Le bel ouvrage sous mes pieds requérait les compétences d'artisans travaillant exclusivement pour le palais. Le tout financé par mes minutieuses préparations d'huiles, lotions, pâte de henné et, surtout, des sachets de plantes que je fournissais à Samir.

Hari était-il venu tout me prendre ?

Crac, crac. Des pas dehors sur le gravier. Lentement, je fis glisser le pouce le long de la lame de mon couteau.

Il y eut un silence. Puis les pas reprirent, s'arrêtèrent devant ma porte d'entrée. Je me tenais de l'autre côté du battant, dans le noir, le souffle court.

La porte s'ouvrit et Hari pénétra dans la pièce. Il resta debout, illuminé par la lueur des réverbères, comme s'il était sur scène. Ses cheveux, aussi épais et ondulés qu'avant, lui tombaient devant les yeux. Son profil était anguleux, mais son menton rond. Avec ses pommettes saillantes, il était presque beau. Je le vis parcourir la pièce du regard avant de le poser sur moi.

Un long moment, nous nous dévisageâmes. Il étudia – lentement – mon visage, mon sari de coton fin et mes sandales argentées. Je me retins de serrer mon sari autour de moi.

Il entrouvrit la bouche. Risqua un sourire timide.

— Tu te portes bien.

Le pensait-il vraiment ? Ou s'apprêtait-il à faire suivre une remarque bienveillante d'une autre, plus cassante, comme auparavant ?

Sa chemise tachée de curry était déchirée sous une de ses aisselles. Son *dhoti* était couvert de poussière. Malgré son double menton, il était plus maigre que dans mes souvenirs. L'odeur de sa sueur et de ses cigarettes bon marché flottait dans l'air.

Comme je ne répondais pas, il s'approcha du mur enduit de plâtre et posa sa paume à plat dessus. Il avait l'air impressionné. Je tressaillis. Je n'avais pas envie qu'il touche ce qui m'appartenait.

Il contempla le sol de mosaïque.

— Est-ce que… Qui habite ici ? Je croyais que… Tu ne vis pas dans cette autre maison ? Avec les Indiens du Sud ?

— Elle m'appartient. C'est moi qui l'ai construite.

Je perçus la fierté dans ma propre voix.

Il fronça les sourcils et inclina la tête, comme pour essayer de comprendre. Autrefois, nous avions vécu dans une petite maison à une pièce ; sa mère dormait à l'avant avec les ustensiles de cuisine et nous, à l'arrière. Avec un rideau pour nous séparer.

Il se couvrit la bouche d'une main, comme perdu dans ses pensées.

— C'est toi qui as construit ça ?

Voilà le Hari que je connaissais. Celui qui ne me croyait jamais digne de quoi que ce soit, mis à part porter des enfants et m'en occuper.

— Je l'ai gagnée à la sueur de mon front. Ce que toi, tu n'as jamais fait, lançai-je avant de réfléchir.

Une lueur glaciale envahit son regard et un rictus lui déforma le visage.

— Moi… ? C'est toi qui m'as abandonné, tu t'en souviens ?

Il ferma les yeux et secoua vivement la tête, comme pour chasser sa colère.

— Je n'ai pas envie qu'on reparte sur des mauvaises bases, Lakshmi. Ce qui est fait est fait, d'accord ? Je te pardonne. On repart de zéro.

Et dire qu'au vu de sa tenue et de son allure déguenillée, j'avais été tentée d'éprouver de la compassion. *Quelle idiote !* Certes, son amertume était légitime : une épouse stérile est un déshonneur. Un fardeau qui justifie qu'on la renvoie à sa famille. À l'âge de quinze ans, j'avais été trop craintive, trop naïve, pour négocier ses manières brusques. Entre-temps, j'avais appris à ne pas me laisser intimider aussi facilement. Il n'aurait aucune excuse de ma part.

— Toi, tu me pardonnes ? crachai-je. Après la façon dont tu m'as traitée ?

Il parut déconcerté.

— Mais ta sœur a dit…

— Ma « *sœur* » ?

De quoi parlait-il ?

— Je n'ai pas de sœur.

Interloqué, il se tourna vers la porte.

— Tu m'as menti ?

Je suivis son regard. Une jeune fille, maigre comme une brindille de margousier, se tenait tapie dans l'ombre de la porte. Comment avais-je pu ne pas la remarquer ?

Comme en transe, elle s'avança jusqu'au centre de la pièce, les yeux rivés aux miens. Elle était plus petite que moi d'une demi-tête. Ses cheveux brun foncé, souples et poussiéreux, coiffés avec la raie sur le côté et tressés en une natte qui lui tombait dans le dos, lui descendaient presque jusqu'à la taille. Un châle de coton orange recouvrait la moitié de son jupon en loques et remontait dans son dos pour s'enrouler autour de ses épaules. Elle portait un bustier d'un bleu terne. Pas de bijoux ni de chaussures.

Elle leva une main comme pour me toucher l'épaule.

— *Jiji ?* risqua-t-elle.

Je n'étais la sœur aînée de personne ! Je reculai d'un pas. Le couteau dans ma main luit à la lumière des réverbères. Elle étouffa un cri.

Hari s'avança entre nous et pointa son doigt sur elle.

— Réponds-moi !

La fille sursauta et enroula les bras autour de son ventre.

Je regardai Hari, la fille, puis encore Hari.

— Qu'est-ce qui se passe ?

Il sortit une boîte d'allumettes de sa poche et la jeta à mes pieds.

— Regarde par toi-même.

S'agissait-il d'une ruse ? Pour craquer une allumette, j'allais devoir poser mon couteau. J'agis avec lenteur, en gardant Hari à l'œil. Il serrait et desserrait les poings, mais restait sans bouger. J'enflammai une allumette que je portai au visage de la fille. Ses yeux bleu-vert, irisés, de la couleur des plumes d'un paon, étaient immenses. Son nez était fin et droit, avec une petite bosse au milieu. Elle avait la bouche en cerise, ronde et rose. Je levai une nouvelle fois l'allumette vers ses yeux, qui n'avaient pas cligné une seule fois.

Le sang me martelait les tempes. Je secouai la tête.

— Comment est-ce que… ? Après moi, *Maa* est tombée enceinte de deux filles, mais aucune n'a survécu au-delà de la première année.

Hari semblait aussi déboussolé que moi.

— Elle m'a dit qu'elle était née l'année de ton départ. Il paraît que tu étais au courant.

Maa aurait été enceinte quand j'avais quitté Hari ? D'une autre fille ? Et je ne l'aurais même pas su ? Une foule de pensées se bousculait dans ma tête. Le coût d'une nouvelle dot avait dû l'exaspérer ! Comme pour beaucoup de femmes pauvres, la naissance d'une fille avait été pour elle un fardeau. Mais pourquoi mes parents ne l'avaient-ils pas accompagnée à Jaipur alors que je leur avais justement envoyé l'argent nécessaire pour le faire ? Pourquoi était-elle venue avec Hari ?

Je détaillai le corps de la fillette à la lueur de la flamme. Ses bras étaient couverts de bleus.

— Comment tu t'appelles ?

Elle jeta un coup d'œil à Hari avant de répondre :

— Radha.

L'allumette me brûla les doigts. Je la lâchai par terre et en craquai une autre, les mains tremblantes.

— Où est *Maa* ? demandai-je.

Ses yeux s'emplirent de larmes.

— Elle est partie, *Jiji*, répondit-elle d'une petite voix.

Je mis un certain temps à assimiler la nouvelle. J'avais les jambes en coton.

— Et *Pitaji* ?

La fille remua la tête pour me faire comprendre que mon père était décédé lui aussi.

Morts tous les deux ?

— Quand ?

— *Pitaji*, il y a huit mois. Notre *Maa*, deux.

Je suffoquai. Pendant tout ce temps, j'avais rêvé de retrouvailles avec mes parents, sans jamais envisager la possibilité de ne jamais les revoir. Ma mère et mon père avaient-ils brûlé sur leurs bûchers funéraires couverts de honte ? Accablés par les rumeurs au sujet de leur fille ingrate qui avait abandonné son mari ?

Mes parents ne sauraient jamais combien de fois j'avais songé à quitter Hari au cours des deux années où nous avions été mari et femme. Si j'étais restée, c'était uniquement par peur de nuire à leur réputation. Jusqu'au jour où je n'avais plus pu endurer les coups de mon mari, les plaies sanguinolentes, les paroles qui me sciaient de l'intérieur. Les matins où je parvenais à peine à me relever. Et tout cela pour quoi ? Pour l'enfant que je n'avais pas pu lui donner. Dans la première année, sa mère, cette chère femme, avait espéré que ses tisanes à l'igname sauvage et ses infusions de trèfle violet et de menthe poivrée inciteraient mon corps à produire un enfant. Elle avait préparé des toniques à l'aide de feuilles d'ortie pour renforcer mes organes. J'avais mâché des graines de tournesol pour m'humidifier les parties intimes jusqu'à en avoir des aphtes plein la bouche.

Ma belle-mère avait soigné mon corps avec la même application que j'avais mise à cultiver son jardin médicinal, dont je bichonnais la terre, semais les graines, arrosais les pousses fragiles. Mais toute la patience de ma *saas* n'avait pas suffi à donner à son fils ce qu'il désirait tant. Pour un Indien, un fils – ou une fille – était la preuve de sa virilité. Une naissance lui permettait de prendre fièrement la place qui lui était due parmi les légions d'hommes qui porteraient la génération suivante sur leurs épaules. Comme beaucoup l'auraient fait dans sa situation, Hari avait eu le sentiment que je l'avais privé de ce droit.

J'aurais pu expliquer, tout expliquer, à *Maa* et *Pitaji* s'ils étaient venus à Jaipur. Ils auraient peut-être compris que j'avais eu raison de quitter Hari, de me bâtir cette nouvelle vie rutilante. Sauf qu'ils n'étaient jamais venus.

Je n'avais pas envie de lui poser la question, mais il fallait que je le sache.

— Et ta mère ? Elle est toujours… parmi nous ?

Hari déglutit. Se détourna.

Les larmes me montèrent aux yeux. Sa mère, ma *saas*, disparue elle aussi ? J'avais aimé cette femme douce comme s'il s'était agi de ma propre mère. Elle avait passé des heures à me montrer comment cueillir les fleurs d'un arbre à laque pour que mes règles soient régulières, comment broyer l'herbe à puces jusqu'à obtenir une poudre assez fine pour apaiser une cloque sans brûler la peau. J'avais fait de ses enseignements l'œuvre de ma vie. C'était grâce à elle si j'avais survécu. À présent, elle ne le saurait jamais.

— Mais si *Maa* est morte il y a deux mois, avançai-je une fois que j'eus recouvré ma voix, pourquoi t'a-t-il fallu aussi longtemps pour venir ?

La fille glissa un regard à Hari et baissa les yeux.

Il frotta sa cicatrice sur le menton.

— On avait des préparatifs à faire. Pour le voyage.

Le voyant cacher sa balafre, je compris qu'il mentait. Il avait eu le même geste lorsqu'il avait affirmé à mon père qu'il pourvoirait à mes besoins en tirant un rickshaw.

Une fois de plus, je levai la flamme de l'allumette vers le visage de la fille. Était-ce un bleu que je distinguais sur sa gorge, ou seulement une ombre ? Elle sentait la bouse de vache. Hari aussi. Visiblement, ils ne s'étaient pas servis de l'argent que j'avais envoyé à mes parents pour s'acheter des billets de train.

Je jetai un regard à Hari.

— Qu'est-ce que tu as fait de l'argent que j'ai envoyé ?

Il pinça les lèvres et me toisa de manière provocante.

L'allumette s'éteignit et j'en allumai une autre, me tournant de nouveau vers la fille.

— *Rundo Rani ?* lâchai-je, la respiration saccadée.

La fille se tordit les mains.

— *Rundo Rani ?* répétai-je.

Elle entrouvrit les lèvres.

— *Rundo Rani*, m'obstinai-je, plus fort cette fois.

— *Rundo rani, burri sayani*, récita-t-elle précipitamment. *Peethi tunda, tunda pani. Lakin kurthi heh munmani.*

Elle plaqua une main sur sa bouche pour dissimuler un sourire.

Cette comptine, c'était mon père qui l'avait inventée et chantée à toutes ses filles, moi comprise. *Petite reine, se prend pour une grande. Ne boit que de l'eau froide, froide. Mais fait tellement de bêtises !*

Je retins mon souffle, puis le relâchai lentement. Elle confirmait ce que j'avais déjà vu : les yeux de ma mère dans le visage de Radha.

La fille baissa sa main. Elle souriait désormais de toutes ses dents, et son visage avait changé. Le visage d'une femme sur le corps d'une fille.

J'avais une sœur ! Une sœur qui avait grandi pendant que moi, je cherchais à fuir mon passé. Pourquoi mes parents ne m'en avaient-ils rien dit ? *Mais comment auraient-ils pu le faire alors que mes lettres ne portaient aucune adresse de retour ?*

— On est toujours mariés, rappela brusquement Hari, dont j'avais oublié la présence. Tu restes ma femme.

Mes épaules se raidirent.

— On peut réessayer, Lakshmi.

Non ! Je jetai la boîte d'allumettes à ses pieds.

— On va divorcer.

Ses narines se gonflèrent de colère. Voilà le Hari que je connaissais.

— Maintenant je comprends, cracha-t-il en montrant Radha de la tête. Vous êtes vraiment sœurs. Deux petites menteuses.

Qu'entendait-il par là ? Je glissai un regard à Radha, mais elle avait les yeux rivés au sol.

Hari se retourna vers moi, les mâchoires crispées.

— Même ton nom est un mensonge, Lakshmi, gronda-t-il. Tu n'es pas vraiment une « déesse de la fortune », si ? Tu n'aurais jamais pu gagner autant toute seule, certifia-t-il en montrant la maison d'un grand geste. Qui paie tes factures ? ajouta-t-il, les yeux plissés.

À ses yeux, j'étais forcément la maîtresse d'un homme riche. Dans son monde, une femme était incapable de réussir toute seule !

À grand-peine, je parvins à maîtriser ma voix.

— Une loi est passée cette année, Hari. Maintenant, on peut divorcer.

Il se mordit la lèvre inférieure et ramassa la boîte d'allumettes. Puis il parcourut de nouveau la pièce du regard, contempla le sol, mon sari. Pendant quelques instants, nous restâmes plongés dans le silence.

Soudain, je compris.

— C'est de l'argent que tu veux, devinai-je.

Évidemment. Plutôt que de se rendre à la ville pour tirer un rickshaw pendant une semaine et me rapporter ses gains, Hari avait passé le plus clair de son temps au village à dormir, manger ou essayer de coucher avec moi. Si sa mère n'avait pas touché un petit revenu grâce à ses plantes et traitements médicinaux, nous n'aurions pas eu de quoi manger.

— Seulement le temps que…, commença-t-il, un peu penaud.

— Combien ? lâchai-je d'un ton sec.

Il se gratta le front, se balança d'un pied sur l'autre.

— Combien est-ce que tu pourrais me donner ?

— Je trime dur, Hari. Tout ce que tu vois ici est le résultat de plusieurs années de travail. Et ça ne m'appartient pas encore. J'ai des dettes et, contrairement à toi, je tiens à les honorer.

Il crispait encore les mâchoires.

— Tu veux que je dise à tout le monde la vérité à ton sujet ? Qu'en penseraient tes MemSahibs si elles savaient ?

Mon cœur tambourina dans ma poitrine. Dans son état actuel, aucun *chowkidar* ne le laisserait franchir les grilles des majestueuses demeures qu'ils protégeaient. Mais il savait aussi bien que moi que ces gardiens, comme tous ceux qui avaient des bouches à nourrir et des dots à verser, pouvaient se laisser corrompre.

Radha nous observait de près.

— Combien de temps comptes-tu rester à Jaipur ? demandai-je à Hari.

Il haussa les épaules.

J'inspirai à pleins poumons, une, deux, trois fois. Je sortis le rouleau de roupies de mon jupon. Des roupies que j'avais soigneusement mises de côté pour régler mon prochain acompte auprès du constructeur. Je jetai les billets sur le sol de mosaïque, de la même manière qu'il avait jeté ses maigres gains sur le sol de notre maison tant d'années auparavant.

Il fixa les billets du regard. Il s'agissait probablement pour lui d'une somme conséquente. Après une pause, il s'avança pour les ramasser.

Il se frotta les poils du menton. Leva les yeux vers les miens. Ouvrit la bouche, comme pour en dire plus.

J'attendis.

Mais il garda le silence et se borna à poser son regard sur Radha, qui scrutait obstinément le sol. Enfin, il secoua la tête et sortit.

Je me levai, troublée sans trop savoir pourquoi. Pendant des années, je m'étais imaginé ce que je ferais si je recroisais Hari. Je le frapperais de mes poings. Je le giflerais. Je le rouerais de coups de pied. Pour toutes les fois où il m'avait fait du mal, où il m'avait humiliée. Pourtant, quand je m'étais retrouvée face à lui pour la première fois en treize ans, j'avais éprouvé plus de pitié que de colère.

La voix de Radha transperça mes pensées.

— *Jiji*, tu étais à Jaipur pendant tout ce temps ? Tes habits…

La réduisant au silence d'un geste de la main, je me précipitai vers la fenêtre et regardai Hari longer la rue. Une fois qu'il fut hors de vue, je portai les doigts à ma bouche et sifflai. Quelques secondes plus tard, Malik accourut à la fenêtre, talonné par deux jeunes deux fois plus grands que lui, tous là pour me protéger.

— Parti, Tatie-patronne. Le rickshaw t'attend au coin de la rue.

Je comptai cinq roupies. Malik donna une pièce à chacun de ses compagnons et empocha les trois dernières. Un véritable homme d'affaires.

Dans le rickshaw qui nous ramenait chez moi, je sentais Radha qui étudiait mes habits, mes cheveux, mes sandales. Je m'imaginai ses questions, celles que je ne lui avais pas permis de poser. *« Où étais-tu pendant toutes ces années ? Pourquoi est-ce que tu t'es enfuie ? Qu'est-ce qui t'a fait venir à Jaipur ? »* J'essayais encore de me remettre du choc d'avoir vu Hari, d'avoir appris que les trois personnes qui m'avaient été autrefois si chères n'étaient plus. Et je tentais de me faire à l'idée d'avoir une sœur, qui était assise à côté de moi, aussi réelle que la migraine qui me martelait les tempes.

Lentement, délibérément, je rajustai le sari sur mon épaule et me raclai la gorge.

— Pour commencer… ce n'est pas poli de dévisager.

Elle se détourna mais, comme si c'était plus fort qu'elle, retourna la tête vers moi.

— *Jiji…*

Je levai une main entre nous.

— Deuxième point… On parlera à la maison.

Tels des oiseaux qui sèment les graines qu'ils ont dévorées, les conducteurs de rickshaws et *tonga-wallas* répandent les rumeurs qu'ils entendent. Je mettais un point d'honneur à ne pas les alimenter.

Sentant de nouveau le poids du regard de Radha, je fermai les yeux pour la chasser de mon esprit. La pression sur mes tempes avait empiré. Se pouvait-il vraiment que cette fille soit ma sœur ? Mais elle était si crasseuse ! Aussi crasseuse qu'un taureau brahmane resté en pâturage pendant une semaine. À son âge, je me coiffais toute seule, j'essorais mes jupons propres à la rivière, je me lavais les pieds avant de m'allonger sur ma paillasse. *Maa* ne lui avait-elle donc rien appris ? Elle sentait le fumier, ce qui signifiait que Hari avait dû persuader des fermiers de passage de les amener jusqu'à Jaipur. En empochant l'argent que j'avais envoyé à mes parents.

Du coin de l'œil, j'étudiai ses mains jointes. Ses ongles noircis n'étaient pas plus propres que ceux d'une mendiante. Comment allais-je expliquer la présence d'une sœur dont j'avais ignoré l'existence jusque-là ? Ce n'était pas comme si mes clientes connaissaient le moindre détail de ma vie familiale, mais Mme Iyengar… Qu'allais-je bien pouvoir lui dire ? J'ajoutai fermement à ma liste : *Troisième point : ne jamais parler de Hari à qui que ce soit.* À en juger par son apparence, il était encore sans le sou. Il n'était pas impossible qu'il compte rester à Jaipur et vivre de mon argent pendant un certain temps. Pourquoi, alors que je récoltais enfin les fruits de mon labeur, me retrouvais-je avec deux nouvelles bouches à nourrir ?

Mais quelle injustice de ma part ! J'aurais volontiers accepté la responsabilité de nourrir les deux personnes que j'avais tant attendues : ma mère et mon père. Peut-être Radha était-elle ma pénitence pour le déshonneur dans lequel je les avais plongés. Mes parents, ma belle-mère et Hari, tous avaient sûrement été ostracisés et rejetés après ma désertion. Écartés des cérémonies religieuses, des mariages, des naissances, des enterrements, on leur avait peut-être même craché dessus. Je me sentais rougir de honte.

La tête de Radha se pencha en avant et je me rendis compte qu'elle s'était endormie, bercée par le rythme du rickshaw. Elle commença à s'incliner vers moi, et cette proximité me mit mal à l'aise. Je me poussai de mon côté et son corps se pencha de l'autre, jusqu'à ce que sa tête repose contre le toit en toile déchirée de la voiture.

J'étais libre d'étudier son visage, qui était ovale, comme celui de *Maa*. Le mien était en forme de cœur, et j'avais le menton pointu, comme *Pitaji*. Si elle était effectivement née l'année de mon départ, Radha devait avoir dans les treize ans. On lui en aurait donné plus. Malgré sa jeunesse, un pli profond s'était déjà creusé entre ses sourcils, et les coins de sa bouche étaient marqués par l'inquiétude.

J'examinai les marques sombres et rondes sur ses bras là où j'imaginais que Hari avait posé les mains. Avais-je fui la cruauté de mon époux pour qu'il s'en prenne à Radha ? Je frémis à cette pensée.

Comme en réaction, Radha frissonna. Je retirai mon châle en laine pour l'enrouler autour de son corps maigre. Je doutais qu'elle possède un pull. Elle avait dû mourir de froid sur le trajet jusqu'ici.

Sa peau était un peu plus brune que la mienne. Elle avait dû passer plus de temps que moi au soleil, à puiser de l'eau dans le puits du village ou à ramasser de la bouse de vache sous le soleil de midi comme je l'avais fait autrefois. Les plantes de ses pieds étaient crevassées. Il allait falloir attendre les premières lueurs de l'aube pour lui faire prendre un bain. Je ne pouvais pas courir le risque de réveiller toute la maisonnée de Mme Iyengar, ainsi que la famille de M. Pandey.

Si elle avait treize ans, elle devait aller au collège. J'allais devoir me renseigner sur les écoles publiques. Je savais, grâce aux filles de mes dames, que les cours reprenaient en janvier. Mais d'ici là, que faire ? Je ne pouvais pas laisser Radha dans notre logement pendant que je me rendais chez mes clientes. Mme Iyengar fourrerait son nez partout et la mitraillerait de questions. Pouvais-je l'emmener à mes rendez-vous ? Des habits ! Il allait falloir lui en trouver d'autres avant que je la présente à la bonne société.

J'avais l'impression que mon crâne était trop étroit pour contenir toutes les pensées qui tourbillonnaient à l'intérieur. Je n'osais pas me projeter au-delà de cette soirée. Sinon, je ne fermerais plus jamais l'œil de la nuit.

Je secouai l'épaule de Radha pour la réveiller. J'avais beaucoup de choses à lui apprendre, et vite.

Chapitre 3

16 novembre 1955

Mme Iyengar me réclamait une somme modique pour la location de son *almirah*. Sur une étagère du placard, je rangeais des saris pliés aux teintes pastel. Ils arboraient de délicats imprimés : pois minuscules, rayures fines ou fleurs brodées à peine plus grosses que des coccinelles. L'étagère suivante contenait mes bustiers, rangés par colonnes selon leur couleur : bleu clair, vert forêt, rose bonbon, blanc immaculé et ivoire. Les ensembles *salwar-kameez*, que j'avais surtout portés dans ma jeunesse, reposaient sur l'étagère du bas avec leurs *chunnis* assortis.

— Tout ça est à toi, *Jiji* ?

Radha, tout juste sortie de son bain et enroulée dans une serviette, contemplait le contenu de l'*almirah*. Elle se frottait les doigts, comme si elle brûlait de caresser les fins cotons et les soies délicates. La veille, dans le rickshaw, je lui avais parlé des femmes pour qui je travaillais.

— Quatrième point, l'avais-je avertie. Ne touche pas à ce qui ne t'appartient pas. Les dames t'accuseront de vol avant que tu aies eu le temps de nier.

Je choisis un sari rose foncé bordé de petites fleurs fuchsia et, d'un geste entraîné, plissai l'étoffe avant de la caler dans mon jupon.

— La plupart de mes dames ne portent pas de coton, seulement des soies si fines qu'on pourrait les faire glisser à travers une bague. Pour les grandes occasions, elles mettent des saris lourds de broderies, tissés de fils d'or et d'argent.

Je considérai ma sœur.

— J'ai réalisé le henné d'une jeune mariée récemment, révélai-je. Il y avait tellement d'or dans son sari que trois de ses sœurs ont dû l'aider à monter les marches jusqu'au *mandap*.

— Comment a-t-elle fait pour marcher autour du feu ?

Je haussai un sourcil.

— Très, très lentement.

Radha éclata d'un rire étonnamment grave, qui voletait tel le bruit des cartes à jouer que les garçons inséraient entre les rayons des roues de leurs vélos.

Je claquai une paire de sandales brunes sur le sol en pierre et l'incitai à les enfiler. Le talon était plat, les lanières toutes simples. À voir ses pieds abîmés, je devinais qu'elle avait l'habitude de marcher pieds nus. Ces semelles-ci l'aideraient à passer à de vraies chaussures.

Alors qu'elle déroulait sa serviette, je ne pus m'empêcher de contempler ses contusions. Le rouge vif de la veille s'était estompé. Quand nos regards se croisèrent, elle replia les bras sur sa poitrine pour les cacher.

— Dans le camion, un mouton… m'a donné un coup dans les côtes. Demain, on n'y verra plus rien.

Il y avait tant de choses que nous taisions. Il en avait été de même sur le toit ce matin-là quand je lui avais donné son bain, à l'aube, avant que les balayeuses ne fassent leurs rondes et que la domestique de Mme Iyengar ne vienne retirer les saris mis à sécher la veille. Radha refusait d'évoquer certains sujets et moi, je restais discrète sur d'autres. J'étais tiraillée : une part de moi avait envie de savoir si Hari lui avait fait du mal (le même mal qu'il m'avait infligé), mais une autre avait peur de le découvrir. Quelle que soit sa réponse, j'étais sûre que la faute aurait été la mienne. Il aurait cherché à se venger de moi.

Je lui passai par la tête une tunique en coton vert forêt et lissai l'étoffe sur ses épaules maigres. Le *kameez* pendait sur sa petite poitrine et je tirai dessus pour voir ce qu'il allait falloir reprendre. J'allais aussi devoir raccourcir le *salwaar* blanc de quelques centimètres ; le pantalon lui tombait sur les pieds et la taille était trop lâche d'une dizaine de centimètres. Enfin, je drapai un *chunni* en mousseline de soie blanche autour de ses épaules. Puis je reculai pour inspecter mon œuvre.

Le vert forêt de la tunique accentuait le vert d'eau de ses iris et, par contraste, ses cheveux paraissaient plus noirs. Dans le bain, je l'avais frottée avec un tel zèle que sa peau était devenue rosée, et l'huile de noix de coco avait donné à ses bras un joli lustre. Avec ses cheveux ramassés en un chignon, un ou deux bijoux au cou et un peu plus de chair sur les os, on la prendrait aisément pour une des filles de mes dames.

Surprenant ma mine satisfaite, elle esquissa un sourire timide.

— *Jiji*, tu n'aurais pas des couleurs plus vives ?

— Des teintes criardes te feront passer pour une petite villageoise, décrétai-je. La seule manière de porter des couleurs vives est avec de la soie, comme le font mes dames. Et oublie ces miroirs de pacotille cousus sur les vêtements, on dirait une vulgaire laveuse de linge.

Elle ouvrit la bouche, les lèvres tremblantes.

Avais-je été trop dure ?

Son regard se posa sur le *mutki* qu'elle avait rapporté de notre village. À l'intérieur du récipient scintillaient les centaines de petits miroirs du sari de *Maa*.

Trop tard, je compris que je l'avais vexée, comme je l'avais fait sur le toit en retirant des tiques de ses cheveux.

— Ça ne t'arrive jamais de te laver ? avais-je demandé.

— Pendant dix jours, nous avons voyagé à bord d'une charrette remplie de cannes à sucre, et puis nous sommes montés dans un camion qui transportait des moutons à Jaipur.

Elle s'était exprimée d'une petite voix frêle, contrite, et j'avais aussitôt regretté le ton que j'avais adopté. Si Hari avait tenu à dépenser mon argent autrement, qu'aurait-elle pu bien faire ? En outre, n'avais-je pas été moi-même infestée de tiques à Ajar, quand j'avais erré parmi les chèvres et les chiens galeux ? J'allais devoir me montrer plus douce avec elle.

Cling clang. Le bruit de boîtes métalliques s'entrechoquant annonça l'arrivée du laitier dans la cour de Mme Iyengar. Soulagée par cette interruption, je me dépêchai d'enfiler mes sandales.

— Il faut que je parle au *doodh-walla*. Il va nous falloir un litre de plus pour faire du *burfi*.

J'ouvris la porte à l'instant même où Malik s'apprêtait à frapper. Son épaisse tignasse n'était pas peignée, mais sa chemise et son pantalon paraissaient propres. Il mastiquait quelque chose.

— *Arré*, Malik ! Tu arrives bien tôt.

Il désigna Radha du menton.

— C'est qui, elle ?

— Radha, ma sœur. Elle va vivre avec moi.

Je ne lui donnerais pas d'autre explication. Avec Malik, ce n'était pas nécessaire.

— À force de mâcher du *paan*, tu vas finir par avoir les dents noires, tu sais.

— Aujourd'hui, c'est jour de marché, Tatie-patronne, répliqua le garçon sans se laisser démonter. Aucune dame ne va me tourner autour.

Il se fendit d'un large sourire, les dents tachées de pâte de tabac.

De mon jupon, je sortis une liste de courses que je lui tendis. Malik la parcourut du regard.

— Autre chose ?

Je jetai un coup d'œil à la rangée de flacons sur ma table de travail.

— De l'huile de lavande.

Je l'avais finie ce matin-là en l'appliquant sur les bleus de Radha.

— Et de l'extrait de magnolia.

Les pieds de Radha s'étaient avérés bien plus secs que ceux de Lala. Je me demandais s'il lui était arrivé de porter des chaussures.

Malik hocha la tête. Il s'était remis à dévisager ma sœur.

Je ramassai les habits de voyage sales de Radha.

— Quand tu reviendras du marché, tu me brûleras ça.

La jeune fille lâcha un petit cri.

Je pivotai vers elle. Elle ne possédait sans doute pas d'autres habits.

— Ils sont infestés de vermine, Radha. On t'en trouvera des neufs.

Elle rougit, risqua un regard vers Malik et baissa vivement les yeux. Lui avais-je fait honte en parlant ainsi devant lui ? Je considérai le garçon pour voir sa réaction, mais il gardait une expression neutre. Je le raccompagnai jusqu'à la porte et nous descendîmes l'escalier pour nous acquitter de nos courses respectives.

Alors que je regagnais ma chambre avec le pot à lait en acier, je me figeai sur le seuil, consciente que quelque chose avait changé. Radha se tenait debout à une extrémité de la longue table sur laquelle je conservais mes plantes, les mains jointes dans le dos. Son regard trahissait la méfiance d'un animal sauvage. Qu'avait-elle fait ? Quoi qu'il en soit, elle devait s'attendre à ce que je la punisse. Je parcourus du regard les flacons d'huiles et de lotions, mon mortier et mon pilon, la planche en marbre sur laquelle je découpais mes plantes et graines. Tout était vaguement de travers, pas dans l'ordre habituel. Le pot de plantes aromatiques avait été déplacé lui aussi. Je vis alors ce qui clochait. Dans la jatte où j'avais immergé mon chemisier avec des fleurs de frangipanier, une des fleurs manquait. Je jetai un regard à Radha, qui porta aussitôt les mains à ses cheveux. Là, sur le chignon dont je l'avais coiffée, elle avait glissé l'autre fleur.

Elle eut un sourire en coin.

— Dixième point : toujours sentir la fleur si on veut que des dames vous invitent chez elles.

La veille, après les premier, deuxième, troisième et quatrième points, je lui avais enseigné le cinquième point : « Tiens-toi droite » (elle était toujours voûtée, comme accoutumée à s'accroupir par terre pour s'occuper de la lessive ou de la cuisine) ; sixième point : « Ne reste pas la bouche ouverte » (elle fixait les scooters du regard comme si elle voyait des singes chanter en hindi) ; septième point : « Ferme la bouche quand tu manges » (à peine avait-elle fini une bouchée de *chapatti* qu'elle en avalait une autre, à croire qu'elle n'avait pas mangé depuis des semaines) ; et huitième point : « Souris quand je te présenterai à Mme Iyengar demain matin » (l'expression habituelle de Radha semblait se réduire à un renfrognement inquiet). Quand j'en étais arrivée au neuvième point, Radha avait fini son dîner et ses paupières commençaient à s'alourdir. J'avais étendu un drap devant l'*almirah*. La voyant se gratter la tête, je lui avais expliqué qu'une fois que nous nous serions débarrassées des *juey* dans ses cheveux, elle dormirait avec moi sur le lit de camp. Elle n'avait pas protesté. Soit elle était habituée à dormir par terre, soit elle était trop épuisée pour faire des histoires.

J'avais vécu seule pendant trop longtemps, et ne savais pas comment élever un enfant. Devais-je la réprimander pour avoir pris ce qui ne lui appartenait pas, ou alors lui accorder ce petit plaisir, à elle qui n'était qu'une petite villageoise mise en joie par les raffinements quotidiens auxquels je ne prêtais même plus attention ? Après tout, une fleur, ce n'était pas grand-chose.

J'entrai dans la pièce et posai le pot à lait sur la table. Je lui souris.

— Tu veux bien mettre mon bustier à sécher sur le toit pendant que je me coiffe ? demandai-je en montrant la jatte.

Elle se décrispa, comme si elle avait retenu son souffle.

— *Jiji*, à quoi ça sert ? questionna-t-elle en s'emparant d'un des flacons posés sur la table.

— C'est de l'huile de *bawchi*. Ça fait pousser les cheveux. Tu n'en as pas besoin. Les tiens sont assez épais comme ça.

Elle pointa son doigt sur une jatte en argile qui trônait sur un carré de velours rouge dont le rebord était teinté d'une couleur cannelle foncé.

— Ce pot a quelque chose de particulier ?

Avant qu'elle ait pu toucher au vieux bol mélangeur de ma *saas*, je l'éloignai de la table.

— C'est là-dedans que je mélange le henné. Maintenant, dépêche-toi de t'occuper de ce bustier. On va aller chez la couturière, ajoutai-je en jetant un coup d'œil à ma montre. Si on arrive assez tôt, elle sera contrainte de négocier le ventre vide.

Les cheveux clairsemés de la couturière étaient coiffés avec la raie au milieu et ramassés dans un chignon hirsute. Par endroits, on voyait son cuir chevelu brun-jaune. Une fois qu'elle eut épinglé les trois paires de *salwaar-kameez* que nous avions apportées, elle se pencha par la fenêtre du deuxième étage et commanda du thé. Cinq minutes plus tard, un garçon entra avec trois petits verres de chaï fumant. J'en acceptai un, mais la couche d'huile qui flottait sur le dessus me dissuada d'en boire. Radha, elle, vida le sien en moins d'une minute. Elle réserva le même sort au mien quand je le lui tendis. J'allais devoir lui apprendre à boire de manière plus mesurée.

— Combien ? demandai-je à la tailleuse.

Celle-ci retira d'une étagère une grosse boîte en fer de tabac à priser de la marque Scorpion et en prit une pincée entre le pouce et l'index. Elle l'inhala, brusquement, par une narine puis par l'autre, comme *Maa* avait eu l'habitude de le faire, puis renifla en grognant, la bouche ouverte.

— Vous ne m'aviez jamais dit que vous aviez une sœur, fit-elle remarquer.

— Et vous, que vous aviez de la soie grège de couleur orange alors que je vous en avais demandé, rétorquai-je. Imaginez ma surprise quand j'ai vu Parvati Singh portant un bustier que vous aviez fabriqué avec cette même étoffe.

Elle pinça les lèvres.

Je m'aperçus que Radha nous observait, son regard passant de la couturière à moi.

Je n'étais toutefois pas du genre à me faire des ennemis, et encore moins quand il s'agissait d'une des meilleures couturières de Jaipur. Je sortis un petit flacon de mon sac.

— Avant que j'oublie, je voulais vous donner ceci.

Elle s'empara du flacon, que nous vîmes disparaître dans les plis de son sari.

— Ce sera prêt dans deux jours.

Je me levai.

— Demain.

Une fois dehors, Radha me demanda ce que contenait le flacon.

— Tu ne devines pas ?

Nous marchâmes en silence. Soudain, elle s'immobilisa.

— De l'huile de *bawchi* ?

Le sourire aux lèvres, je lui pris le bras pour l'inciter à avancer.

— Avant qu'elle se mette à appliquer mon huile, cette pauvre femme était quasiment chauve sur un côté.

Radha éclata de rire.

— Tatie-patronne !

Un rickshaw s'arrêta à notre hauteur, Malik sur le marchepied. Je le regardai en plissant les yeux.

— Tu gaspilles mon argent en te payant un rickshaw ?

Il porta une main à son cœur et inclina la tête.

— Tatie-patronne, je prends soin de mes dames.

Il me prit la main pour me hisser à bord, puis se tourna vers Radha pour l'aider. Il suçait un bonbon au tamarin et en offrit un à la jeune fille, qui le fourra goulûment dans sa bouche.

Treizième point : manger des sucreries abîme les dents, ajoutai-je mentalement à la liste destinée à ma sœur. Je m'affairai avec les achats et me mis à défaire les paquets de journaux.

— Est-ce que tu as acheté la marque Moonstar pour l'huile de lavande ?

Malik, qui s'était glissé à côté de Radha, se pencha pour me regarder.

— « Un homme sage aux yeux du monde n'est personne à la maison. » Madame, non seulement du Moonstar, mais une remise sur la meilleure marque qu'on puisse acheter.

— Donc, tu vas me rendre un peu d'argent ?

Il tendit les mains, paumes levées au ciel, en montrant le conducteur du rickshaw.

— Est-ce que le conducteur travaille gratis ?

J'eus envie de rire, mais m'abstins en le voyant hausser les sourcils et adresser un *salaam* révérencieux à Radha tout en faisant rouler avec grâce sa paume mise en coupe depuis son front, sa bouche et son cœur, ce qui la fit sourire. Je reportai mon attention sur les paquets.

— *Jiji !* Regarde ! On dirait la couronne de Krishna ! s'écria Radha en montrant du doigt l'autre côté de la rue.

Avec douceur, je lui baissai le bras.

— Sixième point, Radha ?

Les sourcils froncés, la jeune fille réfléchit.

— « Ne reste pas la bouche ouverte » ?

— Très bien. Cet édifice est le Hawa Mahal. Il comporte près de mille fenêtres. Il se peut que les dames du palais nous observent, et elles ne souhaitent pas être vues.

Alors que nous laissions le palais des Vents derrière nous, je savais que Radha luttait pour ne pas se retourner et guetter ces fameuses dames aux fenêtres. J'allais devoir la garder à l'œil. Ma petite sœur était vive et curieuse, ce qui était certes une qualité, mais elle était également indomptable – une dangereuse alliance.

Vingt minutes plus tard, je demandai au rickshaw-*walla* de s'arrêter.

— J'ai une course à faire, je vais descendre ici. Quand vous serez rentrés, Malik, montre à Radha comment je prépare les *laddus*. Mais que Mme Iyengar ne te surprenne pas vers son foyer.

— Bien sûr, Tatie-patronne. Mais…

— Quoi ?

Il haussa les épaules de manière outrée.

— Des *laddus* ne constituent pas un repas, comme tu me le dis si souvent.

Mes joues s'enflammèrent. *Évidemment !* J'avais complètement oublié qu'en dehors du thé chez la couturière et d'un bonbon au tamarin, Radha n'avait rien mangé de la journée. Malik l'avait remarqué. Je n'avais rien avalé non plus, mais j'en avais l'habitude. Radha, elle, était en pleine croissance. J'aurais dû m'en souvenir.

— À la maison, il y a aussi de l'*aloo*, du *gobi* et du *piyaj*. Radha, tu peux préparer le *subji* et les *chappati* ?

Elle hocha la tête avec gravité. *Oui.*

— Bien. Lavez-vous les mains d'abord, dictai-je en descendant du rickshaw. Et cette fois, Malik, veille à utiliser du savon.

Dix ans plus tôt, j'avais gagné ma vie à Agra en concoctant des tisanes contraceptives pour les courtisanes afin de leur éviter de tomber enceintes, et elles m'avaient grassement payée. Des dames telles que Hazi et Nasreen avaient fait preuve de bonté en proposant de me loger sur leurs propriétés en échange de mes infusions. Pendant leur temps libre, elles m'avaient enseigné l'art du henné. Dessiner sur une peau à l'aide d'un roseau taillé en pointe était à peine différent d'appliquer de la peinture sur un squelette de feuille de *peepal*, comme je l'avais fait avec Munchi-*ji* dans mon village natal. Je n'avais pas tardé à y prendre goût. Très vite, je m'étais retrouvée à décorer les bras, jambes, ventres, dos et seins des filles de joie de motifs qu'elles me rapportaient de leurs contrées natales.

À l'époque, chaque fois que Samir Singh passait à Agra pour affaires, il fréquentait les maisons closes de Hazi et Nasreen. Là, des nobles musulmans, des hommes d'affaires bengalis ainsi que des médecins et avocats hindous fumaient le narguilé tout en mangeant et buvant tandis que les courtisanes récitaient des poèmes antiques, chantaient de doux *ghazal* et exécutaient des danses *kathak* traditionnelles au rythme dicté par des musiciens talentueux. Quand Samir avait entendu parler de mes dons en matière de henné, il avait demandé à me voir.

— Je connais bon nombre de gentlemen à Jaipur qui creuseraient volontiers un puits pour éviter que leurs maisons ne brûlent, si tu vois ce que je veux dire. Et ils paieront le triple de ce que les maisons closes te donnent.

Samir m'avait proposé de m'installer à Jaipur et de gagner plus d'argent que je n'aurais jamais pu l'imaginer en évitant des paternités non désirées à des hommes tels que lui, des hommes qui multipliaient les aventures hors mariage. Il m'avait expliqué qu'il avait beau aimer fréquenter les lieux de plaisir, sa préférence personnelle allait aux jeunes veuves sans enfant. Ces femmes, quel qu'ait été leur âge lorsqu'elles avaient perdu leurs maris, se retrouvaient souvent condamnées à des vies solitaires par la société. (Ce n'était pas le cas pour les veufs, qui pouvaient se remarier sans conséquence.) Samir les couvrait de cadeaux et de compliments. Le charme opérant, elles l'accueillaient avec reconnaissance.

Ce fut la couverture de respectabilité qu'il me fit miroiter qui conclut le marché. Je pourrais offrir mes services de tatoueuse au henné à des femmes de castes élevées telles que son épouse tout en vendant discrètement mes sachets de tisane contraceptive à ses amis et connaissances. Quand Parvati s'était plainte de son incapacité à concevoir, je lui avais servi ce que ma *saas* m'aurait donné : du trèfle rouge, de l'huile d'onagre et de l'igname sauvage sous la forme de friandises ou de sucreries jusqu'à ce qu'elle tombe enceinte de Govind. Ravie, Parvati m'avait alors présentée aux dames dont les noms noircissaient désormais les pages de mon carnet de rendez-vous.

En 1945, à l'époque où j'avais fait la connaissance de Samir, je m'étais déjà forgé ma propre vie d'indépendance. J'étais en mesure de payer pour mon logement, de manger à ma faim et d'envoyer un peu d'argent à mes parents. Mais, quand Samir m'avait offert l'occasion de développer mon affaire, j'avais sauté dessus, de la même façon qu'un enfant attrape une luciole : d'un geste vif – vite ! – avant qu'elle disparaisse.

À présent, debout devant une rangée de petits pavillons bien alignés, je regardais le mot glissé par Samir la veille : « Mme J. Harris. 30-N Tulsi Marg. » La femme coiffée de mèches-rouleaux grises sur la terrasse qui coupait à petits coups de ciseaux les fleurs fanées d'un rosier n'avait plus l'air en âge d'enfanter depuis longtemps. Je revérifiai l'adresse, perplexe. Depuis que je fabriquais mes sachets de plantes, je n'avais jamais croisé de femme de plus de cinquante ans qui en ait eu besoin. Enfin, pour les Anglaises, on ne savait jamais quel âge elles avaient. Le soleil de Jaipur était aussi impitoyable sur leur peau piquetée de taches de rousseur que sur les mains de mes dames indiennes.

— Madame J. Harris ? risquai-je.

L'Anglaise se retourna et me décocha un sourire garni de dents grises.

— En personne ! Je ne peux jamais me fier au jardinier. Si je veux que le travail soit bien fait, je dois m'en charger moi-même. Vous devez être la gouvernante venue pour l'entretien d'embauche. Vous savez vous occuper des bébés, il paraît ? Bon, je dois admettre que vous avez l'air un tantinet plus propre que celles que l'armée nous a envoyées. Remarquez, comme mon défunt époux Jeremy avait pour habitude de le dire, comment peuvent-elles se laver si elles n'ont nulle part où le faire ?

» Un commandant dans l'armée britannique, qu'il était. Après sa mort, je suis restée ici. Je ne pouvais pas franchement me payer un cottage à Bristol avec sa pension de l'armée, vous êtes d'accord ? Vous voulez que je vous commande du thé ? Je vous préviens, pas de ce chaï épicé dont vous raffolez tous… c'est mauvais pour le ventre. Une bonne tasse de thé anglais à l'ancienne pour moi, merci bien.

Entrez, entrez. Vous devez être transie de froid, ma chère. Une température de 21 °C me convient parfaitement, mais vous autres Indiens sortez vos petites laines à la moindre brise. Jamais compris ça. Un peu d'air frais n'a jamais fait de mal à personne !

Son anglais affairé avalait les « r » et adoucissait les « d », consonnes que nous, Indiens, nous attachions à prononcer tout particulièrement. Dans sa bouche, l'armée devenait « amée ». Les Indiens, « Indjins ».

Murmurant des excuses, je pivotai sur les talons, sur le point de prendre congé à la hâte, quand une femme plus jeune se précipita par la porte d'entrée pour me sauver.

— Ah, vous voici, madame Shastri. Je crois que vous avez quelques produits à me montrer ? Mes amies n'arrêtent pas de chanter les louanges de vos crèmes pour les mains !

Nous nous assîmes dans la chambre de la jeune Anglaise et, une fois la porte verrouillée, nous entretînmes à voix basse.

— Je vous demande pardon pour ma belle-mère, madame Shastri, chuchota-t-elle.

J'avais le sentiment que ses excuses ne concernaient pas uniquement la présence de sa *saas*.

— Elle, c'est Mme Jeremy Harris. Moi aussi, je m'appelle Mme Harris, mais mon prénom est Joyce, précisa la jeune femme, le rose aux joues. Ma belle-mère avait une partie de bridge de prévue mais elle a été annulée. Je pensais que nous serions seules.

— Madame Harris, je ne voudrais pas être indiscrète, mais votre belle-mère a eu l'air de croire que je venais candidater à un poste de gouvernante. Vous avez déjà un enfant ?

Joyce Harris secoua la tête et baissa les yeux sur son ventre.

— Mais vous êtes enceinte ? Et votre grossesse n'est pas un secret ?

Une nouvelle fois, elle fit « non » de la tête.

— Je dois savoir à combien vous en êtes, insistai-je doucement.

Ses yeux s'embuèrent. Deux larmes s'écrasèrent sur le corsage de sa robe en nylon colorée. Elle les regarda couler le long de l'étoffe fleurie sans faire mine de les essuyer.

— Madame Harris ?

Elle hésita.

— Qu... quatre mois.

Il était risqué de se débarrasser d'un bébé quand une grossesse était trop avancée ; quatre mois constituaient la limite maximale. Quand des femmes demandaient de l'aide à ma belle-mère, elle me disait : *« Nous devons les laisser en aussi bonne santé que nous les avons trouvées. »*

— Vous en êtes sûre ?

Un temps, puis un hochement de tête.

— À ce stade, cela représenterait un risque, pour vous comme pour le bébé. Et c'est surtout pour vous que je m'inquiète. Vous devez avoir la certitude que vous n'en êtes pas à plus de quatre...

— Je désire ce bébé de tout mon cœur, m'interrompit-elle dans un murmure pressant. Mais si je me retrouve à la rue...

Celles que j'aidais tenaient toujours à confesser leur culpabilité, mais il aurait été plus facile pour moi comme pour elles qu'elles ne m'incluent pas dans leurs confidences. Je m'humectai les lèvres. Je devais m'assurer qu'elle disait la vérité.

— Si vous pouvez m'affirmer avec une absolue certitude que vous n'êtes pas enceinte de plus de quatre mois et si vous suivez mes instructions à la lettre, alors tout devrait bien se passer, mais...

— Je n'arrive plus à dormir. Mes migraines sont incessantes. Si je pouvais garder cet enfant, je le ferais. Mais je ne sais pas si c'est… celui de mon mari.

Nombre des femmes dont je m'occupais sur la demande de Samir entretenaient des liaisons extraconjugales.

— Madame, aucune explication n'est nécessaire.

Joyce Harris se pencha vers moi et me prit par surprise en m'attrapant la main. Je contemplai la peau pâle qui s'étirait sur ses jointures, l'alliance trop grande, le vernis rouge vif. Elle attendait de moi ce qu'il ne m'appartenait pas de donner. Le pardon. L'absolution. J'étais une inconnue.

Je levai les yeux vers son visage – mouillé, marbré, sillonné de rose. Le blanc de ses yeux était injecté de sang.

— Il joue au squash avec John, mon mari. C'est là que je l'ai rencontré. Au club. Lui aussi est marié. Le bébé est peut-être de John, mais il pourrait aussi être… le sien.

Elle me lâcha la main et retira un mouchoir de sa ceinture pour s'essuyer les yeux.

— C'est un Indien.

L'espace d'un bref instant, je me demandai si son amant était Samir. Mais Samir était bien trop prudent ; il veillait à fournir mes sachets de tisane à chacune de ses maîtresses, de sorte à pouvoir passer à la suivante la conscience tranquille. Si Joyce Harris avait fait partie de ses amantes, il me l'aurait dit. Il ne s'était jamais caché pour les autres. Et puis, il préférait les veuves, alors que l'époux de Joyce Harris était manifestement encore en vie.

— Que dirait mon mari si je lui donnais un bébé indien ? Je ne me demande même pas ce qu'en penserait mère Letty. Impossible de ramener un bébé à la peau brune dans le Surrey. Il n'y a pas de place dans la société anglaise pour un enfant comme celui-là. Mon bébé ne serait en sécurité n… nulle part.

J'attendis que ses sanglots s'apaisent.

— Madame Harris, je suis sûre que vous faites ce qu'il y a de mieux dans votre situation et pour… votre entourage. Mais une fois de plus, je dois vous conseiller d'agir sans tarder. Faites bouillir un sachet de tisane pendant une demi-heure dans un litre d'eau. Buvez-en une tasse toutes les heures jusqu'à ce qu'il n'en reste plus. Le goût sera amer. Vous pouvez ajouter du miel pour que ce soit plus agréable. Répétez le processus une fois de plus. Dans quelques heures, vous souffrirez de crampes. Veillez à mettre une garniture de coton dans votre culotte pour recueillir le sang dès qu'il commencera à couler. À ce stade de votre grossesse, votre corps expulsera aussi des gros caillots. Ce sera douloureux, mais ne paniquez pas. Laissez la tisane faire son travail.

Joyce Harris ferma les yeux, laissant jaillir d'autres larmes. Je marquai une pause pour lui permettre d'assimiler mes instructions.

— Je vais vous laisser trois sachets, mais deux devraient suffire. Pour atténuer la douleur, vous pouvez vous mettre une bouillotte chaude sur le ventre ou tremper des serviettes dans de l'eau tiède et les appliquer sur vos parties intimes. N'appelez votre médecin qu'une fois que tout sera terminé. Il pensera que vous avez fait une fausse couche. Si vous l'appelez trop tôt, il essaiera de sauver le bébé, ce qui, si j'ai bien compris, n'est pas ce que vous souhaitez.

Je tapotai son bras pâle.

— Cela fonctionne la plupart du temps, mais il n'y a aucune garantie. Si vous perdez trop de sang, vous devez appeler le docteur immédiatement. Une fois de plus, je vous préviens que vous risquez d'avoir très mal.

Je posai une petite fiole sur la table mise pour le thé et lui conseillai d'appliquer la lotion que j'avais préparée pour apaiser ses parties intimes, qui devraient être à vif une fois que son corps aurait expulsé le fœtus.

— Vous avez bien compris tout ce que je vous ai dit ?

Elle acquiesça. Nous restâmes assises en silence un instant de plus.

— Vous avez d'autres questions ?

— Seulement celles auxquelles ni vous ni moi ne saurions répondre, lâcha-t-elle, si bas que je dus tendre l'oreille.

À l'instant où je pénétrai dans mon logement, Radha, qui était assise par terre, se leva d'un bond pendant que Malik rassemblait un jeu d'osselets. Elle se précipita vers les marmites et revint avec une assiette en acier remplie de nourriture tout en me prenant mon sac.

— Pour toi, *Jiji*.

Quelque chose clochait. Je promenai mon regard autour de la pièce.

Malik se leva et rangea les cailloux dans sa poche. Il contemplait le sol d'un air maussade et évitait mon regard. Radha courut vers le pot à eau et revint avec un verre plein.

Je me tenais à présent devant une assiette de pâte frite et un verre d'eau, face à deux visages anxieux qui me dévisageaient.

— Du *dal batti* ? Je croyais t'avoir dit de préparer des *laddus*.

Elle me gratifia d'un sourire nerveux.

— Malik dit que le *dal batti* est une spécialité du Rajasthan. J'ai enlevé les bouts de brûlé. Goûte, *Jiji*.

Elle était empressée de me faire plaisir.

— Malik ? lançai-je sans tenir compte d'elle.

Radha s'avança d'un pas, comme pour le protéger.

— Ce n'est pas sa faute, *Jiji*. Il essayait seulement d'éteindre le feu. Et puis, Mme Iyengar s'est mise à hurler…

Un « feu » ? Mme Iyengar qui hurlait ?

— *Chup-chup !*

Je posai l'assiette et le verre sur ma table de travail, puis inspirai un grand coup.

— Raconte-moi tout.

Elle m'expliqua qu'elle était en train de préparer du *dal batti* quand son *chunni* avait pris feu. Malik avait dévalé l'escalier pour l'aider et Mme Iyengar lui avait crié dessus parce qu'il avait pollué son foyer.

Malik dessina des cercles sur le sol du bout de l'orteil.

— Désolé, Tatie-patronne.

Radha fronça les sourcils et nous regarda à tour de rôle.

— Malik n'a pas à être désolé. Il m'a sauvée du feu ! Cette vieille bique…

Si elle n'avait pas été aussi insolente, j'aurais sûrement fait preuve de plus de compassion. Mais je devais corriger son attitude sur-le-champ si je ne voulais pas qu'elle affecte ma relation avec la logeuse.

Je levai un doigt.

— Cette « vieille bique » est notre logeuse.

Je levai un deuxième doigt.

— C'est sa maison, pas la nôtre. Elle a le droit de nous dire ce qu'elle veut.

— Ce n'est pas juste ! Pourquoi est-ce qu'on ne déménagerait pas tout de suite dans ta nouvelle maison ? Qu'on n'ait plus à la voir !

La veine sur ma tempe m'élança. Je la pressai doucement du bout des doigts en me retenant d'élever la voix.

— Je te l'ai déjà dit, Radha. On déménagera quand la maison sera terminée. Pas avant.

Je regardai Malik.

— C'est vraiment ce qui s'est passé ?

Il acquiesça.

Je posai une main sur sa tête.

— Merci d'avoir empêché Radha de réduire la maison en cendres.

Il me décocha un petit sourire.

— Quant à toi, Radha, tu vas devoir faire plus attention à partir de maintenant.

— Mais…

— Surtout quand il s'agit du foyer de Mme Iyengar.

— *Jiji*…

J'attrapai l'épaule de ma sœur pour la calmer. Elle tressaillit, comme si je m'apprêtais à la gifler. Était-ce *Maa* qui avait agi ainsi ? Ou Hari ?

Je laissai retomber ma main. Elle refusait de croiser mon regard.

Je lâchai un soupir. Apaiser la pieuse Mme Iyengar allait me coûter une petite fortune. La dernière (et seule autre) fois que Malik avait traversé son foyer sans s'en rendre compte, elle avait insisté pour qu'un *pandit* brahmane vienne le purifier. (Les musulmans tels que Malik mangeaient de la viande ; les Iyengar, non. Ils auraient protesté même si c'étaient les Singh qui avaient bravé cet interdit, car les Rajputs aussi étaient carnivores.) La première purification m'avait coûté quarante roupies. D'abord ma dette envers le constructeur, puis Hari. Maintenant, celle-ci.

Je calai le coin de mon sari dans mon jupon, m'armant de courage pour discuter avec ma logeuse.

— Je vais voir en quoi va consister notre châtiment.

Malik se rua vers la table où trônaient mes plantes, attrapa deux flacons et me les tendit.

— Je les ai déjà mélangés.

Je lus les étiquettes : un tonifiant capillaire et une lotion pour la peau. Je lui souris.

— Tu as bien fait.

Il savait aussi bien que moi que graisser la patte de Mme Iyengar était la meilleure façon de gagner son cœur. Et puis, nous étions à la merci de notre logeuse : nous ne pourrions pas préparer de friandises pour les clientes du lendemain tant que le *pandit* n'aurait pas fini sa cérémonie de purification, ce qui pourrait prendre entre une et trois heures. La nuit promettait d'être longue.

— Le pandit-*ji* arrive dans une heure, annonça Malik comme s'il lisait dans mes pensées.

Il était minuit, enfin. Mon heure préférée. La lune brillait par la fenêtre. Un *koyal* entonna son chant d'amour ; une tourterelle tigrine se joignit à lui. La chaleur et la poussière de la journée étaient au repos, tout comme les habitants de Jaipur. La pièce embaumait les mets salés et sucrés que nous avions cuisinés (*pakora* de feuilles de pissenlit pour l'arthrite de Mme Patel, *laddus* à l'amande douce pour les maux de tête de Mme Gupta) et les lotions que nous avions concoctées (huile de santal pour les pieds douloureux de Mme Rai).

Malik était rentré chez lui depuis des heures. Radha dormait sur le petit lit de camp. J'étais assise à ma table d'herbes avec une *diya* qui brûlait pour me donner de la lumière. J'ouvris mon calepin, léchai la mine de mon crayon.

« Ablutions du *pandit* (il lui avait fallu une heure pour purifier le foyer de Mme Iyengar) : débit. »

« Huiles de lavande et de giroflier, curcuma et safran que Malik a achetées aujourd'hui : débit. »

« Somme perçue de Samir pour ses sachets de tisane : crédit. »

« Somme réglée par Joyce Harris pour ses sachets : crédit. »

« Facture du constructeur : débit. »

« Paiement de Hari : débit. »

Dans l'ensemble, j'étais en déficit. Je fermai le carnet et commençai à retirer les épingles de mes cheveux. Je me demandais combien de temps il faudrait pour finaliser l'union Singh-Sharma. Et si le constructeur m'accorderait un délai supplémentaire pour régler ce que je lui devais. Combien Hari me réclamerait-il encore pour acheter son silence ? J'avais cruellement besoin de cette commande du palais, mais combien de temps allais-je devoir attendre avant que Parvati en parle à la maharani ?

J'enfouis les doigts dans ma crinière pour la démêler. *Saasuji* m'avait appris un jour qu'il existait trois types de karma : celui accumulé de nos vies passées ; celui que nous créions dans cette vie-ci ; et celui que nous mettions de côté pour qu'il mûrisse dans nos vies futures. Je me demandai lequel avait mené à mon mariage avec Hari. Et à la désertion de ma famille. S'agissait-il d'un nouveau karma que j'avais créé, ou était-il issu d'une existence antérieure pour éclore dans cette vie-ci ?

Radha gémit dans son sommeil, comme si elle appelait à l'aide la bouche fermée. Je me précipitai vers le petit lit de camp avant qu'elle ne réveille toute la maison.

— Radha. Ce n'est qu'un rêve.

Je lui frottai l'épaule.

Mais elle ne se réveilla pas. Elle était couchée en chien de fusil, comme un bébé dans le ventre de sa mère. Ses poings étaient serrés sous son menton. Ses larmes dégoulinaient sur l'oreiller. Elle avait l'air si fragile. Un souvenir s'imposa subitement à moi : toutes les nuits de ma vie conjugale avec Hari, où je m'étais endormie en pleurant.

Je m'allongeai derrière elle et pressai la poitrine contre son dos, ma joue contre sa joue, ma jambe contre sa jambe. Je m'enroulai autour d'elle jusqu'à ce qu'il n'y ait plus le moindre espace qui nous sépare. Tous les jours, je touchais la peau de mes clientes au travail, mais me trouver si près d'une autre était une sensation toute nouvelle.

— Chut. Là, là. Chut, soufflai-je.

De ma main libre, je caressai ses cheveux qui portaient encore le parfum de la fleur de frangipanier.

— *Rundo rani, burri sayani. Peethi tunda, tunda Pani. Lakin kurthi heh munmani*, chantonnai-je doucement au creux de son oreille, guidée par la voix de mon père.

Sa respiration se détendit. Ses muscles se relâchèrent. Elle était réveillée à présent. Elle m'attrapa la main et la serra contre son cœur. Je sentis ses côtes se soulever contre ma poitrine, puis s'affaisser à chaque souffle.

Je lui essuyai le visage et le cou avec le coin de mon sari.

— Raconte-moi. Ton rêve, Radha.

Elle renifla.

— Il faisait noir. *Pitaji* était dans un puits. Et j'étais la seule à qui il pouvait s'accrocher. Les colporteuses de ragots étaient rentrées depuis longtemps. J'essayais de l'aider. Mais il était beaucoup plus lourd que moi.

Elle poussa un cri torturé.

— Et je l'ai lâché. *Jiji*, j'ai lâché prise. Je n'ai pas pu faire autrement. Je n'ai pas pu. Je t'ai cherchée partout, mais tu n'étais pas là !

Elle aspira une grande goulée d'air.

— Toutes ces fois où j'aurais aimé que tu viennes m'aider. Un jour, j'ai quitté Ajar pour te chercher mais Mala, notre voisine, m'a vue et m'a renvoyée à la maison.

Un nouveau torrent de larmes m'inonda la main, celle qu'elle tenait pressée contre elle.

— Quand *Maa* est morte, je n'ai rien dit à personne. Pendant deux jours. Je l'ai laissée comme ça. Sur le lit. J'avais tellement peur. Je ne savais pas ce qui allait m'arriver. J'étais tellement seule. Où étais-tu pendant tout ce temps, *Jiji* ? Pourquoi est-ce que tu nous as quittés ? Pourquoi est-ce que tu l'as quitté, lui ?

Je desserrai mon étreinte. Bien sûr qu'elle avait envie de savoir. Pendant treize ans, j'avais tenu cette réponse secrète.

Je déglutis.

— Si j'étais restée, j'en serais morte. Je ne pouvais pas retourner chez *Maa* et *Pitaji*.

Elle savait aussi bien que moi qu'une fois mariée, une femme devenait la propriété de son mari. Les épouses malheureuses ne pouvaient pas se contenter de retourner chez leurs parents en s'attendant à ce qu'on leur témoigne de la compassion. Certaines familles changeaient même le prénom de leur bru dès que celle-ci entrait chez eux, comme si son identité d'avant n'avait jamais existé.

Je parlai à Radha de l'unique point positif de mon mariage, la mère de Hari. Elle m'avait appris à guérir des femmes qui venaient la voir depuis les villages environnants. Le plus souvent, elles se plaignaient de maux d'estomac, de brûlures qu'elles s'étaient faites dans la cuisine, de douleurs féminines et de ventres stériles. Je tus à Radha les avortements qu'elles avaient souhaité pratiquer à l'insu de leurs maris.

Je lui racontai toutes les fois où Hari m'avait rouée de coups, et le jour où j'avais quitté sa maison pour me rendre à pied jusqu'à Agra en me cachant derrière un buisson ou dans un fossé dès que j'apercevais quelqu'un. Il m'avait fallu une semaine. J'avais mangé tout ce que j'avais pu trouver en chemin, souvent la nuit, quand personne ne pouvait me voir, tout en veillant à ce qu'il n'y ait pas de sangliers dans les parages. Arrivée dans la ville du Taj Mahal, je lui narrai que j'avais aidé des femmes de la même façon que l'avait fait ma belle-mère. Mais je ne révélai pas les détails, le fait que l'essentiel de mes revenus provenait des quelques cuillères à soupe d'écorce de racine de cotonnier moulue que je glissais dans des petits étuis en mousseline – comme ma *saas* l'avait fait au village – pour les vendre. Ce n'était pas que j'avais honte de mon travail ; sans moi, bien des danseuses et courtisanes auraient recouru à des méthodes plus grossières, plus dangereuses, pour éviter d'avoir un enfant. Prendre des douches vaginales au détergent, se jeter dans un escalier ou percer le fœtus à l'aide d'une aiguille à tricoter. Mais les oreilles d'une petite villageoise de treize ans étaient trop sensibles pour entendre de telles horreurs.

Je lui expliquai que c'était à Agra que j'avais appris l'art du henné. Je souris en repensant à Hazi et Nasreen qui m'avaient montré comment peindre le corps d'une femme pour enflammer le désir, mais n'en dis rien à Radha. Je lui parlai de la proposition d'aller tatouer du henné en échange d'une meilleure rémunération à Jaipur, et du fait que j'avais sauté sur l'occasion.

— C'est ce qui m'a permis d'envoyer plus d'argent à la maison.

— Mais le travail au henné est pour les shudras, pas les brahmanes, protesta-t-elle. *Pitaji* ne t'aurait jamais permis de toucher les pieds d'une autre.

Je lui lâchai alors la main et roulai sur le dos.

— C'était toujours mieux que d'être une pute, Radha.

J'avais voulu parler crûment, et j'y étais parvenue.

Nous restâmes plongées dans le silence un certain temps.

— Comment est mort *Pitaji* ? demandai-je.

— Il s'est noyé. Mais il était malade aussi. Du ventre.

— Comment cela ?

— Il aimait boire du *sharab*, chuchota-t-elle. Il pensait pouvoir nous le cacher mais, à la nuit tombée, il était trop soûl pour marcher. Le lendemain, il fallait que j'aille faire l'école à sa place.

Je savais que *Pitaji* s'était mis à boire à l'époque où nous nous étions installés à Ajar, mais il n'avait jamais été soûl au point que je doive enseigner à sa place.

— *Maa* lui a pardonné ?

Radha me dévisagea.

— Pourquoi ?

À cet instant, elle ressemblait tellement à *Maa* que je me serais crue allongée à côté de ma mère la nuit où je lui avais demandé où étaient ses bracelets dorés. J'étais alors une petite fille et, aussi loin que je m'en souvienne, elle ne les avait jamais enlevés, même pour se baigner, cuisiner ou dormir. J'adorais jouer avec ses bracelets quand nous étions ainsi couchées l'une à côté de l'autre. Les yeux de *Maa* s'étaient emplis de larmes quand j'avais posé cette question, et j'avais ressenti de la peur pour la première fois de ma vie.

Je caressai la joue de Radha.

— Nous n'avons pas toujours vécu à Ajar. *Maa* ne te l'a pas dit ? Nous étions originaires de Lucknow. *Pitaji* était devenu obsédé par le mouvement indépendant. Il manquait le travail pour prendre part aux marches pour la liberté. Aux rassemblements, il s'élevait contre la domination anglaise. Puis, quand le mouvement a eu besoin de plus d'argent, il a vendu l'or de *Maa*, les bijoux de sa dot – ses bracelets de mariage, ses colliers, ses boucles d'oreilles – contre ses vœux. *Maa* était furieuse.

» Les Anglais, qui régissaient le système scolaire, n'ont pas vu d'un bon œil son combat pour la liberté. Alors, ils l'ont rétrogradé et l'ont envoyé à Ajar, ce petit coin perdu. Je devais avoir une dizaine d'années à l'époque. D'un seul coup, ils ont réduit son salaire et blessé sa fierté.

— Mais *Pitaji* avait raison, pas vrai ? L'Inde a fini par gagner.

Radha voulait croire en notre père, le défendre, comme moi à l'époque.

— Bien sûr qu'il avait raison, concédai-je.

C'étaient des gens comme mon père, et ils étaient des millions, qui avaient fait comprendre aux Anglais que les Indiens ne pouvaient plus être pris en otage dans leur propre pays.

Mais je comprenais aussi pourquoi *Maa* n'avait pas été d'accord. Tant d'Indiens avaient été blessés ou emprisonnés pour avoir tenu tête aux Anglais. Elle avait supplié notre père : ne pouvait-il pas tenir sa langue, se contenter de s'occuper de sa famille et laisser d'autres combattre à sa place ? Mais il défendait ardemment ses croyances, et c'était une qualité que j'admirais chez lui. Il tenait à ses idéaux. Malheureusement, les grandes idées avaient un prix.

Après avoir puisé dans ses économies, il avait vendu ce qu'il restait des uniques possessions de *Maa*, l'or qui aurait pu nous sauver de la pauvreté et qui était censé la mettre à l'abri dans son veuvage, qui aurait pu m'éviter de devoir me marier à quinze ans. Dans un pays où l'or d'une femme était son unique filet de sécurité contre les imprévus, les oreilles nues de *Maa* et ses poignets sans ornements étaient un rappel constant de l'aplomb avec lequel mon père avait fait passer la politique avant sa famille.

Ainsi, nous avions été contraints de déménager à Ajar, où ma mère avait enfoui sa déception et où mon père avait enterré sa fierté. Il avait encore fallu douze ans pour que l'indépendance s'impose mais, quand ç'avait enfin été le cas, il était devenu un homme brisé.

— *Maa* ne parlait jamais de toi, déclara Radha. Elle ne prononçait jamais ton nom. Je ne savais même pas que tu existais avant que les colporteuses de ragots me disent que tu avais disparu l'année de ma naissance. Dès que j'ai appris à lire, j'ai compris que c'étaient tes lettres que *Maa* brûlait dès qu'elles arrivaient. La seule que j'ai pu lire est celle que tu as envoyée au sujet des billets de train pour Jaipur. Tu ne parlais pas du tout de moi. C'est là que j'ai su que toi aussi, tu ignorais mon existence.

Je fermai les yeux. *Seigneur, Maa, comme tu as dû m'en vouloir. Ton mari t'avait trahie. Moi aussi. Si seulement tu les avais ouvertes, ces lettres !*

Dès que j'avais pu gagner assez d'argent, j'en avais envoyé dans chaque enveloppe adressée à mes parents pour qu'ils puissent s'acheter ce dont ils avaient besoin. Je les suppliais de me pardonner d'avoir quitté mon mari et leur promettais de les faire venir dès que je le pourrais. Si l'argent avait été détruit avec mes lettres, ce n'était pas étonnant que les vêtements de Radha aient été si élimés lorsqu'elle était arrivée à Jaipur.

Je me recroquevillai de nouveau autour d'elle, comme si je pressais ma mère contre moi, ce que je brûlais de faire.

Radha me serra la main et me ramena au présent, me rappelant que j'avais une sœur bien vivante. Peut-être n'était-elle pas ma pénitence pour le tort que j'avais causé, mais mon salut. Certes, je ne pouvais plus me réconcilier avec mes parents, faire amende honorable, leur rendre leur réputation. Mais je pouvais m'occuper de ma sœur, guider Radha vers la maturité, l'accompagner jusqu'à ce qu'elle devienne une femme. M'assurer qu'elle deviendrait quelqu'un dont mes parents auraient pu être fiers – contrairement à moi.

Radha remua.

—*Jiji*, tu te souviens de Munchi-*ji* ?

Je me rappelais effectivement le vieillard d'Ajar, voûté au-dessus d'un petit squelette de feuille sur lequel il peignait une vache et sa *gopi* à peine plus grandes que mon pouce, parsemant le sari de la laitière de petits points à l'aide de son pinceau en poils de chameau. C'était chez lui que je m'étais réfugiée quand mes parents s'étaient disputés pour des questions d'argent. J'avais fui les silences amers de ma mère et l'alcoolisme de mon père en me perdant dans mes peintures. Le vieux Munchi m'avait appris à voir, à relever le moindre détail de ce que je m'apprêtais à peindre avant même de me tendre un pinceau. C'était grâce à cet entraînement que, des années plus tard, il m'avait été si facile de tremper un roseau dans du henné et d'esquisser des motifs restés gravés dans les profondeurs de ma mémoire.

— Il peint toujours ? m'enquis-je.

— *Hahn*. Il a toujours dit que tu étais sa meilleure élève.

Je me surpris à sourire.

— Tu as peint avec lui, toi aussi ?

— Je n'ai pas ton talent, Lakshmi. La plupart du temps, je lui préparais les squelettes à partir de feuilles de *peepal*. Et je lui broyais ses peintures.

Elle se tourna encore vers moi, un sourire espiègle au coin des lèvres.

— Tu sais ce qu'on obtient quand on donne des feuilles de mangue à manger à une vache et qu'on mélange sa bouse avec de l'urine et de l'argile ?

— Quoi ?

— De la peinture orange ! s'exclama-t-elle, la mine réjouie. Munchi-*ji* disait que mes peintures étaient lisses comme de la soie.

— Je peux te montrer comment on broie les feuilles de henné pour fabriquer ma pâte si tu veux.

— *Accha*.

Oui. Elle ferma les yeux en bâillant bruyamment.

— Tu devrais te couvrir la bouche quand tu bâilles, Radha.

Elle leva les yeux avec malice pour croiser mon regard.

— Vingtième point ?

J'avais toujours eu le sommeil léger. Ainsi, quand j'entendis le cliquetis de la poignée de la porte, je me réveillai instantanément et bondis hors de mon lit. Dehors, il faisait encore noir. Radha dormait à poings fermés. Quand Samir fit irruption dans mon logement, je crus d'abord qu'il avait trop bu à son club et qu'il avait perdu la tête – jusqu'à ce que je remarque la femme dans ses bras. Elle était enveloppée dans un duvet. Les yeux clos, elle gémissait doucement. L'ami de Samir, le docteur Kumar, se tenait à côté de lui. Tout en me levant précipitamment, je jetai un coup d'œil à l'horloge accrochée au mur. Il était 2 heures du matin. Je les fis entrer avant qu'ils ne réveillent Mme Iyengar.

Quand j'appuyai sur l'interrupteur pour allumer, Samir avait la mine sombre.

— Mme Harris ne va pas bien, chuchota-t-il. Kumar a quelques questions à te poser.

Puis il promena son regard autour de la chambre jusqu'à apercevoir mon petit lit, sur lequel Radha s'était calée sur le coude et se frottait les yeux.

Je me précipitai vers elle.

— Radha, lève-toi, s'il te plaît.

Elle se dépêcha d'obéir, les yeux ouverts en grand tandis que Samir allongeait soigneusement sa charge sur le drap où nous avions dormi. Le duvet s'écarta et j'aperçus le sang coagulé qui brillait à la faible lueur de l'ampoule du plafond. Les paupières de Joyce Harris, rouges et gonflées de veines bleues, papillotèrent, et ses genoux se dressèrent vers sa poitrine. Elle se tenait le ventre. Elle claquait des dents avec une telle intensité que j'étais étonnée que Mme Iyengar ne soit pas déjà en train de tambouriner à ma porte pour me dire de ne pas faire tant de bruit.

— Pourquoi est-ce que tu l'as amenée…

— Pas le temps. Kumar va t'expliquer.

Je remarquai la sacoche noire du médecin, qui en sortit un stéthoscope.

Samir me prit les mains.

— Merci, Lakshmi. S'il te plaît, fais ce que te dit le docteur Kumar.

Puis il partit en refermant doucement derrière lui. En tout, l'échange avait duré moins d'une minute. L'air dans la pièce était lourd, chargé des gémissements de ma cliente anglaise.

Le docteur Kumar, qui regardait partout autour de lui, s'exprima à voix basse :

— Elle a pris quelque chose. Je dois savoir quoi, et en quelle quantité.

— Je ne comprends pas…

— Qu'y a-t-il à comprendre ? s'agaça-t-il. Elle a ingéré une plante dangereuse pour tuer son bébé et, à moins que je sache de quoi il s'agit, elle va mourir.

— Mais j'ai seulement…

Je me sentis rougir.

— Samir ne vous a pas expliqué ce que je…

— Vous savez à quel point il est risqué d'avorter à cinq mois de grossesse ?

Ses yeux gris lançaient des éclairs.

— « Cinq mois » ? répétai-je, bouche bée.

Kumar acquiesça et posa son stéthoscope sur l'abdomen de Mme Harris. Elle lâcha un cri.

— J'entends le cœur du bébé, alors elle doit en être au moins à dix-huit semaines. Mais les battements sont faibles. Cette femme a perdu beaucoup de sang. Il faut la transfuser. Samir essaie d'exercer son influence pour la faire entrer dans un hôpital privé.

Pendant qu'il parlait, son regard passait de Joyce Harris à moi.

— Je doute que l'enfant survive.

Il jeta un coup d'œil à mes mains, qui étaient jointes devant mon sari. Enfin, il retira le stéthoscope.

— Qu'est-ce que vous lui avez donné ?

Ses paroles étaient mesurées, comme s'il essayait de contenir sa colère.

Je m'arrachai à ma contemplation de la femme qui se tordait sur le lit.

— Une infusion d'écorce de racine de cotonnier. Si elle a suivi mes instructions, elle a fait bouillir un sachet de tisane dans un litre d'eau chaude. Elle était censée la boire à petites gorgées toutes les heures jusqu'à ce qu'il n'y en ait plus. Puis répéter le processus. En général, cela suffit à tout expulser. Mais je lui avais laissé un sachet supplémentaire au cas où.

Le docteur Kumar posa deux doigts sur le poignet de la femme et vérifia sa montre.

— Son pouls est très faible. Il se peut qu'elle ait pris les trois doses en même temps, ou qu'elle y ait mis moins d'eau pour que ce soit plus puissant.

— Mais elle m'avait juré qu'elle n'en était pas à plus de quatre mois de grossesse. Je le lui ai demandé deux fois, en précisant que ce serait dangereux si elle était plus avancée. Je n'avais aucune raison de ne pas la croire.

Il me dévisagea. Me prenait-il pour une menteuse ?

— Je n'ai jamais donné cette plante à une femme enceinte de plus de quatre mois. Soit Mme Harris l'ignorait, soit elle était prête à tout et m'a menti.

Je le regardai tremper une boule de coton dans de l'alcool et lui frotter le creux du coude avec.

— Comment est-ce que Samir et vous avez fait pour la trouver ?

Il sortit une fiole et une seringue de son sac.

— Un de ses amis a appelé Samir au club où nous étions en train de dîner. Il a dit qu'elle avait besoin d'aide.

Il tapota le bras de l'Anglaise pour faire ressortir une veine et y plongea l'aiguille. Joyce Harris tressaillit.

— On est passés la chercher. Son mari et sa belle-mère étaient partis pour Jodhpur, alors il n'y avait personne à la maison. Vous voulez bien me tenir ça ?

Je pressai fermement une boule de coton sur le bras de la femme. Le docteur Kumar capsula la seringue et rangea ses instruments dans sa sacoche. Puis il attrapa le poignet de la femme et fixa longuement sa montre du regard. Ses doigts étaient longs, ses ongles impeccables. Il reposa le poignet de sa patiente sur la couette.

— Je lui ai administré une toute petite quantité de morphine pour la douleur, mais j'ai besoin qu'elle reste consciente. La morphine ne devrait pas affecter ce que vous lui avez donné. Par contre, il va nous falloir des antibiotiques pour combattre l'infection.

De son regard prudent, le docteur Kumar inspecta mes mains, mon visage, mes cheveux. Je remarquai des mèches argentées qui parsemaient ses boucles sombres, une tache de rousseur au-dessus de sa lèvre supérieure.

— Vous croyez vraiment, madame Shastri, qu'on peut soigner les… maux… d'une femme avec des plantes ?

— Si une femme n'a pas d'autre possibilité, oui.

— Cette femme-ci en avait.

— Elle n'était pas de cet avis.

— Comment est-ce possible ? Elle est anglaise. Toutes les possibilités s'offrent à elle. Un hôpital pour Blancs, pour commencer.

— Et si le père était indien ?

Le médecin haussa ses sourcils fins et considéra sa patiente avec une nouvelle curiosité.

— Donc, Samir ne vous a rien dit ?

Du coin de l'œil, je vis Radha remuer. Tout à coup, je me rappelai sa présence. Elle avait tout entendu.

— Mme Harris ignore si le bébé est celui de son mari, déclarai-je en jetant un coup d'œil furtif à ma sœur.

S'il te plaît, Radha, essaie de comprendre.

La jeune fille plaqua une main sur sa bouche.

— Tout de même, avec des plantes, c'est risqué, insista le médecin. Pour autant que vous sachiez, vous lui avez peut-être administré du poison.

Je crispai les mâchoires.

— Je n'ai rien fait de tel, docteur Kumar. Je lui ai donné une plante qui rend l'utérus glissant. Dans un intervalle de six à huit heures, les tissus fœtaux s'évacuent, avec toute l'alimentation que la mère a créée pour le bébé.

Je me sentais sur la défensive.

— Et comment, au juste, est-ce que votre plante rend l'utérus « glissant », comme vous le dites ?

— Elle empêche le corps de la femme de produire une substance qui permet à l'ovule de se fixer à son utérus.

Il m'étudia longuement.

— De la progestérone, affirma-t-il enfin. C'est de progestérone dont vous parlez.

Le docteur vérifia le pouls de sa patiente.

— Il vous est déjà arrivé qu'une femme souffre d'effets secondaires à la suite de l'ingestion de vos plantes ?

— Jamais.

Le docteur Kumar ouvrait la bouche, comme pour poser une autre question, quand un coup frappé à la porte nous fit tous sursauter. Joyce Harris lâcha un petit cri et, l'espace d'une brève seconde, elle regarda à la ronde, les yeux fous, avant de s'écrouler de nouveau dans un délire silencieux. J'échangeai un regard avec le docteur.

Le chuchotement sonore de Mme Iyengar s'entendit depuis l'autre côté de la porte.

— *Kya ho gya ?* Madame Shastri, pourquoi tout ce bruit et cette agitation ?

Radha grimpa vivement dans le lit à côté de la malade et tira la couette sur elles afin de dissimuler Mme Harris.

— Il est 2 heures du matin !

La logeuse commença à ouvrir la porte.

Je me précipitai pour l'empêcher d'entrer.

— Pardonnez-moi, *Ji*. Ma sœur… elle ne se sent pas bien.

Mme Iyengar tendit le cou pour regarder derrière moi. Radha émit un gémissement, feignant la douleur, pour étouffer les petits cris de l'Anglaise.

— J'ai appelé le médecin, madame Iyengar, ajoutai-je en indiquant le docteur Kumar du regard. Je suis désolée de vous avoir réveillée.

Joyce Harris se mit à murmurer et Radha gémit plus fort. Le médecin attrapa le poignet de ma sœur et pressa son pouce dessus tout en observant sa montre.

— Elle a besoin de repos, madame Shastri, affirma-t-il, comme agacé par l'intrusion de la logeuse.

Radha ferma les yeux et poussa un cri.

— *Jiji !*

— Elle a peut-être mangé quelque chose…

— Je dois y aller, madame Iyengar…

Je fis mine de fermer la porte.

Mais la logeuse ne voulait pas partir.

— Aigre et salé l'hiver, comme le dit mon mari, doux et sucré l'été…

— Oui oui, merci. Je vais suivre vos conseils, en plus de ceux du docteur. Vraiment navrée de vous avoir réveillée.

Je refermai fermement la porte et plaquai le dos contre le battant. Je regardai Radha avec étonnement. Comment avait-elle su quoi faire ? Ses actes avaient été rapides et rusés.

Mme Harris geignait à présent. Radha se glissa hors du lit et cala la couette autour de la malade.

Le médecin me dévisageait avec méfiance.

Je m'écartai de la porte et ramassai ma chevelure dans un chignon.

— Radha, va cueillir le pollen des fleurs de camomille.

— Fini les plantes, madame Shastri, protesta le docteur Kumar d'une voix lasse.

— Elle m'a fait confiance pour que je l'aide, lui rappelai-je en m'approchant de la table où se trouvaient mes plantes. Radha, vite ! m'écriai-je, la tirant de sa torpeur.

Ma sœur se dépêcha de me rejoindre et se mit à séparer les pétales et tiges de camomille des centres lourds de pollen, qu'elle me tendit. Je les broyai dans le mortier avec deux feuilles de menthe poivrée et quelques gouttes d'eau. Pendant que je travaillais la pâte, une odeur vive et sucrée, fruitée et florale, emplit la petite pièce.

— Mouille un bout de chiffon, ordonnai-je à la jeune fille.

Celle-ci humidifia un morceau de tissu propre. Je disposai la pâte au milieu, repliai l'étoffe et nouai les deux extrémités afin de former un cataplasme.

Je m'assis en face du docteur Kumar sur le lit étroit et tamponnai tendrement le front fiévreux de la femme à l'aide du cataplasme. L'espace d'une seconde, ses yeux s'ouvrirent et, brièvement, elle parut me reconnaître avant de refermer les paupières.

— Respirez, madame Harris, lui dis-je. Tout va bien se passer. Respirez.

Comme l'incantation d'un prêtre ou la supplication d'un croyant au temple de Ganesh, je répétai le mantra d'une voix posée jusqu'à ce que son front se décrispe.

Je baissai la couette. Elle s'agrippait encore le ventre. Je pressai sur un point juste en dessous de son poignet en sueur jusqu'à ce que ses doigts lâchent prise. Puis je disposai le cataplasme sur son ventre. Au bout d'une minute, elle cessa de convulser. Sa respiration devint plus régulière.

Le docteur Kumar, incrédule, ouvrait des yeux ronds comme des billes.

— Ça retire l'infection, expliquai-je en lui tendant le petit sac.

— C'est chaud, constata-t-il en le tenant avec précaution, comme s'il lui brûlait les doigts.

Je souris.

— Ma *saas* m'a appris à en fabriquer.

Le loquet de la porte cliqueta. Nous nous retournâmes et vîmes Samir se précipiter vers nous. Il souleva la malade du petit lit.

— On va l'emmener dans l'hôpital privé de Gola. On était en cours ensemble, tu te souviens de lui, Kumar ?

Le médecin fit « oui » de la tête.

— Elle va mieux ?

— Elle souffre moins. Mais elle va perdre le bébé.

Le docteur m'observait tout en parlant. Il avait l'air résigné ; il ne m'accusait pas. Il ramassa sa sacoche noire.

— On ne peut rien y faire.

Samir avait presque déjà atteint la porte et semblait vouloir éviter de s'appesantir sur le sujet.

— Allez, Kumar, on s'en va !

Je les raccompagnai jusqu'à la porte.

— Vous me tiendrez au courant de son état ?

— Je t'enverrai des nouvelles dans quelques jours, chuchota Samir tout en portant Joyce Harris dans l'escalier.

Le docteur Kumar aventura son regard dans les quatre coins de la pièce, le posa sur divers objets avant de l'attarder sur moi. Puis il inclina la tête sur le côté pour me saluer et tourna les talons.

Je fermai la porte derrière lui et pressai le front contre le battant. Dans la chambre, le silence était aussi assourdissant que les cigales d'un jour d'été. J'attendis les questions de Radha.

— Cette femme…, commença-t-elle au bout d'un moment. L'*Angrezi*… elle voulait vraiment perdre son bébé ?

— Oui.

— Et tu l'as aidée à le faire ?

— Oui.

Mes épaules s'affaissèrent. Je n'avais pas pensé devoir le lui apprendre avant quelques années. Quelle naïveté de ma part.

— Mais tout à l'heure, tu as dit que tu te faisais de l'argent grâce au tatouage au henné…

Les lèvres pincées, je me détournai.

Radha réfléchit, les sourcils froncés.

— La mendiante que nous avons vue hier. Avec son bébé. Tu disais qu'elle ferait mieux de ne pas avoir d'autres enfants. Qu'elle n'avait pas de quoi les nourrir.

— Oui.

— Mais ce soir, l'*Angrezi*… Elle doit être riche.

— Les femmes ont des raisons bien à elles qui les poussent à prendre des décisions difficiles, exposai-je. Je ne pose pas de questions. Je n'ai pas à savoir.

Elle regarda le lit.

— Comment elles font pour te trouver ?

Je haussai les épaules.

— Je suis connue pour ça.

— Et ces deux hommes ? Qui sont-ils ?

— Samir Singh est un ami. Je le connais depuis longtemps. L'autre, le docteur Kumar… tout ce que je sais, c'est que c'est une vieille connaissance de Samir.

Encore un silence.

— Malik est au courant ?

J'esquissai un léger hochement de tête. *Oui*.

— Plus qu'une question, Radha. Ensuite on va devoir faire le ménage.

— Pourquoi ?

— Parce que tu vas devoir me laisser plus de temps pour t'expliquer. C'est compliqué.

— Non, je veux dire pourquoi est-ce que tu fais cela ? Pourquoi est-ce que tu aides les femmes à se débarrasser de leurs bébés ?

Radha en avait beaucoup vu et entendu ce soir-là. Je le devinais à ses jambes tremblantes et à ses yeux rivés à la tache de sang sur le lit.

Comment lui expliquer ces hommes qui frappaient à la porte en pleine nuit ? Ou ces femmes qui prenaient des amants en dehors du lit conjugal ?

Je me rappelai ce que ma belle-mère m'avait dit lorsqu'elle m'avait appris à confectionner les sachets contraceptifs. J'étais alors âgée de quinze ans, une jeune mariée sous son toit.

« Comment dire non à ces femmes, bheti *? Leur terre est aride. Leurs greniers à blé sont réquisitionnés par le* zamindar *pour les impôts. Elles n'ont rien à donner à manger aux petits qui les attendent à la maison. Elles n'ont personne d'autre vers qui se tourner. »*

Ma sœur n'avait que treize ans. De simples explications ne suffiraient pas. Mais j'étais trop épuisée pour trouver les mots qu'il fallait, pour l'aider à comprendre.

Je finis par me contenter de répéter les paroles de ma *saas*.

— Elles n'ont personne d'autre vers qui se tourner.

Au bout d'une minute entière de silence où chacune de nous resta plongée dans ses pensées, je dis à voix basse :

— Montons nettoyer tout ça sur le toit.

J'enlevai le drap taché du lit. Le sang de Joyce Harris avait suinté sur le jute en dessous. J'allais devoir le frotter avec un mélange de *ghee* et de cendre.

— Radha ?

Elle leva les yeux du *charpoy* souillé. Elle semblait préoccupée.

— Tu as bien agi cette nuit. Mais nous devons garder tout cela pour nous, *accha* ?

Je n'aimais pas avoir à lui demander cela, mais garder ce secret était trop important pour mes moyens de subsistance. Un seul mot sur l'infortune de Mme Harris et mon activité se retrouverait au point mort.

Au début, je crus que Radha allait protester. Puis, d'une voix si basse que je manquai de ne pas l'entendre, elle souffla :

— *Hahn-ji.*

Chapitre 4

17 novembre 1955

Le lendemain matin, je réveillai Radha à l'aube, même si aucune de nous n'avait très bien et longtemps dormi. Je lui montrai comment broyer le henné et, à ma grande surprise, elle créa une pâte plus soyeuse que ce que j'étais jamais parvenue à faire. Visiblement, le vieux Munchi n'avait pas exagéré. Ma sœur suggéra même d'ajouter un peu plus de jus de citron pour renforcer la couleur. Quand je la complimentai, elle parut effarée, comme si elle n'était pas habituée aux éloges.

Ne pouvant pas l'inscrire à l'école avant janvier, je l'emmenai à mes rendez-vous, avec Malik.

Ma première visite de la journée était chez Kanta, une de mes rares clientes qui me traitaient d'égale à égale. C'était peut-être parce que j'étais un peu plus âgée qu'elle – Kanta venait d'avoir vingt-six ans. Ou alors parce que, comme moi, elle n'était pas originaire de Jaipur, ayant été élevée à Calcutta et ayant fait ses études en Angleterre. Ou bien parce qu'elle aussi était sans enfant, même si son plus grand rêve était de devenir mère.

Kanta était issue d'une longue lignée de poètes et d'écrivains bengalis ; son père et son grand-père avaient passé le plus clair de leur temps à composer des sonnets et à organiser des salons littéraires.

— Les femmes de Jaipur ne lisent rien d'autre que la *Sélection du Reader's Digest*, s'était-elle plainte un jour.

Avant même que j'aie pu poser le pied sur sa véranda, Kanta ouvrit la porte à la volée tout en bousculant Baju, son domestique de soixante-dix ans.

— Franchement, madame ! s'offusqua ce dernier en redressant son turban marwari et en lissant sa longue moustache.

— Lakshmi ! s'écria-t-elle en frétillant d'impatience. J'ai hâte d'apprendre ce qui s'est passé chez Parvati. Baju, ne restez pas planté là ! Emmenez Malik à la cuisine et donnez-lui quelque chose à manger.

Enfin, elle remarqua la présence de Radha derrière moi.

— *Arré !* s'exclama-t-elle en passant de mes yeux à ceux de la fillette. Est-ce que je vois double ?

Je lui présentai Radha en lui expliquant que ma sœur était venue étudier à l'école publique de Jaipur. Je jetai un coup d'œil à cette dernière en me demandant comment elle le prenait. Je n'aurais pas dû m'inquiéter. Fascinée, elle dévisageait Kanta, étudiait ses cheveux coupés au carré qui lui effleuraient les épaules, son corsaire moulant, son chemisier sans manches noué à la taille pour laisser voir son ventre. (Les femmes traditionnelles telles que Parvati, qui recouvraient leurs hanches rondes à l'aide de saris savamment drapés, auraient préféré travailler dans une maison close plutôt que d'exposer leur nombril.)

Kanta étira ses lèvres fardées en un grand sourire.

— Je suis pour l'éducation des femmes !

La famille brahmane de Kanta avait toujours attaché une grande importance à ses filles, qui n'avaient jamais été élevées comme des membres du sexe faible. Pour sa part, on l'avait envoyée en Angleterre pour ses études de troisième cycle.

Tout en suivant Kanta jusqu'à sa chambre, j'observais Radha, qui s'imprégnait des alentours telle une gazelle assoiffée. Le spacieux bungalow, avec ses canapés carrés et ses sols nus, sans la moindre image aux murs d'un raja ou d'une rani ni d'un dieu ou d'une déesse, était peut-être monnaie courante à Calcutta ou à Bombay, mais pas à Jaipur.

Radha ralentit pour étudier les photographies encadrées au mur : un grand portrait de Gandhi-*ji*, un de Kanta et de son mari, Manu, devant leur université, un de Rabindranath Tagore, lointain parent de Kanta et une des plus célèbres figures littéraires de l'Inde.

Parvenue à la hauteur d'une photographie de deux hommes debout ensemble, dont l'un était doté d'une coiffe splendide, elle me tapota l'épaule. Je m'arrêtai pour regarder.

— C'est Manu sur la gauche, expliqua Kanta. Et son patron, le maharadjah de Jaipur. Ils sont beaux, non ?

Avec un petit rire gai, elle reprit le chemin de sa chambre.

Le mari de Kanta travaillait pour le palais en tant que gestionnaire des installations. C'était grâce à sa bonne situation que les Agarwal étaient logés gratuitement dans une des impressionnantes demeures coloniales autrefois occupées par des familles anglaises. La maison d'origine, composée de six chambres, ainsi que son terrain avaient été scindés en deux afin d'accueillir deux familles.

— Alors, Lakshmi ? lança Kanta lorsque nous entrâmes dans la chambre. Le vœu de Manu sera-t-il exaucé ?

Alors qu'elle refermait la porte, sa belle-mère poussa de l'autre côté pour faire irruption dans la pièce.

— Oui, Lakshmi, est-ce que Manu va enfin avoir son petit garçon ?

Elle décocha un regard lourd de sous-entendus à sa bru. La coutume voulait que les veuves habitent avec leur fils aîné et la mère de Manu ne dérogeait pas à la tradition. Au-dessus de la tête de sa *saas*, Kanta m'adressa un regard exaspéré.

Je souris.

— J'y travaille.

Son chapelet de santal à la main, la *saas* de Kanta montra le ventre de sa belle-fille.

— S'il y a un bébé là-dedans, il doit avoir peur de sortir. Non, mais regardez-la ! Elle ne se couvre pas la tête quand ses aînées entrent dans la pièce. Elle porte des pantalons qui montrent ses fesses à des inconnus. Si mon mari était encore de ce monde...

— Il aurait choisi une fille que Manu aurait rejetée, souligna Kanta d'un air taquin.

Manu et Kanta s'étaient rencontrés pendant leurs études à Cambridge. Ils avaient contracté un mariage d'amour, au grand dam de sa *saas*. Kanta avait souvent raconté en plaisantant que, enhardis par le vent de liberté qui soufflait en Angleterre, ils s'étaient mis à se tenir par la main, ce qui avait mené à bien des baisers volés et, s'ils ne s'étaient pas mariés entre-temps, ils ne s'en seraient pas tenus là.

Sa belle-mère eut un petit rire dédaigneux avant de se laisser tomber sur le divan de la chambre avec son volumineux sari de mousseline blanche.

— Kanta me conduira au bûcher funéraire sans m'avoir donné les petits-enfants que je mérite, se lamenta-t-elle sans s'adresser à quiconque en particulier.

Sa bru en parut affligée. J'étais habituée à leurs chamailleries affectueuses mais, ce jour-là, les paroles de sa belle-mère avaient un côté tranchant. Je savais que sa *saas* souffrait particulièrement de la rivalité avec ses copines, deux ou trois fois grands-mères. À l'âge de Kanta, la plupart des épouses avaient déjà donné naissance à plusieurs bébés. Moi aussi, j'étais sous pression ; jusqu'à présent, tous mes remèdes à base de plantes pour l'aider à concevoir s'étaient soldés par des fausses couches.

— Arrêtez un peu, vous deux, les réprimandai-je. *Saasuji*, quand vous aurez vu ce motif, vous aurez l'impression que le bébé est déjà là. Mais pour y arriver, j'ai besoin de calme.

La vieille femme posa une main sur chaque genou et se hissa pour se relever.

— Baju ! Où est mon babeurre ? lança-t-elle en sortant à l'intention du domestique. Ce vieillard est plus lent qu'un éléphant mort. Il passe ses journées à voler notre *ghee* et à manger notre *chapatti*.

Une fois la porte fermée, je me retournai vers Kanta avec un petit rire, mais celle-ci scrutait le plafond en clignant des yeux pour réprimer ses larmes.

— Elle me harcèle avec ça nuit et jour.

Je pris ses mains dans les miennes et l'entraînai jusqu'au divan. Puis je m'assis à côté d'elle et me servis du coin de mon sari pour lui essuyer les yeux.

Elle pivota vers moi avec un air hagard.

— C'est que… On a essayé, essayé, essayé…

Son désespoir était palpable. J'éprouvai de la peine pour mon amie.

— Manu et toi avez passé les cinq dernières années à apprendre à vous connaître, rappelai-je. Tu sais s'il préfère le riz ou le *chapatti*. Les poèmes ou la prose. S'il aime qu'on fasse tremper ses *kurtas* dans de l'amidon. Et c'est de la plus haute importance, parce qu'une fois que les enfants seront là, tu seras trop occupée à lui demander : « *Arré, arra-garra-nathu kara !* Manu, espèce de *char-so-beece* ! Qu'est-ce que tu as fait de ma taille de guêpe ? » lâchai-je, imitant la voix suraiguë des villageoises qui vendaient du melon amer au marché.

Kanta se mordit la lèvre inférieure et se mit à rire. Elle regarda Radha, qui gloussait elle aussi.

J'étais prête à commencer. Je demandai à Kanta de s'allonger sur le divan et de baisser son corsaire. J'allais lui recouvrir le ventre de henné et elle allait devoir rester sans bouger. Je me versai sur les mains quelques gouttes d'huile de giroflier.

— Radha, si tu lisais quelque chose à Kanta pendant que je travaille ?

— Excellente idée ! se réjouit ma cliente, qui avait retrouvé son entrain habituel. Radha, choisis un livre à mon chevet.

La jeune fille s'égaya. Elle m'avait confié la veille avoir lu et relu tous les livres de *Pitaji* que les rats n'avaient pas grignotés : Dickens, Austen, Hardy, Narayan, Tagore, Shakespeare. (J'avais moi aussi gardé un souvenir affectueux de ces lectures.) À la mort de *Pitaji*, elle s'était mise à enseigner les lettres et les mathématiques aux enfants du village, de sorte à pouvoir continuer de vivre dans la hutte avec *Maa*. Évidemment, après la mort de *Maa*, les villageois n'avaient plus permis à ma sœur de vivre seule dans le logement du maître d'école.

Je regardai Radha examiner les ouvrages sur la table de chevet de Kanta.

— *Jane Eyre*. *Bhagavad-Gita*. *L'Amant de lady Chatterley* ?

En lisant ce dernier titre, Radha tourna le visage vers nous ; elle rougissait.

Kanta éclata de rire.

— Si tu n'as pas encore lu *Jane Eyre*, commençons par là. Je le relis régulièrement. J'aime le fait que l'orpheline finisse par voir tous ses souhaits réalisés.

Je frottai l'huile de giroflier sur le ventre de Kanta pendant que Radha commençait. Hésitante au début, la jeune fille prit de l'assurance à mesure qu'elle lisait à voix haute. Les mots plus compliqués lui donnèrent du fil à retordre, mais sa maîtrise de l'anglais était impressionnante.

— « Il était impossible de se promener ce jour-là. Le matin, nous avions erré pendant une heure dans le bosquet dépouillé de feuilles ; mais, depuis le dîner… »

Je commençai à appliquer le henné. À l'aide d'un fin roseau, je traçai un grand cercle autour du nombril de Kanta. Ensuite, je peignis six traits depuis le nombril jusqu'à l'extrémité du cercle, tels les rayons d'une roue. Dans les triangles qui en résultèrent, je dessinai un bébé en train de manger, un bébé en train de dormir. De lire. De jouer avec une balle. D'enfiler une chaussure. De pleurer.

Alors que Radha lisait un passage relatant l'isolement de Jane Eyre, je songeai à la solitude de Kanta. Jaipur n'était pas aussi cosmopolite que Calcutta, Bombay ou New Delhi. Par ici, les idées étaient bien plus traditionnelles, les habitants plus enracinés dans la vieille Inde, moins enclins au changement. Elle se sentait différente de mes dames, en manque d'amitié. La maternité, pensait-elle, lui permettrait d'entrer dans un monde fait de conversations personnelles et d'intimités partagées. Elle était persuadée que je pouvais l'aider à y parvenir. Et je n'avais pas envie de la décevoir. Je ne cessais d'essayer différentes recettes à même de renforcer sa fécondité. Ce jour-là, j'avais apporté du *burfi* : sucré à l'igname et enrobé de graines de sésame. Je ne lui permis pas de se redresser pour prendre le thé, mais lui donnai à manger tandis qu'elle restait allongée pour que le henné puisse sécher convenablement. Pendant ce temps, Radha continuait de lire à voix haute tout en modulant sa voix avec émotion. Où avait-elle appris à faire cela ?

Le temps venu, je me frictionnai vigoureusement les mains avec de l'huile de géranium et massai le ventre de Kanta pour en retirer le henné séché. Quand j'eus terminé, elle se leva d'un bond et s'approcha des portes-miroirs de son *almirah*. Elle pivota à gauche et à droite pour admirer le motif tout en entourant de ses mains son ventre plat.

— Oh, Lakshmi ! Mon petit bébé à moi. Six en tout ! J'ai hâte de montrer ça à Manu !

Elle se tourna vers moi.

— Mais pourquoi est-ce qu'il y en a un qui pleure ?

Je haussai les épaules.

— Dans la vraie vie, les bébés pleurent.

— Seulement s'ils ont ma *saas* comme grand-mère, me renvoya Kanta avec un air espiègle.

Elle posa son regard sur Radha.

— Tu peux m'emprunter des livres quand tu veux. Tu lis merveilleusement bien. Mais fais attention quand ma *saas* est dans les parages. Laisse bien *L'Amant de lady Chatterley* en bas de la pile et la *Bhagavad-Gita* sur le dessus !

Je n'avais pas vu Radha aussi heureuse depuis qu'elle était arrivée à Jaipur.

Kanta porta un doigt à ses lèvres.

— Lakshmi, est-ce que tu l'as emmenée au *Minerva* ?

Je rechignai à lui dire que j'ignorais si ma sœur avait déjà été au cinéma.

Se méprenant sur mon silence, Kanta éclata de rire.

— Ne t'inquiète pas, Lakshmi. C'est moi qui paie. Il y a un film avec Marilyn Monroe que je meurs d'envie de voir. Je peux y emmener Radha.

À cette proposition, je sentis mon cœur défaillir. Mes dames se tracassaient au sujet de l'influence de ces films – et du comportement des hommes au cinéma – sur leurs filles si impressionnables. Les Indiens adoraient le cinéma, et la vue de stars américaines comme Elizabeth Taylor et Marilyn Monroe en jupe moulante plongeait les conducteurs de rickshaws et les *charannas* dans une telle frénésie qu'ils jetaient des pièces de monnaie sur l'écran. (À un moment donné, le gérant de la salle finissait toujours par venir les réprimander.)

— Est-il sage de l'exposer à… à…

Je sentis mes joues s'empourprer. On aurait cru entendre une de mes clientes matrones !

— À des femmes occidentales ? Elles font peur, pas vrai ?

Les gloussements de Kanta me donnèrent l'impression d'être une prude. Je cherchais trop à préserver Radha. La vie dans une grande ville exposait forcément à ce genre d'expérience. La protéger à outrance ne donnerait rien de bon. Qui de mieux que Kanta, une femme du monde raffinée, pour lui servir de guide ? Et puis, ce n'était qu'un film !

Kanta tapa dans ses mains et sourit à Radha.

— Qu'est-ce qu'on va s'amuser ! jubila-t-elle avant de m'adresser un haussement de sourcils. C'est très vilain de ta part de ne pas m'avoir dit que tu avais une sœur. Regarde-moi ces yeux ! Les hommes vont tomber comme des mouches.

Je souris à mon tour, mal à l'aise. Certes, je me réjouissais à l'idée que la beauté de ma sœur ne soit pas passée inaperçue auprès d'une de mes clientes préférées. Mais en même temps, je m'inquiétais. Sa curiosité ne connaîtrait donc aucun frein ? Et qu'en serait-il de son caractère impulsif ? Je secouai la tête. Décidément, j'étais restée coincée au XIXe siècle.

Une fois dehors, je griffonnai quelques lignes dans mon carnet. Radha s'adossa à une colonne sur la véranda. Nous attendions que Malik revienne avec un rickshaw.

— Tatie Kanta est triste.

— Hmm.

— Qu'est-ce qui fait qu'elle ne peut pas avoir d'enfants ?

— Je ne sais pas, Radha. Ses saignements ont toujours été irréguliers. Elle n'est peut-être pas assez fertile. Tu sais, le *burfi* que je lui ai donné à manger ? J'espère que l'igname sauvage que j'y ai mise aidera à réguler ses cycles.

Je fronçai les sourcils en prenant conscience du peu que je savais de ma propre sœur.

— Est-ce que tu as eu tes premières règles ?

Le rose aux joues, elle baissa le menton.

— Il y a deux mois. Juste avant qu'on arrive à Jaipur.

— Bon, ça veut dire que tu es une femme maintenant, tu sais. Tu peux… avoir des enfants.

Je m'interrompis, ne sachant comment le lui expliquer.

— Tu dois te méfier des hommes au cinéma. Et dans le bus. Et ne pas marcher dans la rue à moins d'être accompagnée de moi ou de Malik.

Elle cilla, l'air peu convaincue.

Il y avait sûrement des milliers d'autres mises en garde à proférer, mais il s'agissait d'un domaine tout nouveau pour moi. Quel était le meilleur moment pour lui expliquer ce que font les maris au lit ? Ma réticence me prit par surprise. Je recueillais des confidences de femmes toute la journée ; pourquoi avais-je honte de parler à ma propre sœur de rapports sexuels ?

Mais Radha, elle, semblait ailleurs.

— Pourquoi Tatie Kanta était aussi excitée quand on est arrivées ? demanda-t-elle.

Je rangeai mon carnet dans mon jupon.

— Ah. Le maharadjah de Jaipur est en train de convertir un de ses palais en hôtel. Il veut que Samir Singh s'occupe de le remodeler. Mais M. Sharma, qui est l'entrepreneur officiel du palais, a choisi un autre architecte de son côté. Alors, le mari de Kanta veut trouver le moyen de pousser M. Sharma à embaucher Samir.

— Le maharadjah ne peut pas prendre qui il veut ?

— Bien sûr que si. Mais il n'est pas du genre à donner des ordres. Il veut que M. Sharma croie que l'idée vient de lui.

— Et toi là-dedans ?

— Tu verras bien, répondis-je en souriant.

Quand Kanta m'avait confié le problème de Manu, la solution s'était aussitôt imposée à moi. La meilleure manière de sceller le sort des Sharma et des Singh était par le biais d'un mariage arrangé, après quoi le partenariat d'affaires ne serait plus qu'une suite logique. Mais je tenais à attendre que les deux familles aient consenti à l'union avant d'en informer Kanta.

Au sifflement strident de Malik, nous nous retournâmes. Il se tenait sur le côté de la véranda et nous faisait signe de descendre. Ses habits, qui étaient impeccables lorsque nous avions quitté la maison ce matin-là, étaient couverts de boue. Une traînée de sang lui marquait l'épaule, et son oreille de ce côté-là était rouge, suintante. Je me précipitai vers lui en sortant un chiffon de mon fourre-tout. Radha courut derrière moi en faisant s'entrechoquer les tiffins qu'elle transportait.

— Malik ! *Kya ho gya ?*

Avant que j'aie pu l'atteindre, il se détourna pour gagner le portail principal, nous laissant le rattraper.

— Ce *maderchod* de maçon ! fulmina-t-il une fois que nous fûmes hors de portée de voix du *chowkidar*. Je lui ai payé les deux cents roupies que tu m'as données et il me les a jetées au visage ! « Tu mets une graine de cumin dans la gueule d'un chameau », qu'il m'a dit. Il m'a flanqué une gifle en me disant de ne pas revenir à moins d'avoir l'intégralité de la somme qu'on lui doit.

Il s'arrêta en pivotant vers nous.

— Tiens, lâcha-t-il en fourrant une main dans sa poche pour me tendre les deux cents roupies que je lui avais données.

Je pressai le chiffon sur l'oreille en sang de Malik. Il poussa un petit cri et s'en empara pour le tenir lui-même. Aussitôt, le chiffon vira au rose. Je le fixai du regard.

Je ne voulais pas que Malik paie pour mes erreurs. Mais comment régler les milliers de roupies que je devais au maçon ? Parvati ne m'avait pas encore donné de nouvelles concernant une audience au palais. J'allais devoir me passer d'elle.

— Malik, fais savoir à Samir que je dois le voir. Mais d'abord, Radha, passe-moi l'huile de lavande pour l'oreille de Malik.

Quand je me fus occupée du garçon, je dis à ma sœur de rentrer à la maison et de lui laver ses habits. Une fois que Malik serait de nouveau présentable, tous deux me rejoindraient chez Mme Sharma pour notre rendez-vous de l'après-midi.

Dans la cour principale de la résidence des Sharma, Radha, Malik et moi posâmes nos sacs. Malik avait enfilé une chemise propre et son oreille était moins gonflée.

Nous étions venus créer dans la cour un *mandala*, habituellement conçu par les femmes de la famille à l'aide de riz et de craies colorées. Mais Sheela, la fille unique de Mme Sharma et sa benjamine, chantait ce soir-là à une grande réunion familiale et sa mère voulait un dessin plus élaboré. Elle m'avait commandé un motif semblable à ceux de mes tatouages au henné. En plus du riz blanc, nous avions apporté des sachets de craie turquoise et corail broyée en poudre fine, de la brique rouge que nous avions écrasée en petits cailloux, des graines de moutarde et des pétales d'œillets séchés.

Nous attendions que l'épicerie-*walla* quitte la cour. Son chameau mâchait placidement de l'herbe sèche tandis que le commerçant sortait de sa charrette des boîtes de biscuits et de l'huile de sésame. Mme Sharma vérifiait le contenu de la livraison avant de signer le reçu. Remarquant notre présence, elle descendit les marches de la véranda d'un pas lourd en faisant bruisser derrière elle son sari en coton simple. Là où Parvati était vaniteuse, Mme Sharma, elle, avait le sens pratique. Elle ne voyait pas pourquoi elle se serait préoccupée de son apparence quand elle avait une grande maison à gérer – ses trois enfants et les cinq jeunes frères de M. Sharma. Et, même si elle pouvait se permettre de plus beaux atours, sa tenue habituelle consistait en un sari *khadi*, en hommage à Gandhi-*ji*. Son nez arborait un simple clou orné d'un rubis et d'un diamant.

— Lakshmi, si vous voulez bien patienter, ces gens ne vont pas tarder à libérer le passage. Je tiens à ce que vous ayez le temps nécessaire pour opérer votre magie avant l'arrivée des musiciens.

Elle se fendit d'un grand sourire qui fit remonter le gros grain de beauté sur sa joue droite.

— Tout doit être parfait pour la prestation de Sheela et la *sangeet* de ce soir.

— Je suis sûre qu'elle s'en sortira à merveille, madame Sharma.

La matrone éclata de rire. Un *mandala* attirait la générosité de la déesse Lakshmi.

— Avec un *mandala* créé par vos soins, nous serions prêts à accueillir le panthéon tout entier ! s'écria-t-elle en ouvrant en grand ses bras charnus dans un tintement de bracelets nuptiaux, dont l'or mou avait été bosselé et déformé après avoir été porté pendant trente ans.

La cour enfin libérée, Radha et Malik entreprirent de balayer une zone de trois mètres carrés à l'aide de *jharus* à longues tiges.

J'attrapai une poignée de riz dans un des sachets et laissai s'écouler de ma paume un flot régulier de grains afin de créer le cercle intérieur. Le soir venu, on y allumerait un petit feu. Autour de ce cercle, je traçai une fleur de lotus dotée de huit énormes pétales. Radha me suivait avec les petits cailloux rouges pour en remplir les contours.

— *Waa!* cria-t-elle soudain.

Je la regardai. Radha avait les yeux rivés à la véranda où se tenait Sheela Sharma, vêtue d'une robe en satin de la couleur du couchant après la pluie. Les manches mi-longues étaient bouffantes, ce qui était la mode du moment, et la taille empire mettait en valeur sa poitrine naissante. On aurait dit la princesse d'un royaume miniature. Il ne manquait plus qu'un diadème sur sa chevelure noir de jais dont les extrémités bouclées évoquaient la coiffure de l'actrice Madhubala. Elle était d'une beauté renversante.

Je lui souris.

—J'ai entendu dire que vous seriez le clou du spectacle de ce soir.

Elle jeta ses cheveux sur une de ses épaules.

—Ce n'est que de la famille. Le mois prochain, je vais me produire pour un vrai public à la fête de Mme Singh. Le maharadjah y sera, vous savez.

Ainsi, Parvati prenait ma proposition au sérieux. Elle savait que sa bru, quelle qu'elle soit, allait devoir divertir des chefs d'État, et avait décidé de mettre Sheela à l'épreuve face à des têtes couronnées. De mon côté, j'allais devoir m'assurer que la jeune fille retiendrait l'attention de Ravi Singh. C'était rusé de la part de Parvati de laisser son fils tomber amoureux de Sheela sans qu'elle ait l'air d'intervenir ; elle tenait à ce que ce soit elle qui choisisse la compagne de Ravi, mais sans qu'il le sache.

Je regardai sur la gauche pour montrer Radha, qui était médusée.

—Sheela, voici ma sœur, Radha.

J'inclinai la tête vers Malik, qui balayait l'autre côté de la cour.

—Je crois que vous avez déjà croisé Malik ?

Il adressa un hochement de tête à Sheela.

Je me retournai vers la jeune fille, qui observa à tour de rôle Radha, puis Malik. Radha aussi se tourna vers le garçon. Sheela fit la moue et dressa le menton pour le détailler du regard – sa tignasse hirsute, son oreille rose, ses pieds sales, ses *chappals* trop petites. À son tour, il baissa les yeux pour voir ce qu'elle trouvait de si déplaisant.

— Lakshmi, je veux que vous soyez seule à travailler sur le *mandala*, décréta Sheela, qui avait l'habitude d'avoir ce qu'elle voulait.

Je la gratifiai d'un sourire indulgent.

— Sans aide, Sheela, le motif me prendra deux fois plus de temps, et il me reste encore à tatouer toutes les dames à l'intérieur. Nous voulons que votre fête soit une réussite, pas vrai ?

Mais Sheela ne me rendit pas mon sourire. Pivotant vivement sur ses talons vernis noirs, elle regagna l'intérieur de la maison avec raideur. Malik haussa les épaules en regardant Radha.

Je décidai de ne pas tenir compte de l'humeur de Sheela. C'était certes une enfant trop gâtée, mais elle régnait sur le cœur de sa mère. Mieux valait ne pas s'en faire une ennemie.

— Radha, les cailloux rouges, s'il te plaît.

— Lakshmi ?

Je levai les yeux et aperçus Mme Sharma debout sur le seuil, Sheela derrière elle. Je remis le riz dans le sachet et gravis les marches.

— Ma fille n'est pas à l'aise avec la présence de ce garçon. Vous n'auriez pas une course à lui faire faire ?

Mme Sharma avait posé la question d'une voix à la fois navrée et pleine d'autorité. Elle parcourut le jardin d'un regard affligé. Par-dessus son épaule, je vis la mine satisfaite de Sheela Sharma.

— A-t-il fait quelque chose de mal, madame ?

— Sheela est… exigeante… en ce qui concerne ceux qui travaillent sur notre *mandala*.

Je glissai un regard à Sheela.

— Évidemment.

Je redescendis les marches et fis mine de farfouiller dans mon grand sac en toile.

— Malik, j'ai besoin que tu me broies plus de henné pour ce soir. J'ai l'impression que celui-ci n'a pas été bien mélangé.

Mais Malik avait mon mensonge sous les yeux : deux grandes jattes en terre cuite remplies d'une belle pâte de henné et enveloppées dans un torchon humide, de quoi tatouer vingt mains, rangées dans mon fourre-tout. Ce matin-là, j'avais même loué la texture lisse de la pâte de Radha en présence de Malik.

Il contempla la véranda, puis Sheela, qui le dévisageait d'un air défiant. Je le vis se frotter le pouce contre l'index, ce qu'il faisait lorsqu'il était en colère. J'ignorais si elle s'en prenait à lui parce que c'était un garçon (un *mandala* était, après tout, une tâche féminine) ou parce que son allure ne lui plaisait pas.

Malik lâcha son sac au sol.

Je sortis deux roupies de ma ceinture.

— Prends-toi un *tonga*.

Il s'agissait d'une piètre consolation. Je fourrai l'argent de force dans la poche de sa chemise et posai les mains sur ses épaules jusqu'à ce qu'il hoche la tête.

Alors que je regagnais le cercle, je vis Radha plonger la main dans le sachet de cailloux de brique et lever le bras derrière sa tête. Elle visait le dos de Sheela, qui s'apprêtait à repartir. *Hai Ram !*

— Radha ! m'écriai-je, aussi fort que je pus, tout en m'interposant physiquement pour cacher son geste à Sheela.

Je lui attrapai le bras, la forçai à remettre la main dans le sachet et la tins immobile. Elle avait plus de force que je ne l'aurais cru. Je lui pinçai l'intérieur du poignet, fort. Elle desserra sa prise et relâcha les cailloux.

Je sentais le poids du regard de Sheela sur mon dos.

— Rappelle-toi de ne pas trop en verser dans chaque cercle, conseillai-je en veillant à être entendue depuis la véranda. Sinon le *mandala* ne sera pas régulier, et il faut absolument qu'il soit parfait pour Sheela, pas vrai ?

Du regard, je suppliai Radha de courber l'échine.

— Commençons par la craie turquoise.

Ma sœur cligna des paupières, me regarda dans les yeux, cilla encore. Elle baissa le visage et je lui lâchai le bras.

Du coin de l'œil, je vis Sheela regagner l'intérieur de la maison. Les jambes en coton, je m'accroupis en me stabilisant sur les talons pour me reprendre.

Je léchai la perle de sueur sur ma lèvre supérieure. Des domestiques avaient-ils assisté à la scène ? Allez savoir quels dégâts ils pourraient causer !

Les mains tremblantes, j'attrapai une poignée de poudre turquoise pour remplir l'intérieur. Qu'est-ce qui avait bien pu prendre à Radha ? Nous étions facilement remplaçables, mais Sheela, elle, serait toujours la princesse de ce royaume. Je n'avais jamais eu à l'apprendre à Malik, car il comprenait d'instinct les nuances de classe et de caste. Il ne nous aurait jamais compromis de cette manière.

Le reste de l'après-midi, Radha et moi travaillâmes en silence. Je montrais un sachet du doigt et elle me l'apportait. J'étais trop contrariée par ce qu'elle avait fait pour parler.

Plus je m'éloignais du cercle central, plus j'ajoutais de détails à la fleur de lotus. Enfin, je me reculai pour inspecter mon œuvre. Au milieu de chaque pétale avaient été dessinés les attributs associés à la déesse : une conque, une chouette, un éléphant, des pièces d'or, des colliers de perles. J'allais sûrement avoir mal au dos à force de m'être voûtée sur le *mandala*, mais Mme Sharma serait ravie du résultat.

Je tendis à Radha les sachets vides.

— Rentre à la maison. Demande à Malik de t'aider pour préparer les friandises des dames pour demain.

Elle partit sans un mot.

Tout en m'époussetant les mains, je me dirigeai vers la cuisine. Je devais m'assurer que les domestiques n'avaient pas eu vent de ce qui s'était passé dans l'après-midi, et voir s'ils avaient quoi que ce soit à m'apprendre quant aux perspectives de mariage de Sheela Sharma.

Plusieurs brûleurs étaient allumés, et l'odeur entêtante du cumin, de l'ail et des oignons frits imprégnait la cuisine. La cuisinière de Mme Sharma, une femme forte aux mains rugueuses, était en train de diviser l'*atta* en petites boules qu'elle roulerait plus tard en beignets *samosas*. Une femme plus jeune était assise par terre en tailleur. Elle tenait une jatte en acier inoxydable dans laquelle elle mélangeait des pommes de terre bouillies avec des petits pois et du *masala* pour en garnir les *samosas*. La porte de derrière était maintenue ouverte pour laisser la chaleur s'échapper de la cuisine.

Je souris à la cuisinière et lui demandai un verre d'eau. Elle m'en remplit un et retourna à sa tâche. Si le moindre domestique avait vu Radha s'apprêter à jeter des cailloux sur Sheela, la cuisinière me l'aurait fait savoir dès le premier regard.

Je levai le verre et bus sans en toucher le bord avec les lèvres.

— Est-ce que tu vas faire ton célèbre *dal* au moringa pour la *sangeet* de ce soir ? demandai-je.

Originaire du Bengale, la cuisinière des Sharma était réputée pour parfumer ses lentilles avec les fleurs et fruits de l'arbre *sajna*. Elle hachait finement le légume qui avait une forme de pilon et le faisait sauter avec des graines de pavot et de moutarde avant de l'ajouter aux lentilles cuites.

Elle haussa les épaules en ouvrant les paumes vers le ciel, un morceau de pâte encore dans la main.

— Est-ce qu'il m'arrive de ne pas faire de *dal*, *Ji* ? Un jour c'est pour ces gens-là, le lendemain c'est pour d'autres.

— Il faut dire que tu es particulièrement douée en la matière.

— Que veux-tu que je te dise ? Je suis née avec ce don.

Elle saupoudra un peu de farine sèche sur une planche en bois ronde et fit claquer la boule de pâte dessus.

— Ces temps-ci, tout le monde veut voir la petite demoiselle. La semaine dernière, on a accueilli plusieurs *Pukkah Sahibs*.

Elle aplatit la boule à l'aide d'un rouleau à pâtisserie, pressa sur la gauche, sur la droite, encore sur la gauche, jusqu'à créer un cercle parfait pour le beignet.

— Vraiment ?

— *Hahn-ji*. Les Mariwar. Lal Chandra.

— Mathur Sahib et sa femme.

Nous nous tournâmes vers l'aide-cuisinière, qui avait lancé cette information sans quitter sa tâche des yeux.

— Tu écrases les pommes de terre comme il faut ? Je ne veux pas voir de grumeaux dans les *samosas* comme la dernière fois !

La patronne fusilla du regard sa subalterne, qui se recroquevilla sur sa jatte.

Je dissimulai un sourire.

— Il n'y aurait pas aussi des rumeurs sur les Prashad ?

— Ils viennent la semaine prochaine, confirma la cuisinière en essuyant la peau luisante au-dessus de sa lèvre supérieure à l'aide du coin de son sari. Après tout, je ne peux pas me démultiplier. Je dois la surveiller comme le lait sur le feu, celle-là, ajouta-t-elle en montrant la jeune femme d'un signe de tête. Tu crois que j'ai le temps de cuisiner avec tout ça ? s'emporta-t-elle alors qu'un des couvercles commençait à cliqueter sur sa casserole sous l'effet de la vapeur qui essayait de s'en échapper. Quoi ? cria-t-elle à l'intention de son inférieure. Je suis aussi censée surveiller toutes les casseroles ? Tu ne vois pas que le *kofta* est prêt ?

L'aide-cuisinière se dépêcha de se lever et d'enrouler le bout de son sari autour de la poignée de la casserole pour la soulever du brûleur. Pour faire bonne mesure, sa supérieure l'abreuva de quelques insultes de plus.

Comme je l'avais soupçonné, on se disputait âprement Sheela Sharma, dont les parents étaient ouverts aux propositions. Parvati allait devoir agir sans tarder. Une offre de la part des Singh, une des familles les plus éminentes et fortunées de Jaipur, apporterait aux Sharma ce qu'il manquait à leurs humbles origines : un lien officiel avec la famille royale. Il était futé de la part de Parvati de vouloir enfoncer le clou en invitant à sa fête la famille royale de Jaipur en même temps que les Sharma.

Plus vite l'union serait conclue, plus vite je pourrais régler mes comptes. D'ici là, je garderais l'arrangement pour moi afin d'éviter que d'autres marieuses ne flairent l'occasion.

Je posai mon verre sur le plan de travail et laissai les deux cuisinières à leur travail.

Chapitre 5

18 novembre 1955

J'attendis Samir dans ma maison de Rajnagar après une inspection de plus avec Naraya, mon constructeur. (J'avais dû exiger une couche de plâtre supplémentaire sur les murs pour m'assurer qu'il était lisse comme du satin.) Assise par terre, les bras enroulés autour des genoux, je contemplais le sol de mosaïque.

« Mieux vaut un jupon trop serré que trop lâche, sinon ton sari tombera mal et les plis ressortiront. »

« Applique chaque jour sur tes yeux une compresse imbibée de thé froid pour réduire les cernes. »

« Ne porte jamais de chappals *ordinaires en caoutchouc, seulement des sandales ou des chaussures. »*

Quelle bêtise d'avoir pu croire que ce genre de conseils suffirait à préparer Radha à la vie urbaine ! Je n'aurais même pas su dire, avec certitude, comment j'avais réussi à relever les défis que représentent les Mme Iyengar, Parvati et Sheela de ce monde. Radha allait devoir apprendre non seulement la patience, mais aussi la nécessité d'avancer vers son but de manière indirecte. Comme je le faisais, moi. Comme le faisait Malik.

Mais comment veiller sur elle tout en continuant de voir mes clients, de négocier avec les fournisseurs et de chercher de nouvelles commandes ?

La veille, quand j'étais rentrée épuisée de chez les Sharma, j'avais demandé à Radha si elle avait pour habitude de jeter des cailloux sur les gens.

Elle s'était décomposée.

— C'était la seule façon pour que les colporteuses de ragots arrêtent de me harceler, *Jiji*, avait-elle répondu. Elles m'appelaient toujours « la Fille porte-malheur ». *Saali kutti. Ghasti ki behen*. Toutes sortes d'injures. Les petits garçons me faisaient des croche-pattes quand je portais l'eau du puits sur ma tête. Tout était ma faute. Si le lait des vaches avait tourné, les colporteuses de ragots disaient que c'était parce que j'étais passée devant. Si les insectes mangeaient les céréales, les fermiers décrétaient que c'était moi qui les avais appelés dans la nuit. Quand le fils du chef du village est mort d'une fièvre, ils sont venus me chercher avec des bâtons à la main. *Maa* n'a pas pu les arrêter. J'ai couru vers la rivière et j'ai grimpé dans un arbre *peepal*. J'y suis restée deux jours, jusqu'à ce que le docteur itinérant leur explique que le bébé était mort de la malaria.

Radha avait essuyé ses yeux et son nez humides sur la manche de son *kameez*, une habitude que je m'efforçais de briser chez elle.

— C'est comme ça depuis ma naissance. Les colporteuses de ragots ont la mémoire longue.

En Inde, la honte individuelle n'existait pas. L'humiliation s'étendait, aussi facilement que de l'huile sur du papier paraffiné, à toute la famille, gagnant même des cousins, oncles, tantes, nièces et neveux éloignés. Les colporteuses y veillaient. La faute pesait lourd sur ma poitrine. Si je n'avais pas déserté mon couple, Radha n'aurait pas autant souffert, et *Maa* et *Pitaji* ne se seraient pas trouvés aussi impuissants face à un village entier. Cet après-midi-là, lorsqu'elle avait vu Malik si injustement rejeté, elle avait réagi comme elle l'avait toujours fait – comme un animal sans défense. Elle ne savait pas faire autrement parce que personne ne le lui avait appris.

Elle était tombée à genoux devant moi.

— *Jiji*. Je t'en supplie, ne me renvoie pas là-bas. Je n'ai personne d'autre. Je ne le referai pas. Vraiment. Je te le jure.

Elle tremblait de tous ses maigres membres.

Gênée et honteuse, je l'avais aidée à se relever et avais essuyé ses larmes. J'avais eu envie de dire : *« Qu'est-ce qui te fait croire que je vais te renvoyer ? Tu es ma sœur. Ma responsabilité. »* Mais je m'étais contentée de :

— Moi aussi, je te promets de faire mieux.

Quelqu'un me poussait doucement la main.

— Ma beauté, réveille-toi.

Je battis des cils. Je savais qu'il s'agissait de la voix de Samir mais, dans le noir, je distinguais mal son visage. Je regardai autour de moi pour retrouver mes marques. À un moment donné, je m'étais étendue sur le sol de mosaïque et je m'étais assoupie.

— Joyce Harris se remet doucement.

Sa chemise blanche luisait dans l'obscurité au-dessus de moi. Il sentait la cigarette, le whisky anglais et le bois de santal, des odeurs qui m'étaient familières depuis mon passage dans les maisons des courtisanes.

— Son mari est revenu de Jodhpur. Il croit qu'elle a fait une fausse couche naturelle.

Je me frottai les yeux.

— Tu sais que je n'ai rien fait de mal, Samir, pas vrai ?

— Je sais.

Avec un soupir, il s'abaissa sur le sol et s'allongea à côté de moi. Il sortit un paquet de Red and White de la poche de son costume et s'alluma une cigarette.

— Mais on va devoir ralentir la distribution des sachets pendant un temps. Ce qui est arrivé à Mme Harris a rendu tout le monde nerveux.

Je déglutis.

— Alors, qu'est-ce qui se passe ? reprit-il. Malik m'a dit que tu avais besoin de parler.

— Je dois une grosse somme d'argent.

— Ça ne te ressemble pas.

— Et je me retrouve avec des dépenses… inattendues.

— Du genre ?

Je me raclai la gorge.

— Une sœur.

— La fille qui était dans ton lit ?

— Oui.

— Elle vit ici, à Jaipur ?

— Maintenant, oui. Depuis un mois.

Il étudia mon visage. Il connaissait nos règles : nous ne révélions que ce que l'autre avait besoin de savoir. Il se retourna vers le plafond.

Pendant un moment, il garda le silence, tout en tirant de temps à autre une bouffée de sa cigarette. Homme d'affaires avant tout, il réfléchissait avant de parler.

— À qui est-ce que tu dois de l'argent ?

— Au constructeur, pour commencer.

— Combien il te réclame ?

— Peu importe. J'ai seulement besoin d'un peu de temps pour le payer.

— Pourquoi ne pas me laisser…

— Non, tranchai-je, sans doute avec un peu trop de fermeté. C'est ma dette. Je vais m'en occuper.

Il expira bruyamment sa fumée de cigarette. Nous avions déjà eu cette discussion. La seule fois où je lui avais emprunté de l'argent remontait à ma première semaine à Jaipur, quand j'avais eu besoin d'acheter des plantes et des fournitures pour les tatouages. Je l'avais remboursé dans la semaine et n'avais jamais réclamé le moindre *paisa*.

Je lui attrapai la main et la secouai doucement.

— Désolée d'avoir interrompu ta partie de cartes.

Samir émit un petit rire.

— Comment tu sais que j'étais en train de jouer ?

— Tu n'étais pas en train de jouer. Tu étais en train de perdre.

Je contemplai son profil.

— Quand tu perds, tu bois plus que d'habitude. Tu te mets à payer ta tournée pour que personne ne s'apitoie sur toi.

Il serra ma main dans la sienne.

— J'ai déjà une épouse, ma beauté.

Je reportai mon regard sur le plafond. Il fuma.

— Qui est ton constructeur ?

— Naraya.

Samir gémit.

— Il travaille mal. Si tu n'étais pas si butée, tu m'aurais laissé embaucher le mien.

— Et ça m'aurait coûté deux fois plus cher. Je ne pouvais pas me permettre plus, Samir. C'est ma maison. Et Naraya a fait du bon travail.

Certes, il s'était montré difficile, mais j'étais trop têtue pour admettre que j'aurais pu faire mieux.

Il soupira.

— Tu connais M. Gupta ? demanda-t-il après un silence.

— Je me suis occupée du henné nuptial de sa fille.

— Gupta veut construire une auberge près du *Pink Bazaar*. Je pense que ton maçon conviendra parfaitement.

Je le considérai avec perplexité.

— En quoi est-ce que ça va m'aider avec ma dette ?

— Gupta est plein aux as, répondit Samir en tirant sur sa cigarette. Il va occuper Naraya pendant des mois et il va bien le payer.

— Pour faire quoi ?

Il me sourit.

— Installer des W.C., par centaines. « Pour un serviteur, un pot-de-vin ; pour un brahmane, un cadeau. »

J'éclatai de rire. L'ironie de la situation ne m'avait pas échappé. Naraya était prêt à installer des toilettes, tâche habituellement réservée à la caste shudra, en échange d'une coquette somme. Tout comme moi, il était un brahmane déchu.

Ma main, lâchement emmêlée à celle de Samir, s'élevait et s'affaissait en rythme avec sa respiration. J'aurais pu rester ainsi éternellement. Il tourna la tête vers moi. Je tournai la mienne aussi jusqu'à ce que nos nez se frôlent et que son souffle chaud m'effleure la joue.

Nous étions seuls, nos corps se touchaient. Il était tard. *Ce serait tellement facile.* Je m'aperçus que je brûlais de me presser contre lui. Comme en réaction, il se tourna sur le flanc pour me faire face, la tête calée sur le bras. Il souleva sa main libre pour m'écarter les cheveux du front, caresse aussi légère qu'une plume.

— Tellement belle, souffla-t-il, si bas que je peinai à l'entendre.

Ce n'est qu'en relâchant mon souffle que je me rendis compte que j'avais retenu ma respiration.

Je me forçai à détourner le regard. Je l'entendis soupirer. Il se coucha de nouveau sur le dos sans me lâcher la main.

J'avais déjà pris la décision de ne pas lui parler de Hari. Mon mari était mon problème, un problème que j'avais créé en prenant la fuite. Samir n'avait pas à connaître son existence, ni à en savoir plus sur mon passé que ce que j'étais prête à lui divulguer.

— Comment vont les courtisanes d'Agra, Samir ?

— Elles m'ont demandé des nouvelles de toi pas plus tard que le mois dernier. Ça fait déjà dix ans, et Hazi et Nasreen n'ont jamais lâché le morceau. Elles continuent de prétendre que je t'ai volée, toi, leur secret le mieux gardé. Elles ont fini par importer une fille de Téhéran. Elles disent que son henné est presque aussi beau que le tien.

— Menteuses ! m'esclaffai-je.

Samir souffla une bouffée de fumée vers le plafond, qu'il désigna avec le bout de sa cigarette.

— Tu devrais dessiner un de tes motifs là-haut. Ça serait sacrément spectaculaire.

— J'ai déjà conçu un sol que je n'ai pas les moyens de me payer, protestai-je en arrachant ma main à la sienne et en me redressant pour me recoiffer. Une fois que j'aurais réglé cette dette-là, je songerai au plafond.

Il se leva et me tendit les deux mains pour m'aider à me relever. Tandis qu'il me hissait, je perdis l'équilibre et trébuchai vers lui. Me faisant tournoyer, il me plaqua contre le mur. Ses lèvres, si proches des miennes, étaient humides. Si je collais la bouche contre la sienne, celle-ci s'entrouvrirait-elle doucement, délicatement, ou écraserait-elle la mienne avec avidité ? Puis, comme toujours, je me rappelai l'existence de sa femme, Parvati, mon autre bienfaitrice.

Je lui attrapai le menton et le baissai vers le sol.

— Tu n'as pas encore eu l'occasion d'admirer mon travail.

Avec un gémissement, Samir s'écarta du mur avant de chercher son briquet argenté dans ses poches. À l'aide de sa flamme, il scruta de plus près l'endroit où nous nous étions allongés.

Il claqua des doigts.

— Tu as caché ton nom dedans !

Je réprimai un sourire. Évidemment qu'il l'avait deviné. Il avait fréquenté des filles de *nautch*, qui dissimulaient leur nom dans le motif au henné qui leur recouvrait le corps. Si un homme le trouvait, il gagnait une nuit dans leur lit. Sinon, les femmes se faisaient payer le double.

— Et si je le trouve ? demanda-t-il.

— Tu n'auras pas à m'accorder la deuxième faveur.

— Tes requêtes n'en finissent donc jamais ?

— Je te revaudrai ça.

La cigarette émit une lueur orange et rouge lorsqu'il aspira la fumée en contemplant le sol.

— J'abandonne, affirma-t-il enfin en se grattant derrière l'oreille.

— La rumeur court que le palais pourrait avoir besoin de mes services.

— D'après qui ?

De la fumée s'éleva en volutes depuis les deux côtés de la bouche de Samir.

— Ta femme. Comme quoi la maharani Latika ne se porterait pas très bien. D'après Parvati, je serais en mesure de l'aider.

Il haussa les sourcils.

— Est-ce que tu pourrais murmurer mon nom aux oreilles des bonnes personnes ? « Deux échos dans un puits valent mieux qu'un. »

Il cligna des yeux, et je sus qu'il ne se demandait pas s'il allait le faire, mais plutôt quand et comment. Avec le bout de sa cigarette, il désigna le sol.

— Ça vaut bien la somme que tu l'as payé.

— Ou que je n'ai pas encore payée, plutôt, rectifiai-je en enroulant mon châle autour de mes épaules. J'ai quelque chose pour toi en retour.

Il esquissa un petit sourire en coin.

— Le remaniement du Rambagh Palace. Ravale ta fierté et prends rendez-vous avec M. Sharma. Persuade-le que tu es l'architecte qu'il faut pour ce projet.

Il plissa les yeux.

— Sharma a déjà des architectes, rappela-t-il en faisant la grimace. Des architectes de seconde zone.

— Mais le maharadjah ne veut que toi.

Il lâcha un jet de fumée.

— Vraiment ?

Je souris et resserrai mon châle sur mes épaules.

— Tu veilleras à ce que Parvati sache que cette information vient de moi ?

Je m'éloignai dans la cour baignée de lune.

— Viens. Je dois me trouver un rickshaw.

— Tu ne me remercies pas plus que ça ?

— Tu n'as pas besoin qu'on te remercie. Tu as un chauffeur.

Chapitre 6

20 décembre 1955

Assises dans le salon de réception des Singh, ma sœur et moi étions en train de tatouer au henné les mains des filles issues des familles les plus aisées de Jaipur qui, élégantes dans leurs robes anglaises, bavardaient du dernier film qu'elles avaient vu et des tenues que portaient leurs actrices préférées. Certaines me regardaient travailler ; d'autres dansaient à côté du gramophone sur *Rock Around the Clock* ; plusieurs étaient penchées sur le numéro de *Life* de Parvati et admiraient les photos de la célèbre star de Bollywood Madhubala.

Sheela Sharma avait grandi avec la plupart de ces filles et avait fréquenté les mêmes écoles, les mêmes fêtes qu'elles. Elle était entourée de sa cour sur le divan de Parvati. Radieuse dans sa robe en soie couleur champagne et ses talons assortis, elle était de toute évidence la plus belle des filles présentes à cette fête du henné. On l'imaginait aisément en future mondaine de la haute société de Jaipur. Je m'accordai un petit sourire à part, persuadée d'avoir proposé l'union idéale.

Radha et moi étions assises l'une à côté de l'autre sur des repose-pieds, chacune face à un fauteuil. Les filles défilaient pour s'installer devant Radha afin qu'elle leur prépare les mains, puis devant moi pour que je leur applique le henné.

— Quelqu'un a vu Ravi ? demanda Sheela à la cantonade. Il devrait au moins être là à sa propre fête.

— Il a intérêt à venir, commenta une des filles qui, à côté du gramophone, était en train de montrer à une autre comment danser le swing. J'ai entendu dire qu'il allait donner un petit spectacle ce soir.

— Quel genre de spectacle ?

— Tu n'es pas au courant ? Mme Singh a embauché la troupe de théâtre de Shakespeare et Ravi va interpréter le rôle d'Othello.

— Sheela, à vous, annonçai-je en tapotant le fauteuil devant le tabouret de Radha.

Sheela s'installa en face de ma sœur. Nous avions répété cet instant, Radha et moi. J'avais habillé ma sœur différemment pour que Sheela ne puisse pas la reconnaître à la suite de l'épisode du *mandala*. Au lieu d'un *salwaar-kameez*, Radha portait un de mes saris de coton bleu pâle brodé de blanc. Les cheveux relevés et ornés d'un brin de jasmin, elle paraissait plus âgée, comme une version de moi en miniature.

Comme je l'avais suggéré, Radha évita de regarder le visage de Sheela. Elle se concentrait sur ses mains, qu'elle enduisait d'huile.

Remarquant à peine la présence de Radha, Sheela s'adressa à l'ensemble de la pièce.

— Moi aussi, je chante ce soir.

— Sur scène ? s'enquit une fille.

— Je voulais chanter *Na Bole Na Bole* d'*Azaad*…

— J'ai adoré ce film !

Sheela haussa ses épaules gracieuses.

— *Yar*. Mais Pandey Sahib est tellement vieux jeu. Il me dit que seul un *gazal* conviendra au maharadjah.

À l'entendre, on aurait cru qu'elle chantait quotidiennement pour Son Altesse.

Je glissai un regard de biais à Radha, qui appréciait notre voisin M. Pandey et risquait de mal prendre ce genre de critique. Ses joues se colorèrent, mais elle garda les yeux rivés à sa tâche.

— Pandey Sahib est brillant, déclara une des filles près du gramophone qui diffusait à présent un tube d'Elvis. Il a vraiment amélioré mon chant cette année.

Sheela eut un petit sourire suffisant.

— C'est le nom que tu donnes à ce que tu fais, Neeta ? Du chant ?

Les autres filles pouffèrent pendant que les joues de Neeta se teintaient de rose.

— Espèce d'idiote ! Tu m'as fait mal.

Tressaillant, je regardai sur la gauche. Sheela fusillait Radha du regard. Celle-ci leva brièvement les yeux, marmonna des excuses pour avoir trop appuyé sur la main de la jeune fille et baissa de nouveau le visage. Sheela battit des cils, comme si elle se demandait où elle avait bien pu la voir avant. Mon cœur me martela la poitrine.

— Sheela, appelai-je en tapotant le fauteuil devant mon tabouret. Venez vous asseoir. Ce soir, c'est vous la star, alors j'ai prévu un tatouage bien particulier.

Les filles entonnèrent un chœur de « Quelle chance, Sheela ! » et des « *Waa ! Waa !* ».

Son attention détournée, Sheela quitta le fauteuil avec un petit sourire affecté et renversa au passage le flacon d'huile de giroflier que Radha était en train de reboucher. L'avait-elle fait exprès ? Radha parvint à le rattraper à temps et me décocha un coup d'œil affolé. Le fauteuil de velours aurait pu être abîmé !

Je lui adressai un sourire rassurant et, d'un signe de la tête, indiquai que d'autres filles attendaient qu'elle s'occupe d'elles.

Ma sœur s'était comportée admirablement bien. En moins de deux mois à Jaipur, elle avait appris beaucoup de choses qui étaient toutes nouvelles pour elle. Je sentais les prémices d'un petit espoir : tout allait bien se passer. Ravi Singh et Sheela Sharma finiraient par se marier. Samir veillerait à ce que je sois présentée au palais. Hari m'accorderait le divorce. Je m'acquitterais de ma dette envers le constructeur, qui terminerait enfin ma maison. Nous quitterions mon logement de location. Et ma vie d'indépendance débuterait réellement.

Réconfortée par ces pensées, j'achevai mon œuvre sur les mains de Sheela avec un motif de roses et les parfumai avec de l'huile de rose pure censée éveiller les sentiments du cœur. Je réservais habituellement cette huile précieuse aux hennés nuptiaux mais, ce soir-là, je tenais à ce que Ravi se sente attiré par Sheela comme une abeille par une *chameli*.

Une fois que Radha et moi eûmes fini de les tatouer, les filles rejoignirent leurs parents et les autres invités sur la pelouse pendant que nous rassemblions nos tiffins. Alors que nous longions le couloir jusqu'à la cuisine, nous pouvions voir la terrasse arrière, à un demi-niveau en dessous du nôtre, à travers les vitres qui s'élevaient du sol au plafond. Des torches brûlaient le long de la pelouse veloutée qui se trouvait au-delà. Des serviteurs coiffés de turbans rouges et vêtus de vestes blanches proposaient boissons et hors-d'œuvre sur des plateaux argentés. Des bagues dorées étincelaient aux doigts des hommes qui levaient des verres remplis de glaçons et de *sharab*. Les *pallus* des femmes, tissés d'or et d'argent, tombaient de leurs épaules tels des ruisseaux miroitants.

Radha ralentit le pas pour admirer tout ce faste. Si, de mon côté, il m'était déjà arrivé d'assister à ce genre de réception, je songeai que ma sœur n'avait sans doute jamais vu autant d'élégance. Je pouvais bien la laisser en profiter un peu. Je posai mes tiffins et lui fis signe de m'imiter. Enroulant un bras autour de ses épaules, je l'entraînai plus près des vitres et désignai du menton les hommes qui se tenaient directement en dessous.

— Tu vois ce type avec les lunettes ? Tu le reconnais ?

— Oui ! Je l'ai vu sur la photo. Le mari de Tatie Kanta ?

J'acquiesçai. Manu Agarwal, en costume-cravate, discutait avec un homme aux cheveux gris coiffé d'un gandhi et portant un gilet en laine par-dessus son *kurta*, tenue de mise à cette soirée. Il faisait bon et les fenêtres étaient ouvertes, ce qui permettait d'entendre leur conversation.

Le plus âgé des deux agita son verre de scotch.

— Seulement, vous allez devoir en parler à mon ami M. Ismail au ministère des Transports. Il vous donnera tous les permis et autorisations pour les lignes de bus que vous souhaitez. Sans attendre.

Le mari de Kanta ajusta ses lunettes.

— Le maharadjah sera ravi.

— *Zaroor*. Je n'ai qu'à le demander et ce sera fait. Enfin…

L'homme coiffé d'un gandhi lissa sa moustache au-dessus de sa lèvre supérieure.

— Peut-être que le maharadjah pourrait envisager de prolonger sa ligne de bus jusqu'à Udaipur ? Si vous n'y êtes jamais allé, c'est une ville magnifique. Un investissement de, disons, un demi-*lakh* suffirait pour ouvrir la voie à votre projet, pour ainsi dire.

Il but une gorgée de son verre en cristal tout en observant Manu.

— Des pots-de-vin, murmurai-je à l'oreille de ma sœur. C'est comme ça que les routes, les pompes à essence, les ponts et même les cinémas se construisent. Avant l'indépendance, cet homme était cordonnier. Il ne sait pas lire, mais il sait compter.

Elle sourit.

— *Jiji*, pourquoi est-ce que Tatie Kanta n'est pas là avec son mari ?

Moi aussi, j'avais remarqué l'absence de Kanta à cette soirée.

— Peut-être qu'elle préférait la compagnie de sa *saas* ce soir.

Radha lâcha un petit rire.

Nous avançâmes vers la fenêtre suivante. Deux matrones grassouillettes vêtues de soies vives, des clientes à moi, se serraient contre Parvati, dont le sari de soie rose avait dû coûter plus cher que mon loyer annuel. Les dames discutaient avec animation en agitant les mains, faisant danser leurs boucles d'oreilles chaque fois qu'elles hochaient ou secouaient la tête. De temps à autre, elles regardaient autour d'elles pour s'assurer que personne ne les entendait.

— Le chauffeur du maharadjah s'est rendu chez ton ami et y a simplement laissé la Rolls de Son Altesse ? demanda Parvati, incrédule.

La femme au châle cousu de perles fit « oui » de la tête.

— Mais mon ami n'avait pas demandé à emprunter la voiture. Il n'en avait pas besoin. Il possède quatre cinémas à Jodhpur, avec tout l'argent qu'il se fait !

La troisième femme intervint.

— Son Altesse n'avait aucune intention de lui prêter la voiture. Le palais faisait simplement passer un message : « Paie ce que tu nous dois. »

— Ton ami, qu'est-ce qu'il a fait ? questionna Parvati.

— Il a payé le maharadjah de Bikaner dix mille roupies.

— *Hai Ram !* s'exclama Parvati.

— Les maharadjahs sont tous fauchés, je vous dis. Ils ont dilapidé leur argent dans les poneys de polo, les chasses au tigre et les belles voitures !

Parvati, issue de l'aristocratie qui, justement, chassait le tigre et jouait au polo, dressa le menton.

— Le maharadjah de Bharatpur est le seul qui ait vraiment perdu la tête. Il a acheté vingt-deux Rolls-Royce. La plupart ne lui servent qu'à transporter les ordures municipales. Ce qui est une bonne chose, pas vrai ?

La matrone au châle renifla avec dédain.

— J'espère seulement ne pas voir la voiture de notre maharadjah garée devant mon portail de sitôt.

Parvati s'esclaffa.

— Je suis sûre qu'il est assez futé pour éviter la ruine. Sinon, il n'aura qu'à se présenter aux élections pour le Parlement, ajouta-t-elle, pince-sans-rire.

Sa remarque provoqua l'hilarité générale.

Radha me décocha un regard interrogateur.

— La politique et l'immobilier, expliquai-je. Les deux choix de carrière préférés des princes.

Je la guidai vers la fenêtre voisine. Elle retint son souffle. On aurait dit une réunion royale. Le maharadjah de Jaipur était facile à reconnaître car il figurait sur la photo chez Kanta – la longue veste de brocard, le caleçon long blanc, la coiffe décorée. Il avait le port d'un sportif – torse bombé, jambes plantées fermement au sol, mollets puissants – et occupait plus d'espace que ses compagnons, y compris deux *nawabs*, dont les coiffes et vestes ornées de bijoux rivalisaient avec celles du maharadjah. Samir faisait également partie du groupe et, multipliant les gestes animés avec un verre de scotch à la main, avait l'air de raconter une histoire. Lorsqu'il la termina, son auditoire explosa de rire.

Le maharadjah s'adressa à Samir et celui-ci se tourna vers la scène dressée sur la pelouse en faisant signe à quelqu'un d'approcher. Nous vîmes Ravi, en Othello habillé d'un *dhoti* de soie jaune et d'une couronne dorée, arriver au petit trot. Son visage, son cou et son torse nu étaient couverts d'un fard gras bleu foncé. Dans sa course, les muscles de son torse tressaillaient.

— Qui est-il ? chuchota Radha en montrant Ravi du doigt.

Doucement, je baissai son doigt.

— Le fils de Parvati et Samir, Ravi. Un bel Othello, tu ne trouves pas ?

Son visage s'éclaira.

— C'était la pièce préférée de *Pitaji*.

Je ne m'en souvenais pas.

— *Accha ?*

— Avec *La Mégère apprivoisée*. Il me demandait de les lire à haute voix. Encore et encore. Jusqu'à ce que je les connaisse par cœur… ou presque.

— Ça te plaisait ?

Elle se fendit d'un sourire malicieux.

— J'adorais ça ! chantonna-t-elle dans un anglais britannique, imitant les filles de la fête du henné.

Je ris avec elle et, à cet instant, Samir et Ravi levèrent les yeux vers notre fenêtre. Je fis reculer Radha.

— Il est temps pour nous de nettoyer ces tiffins.

Alors que nous tournions dans le couloir, Samir entra depuis la véranda.

— Il me semblait bien vous avoir vues là-haut !

Je souris et présentai Radha, qui posa sa charge pour lui adresser un *namaste*.

— Bonsoir, Sahib. Vous avez une très belle maison.

Si Samir se souvenait d'elle depuis cette nuit atroce avec Joyce Harris, il n'en laissa rien paraître. Il porta une main à sa poitrine et esquissa un sourire chaleureux en guise de salut.

— Seriez-vous venue me briser le cœur ?

Je haussai un sourcil, surprise que Samir fasse du charme à une si jeune fille.

— Ne prête pas attention à lui, Radha.

Samir fit mine d'être offensé.

— J'obtiens une audience au palais pour Lakshmi et voilà comment elle me traite ?

Je clignai des yeux, craignant de ne pas avoir bien entendu.

— *Kya ?*

— Tu as rendez-vous demain avec la maharani.

Radha se tourna vers moi, les mains encadrant sa bouche.

— Oh, *Jiji* ! Une maharani ! On va pouvoir voir le palais !

Je posai une main sur son épaule, autant pour me dominer que pour la calmer. *J'ai enfin réussi !*

Samir éclata de rire et montra le plafond du doigt.

— Prenez votre repas sur le toit. Vous pourrez y voir le spectacle de ce soir et me dire si mon fils est bon acteur ou pas. Il se prend pour un grand comédien.

— Oh, *Jiji* ! On peut ? C'est *Othello* ! lâcha Radha, le visage plein d'espoir.

Je n'avais pas prévu de rester, mais elle s'était si bien comportée ce jour-là. Je lui souris.

— D'abord la cuisine, après la pièce.

Elle prit congé poliment et poursuivit son chemin le long du couloir avec les tiffins en s'efforçant de ne pas courir. Je savais qu'elle était impatiente d'annoncer la nouvelle à Malik. Ils parlaient de tout et de rien.

Samir la suivit du regard.

— Jolie fille.

Il montra la porte ouverte de la bibliothèque et me suivit à l'intérieur.

Cette pièce, avec ses étagères encastrées bourrées d'ouvrages en anglais, en hindi et en latin et ses fauteuils en cuir rouge, était la préférée de Samir. Un feu avait été allumé dans la cheminée pour la soirée.

— Encore une bonne nouvelle. Gupta est d'accord pour embaucher Naraya, qui a accepté de repousser l'échéance de ta facture. Heureuse ?

J'étais tellement ravie que j'aurais été prête à me pendre à son cou et à lui embrasser les pieds, mais je me contentai d'un sourire généreux.

— Merci, Samir. Ça compte beaucoup pour moi.

— Bien.

La lueur du feu dans la cheminée dansait sur son visage.

— J'ai hâte de voir comment tu vas gérer la commande du palais.

— Tu sais de quoi souffre la jeune reine ?

— Tout ce que je sais, c'est qu'elle a besoin qu'on lui remonte le moral. Tu trouveras bien la solution. J'ai confiance en toi.

Il fourra une main dans la poche de sa veste.

— En attendant…

Samir m'attrapa la main et déposa sur ma paume une montre à gousset en or. C'était un objet magnifique, pas plus grand qu'une noix de bétel – bien plus petit et délicat que les autres montres victoriennes de sa collection. Sur le clapet, une main gravée tenait une fleur de lotus semblable à celle que portait la déesse Lakshmi.

— Ouvre-la, dit-il en croisant les bras.

Le faux clapet dissimulait la scène d'une femme indienne qui tenait les mains d'une autre. Quand on agitait la montre, une des mains de la femme montait et descendait. C'est là que je remarquai qu'elle tenait un petit bâton.

J'étouffai un cri.

— Une tatoueuse ?

— *Hahn*. Et belle, avec ça. Comme toi.

Il ouvrit le boîtier pour révéler le cadran.

— Cadran en émail blanc. Aiguilles en or. Mouvement à levier avec dix-neuf bijoux et écussons en or.

— C'est magnifique, m'extasiai-je en lui rendant la montre.

— Je l'ai fait faire exprès, précisa-t-il en la retournant pour me montrer les minuscules perles à l'arrière qui formaient un « L » en cursive.

Il reposa la montre sur ma paume, replia mes doigts par-dessus et enserra ma main dans les siennes.

— Pour toi.

Personne ne m'avait jamais rien offert d'aussi raffiné. D'ailleurs, je ne me souvenais même pas de la dernière fois qu'on m'avait offert un cadeau. Je me raclai la gorge pour le remercier, mais aucun son ne sortit. Un cadeau de Samir. Que dirait Parvati si elle l'apprenait ?

J'entendis un bruissement et, du coin de l'œil, aperçus un éclat de satin rose. La porte de la bibliothèque des Singh était entrouverte. Avait-on simplement traversé le couloir ou s'était-on tenu sur le seuil, à nous observer ?

Je tentai d'écarter la main de la sienne.

— Je ne saurais pas quoi en faire.

— Fais comme les autres. Sers-t'en pour lire l'heure.

Il me lâcha la main.

— La maharani Indira t'attend demain matin à 10 heures pile.

— Elle est très belle, mais…

— Cache-la dans ton jupon, avec l'argenterie des Singh.

À l'entracte, Sheela Sharma interpréta d'une voix cristalline une ballade sur le dévouement d'une femme à l'amour. Il aurait pu s'agir du chant du cygne de Desdémone. Depuis le toit, où j'étais installée en compagnie de Radha, de Malik et du personnel de maison, j'avais une belle vue du public admiratif en contrebas et, malgré ce qu'avait dit M. Pandey sur la difficulté d'enseigner à Sheela, je constatai que son travail avait été récompensé. La prestation de la jeune femme était parfaite. Pour sa part, Ravi s'avéra être un Othello convaincant.

Toutefois, mon esprit était ailleurs, déjà plongé dans les préparatifs pour ma rencontre avec la maharani douairière. Je songeais aux produits dont j'allais avoir besoin. Qu'allais-je dire ? Qu'allais-je porter ? Possédais-je des habits pouvant convenir à une visite au palais ? Résistant à la tentation de vérifier mon carnet (de toute façon, comment voir quoi que ce soit sur ce toit sombre ?), je tâchai de me rappeler quels rendez-vous j'allais devoir repousser pour plaire à Son Altesse. J'avais le ventre tellement noué que je touchai à peine à l'*aloo tikki* croustillant ou à l'épinard crémeux et au curry de *paneer* dans mon assiette.

Quand le rideau finit par tomber, Ravi, plus grand que nature avec sa peau bleu-noir et le fard gras qui chatoyait sous les lumières de la scène, donna un joli discours. Il remercia le maharadjah et les *nawabs* d'avoir honoré cette réception de fin d'année de leur présence, adressa un *namaste* à l'intention de Son Altesse et un *salaam* à chacun des *nawabs*. Ravi paraissait parfaitement à l'aise face aux membres de la famille royale, qui inclinèrent la tête en guise de reconnaissance.

Je fis signe à Radha et Malik de rapporter nos assiettes et de rassembler nos fournitures afin de prendre congé.

De mon côté, je me rendis dans la cuisine pour demander des nouvelles de Lala. Toute la soirée, j'avais cherché du regard la servante de Parvati pour lui demander de quoi elle avait voulu me parler la dernière fois que j'étais venue, mais je ne l'avais pas vue.

La chef cuisinière m'informa que Lala et sa nièce ne travaillaient plus pour les Singh.

J'étais en train de finir de ranger nos fournitures dans le salon des Singh quand Malik s'approcha.

— Tatie-patronne, MemSahib veut te voir dans la bibliothèque.

Je souris. *Évidemment!* Parvati tenait à me remercier pour mes tatouages au henné. Elle avait été si accaparée par ses invités que je l'avais à peine croisée de toute la soirée.

J'arrivai dans la bibliothèque où j'avais retrouvé Samir quelques heures plus tôt. Parvati faisait les cent pas devant le foyer telle une lionne agitée. Chaque fois qu'elle tournait, son sari de satin bruissait furieusement et le *pallu* menaçait de prendre feu. Elle était raide comme la justice, sa poitrine généreuse projetée en avant.

Quand elle m'aperçut, ses yeux sombres lancèrent des éclairs.

— Comment voulez-vous que je vous fasse confiance pour sceller un beau mariage pour Ravi alors que votre propre sœur fricote avec lui dans mon dos?

Le *bindi* rouge vif sur son front me fit l'effet d'un œil accusateur.

— Que… Comment ça? Ma «sœur»?

Avec Ravi? Qu'est-ce que c'était que cette histoire? Radha ne le connaissait même pas!

Parvati recourba un doigt et Radha surgit de l'ombre. Son visage était cramoisi, ses lèvres pincées par la colère. Étaient-ce des contusions que je discernais sur ses joues? À y regarder de plus près, cela ressemblait plutôt à des traces de peinture bleue. Son bras portait les mêmes taches. Mon cœur tambourina dans ma poitrine.

— Radha, qu'est-ce qui s'est passé?

— Je ne permettrai pas que ma famille soit mêlée à un scandale. Je dois songer à l'avenir de mon fils.

Parvati se remit à arpenter la pièce.

J'attendis que Radha dise quelque chose, n'importe quoi. Mais son regard restait fixé sur un point lointain imaginaire. Comme dans la cour des Sharma, on aurait dit que son esprit était ailleurs.

— Elle est couverte du fard de Ravi, siffla Parvati. Qu'est-ce que je suis censée croire, mis à part l'évidence ?

Le « fard » ? Je repassai la soirée dans mon esprit : Radha et moi avec les filles dans le salon, elle et moi debout ensemble devant les fenêtres, le dîner sur le toit, la pièce de théâtre que nous avions regardée. J'inspectai de plus près les marques bleues sur ma sœur. Quand avait-elle trouvé le temps de rejoindre Ravi ? Il devait sûrement y avoir une autre explication ?

— Et Ravi, qu'a-t-il dit de tout cela ?

Parvati hésita.

— Il n'a rien à dire du tout.

Ma respiration s'accéléra.

— Vous lui avez demandé ?

Elle me montra du doigt.

— Vous savez aussi bien que moi que les hommes ne peuvent pas se contrôler. C'est aux femmes de les éviter. Si votre sœur avait été élevée convenablement, elle l'aurait su.

— File, dis-je calmement à ma sœur en poussant son bras. Va te nettoyer le visage.

Radha me jeta un regard noir, puis sortit de la pièce en claquant la porte.

Je déglutis, me laissant le temps de réfléchir.

— Parvati-*ji*. Je vous en prie. Asseyez-vous. Je suis sûre qu'il y a eu un malentendu. Radha n'a que treize ans. Bien trop jeune pour…

Parvati ralentit son pas.

— Votre Ravi, un garçon si mûr – un jeune homme, même –, ne peut pas s'intéresser à une fille comme ma sœur. Il est complètement épris de Sheela. Vous avez vu à quel point ils allaient bien ensemble sur scène ? Quel beau couple ils formeront une fois qu'ils seront mariés !

Je lui indiquai le divan.

— S'il vous plaît, *Ji*.

Brusquement, elle s'abandonna sur le canapé en cuir avec un lourd soupir.

— Si mon défunt père était là aujourd'hui, il saurait quoi faire. Tout le monde l'écoutait. Mais moi, je n'arrive pas à ce que Samir…

Sa voix se brisa. Elle me regarda, les yeux humides.

— Que faisiez-vous tout à l'heure dans la bibliothèque, Samir et vous ?

C'était donc bien Parvati que j'avais vue à la porte.

Je croisai les mains.

— Il m'expliquait avec quelle générosité vous m'aviez recommandée au palais. Je vous dois beaucoup. Sans vos relations avec la famille royale…

Je lui laissai deviner les conséquences implicites.

Elle détourna le regard. Je mentais, et elle le savait pertinemment. La vérité importait moins que de sauver la face. Si elle avait tenu parole et s'était adressée au palais en mon nom, je n'aurais pas eu à demander à Samir d'intervenir. Elle ne pouvait pas plus avouer avoir manqué à sa promesse d'une présentation au palais que je ne pouvais admettre avoir demandé de l'aide à son mari.

Elle fit la moue, redressa un coussin sur le divan, lissa la soie brodée de petites perles.

— Je vous ai vus discuter, avant… sur la véranda. Qu'est-ce que vous pouvez bien avoir en commun tous les deux ?

Lentement, elle leva les yeux pour croiser mon regard. J'y lus un sentiment que je n'y avais encore jamais vu : de l'appréhension. Comme si elle se demandait quels secrets son mari lui cachait. Et, peut-être, quels secrets je lui cachais moi aussi. Après tout, elle ne savait rien de moi, mis à part le fait que j'avais été chaudement recommandée par les épouses des associés de Samir à Agra.

J'ouvris les paumes pour montrer que je n'avais rien à cacher.

— Il aime me demander quels tatouages je vous ai faits, et où. Je lui réponds toujours qu'il finira bien par le découvrir de lui-même.

Elle s'accorda un soupçon de sourire, se rappelant sans doute un après-midi langoureux avec son mari. Elle toucha les diamants à son oreille.

— Pourquoi est-ce que vous ne m'aviez pas dit que vous aviez une sœur ?

La même question que Kanta et ma couturière avaient posée.

Je soupirai.

— Parvati-*ji*, pourquoi ennuierais-je mes clientes avec les détails de ma vie ? Mais, puisque vous me posez la question, mes deux parents sont morts récemment et j'ai accueilli Radha chez moi. Elle travaille maintenant avec moi, mais elle ira à l'école publique au prochain semestre.

Parvati tripotait un fil qui s'était détaché de l'oreiller. Si elle continuait de tirer dessus, des centaines de perles pas plus grosses que des graines de pavot finiraient par s'éparpiller par terre.

Je souris avec plus d'assurance que je n'en éprouvais.

— Je suis sûre qu'il ne s'est rien passé de fâcheux, mais je vais en parler à Radha.

Petit à petit, je voyais la colère de Parvati s'apaiser, à contrecœur, même si elle avait encore l'air irritée. Il était temps pour moi de lui rafraîchir la mémoire.

— M'est-il arrivé de vous décevoir en dix ans ? Et votre miracle ? Votre Govind ?

Le visage de Parvati s'éclaira au nom de son fils.

— Il me tient à cœur de regagner votre confiance, *Ji*. Vous m'avez tellement apporté ces dernières années. Vous m'avez présenté à la belle société.

Elle ferma les yeux et pressa le bout des doigts sur ses paupières. Pour sauver la face, elle allait devoir décocher la dernière flèche.

— Si je les retrouve ensemble un jour, ce sera la dernière fois que nous nous verrons, vous et moi.

À sa manière indirecte, je savais aussi qu'elle me lançait un avertissement : « Ne vous approchez pas de mon mari. »

Malgré le sang qui me martelait les tempes et les nausées qui m'assaillaient, je dressai le menton d'un air serein pour lui faire comprendre qu'elle n'aurait jamais besoin de mettre sa menace à exécution.

Ayant retrouvé son port de reine, elle se leva, jeta son *pallu* sur son épaule et sortit. À présent seule dans la bibliothèque, je m'effondrai sur le divan. Mon bustier était trempé de sueur. Je me servis d'un coin de sari pour me tamponner le front et le cou. J'avais déjà vu Parvati en colère, mais jamais à ce point, et jamais contre moi. J'avais du mal à croire qu'une petite villageoise comme Radha, qui ne jouait pas dans la même cour que Sheela Sharma, avait pu attirer l'attention de Ravi. Si, réellement, c'était ce qui s'était passé.

Ma réputation dépendait de la parole de Parvati Singh. Sans son approbation, plus personne ne me ferait de commandes pour des tatouages au henné, des motifs de *mandala* ou des mariages ; mon revenu ne proviendrait que des sachets contraceptifs que je fournissais à Samir – et même celui-là était désormais compromis.

J'étais toute nouée de l'intérieur. Il fallait que je sorte de là, et vite.

Radha et Malik m'attendaient sur la véranda de devant. Malik paraissait préoccupé, Radha nerveuse. Je leur passai devant au pas de course pour avaler une bouffée d'air frais avant de dévaler les marches en direction des grilles du jardin.

— *Jiji*, lança Radha derrière moi tout en courant pour me rattraper. Je n'ai rien fait. Malik et moi étions en train de sortir de la cuisine quand Ravi s'est mis à me parler. Demande à Malik. Il te le dira.

Je m'arrêtai si abruptement que Malik, qui était derrière moi, se prit les pieds dans mon sari.

— C'est vrai ?

Il acquiesça.

— Ravi Sahib nous a vus quand on est allés poser nos assiettes dans la cuisine. Il a demandé si le spectacle nous avait plu. On a dit que c'était sensationnel. Et puis Radha…

Malik s'interrompit.

— Je lui ai dit qu'Othello était un général, pas un roi, et qu'il ferait mieux de se débarrasser de la couronne, compléta la jeune fille.

— Radha !

Ses yeux bleu paon affichaient un air de défi.

— Quoi, c'est la vérité ! De toute façon, ça n'a pas eu l'air de le déranger. Il s'est mis à rire.

— C'est vrai qu'il a ri, Tatie-patronne. Il a dit qu'il ferait tout ce qu'elle voudrait tant qu'elle serait sa… quoi déjà ?

— Desdémone.

— Et puis il a…

Malik jeta un regard incertain à Radha.

— Continue.

— Il l'a touchée, poursuivit le garçon en montrant le bras de Radha.

— Mon visage aussi, ajouta cette dernière.

Il ne s'était donc pas agi d'un accident. C'était pire que ce que j'avais imaginé. Comment être sûre qu'elle n'avait pas encouragé Ravi avec un regard ou un sourire ? Cela dit, je n'avais jamais vu Radha faire du charme à qui que ce soit. Malik et elle se taquinaient, mais comme le feraient un frère et une sœur.

Une migraine commença à me marteler les tempes.

— On en reparle plus tard.

Radha haussa les sourcils, comme si elle avait du mal à croire que je le prenne aussi bien. Elle décocha un regard à Malik.

En toute franchise, je ne savais pas quoi faire. Je n'avais jamais vu Malik mentir, mais le ferait-il pour Radha ? S'ils disaient tous les deux la vérité, alors ma sœur était innocente. Et dans ce cas, comment Parvati avait-elle pu aboutir à une conclusion aussi grotesque ? C'en était risible.

D'un autre côté, il y avait tellement de choses que Radha ignorait. Du genre, comment tenir éloignés des garçons comme Ravi – sûrs d'eux, mondains et un peu arrogants. Il lui aurait suffi de baisser les yeux, de garder le silence et de s'éloigner.

Quand nous nous arrêtâmes pour déposer Malik au *Jhori Bazaar*, je lui dis de nous retrouver tôt le lendemain matin pour notre rendez-vous au palais. Cette nouvelle, qui l'aurait fait tourner comme une toupie quelques semaines plus tôt, ne suscita chez lui qu'un simple hochement de tête. Il serra fort la main de Radha avant de s'en aller.

Sur le chemin jusqu'à la maison, Radha se tint le ventre avec les deux mains en étouffant des gémissements. Une fois arrivée chez Mme Iyengar, je remplis à moitié une casserole de lait et la descendis au foyer extérieur tout en réfléchissant à la soirée. Quand le lait bouillit, je remontai et trouvai Radha assise sur le lit, pliée en deux. J'ajoutai du curcuma au lait chaud ainsi qu'un peu de sucre.

Radha, les bras enroulés autour du ventre, se balançait d'avant en arrière.

— *Jiji*, s'il te plaît, dis quelque chose. N'importe quoi. Je n'ai rien fait de mal. Je ne veux plus être la Fille porte-malheur.

Elle eut un hoquet.

— Je n'y peux rien s'il m'a parlé, s'il m'a touché le visage. Je jure sur les saintes eaux du Gange que ce n'était pas ma faute.

— Chut, lâchai-je en lui tendant le verre. Tu as trop mangé ce soir. Voici qui devrait aider à calmer tes aigreurs d'estomac.

Elle but le lait à petites gorgées tout en se tenant le ventre de sa main libre.

Délicatement, afin de ne pas renverser le verre de lait qu'elle tenait à la main, je m'assis à côté d'elle.

— C'est la première fois qu'une cliente me parle comme l'a fait Parvati Singh ce soir. Si Parvati ne m'apporte plus son soutien, je risque de tout perdre – *nous* risquons de tout perdre. Est-ce que tu comprends ce que je te dis ? C'est elle que toutes les dames suivent. Si je perds Parvati, on peut dire adieu au toit au-dessus de nos têtes, à l'*atta* dans nos ventres, au beau sari en coton que tu as porté ce soir.

Je pris le verre vide de la main de Radha et le posai par terre. J'attrapai ses mains dans les miennes.

— Je n'aurais pas dû accepter l'offre de Samir de rester regarder le spectacle ce soir. Nous n'avions rien à faire là. Nous aurions dû nous contenter de faire notre travail et de rentrer.

Elle se rembrunit.

— Tu ne m'écoutes pas ! *Jiji*, c'est lui qui m'a attrapé le bras ! C'est lui qui s'est mis à me parler !

Je poursuivis comme si de rien n'était, tout en lui frictionnant le dos avec des petits cercles de la main.

— Il n'y a eu personne pour t'apprendre ce qu'une fille de ton âge devrait savoir. Quand tu as fini par être en âge, *Pitaji* n'était plus vraiment là, pas vrai ? Et *Maa* était trop contrariée par mon absence pour te prêter la moindre attention. Tu étais seule dans ton coin. Et ce n'était pas bien. Tu es ma sœur, Radha, mais je ne te connais pas si bien que ça…

— Pose-moi toutes les questions que tu voudras ! J'y répondrai. Tout ce que tu voudras ! Tu ne m'as jamais demandé quel est le mois de ma naissance. Octobre. Mon plat préféré ? Le *gajar ka halwa*. J'adore les saris qui sont cousus de miroirs. Et j'adore quand on met du *kajal* aux bébés. Ma couleur préférée est le vert des feuilles de mangue. Et j'aime le goût de la goyave juste avant qu'elle mûrisse, quand la chair est assez acide pour me faire saliver.

Elle avait raison, et ça me piquait au vif. Je n'avais pas cherché à la connaître. Pas vraiment. Me rapprocher d'elle avivait mon sentiment de culpabilité, et ce n'était pas ce que je voulais. Je n'avais pas envie qu'on me rappelle la terreur qu'elle avait dû éprouver avec un père vaincu – ou pire, alcoolique – et une mère qui semblait aigrie ou indifférente. Ma sœur avait grandi seule à Ajar à cause de ma transgression. Depuis son arrivée à Jaipur, je m'étais plongée dans le travail, mon fidèle compagnon. J'étais très compétente ; mon travail m'accueillait, et je brillais dans son étreinte. Radha, qui était intelligente mais naïve, courageuse mais imprudente, serviable mais maladroite, était beaucoup moins gérable.

Je relâchai un long soupir.

— Ce n'est pas si facile, Radha. Je ne peux pas te faire confiance. Pas encore. Pas dans les maisons des femmes que j'ai gagnées à ma cause au prix de gros efforts. Pas quand j'ai une dette si importante à régler. Nous sommes si près, Radha, de tout avoir.

— Tu prends encore leur défense ! Pour toi je suis la Fille porte-malheur, comme…

— Non, c'est faux. Je te crois. Je ne pense pas que tu aies fait quoi que ce soit de mal. Ce n'est pas la question.

Je lui essuyai les joues avec mes pouces et lui lissai les sourcils.

— Mais je ne peux pas te permettre de nous accompagner au palais demain. Je ne peux pas courir le risque de voir l'incident de ce soir se reproduire là-bas.

Tout en prononçant ces paroles, je me sentis soulagée. Depuis ce premier épisode chez les Sharma, j'avais été tendue à chacun de mes rendez-vous, de peur que Radha ne dise ou ne fasse quelque chose de déplacé. Si elle ne venait plus avec moi, je ne serais plus aussi angoissée.

— Mais *Jiji*, Malik a le droit d'y aller…

— Il m'accompagne depuis longtemps, Radha.

Je frottai son bras mince, enfouis les doigts dans sa crinière épaisse.

— Demain, tu iras chez Kanta et tu lui diras pourquoi on doit repousser notre rendez-vous à plus tard. Elle comprendra. Après ça, tu rentreras tout de suite à la maison, *accha* ? J'ai une liste de corvées à te donner.

— Nooon !

Elle se détourna, en pleurs. Je savais ce que c'était d'être jeune et impuissant. À quinze ans, quand *Maa* m'avait dit que je devais épouser Hari, elle avait été sûre – autant que je l'étais à cet instant – de faire ce qu'il fallait. Elle aurait aimé attendre que j'aie dix-huit ans, l'âge auquel elle s'était mariée, mais la demande en mariage de Hari était tombée au bon moment : il n'y avait pas assez pour nourrir deux, et encore moins trois bouches dans la maison de *Pitaji*. J'avais pleuré et pleuré, je l'avais suppliée de me laisser rester. J'avais promis de manger moins, de travailler comme servante chez quelqu'un d'autre. Elle avait pleuré elle aussi. Mais elle avait insisté en disant qu'on n'avait pas le choix ; il était plus honorable de se marier que d'être servante. J'avais donc obéi à mes parents, et j'en avais été très malheureuse. Étais-je en train d'infliger la même chose à Radha ?

Je me frottai le front, qui me semblait comme pris dans un étau.

— Dans quelques semaines, tu commenceras l'école et tu oublieras tout ça. Tu seras trop occupée par tes études. Tu verras.

Elle écarta son bras.

Deuxième partie

Chapitre 7

Jaipur, État du Rajasthan, Inde
21 décembre 1955

Le lendemain matin, nous partîmes pour le palais. C'était un jour frais de décembre, et Radha, Malik et moi, pelotonnés dans des châles en laine, étions assis dans un *tonga* chargé de nos affaires. J'aurais aimé être fraîche et dispose pour ma première rencontre avec une figure royale, mais je n'avais pas fermé l'œil de la nuit. Je m'étais levée toutes les cinq minutes pour ajouter un article de plus au contenu de nos sacs. N'ayant pas la moindre idée de ce qui affligeait la jeune reine, j'avais emporté presque toutes les lotions et tous les précieux ingrédients que je possédais, y compris les feuilles de combava que j'avais commandées en Thaïlande. Tout allait dépendre de l'impression que j'allais faire sur la maharani plus âgée, la gardienne des dames du palais.

Ce matin-là, la ville rose de Jaipur était une véritable fourmilière. Notre voiture passa devant une vannière qui tressait des herbes aplaties. Un cordonnier enturbanné, qui façonnait du fer brut pour lui donner la forme d'un marteau, leva les yeux à notre passage. Sur le côté de la route, une femme enfilait des œillets pour en faire des *malas* colorés.

Une femme vêtue d'un éclatant sari vert-jaune attira mon attention. Elle avait le teint blafard, maladif. Sa tête n'était pas couverte et ses cheveux étaient gras. J'avais vu suffisamment de prostituées pauvres à Agra pour les reconnaître au premier regard. Le sari bon marché de celle-ci la trahissait. L'homme à côté d'elle la tenait par les épaules. Il avait l'air de la guider – ou de lui forcer la main ? – le long de la route.

Mon cœur flancha.

C'était Hari.

Ses habits étaient moins crasseux que le soir où il m'avait amené Radha, mais il n'y avait pas d'erreur possible.

Cette prostituée constituait-elle son nouveau gagne-pain ? S'occupait-il désormais à gérer des filles de joie afin de payer pour son logement et sa nourriture ? Écœurée, je me détournai et me forçai à me focaliser sur la tâche qui m'attendait. Rien d'autre n'avait d'importance.

Une fois devant les grilles du palais, je demandai au *tonga-walla* d'emmener Radha à l'adresse de Kanta. Dans la voiture, ma sœur semblait petite et effrayée. Ses yeux étaient bouffis, parce qu'elle avait pleuré ou parce qu'elle s'était levée à l'aube pour m'aider à tout préparer, ou les deux, je n'aurais pas su le dire. La veille, je l'avais entendue renifler avec plus ou moins de discrétion. Elle m'en voulait encore, mais s'était laissé faire malgré tout quand j'avais fait mine de la prendre dans mes bras. Je lui avais frotté le dos et elle avait fini par s'endormir.

Quand le *tonga* repartit, Malik et moi nous figeâmes un instant pour contempler le palais des maharanis. Comparée à la demeure du maharadjah avec sa longue entrée sinueuse bordée d'arbres *peepal* et d'hibiscus géants, la résidence des maharanis, adjacente à la ville rose, était étonnamment modeste. Les grandes grilles métalliques étaient flanquées d'éléphants en pierre à la trompe dressée. Derrière le grillage s'élançait une allée circulaire, à peine assez grande pour accueillir trois voitures. Ce jour-là, un seul drapeau était déployé au poste du gardien, ce qui signifiait que le maharadjah n'était pas en ville. Quand Son Altesse était à Jaipur, un quart de drapeau était hissé en plus à chacun des palais ; on considérait qu'il valait un quart d'homme de plus que les autres.

Agrippant nos lourds tiffins, nous avançâmes vers le poste du gardien. Malik m'adressa un clin d'œil – *Profites-en, Tatie-patronne !* Je lui souris nerveusement tout en dressant de nouveau dans mon esprit l'inventaire de mes fournitures : huile de jasmin et de giroflier, lotion capillaire à la *bawchi* diluée dans de l'huile de noix de coco, lotions de *neem* et de géranium, huile de moutarde, pâte de henné avec du jus de citron supplémentaire, éventail *khus-khus* que j'avais laissé tremper la nuit (pour faire sécher le henné plus vite et parfumer l'air), infusion de feuilles de *tulsi*, pâte blanche issue de bois de santal moulu (à lui appliquer sur le front en cas de maux de tête), tiges de roseau neuves, eau fraîche parfumée au jasmin et un certain nombre d'aliments sucrés et salés conçus pour apaiser l'humeur de la maharani ou pour accroître son désir.

Un gardien coiffé d'un turban rouge et vêtu d'un gilet blanc immaculé aux boutons dorés était assis derrière une fenêtre munie de barreaux. Faisant danser sa longue moustache grise d'un côté et de l'autre, il me demanda ce que je venais faire au palais. Quand je lui répondis que nous avions rendez-vous avec la maharani, il fronça les sourcils et regarda derrière moi pour jauger Malik.

— La jeune ou l'aînée ?

J'inspirai un grand coup.

— L'aînée. La maharani Indira.

Ma voix tremblait. Si elle m'adoubait, je serais embauchée pour m'occuper de l'épouse du maharadjah. Si je ne plaisais pas à Sa Majesté, nous rapporterions nos fournitures à la maison sans avoir ouvert le moindre tiffin.

Le gardien nous demanda de patienter. Une énième fois, je jetai un coup d'œil à la montre à gousset que Samir m'avait offerte. Je ne voulais pas être en retard. Au bout de quelques minutes, un autre domestique arriva. Il nous guida à travers une porte voûtée et le long d'une suite de couloirs garnis de tapis persans, de tables argentées et d'étalages de lances, de boucliers et de glaives rajputs. Notre guide avançait d'un pas vif et nous peinions à le suivre, alourdis par nos fardeaux. J'étais hors d'haleine, à cause à la fois de notre course pour rattraper notre guide et de l'angoisse à l'idée de rencontrer une maharani pour la première fois. Nous longeâmes une colonnade flanquée de jardins luxuriants. Des éléphants topiaires gambadaient sur les pelouses. Des paons vivants se pavanaient autour de fontaines circulaires. Dans des urnes en pierre poussaient du chèvrefeuille, du jasmin et des pois de senteur. Nous empruntâmes un passage couvert longeant un édifice à deux étages qui, supposai-je, était la résidence des dames. La plus jeune des reines, la maharani Latika, avait essayé d'abolir le *purdah*, mais les traditions séculaires avaient la vie dure et les femmes continuaient de vivre séparément des hommes.

Nous passâmes sous un arc festonné peint d'un émail bleu, vert et rouge au contour doré – un paon faisant la roue. Radha aurait tellement aimé voir ça ! J'éprouvai une pointe de culpabilité à l'idée de l'avoir fait rentrer à la maison. Je jetai un coup d'œil à Malik, qui songeait sûrement aussi à elle. Son regard se promenait à gauche, à droite, en haut, en bas, tel un volant dans une partie de badminton. Il emmagasinait les détails pour tout lui raconter plus tard.

Nous entrâmes dans ce qui ressemblait à une salle d'attente. Je reconnus les lignes élégantes de la méridienne française pour en avoir vu chez mes dames. En face se trouvait une rangée de fauteuils damassés aux accoudoirs bordés de pompons dorés. La table centrale, qui était presque aussi large que ma maison à une pièce, était ornée d'un vase en cristal taillé rempli d'un bouquet de roses et d'œillets. Des lustres scintillaient au plafond. Et aux murs, l'histoire rajput : des portraits d'anciennes maharanis vêtues de capes en hermine ou de tenues de cavalières, prêtes à partir à la chasse.

Le domestique nous fit signe de nous asseoir. Il frappa à une double porte qui faisait trois fois sa taille, chaque battant sculpté d'une scène de la vie du Rajasthan : bergers, fermiers, cordonniers.

Malik haussa un sourcil à mon intention en articulant : « *Pallu.* » Saisissant l'allusion, je drapai sur mes cheveux l'extrémité brodée de mon plus beau sari de soie, celui couleur crème que j'avais porté la veille à la réception des Singh.

Notre guide disparut brièvement dans l'autre pièce avant de revenir nous tenir la porte. Plus tôt, nous étions convenus que Malik patienterait avec nos affaires dans la salle d'attente pendant que je m'entretiendrais en privé avec la maharani. À présent, il se fendait d'un large sourire et remuait la tête d'un côté et de l'autre en signe d'approbation pour me donner du courage.

Je franchis la porte. Celle-ci se referma derrière moi avec un déclic à peine perceptible.

Je me trouvais dans un salon richement décoré. Tout en haut au-dessus de nos têtes, le plafond présentait une scène de la cour entre Ram et Sita. Face à moi trônaient trois divans damassés, dont celui du milieu était occupé par une femme corpulente d'une cinquantaine d'années vêtue d'une soie vert émeraude. Sa blouse était imprimée d'un motif *boteh* doré. Elle faisait une patience, les cartes éparpillées devant elle sur une table en acajou vernie. Ses épais cheveux poivre et sel, coupés au carré, tombaient sur ses épaules et frôlaient son collier de diamants *kundan*.

C'était la première fois que je me tenais devant un membre de la famille royale, et je sentis ma gorge me chatouiller. Allais-je me mettre à tousser devant la maharani ? Je déglutis, résistant à l'envie de m'éclaircir la voix. Les mains tremblantes, j'ajustai mon sari pour mieux me couvrir les cheveux et m'avançai vers elle en esquissant un *namaste*. Lorsque j'atteignis le divan, je me penchai pour toucher ses pieds, puis mon propre front. Elle agita ses doigts parés de bagues pour m'indiquer de reculer.

Elle venait d'extraire une carte du jeu et chercha où la mettre avant de décider de la poser face cachée sur la table.

— Vous voyez, dit-elle, je passe mon temps à chercher le roi mais il m'échappe toujours.

Sa voix était rauque et grave.

Entendant un sifflement aigu, je redressai le dos. Dans une cage argentée ouvragée derrière le divan, une perruche au plumage vert vif tourna la tête pour fixer un œil sur moi, puis l'autre. La porte de la cage était ouverte.

La maharani, qui ne m'avait toujours pas regardée en face, esquissa un geste négligent vers la cage.

— Je vous présente Madho Singh, lança-t-elle.

— *Namaste !* Bonjour ! *Welcome !* cria l'oiseau, avant d'émettre un nouveau sifflement en faisant rouler sa langue noire dans son bec rouge.

Son cou était cerclé d'un noir chatoyant et d'un rose vif, comme s'il portait un collier à l'instar de la maharani. Son plumage supérieur arborait la couleur d'un ciel d'été.

J'avais entendu parler de perruches alexandre parlantes mais n'en avais encore jamais vu. Ce spécimen-ci était magnifique.

— Votre Altesse a appelé cette perruche du nom du défunt maharadjah ?

Elle me considéra pour la première fois de ses yeux sombres et haussa un sourcil.

— Malheureusement, ils ne se sont jamais rencontrés. Mon époux est décédé il y a trente-trois ans, et le petit Madho Singh n'en a que quinze.

Elle me jaugea froidement du regard.

— Venez vous asseoir.

Je m'exécutai et pris place sur un divan adjacent au sien tout en lissant mon sari sur mes genoux pour me calmer.

Encore un autre domestique, qui avait dû se tenir près de la porte, s'avança doucement.

— Du thé, ordonna la maharani.

Il salua et quitta la pièce. Elle sortit une autre carte du jeu.

— Vous êtes-vous rendue au Festival des éléphants ?

— Je n'ai pas eu cette chance, Votre Altesse.

— C'était tellement plus amusant avant. Les Rajputs venaient de partout pour jouer au polo sur leurs splendides éléphants. On les peignait intégralement : défenses, trompes, pieds. Et même les ongles.

Elle balaya la pièce du bras en écho au faste de l'époque.

— Avant que la maharani Latika n'épouse mon beau-fils, j'avais pour habitude d'attribuer le prix pour l'éléphant le mieux décoré. Une année, pour me témoigner leur appréciation, ils m'ont offert le petit Madho Singh.

L'oiseau siffla encore.

— *Namaste !* Bonjour ! *Welcome !* brailla-t-il.

La maharani se tourna vers la porte. Là, passant furtivement la tête par l'entrebâillement, se tenait Malik. Je me raidis. Combien de fois lui avais-je dit d'attendre dehors ? Ne lui avais-je pas clairement fait comprendre que l'aînée des reines était cruciale pour notre avenir ?

Elle lui fit signe d'avancer et il entra prudemment dans la pièce, cherchant l'origine du bruit. Je me félicitai de lui avoir acheté cette chemise jaune à manches longues et ce pantalon blanc le jour où Parvati avait fait allusion à un rendez-vous au palais. Ce matin-là, lorsqu'il était arrivé chez Mme Iyengar, je lui avais lavé et huilé les cheveux et frotté le cou et les oreilles jusqu'à ce qu'ils soient rouges. Il portait même des sandales à sa pointure.

La maharani l'étudiait avec curiosité pendant qu'il examinait l'oiseau sans s'occuper d'elle.

— Tu aimerais dire bonjour à mon trésor ?

Madho Singh quitta sa perche en volant et atterrit sur l'arrière du divan de la maharani.

— « Trésor », imita-t-il joliment.

Malik lui adressa un *salaam* de sa main gracieuse.

— *Good morning*, salua-t-il dans son meilleur anglais sans quitter l'oiseau du regard.

— *Namaste !* Bonjour ! *Welcome !* répéta la perruche.

Malik sourit.

— Intelligent, cet oiseau.

— « Intelligent, cet oiseau », répéta Madho Singh.

— Quel âge as-tu ? demanda la maharani, qui avait épié Malik avec intérêt pendant toute la scène.

Il sembla y réfléchir. Il leva d'abord les yeux vers le plafond avant de regarder la maharani.

— Je préfère avoir huit ans.

La bouche fardée de la reine trembla avant de céder à un sourire généreux.

— Que c'est charmant.

Son rire partit de sa poitrine avant de pétiller dans sa gorge, faisant cliqueter ses bracelets et bruisser les plis de son sari. Son regard passa de Malik à moi.

— C'est le vôtre ?

Je secouai la tête.

Elle se tourna vers le garçon.

— Jeune homme, quelle est ta sucrerie préférée ?

— « Quelle est ta sucrerie préférée ? » imita l'oiseau.

Malik fit la grimace et regarda de nouveau le plafond.

— Le *rabri*, répondit-il.

— Merveilleux ! s'exclama la maharani. Nous allons dire à Chef de te préparer du *rabri* sans tarder.

Les joues en feu, je me penchai brusquement sur l'extrémité du divan.

— Votre Altesse. Nous sommes venus pour exécuter vos ordres, pas pour que vous exécutiez les nôtres.

Préparer du *rabri* était long et fastidieux. Ce dessert requérait une attention constante pendant que le lait chauffait et que l'eau s'évaporait au-dessus d'un feu bas deux heures durant pour ne laisser que la crème. En réclamer au palais était une impertinence !

La maharani ouvrit les yeux en grand.

— Mais Madho Singh en serait si heureux. N'est-ce pas ?

L'oiseau cligna des yeux.

— J'adore les sucreries.

Malik me décocha un coup d'œil, un petit sourire flottant sur ses lèvres, comme pour demander à quel jeu nous jouions et s'il pouvait y participer.

Je protestai.

— Votre Altesse, le *rabri* demande beaucoup de temps de préparation…

— Justement.

Elle se tourna vers la porte et un autre domestique s'avança. Elle lui ordonna d'emmener Malik en cuisine et de ne pas revenir tant que le garçon ne serait pas repu de *rabri*.

— Veillez à ce que Chef ne le renvoie pas dans une des autres cuisines. Et emmenez Madho Singh. Il adore les sucreries, ajouta-t-elle à mon intention.

Malik se tourna vers moi, les yeux ronds comme des soucoupes. Je haussai légèrement une épaule. Qui étais-je pour m'opposer à une maharani ? Comme s'il avait parfaitement compris ce qu'on venait de dire, l'oiseau s'éleva du divan pour se poser sur l'épaule de la veste blanche du domestique.

— « J'adore les sucreries », répéta Madho Singh tandis que Malik suivait l'oiseau et le serviteur.

Je me retournai vers la reine âgée qui essayait, en vain, d'étouffer un rire.

— Chef est odieux, révéla-t-elle. Il n'assaisonne jamais les plats comme je les aime. Il était le préféré de mon mari et m'en veut maintenant de devoir me servir. Cela va l'énerver de devoir trimer sur des fourneaux pour nourrir une bouche de plus.

Mes épaules se détendirent. Tout comme mes dames, les maharanis avaient conçu leurs propres règles de jeu.

La maharani retourna un six de carreau et le posa sur un sept de trèfle.

— Donc… Vous connaissez Parvati Singh. Son père et ma mère étaient cousins.

Elle m'adressa un sourire enjôleur.

— C'est son mari que je trouve irrésistible. Sans doute parce que Samir offre les cadeaux les plus pertinents qui soient. Le saviez-vous ?

— Non, Votre Altesse, répliquai-je, perplexe.

— C'est étonnant, renvoya-t-elle avec un air méfiant. Il me semble pourtant que vous êtes sa fournisseuse.

Les sachets ? Impossible !

— Mes cheveux n'ont jamais été aussi épais.

Elle secoua la tête, faisant onduler gracieusement sa chevelure. Samir m'achetait chaque mois une caisse d'huile capillaire à la *bawchi*, mais j'avais supposé que c'était pour ses maîtresses.

Je souris.

— Ils sont splendides, Votre Altesse.

— Alors, quand Samir dit que vous faites des miracles, je le crois.

Elle me jeta un regard en coin.

— Et vous, pensez-vous faire des miracles ?

— J'ai cette réputation.

— Montrez-moi votre tête.

J'hésitai, étonnée par sa requête. Mais quand elle me fit signe de retirer mon *pallu*, je me découvris. De ses yeux sombres, elle détailla mes cheveux (fraîchement lavés et huilés), le brin de jasmin sur le dessus de mon chignon, mes oreilles nues. Elle fit virevolter son doigt et je tournai la tête pour lui permettre de la voir de dos. Quand je me retournai vers elle, elle opina du chef.

— J'aime les têtes bien formées, décréta-t-elle.

Un serviteur entra avec un service à thé argenté. La porcelaine arborait une décoration semblable à celle de Parvati. Sur une assiette bordée d'or étaient disposés des biscuits fins comme du papier, fourrés d'éclats de pistache et d'épis de lavande. Le domestique servit le thé. D'un tapotement d'ongle parfaitement manucuré, la maharani indiqua que sa tasse devait être posée à côté de ses cartes. Toutefois, elle ne fit pas mine de la prendre.

— Mon défunt époux adorait le thé. Il lui arrivait d'en boire cinq, six tasses par jour, avec des monceaux de sucre. Tant de douceur aurait dû rejaillir sur sa personnalité.

Elle marqua une pause.

— Ce n'était pas le cas.

Son franc-parler était certes inattendu mais, curieusement, je le trouvais agréable. Les membres d'une famille royale étaient sans doute tous excentriques, raisonnai-je. Pour une fois, je m'octroyai le droit de m'abandonner sur le coussin du divan afin de boire tranquillement une gorgée de thé, qui était crémeux, sucré et parfumé à la cannelle et à la cardamome.

— Il s'est montré égoïste jusqu'à la fin, poursuivit-elle. À ses concubines, il a donné soixante-cinq enfants parce que, bon, qui se préoccupe des rejetons illégitimes ? À ses cinq épouses, moi comprise, il s'est évertué à n'en laisser aucun. Savez-vous pourquoi ?

Tenant une carte entre l'index et le majeur comme un homme aurait tenu une cigarette, elle attendait ma réaction.

J'inclinai poliment la tête.

— Son astrologue lui a conseillé de ne pas se fier à ses héritiers de sang. Alors, au lieu d'avoir un fils légitime, il a adopté le garçon d'une famille rajput qui est maintenant notre maharadjah.

Elle claqua sa carte sur la table, face cachée.

— Je vis dans un palais avec un maharadjah qui n'est pas mon fils et une maharani qui est ma *belle*-belle fille.

Ce n'était pas la première fois que j'entendais dire qu'un palais indien avait adopté un prince héritier sur les conseils d'un astrologue. Dans certaines familles royales, c'était même monnaie courante.

Elle caressa brièvement sa tasse de thé, mais la laissa sur la table.

— Le maharadjah actuel adore sa troisième épouse. Latika est très coquette, intelligente, et a reçu une excellente éducation. Le fils qu'elle lui a donné aurait dû être le prince héritier.

Elle recouvrit une reine avec le valet qu'elle venait de tirer du paquet.

— Seulement, lui aussi a écouté les conseils de son propre astrologue, qui l'a averti que son fils naturel finirait par le renverser. Alors, le maharadjah a envoyé son fils en Angleterre, en pension, sans en informer son épouse. Il a laissé le soin à son conseiller principal de le faire. La maharani Latika n'a pas mangé ni dormi depuis qu'on lui a pris son fils. Elle refuse de parler. Elle ne quitte plus son lit.

Elle secoua la tête.

— Son fils n'a que huit ans, le même âge que votre assistant préfère avoir. Mais elle n'a pas le droit de le voir.

Je comprenais le traumatisme dont souffraient les mères lorsqu'elles perdaient leurs enfants à la suite d'une fièvre ou de la malnutrition. Je l'avais vu assez souvent en travaillant avec ma *saas*. Mais se faire prendre son petit à son insu devait relever d'une tout autre forme de torture.

La maharani Indira avait atteint le bas du paquet de cartes.

— Les citoyens de Jaipur ont beau croire que c'est nous, les maharanis, qui détenons le pouvoir, rien ne pourrait être plus loin de la vérité.

Elle ramassa la pile de cartes jetées au rebut et se mit à les retourner l'une après l'autre.

— Maintenant venons-en à vous, Lakshmi Shastri. Si la jeune reine n'est pas ma belle-fille naturelle, elle reste malgré tout sous ma responsabilité. Elle doit retrouver le moral afin de reprendre ses fonctions royales. Et elle doit redevenir une épouse digne du maharadjah.

Elle haussa un sourcil.

— Elle n'a pas d'autre choix que d'accepter son sort et celui de son fils. *Que sera, sera*.

La maharani Indira se figea.

— Du moins aura-t-elle connu la maternité.

La femme assise en face de moi avait elle aussi connu le chagrin. Si ce n'avait pas été inconvenant, je lui aurais proposé une des friandises aux noix de cajou que contenait mon sac et que j'avais préparées ce matin même avec de la cardamome pour apaiser la tristesse.

Je laissai passer un silence.

— Comment puis-je vous être utile, Votre Altesse ?

— Aidez la maharani Latika à se reconstruire. Dissipez sa morosité. Samir garantit que vous en êtes capable.

La confiance que m'accordait Samir était réconfortante. Mais la seule idée d'échouer auprès d'une femme noble, d'une personnalité aussi connue, me provoqua des frissons.

Je m'humectai les lèvres.

— Votre Altesse, la guérison prend du temps. Il en va de même pour mes soins. Je vais d'abord devoir voir la maharani Latika pour savoir comment l'aider et combien de temps cela risque de prendre. Je suis honorée que M. Singh ait tant de foi en moi, mais permettez-moi d'évaluer la situation avant tout.

Elle m'étudia d'un air sévère. Je croisai son regard et attendis.

Au bout de quelques minutes, elle rassembla les cartes sur la table, comme si elle venait d'aboutir à une conclusion.

— Évaluez donc, commanda-t-elle d'une voix redevenue brusque. Et revenez me voir quand vous aurez fini.

J'étais soulagée d'apprendre que ma tâche était d'apaiser une femme tourmentée, comme il m'était si souvent arrivé de le faire. Une réussite serait douce et élargirait ma réputation au-delà des murs de la ville. Mais une défaite serait fatale. Mon activité ne se remettrait jamais d'une telle humiliation. J'allais devoir recourir à toutes les plantes du répertoire de ma *saas* pour guérir la jeune reine.

Malgré le thé crémeux, j'avais la bouche sèche.

— Avec grand plaisir, Votre Altesse.

Satisfaite, elle hocha une fois la tête. Puis regarda le domestique, qui s'avança.

— Emmenez Mme Shastri voir Son Altesse.

Elle toucha de nouveau sa tasse.

— Et dites à Chef de ne plus jamais me servir de thé froid ! Comment ose-t-il infliger cela à une maharani ?

Je me levai du divan en chancelant légèrement et m'inclinai pour lui toucher les pieds.

Quand j'étais petite fille et que mon père avait trop bu pour faire l'école, ma mère s'inquiétait à voix haute : « *Que mangerons-nous quand il perdra son travail ? Des livres ?* » Je cherchais refuge dans la hutte du vieux Munchi, où je peignais sur ses squelettes de feuilles de *peepal*. J'étais capable de me perdre dans le dessin du *chunni* d'une laitière ou des toutes petites plumes d'un mainate. Ça m'apaisait. Plus tard, quand Hari me réprimandait pour ne pas lui avoir donné d'enfants, je me réfugiais de nouveau dans mon art, sauf que je dessinais dans mon esprit, imaginant le pinceau dans ma main pendant qu'il me frappait au ventre ou me cognait dans le dos. Je me concentrais sur les détails, comme la coccinelle qui me grimpait sur le bras ou le motif cachemire de mon sari, oblitérant tout le reste, chassant l'anxiété, la souffrance et l'inquiétude.

À présent, alors qu'on me menait vers les chambres de la jeune maharani, j'occupais mon esprit à étudier les motifs émaillés autour des portes, le treillis qui encadrait les fenêtres, la mosaïque qui décorait les sols et murs en marbre, les récits tissés dans les tapis de soie. Plusieurs siècles plus tôt, les princes de Jaipur avaient invité les meilleurs sculpteurs, teinturiers, bijoutiers, peintres et tisserands de l'étranger – Perse, Égypte, Afrique, Turquie – pour qu'ils démontrent leurs talents. Quand je finis par atteindre la chambre de Son Altesse Latika, mes angoisses s'étaient atténuées ; mon esprit était plus calme.

À gauche de la porte, un gourou était assis en tailleur sur une natte matelassée où il se balançait d'avant en arrière tout en faisant rouler une rangée de perles entre ses doigts. Un *bindi* orange tracé avec du curcuma en poudre partait de son front pour rejoindre la naissance de ses cheveux. Les plis de sa tunique blanche s'accumulaient autour de son ventre bedonnant. Devant lui, la fumée d'un cône d'encens s'élevait paresseusement vers le plafond.

Sur un lit à baldaquin, la maharani Latika reposait sur des coussins de soie couleur crème. Elle avait beau ne pas être veuve, elle portait un sari blanc de fine mousseline ainsi qu'un bustier assorti. Trois dames de la cour, vêtues de saris de soie, s'affairaient autour d'elle. Celle qui peignait les cheveux de la reine était manifestement son habilleuse. Une autre l'éventait tandis que la troisième lui lisait un poème. Je reconnus un texte de Tagore. « Sombre ? Si sombre que soit sa peau, j'ai vu ses sombres yeux de gazelle. » À mon arrivée, les femmes de la cour levèrent le visage mais poursuivirent leurs tâches. Je joignis les mains en un *namaste* et m'approchai du lit, touchai l'air au-dessus des pieds de la maharani et étirai toute énergie jalouse jusqu'à mon front. Ses yeux indolents continuaient de regarder droit devant elle, comme si elle ne m'avait pas vue. Je saluai les dames d'un geste et elles inclinèrent la tête en retour.

Intentionnellement ou pas, la pièce était sombre, aussi demandai-je au serviteur de poser mes sacs près de la fenêtre, où je pourrais mieux voir. Je cherchai du regard un tabouret et le domestique m'en apporta un qui était rembourré. Je déballai les articles dont j'allais avoir besoin, puis me rinçai les mains avec l'eau de jasmin fraîche d'un de mes récipients. Ensuite, je les enduisis d'huile. Délicatement, je soulevai la main de la reine. Sa peau était sèche et fraîche. Elle remua. Du coin de l'œil, je la vis tourner la tête vers moi. J'avais évité jusqu'à présent de la regarder en face, mais je le fis à cet instant. J'avais entendu parler de sa beauté, qui avait captivé le maharadjah dès le premier regard. Ses yeux ronds et lumineux, aux pupilles couleur acajou, semblaient nus, incapables de dissimuler leur immense tristesse. La peau délicate autour des paupières était plus sombre qu'ailleurs, comme flétrie. Son Altesse ne portait pas de bijoux. La poudre rouge vermillon qui serpentait sur sa raie capillaire était son unique ornement. Une de ses domestiques avait dû l'en parer.

Son regard tomba sur sa main, celle que je tenais. Elle écarta les doigts et les examina comme si elle les voyait pour la première fois. Le bout de ses ongles était soigné, coupé en forme arrondie, les cuticules bien repoussées. Elle lâcha un long soupir et se replia, une fois de plus, dans sa rêverie personnelle. J'allais pouvoir me mettre au travail.

Un matin, après être partie vivre avec Hari et sa mère, j'avais vu trois œufs rose-violet près de l'endroit où je faisais la lessive au bord de la rivière. Entendant un *Kink-a-joo! Kink-a-joo!* perçant, j'avais aperçu, sous un buisson, un bulbul femelle à moustaches rouges qui m'observait en inclinant la tête – d'un côté, puis de l'autre. L'oiseau penchait en traînant une aile par terre. Je m'étais précipitée à la maison pour appeler ma *saas*, qui avait affirmé que le volatile avait dû se blesser avant d'avoir pu voler jusqu'à son nid pour pondre ses œufs. À la maison, ma belle-mère avait fabriqué un cataplasme pour immobiliser l'aile. Deux semaines étaient passées avant qu'elle ne guérisse, après quoi ma *saas* m'avait dit de relâcher l'oiseau là où je l'avais trouvé. Quand je m'étais exécutée, le bulbul avait cherché en vain ses œufs, disparus depuis longtemps. Je n'avais pas pu les sauver; je n'étais pas non plus en mesure de ramener le fils de la maharani Latika mais, avec du temps, je pourrais l'aider à panser ses plaies.

Je commençai par lui masser doucement les mains et les pieds afin de l'habituer à mon contact. Je travaillais depuis longtemps avec mes dames, qui me faisaient confiance, mais la maharani Latika ne me connaissait pas, n'avait pas même reconnu ma présence, aussi lui serait-il difficile de se détendre avec le même abandon qu'aux mains de son habilleuse. Avec le mélange que j'avais préparé ce matin-là – huiles de sésame et de noix de coco, extraits de feuilles de *brahmi* et de thym –, je caressai sa peau entre son pouce et son index, frictionnai le point de pulsation sur son poignet. De même, je malaxai ses voûtes plantaires, pressant sur le point entre son gros orteil et celui du milieu pour relâcher les tensions. La noble qui lisait le recueil de poèmes donnait la cadence avec son rythme hypnotique.

Au bout d'un moment, je sentis les muscles de la maharani se relâcher et entendis sa respiration devenir plus profonde. Je continuai de lui masser les bras et les jambes jusqu'aux mains et aux pieds pendant l'heure qui suivit. Je lui étirai les tendons, lui assouplis les membres, ouvris ses méridiens. Si ses muscles résistaient, je dirigeais mon attention sur des points de pression afin de relâcher les tensions. À mesure que j'avançais, je me concentrais pour lui transférer mon énergie. Tout le reste s'estompa.

Quand je sentis ses bras devenir mous, je risquai un regard vers son visage. Elle s'était endormie. Cela ne durerait pas mais, pour une première visite, c'était un bon début.

Une fois que j'eus rassemblé mes fournitures, un domestique m'escorta le long d'autres couloirs jusqu'à une pièce faite en verre et entièrement remplie d'orchidées. L'air y était humide, la température bien plus élevée que dans le palais climatisé. Je sentis une fine couche de transpiration s'accumuler au-dessus de ma lèvre supérieure.

À l'aide d'une petite paire de ciseaux, l'aînée des maharanis taillait les feuilles mortes d'une plante. Des demi-lunes de sueur tachaient les aisselles de son chemisier de soie.

— Plus vite Latika sera sur pied, plus vite je pourrai revenir à mes bébés, dit-elle sans se retourner.

Sur une table voisine, elle attrapa un verre rempli de glaçons flottant dans un liquide clair et le secoua légèrement.

— Un gin-tonic. Vous en voulez un, madame Shastri ?

J'étais tentée, mais je n'avais encore jamais bu d'alcool.

— Merci. Non.

Elle me regarda en souriant.

— Vous êtes sûre ? Les Anglais nous ont laissé quelques charmantes petites choses, et celle-ci est de loin la plus charmante.

Elle en but une gorgée.

— Particulièrement quand on sait qu'elle prévient la malaria.

Elle passa à la plante suivante et se mit à en retourner les feuilles pour les inspecter. Satisfaite, elle avala une goulée de son cocktail.

— Venez, que je vous présente mes chéris.

Je m'approchai.

Elle montra du doigt une fleur jaune aux rayures vertes et aux ailes tachetées de noir qui s'étendaient de part et d'autre.

— C'est un sabot de Vénus, mais je l'appelle *titli* parce qu'il ressemble à un papillon. Et cette vanda bleue là-bas, je l'ai appelée Sita.

Elle caressa tendrement un pétale avec le doigt. La maharani semblait s'occuper de sa pépinière avec une application toute particulière.

— D'après la rumeur, lady Sita avait pour habitude de se mettre des orchidées bleues dans les cheveux pendant son exil. Il s'agit d'une espèce rare.

La maharani Indira traversa la pièce et effleura de minuscules fleurs roses, une vingtaine en tout, qui émergeaient d'une tige unique.

— Ceci m'a été offert par la princesse de Thaïlande. Je voulais lui donner le nom de mon défunt époux jusqu'à ce que la princesse me raconte qu'elle n'avait pas réussi à faire pousser la tige, et là je me suis dit : « Ça, ça ne ressemble pas à mon mari ! »

Enchantée par sa plaisanterie paillarde, elle lâcha un rire de gorge profond. La maharani douairière semblait s'être trouvé un sanctuaire dans sa prison étroite. Les miséreux n'étaient pas les seuls à être emprisonnés au sein de leur caste.

— J'ai un secret pour tout faire pousser.

Elle versa quelques gouttes de sa boisson autour de la base de la plante. Un sourire de conspiratrice aux lèvres, elle me glissa un regard en coin.

— *Chup-chup*.

J'éclatai de rire, incapable de me retenir.

Elle sirota sa boisson.

— Alors, madame Shastri, dites-moi quand je vais pouvoir revenir à plein temps à mes orchidées.

J'y avais réfléchi tout en m'occupant de la jeune reine.

— Votre Altesse, voici ce que je pense : avant que mon travail puisse réellement l'aider, la maharani Latika doit me faire confiance. Si je pouvais la voir tous les jours à la même heure pendant deux à trois semaines, je pense que nous serions en mesure de faire des progrès.

— En avez-vous fait aujourd'hui ?

— Je crois que oui. J'ai entamé les préparations pour un tatouage au henné que je vais poursuivre chaque jour. Quand il sera fini, je pense que Son Altesse se sentira beaucoup mieux.

Elle hocha la tête, les lèvres pincées.

— Combien cette cure va-t-elle coûter ?

Je joignis les mains devant mon sari.

— Ce qui vous paraîtra approprié, Votre Altesse.

La maharani me scruta.

— Chaque matin, quand vous en aurez fini avec Sa Majesté, j'aimerais que vous me fassiez un compte-rendu. Si vous voyez des progrès, nous continuerons. Sinon, nous essaierons autre chose. En sortant aujourd'hui, donnez ceci à l'intendant.

Elle me tendit un morceau de papier.

— Il doit vous payer cinq cents roupies chaque jour que vous viendrez.

J'avais l'impression que j'allais m'évanouir. En une heure, j'avais gagné la somme que je touchais pour une semaine chargée de rendez-vous pour des tatouages au henné. Deux semaines me rapporteraient sept mille roupies ! L'humidité était étouffante et mon front était moite de sueur. Je devais sortir de là.

— Merci, Votre Altesse.

Elle me congédia d'un hochement de tête et se retourna pour inspecter la plante devant elle.

— On se remet à faner, Winston ? l'entendis-je gazouiller alors que je quittais la pièce. Je ne m'occupe pas assez bien de toi, mon chou ?

Malik m'attendait aux grilles du palais. Il se précipita vers moi pour me prendre mes tiffins.

— Tu souris, Tatie-patronne. Signe de réussite ?

— On pourrait dire ça, acquiesçai-je. Et le chef du palais ? Ça s'est bien passé avec lui ?

— Pour tout dire, Tatie-patronne, mis à part les bonbons au tamarin, je n'aime pas trop le sucré. Mais Madho Singh, oui. Cet oiseau a mangé presque tout mon *rabri*. Il risque d'être malade ce soir.

Il faisait balancer les tiffins par leurs poignées tandis que nous marchions vers la rue pour héler un rickshaw ordinaire. Mais à quoi bon le réprimander ?

— Alors, qu'as-tu fait pendant que tu étais avec le chef ?

— Je n'ai pas trop traîné. J'ai fait mes courses, pris des commandes et je me suis occupé des livraisons.

Je me figeai.

— Malik ! Tu as délibérément désobéi aux ordres de Son Altesse ?

Malik pivota vers moi. Il souriait jusqu'aux oreilles.

— Pas d'inquiétude, Tatie-patronne. Quand le serviteur lui a dit de me préparer du *rabri*, Chef a eu l'air de vouloir me trancher en deux avec son couteau.

Il siffla un rickshaw.

— Alors, je me suis dit : « Comment est-ce que je peux lui procurer le même bonheur que j'apporte chaque jour à Tatie-patronne ? »

Il éclata de rire en me voyant hausser les sourcils.

— Je lui ai demandé combien le palais payait pour l'huile de cuisson. Quand il me l'a dit, j'ai lâché : « *Baap re baap !* On vous vole. »

Je fermai les yeux. Que manigançait-il donc encore ?

— Tatie-patronne, du calme, pouffa-t-il. Je vais lui trouver de l'huile pour bien moins cher que ces salauds qui surfacturent le palais et Chef empochera la différence.

Il montra un des sacs que je portais à la main.

— Il est tellement ravi qu'il a promis de préparer à manger tous les jours rien que pour moi, que je le réclame ou non. Aujourd'hui c'était des *puris* et des *choles*. Demain, des *bhaji* ! Radha et toi n'aurez plus jamais à cuisiner.

Il courut mettre nos affaires dans le rickshaw qui attendait et je lui emboîtai le pas, étonnée et un peu admirative de mon jeune ami.

La rumeur de ma visite au palais s'étendit comme du *ghee* sur un *chapatti* chaud. Il avait suffi qu'un marchand de mangues nous aperçoive aux grilles du palais et en informe sa femme, qui le raconta à sa voisine, qui le répéta à son beau-frère, qui le confia à son médecin, qui le dit à sa lessiveuse, qui déposa le repassage chez une de mes dames. Très vite, de nouvelles clientes réclamèrent mes services pour toutes sortes de cérémonies et célébrations : fiançailles, septième mois de grossesse, naissance, premier jour où un bébé mange du solide, première coupe de cheveux, dix-huit ans d'un garçon, première entrée dans une maison tout juste construite, naissance de Hanuman, rituel du feu pour la déesse Durga, grande nuit de Shiva, promotion professionnelle, acceptation à l'université, cérémonie pour souhaiter bon voyage, cérémonie pour fêter un retour de voyage. En Inde, on ne manquait pas de rites ni de rituels, et nous étions occupés tous les trois du matin jusqu'à tard le soir. Radha préparait la pâte de henné et m'aidait à cuisiner. J'allais voir la maharani Latika le matin, puis les dames l'après-midi et le soir. Malik sillonnait la ville pour livrer mes crèmes, huiles et lotions, dont la vente avait triplé. C'était une bonne période pour nous ; j'aurais dû plus en profiter, mais je n'y parvenais pas – pas tant que la maharani Latika n'avait pas repris ses devoirs royaux.

Nombre de nos nouvelles clientes réclamaient des ragots.

« La maharani Latika est-elle aussi belle qu'on le dit ? »

« Parlez-nous des divans pour dix personnes ! »

« Est-il vrai que les urnes argentées au palais sont aussi grandes qu'un homme ? »

« Sert-on de la viande dans la salle à manger ? »

Même celles dont je m'occupais depuis des années ne pouvaient s'empêcher de glisser une ou deux questions : « Tous les saris de la maharani viennent-ils de Paris ? À quoi ressemblent ses modèles en crêpe georgette ? »

Mes dames préférées, comme Mme Patel, qui ne se laissaient pas impressionner par le titre ni la fortune, ne montraient aucune curiosité. Mme Patel, une matrone calme et posée d'une soixantaine d'années qui s'occupait des comptes pour l'hôtel de son mari, se contenta de lancer :

— J'espère que vous vous reposez, Lakshmi. Les périodes comme celle-ci peuvent s'avérer très déstabilisantes.

Puis elle replongea dans un silence complice.

Malik restait discret. Je lui avais prodigué des conseils pour répondre aux questions des gardiens, serviteurs et *tonga-wallas*. Il pouvait décrire les tableaux des maharanis en chasse royale aux familles rajputs, mais pas aux familles brahmanes (qui étaient végétariennes). Il avait le droit d'évoquer les jardins parfumés, mais pas les détails de plomberie européenne dans les toilettes royales (trop vulgaire). Il pouvait dire que l'orchestre du palais employait quarante musiciens, mais pas révéler que chacun des trois chefs – bengali, rajasthani et anglais – disposait d'une cuisine séparée et de ses propres assistants (trop tape-à-l'œil).

Radha vaquait à ses tâches en desserrant à peine les dents. Une fois qu'elle avait terminé, elle se rendait chez Kanta. Comme le nouveau semestre scolaire n'avait pas encore commencé, Kanta avait suggéré que ma sœur lui fasse la lecture l'après-midi. J'avais trouvé l'idée fabuleuse. Comme je rentrais tard le soir, j'avais supposé qu'elle serait impatiente de nous parler de sa journée – d'ailleurs, j'avais hâte qu'elle nous raconte –, mais elle se contentait de rester couchée sur son lit, dos à moi, à lire un livre que Kanta lui avait prêté.

Je lui demandais ce qu'elle lisait. Ses réponses étaient courtes.

— Un livre.

Si je cherchais à savoir lequel, elle répliquait :

— Tu ne le connais pas.

— Essaie un peu pour voir.

— Un roman d'une sœur Brontë.

Elle savait parfaitement que je les connaissais toutes les trois. N'avions-nous pas été élevées par le même père, qui nous avait appris à lire l'anglais à voix haute avant l'âge de trois ans ? Certes, nous n'avions guère été capables à l'époque que de prononcer les mots sans en connaître le sens, mais ses méthodes nous avaient poussées à commencer la lecture très tôt.

J'avais du mal à croire qu'elle m'en veuille encore de ne pas lui avoir permis de nous accompagner au palais. C'était exaspérant. J'étais la sœur aînée, celle qui subvenait aux besoins de la famille. C'était moi qui fixais les règles, et elle devait s'y plier sans poser de question, comme une bonne petite sœur. Mais je réprimai ma colère. Avec le temps, elle finirait par s'en remettre. Avec le temps, elle apprendrait à accepter ce qu'elle ne pouvait pas changer.

Il n'y avait qu'à me regarder : j'avais eu beau m'y opposer, je n'avais pas pu changer mon sort. J'avais fini par épouser Hari.

Lors de mon rendez-vous suivant chez Mme Sharma, celle-ci me félicita pour la commande du palais. Enhardie, j'affirmai vouloir discuter de l'union que j'avais proposée entre Sheela et Ravi. (Samir avait déjà commencé à évoquer auprès de M. Sharma une candidature conjointe pour le contrat du Rambagh Palace, aussi semblait-il tout naturel que j'aborde la question.) Mme Sharma se montra disposée à en parler et, incapable de réprimer le sourire qui faisait remonter le grain de beauté sur le coin de sa joue, abattit sa propre carte. Au lieu de verser une dot, la famille Sharma souhaitait construire une maison pour Sheela et Ravi, à condition que le mariage se fasse. Sheela préférait ne pas vivre avec la famille de son futur époux, ce qui était pourtant la coutume.

— Une famille s'est opposée à cette requête et nous avons dû décliner leur proposition, précisa Mme Sharma.

Je comprenais pourquoi, à Jaipur, l'exigence de Sheela pouvait paraître intenable ; les résidences familiales communes étaient la norme. Même Kanta et Manu, qui étaient modernes et occidentalisés, vivaient avec la mère veuve de

Manu. Parvati se battrait comme une tigresse pour que son premier-né habite sous le même toit qu'elle. Elle soutiendrait qu'il y avait toute la place dans la demeure Singh, que Ravi et Sheela pourraient disposer de leur propre aile.

Si je voulais décrocher cette commande pour un mariage, et j'y tenais absolument, il m'appartenait de trouver une solution pouvant convenir aux deux parties. Un point épineux, certes, mais j'étais à deux doigts de sceller cet accord. Je n'allais pas abandonner maintenant. Avec les familles moins aisées, la valeur de la dot était habituellement le point de friction : combien d'argent, combien d'or, combien de saris de soie. Mais les Singh et les Sharma n'allaient pas se chamailler pour ce genre de broutilles ; satisfaire leurs exigences requérait de la finesse, de la créativité et un peu plus qu'un coup de chance.

Une semaine après que j'avais commencé mes visites quotidiennes au palais, je me rendis chez Kanta pour notre rendez-vous habituel. Radha était déjà là, assise dans son fauteuil, marquant du doigt la page du livre qu'elles étaient en train de lire ensemble.

Kanta bondit du canapé, le souffle coupé par l'excitation de la nouvelle qu'elle s'apprêtait à m'annoncer.

—Lakshmi, je mourais d'envie de te le dire ! s'écria-t-elle avec une lueur de joie dans le regard. Je suis enceinte !

Elle me prit dans ses bras.

—C'est grâce à toi, à ton henné magique et à tes splendides tatouages, et je suis sûre que tu dois glisser des ingrédients coquins dans tes friandises.

Je souris.

—Kanta, c'est merveilleux !

Je me tournai vers Radha.

—Tu as entendu ?

Ma sœur haussa les sourcils

— Tatie me l'avait déjà dit, décréta-t-elle avec dédain.

— *Saasuji* l'a su avant moi, ajouta Kanta. Je commençais à me sentir nauséeuse dès que j'ouvrais un livre. Elle a dit qu'elle avait ressenti ça quand elle était enceinte de Manu. Tu imagines un peu ! Ma belle-mère et moi avons enfin un point commun en dehors de mon mari !

Elle lâcha un petit rire.

Sa joie était communicative, et je me retrouvai à rire aussi.

Kanta prit Radha par les épaules.

— C'est pour ça que je suis ravie que ta sœur vienne me faire la lecture. Je ne peux plus le faire toute seule ! gloussa-t-elle.

Nous nous rendîmes dans sa chambre, où Kanta enleva son sari.

— *Saasuji* croit que le bébé voit ce que je porte. Si ça fait plaisir à ma belle-mère de me voir en sari, ça ne me dérange pas.

Elle s'allongea sur son divan.

— Faisons un autre *mandala* sur mon ventre pour m'assurer d'avoir un beau petit garçon comme Manu.

Ma sœur nous avait suivies dans la chambre et s'assit sur le lit, à croire qu'elle vivait là.

— Radha, continue de lire pendant que Lakshmi opère sa magie.

Se pliant plus volontiers aux demandes de Kanta qu'aux miennes, la jeune fille esquissa un sourire suffisant et ouvrit le livre à la page où elles s'étaient arrêtées. Je regardai la couverture. *Daisy Miller*. Je ne l'avais pas lu, mais mes dames en parlaient beaucoup. Le roman portait sur une adolescente américaine qui visitait l'Europe. Quelle générosité de la part de Kanta d'aider ma sœur à améliorer son anglais – et sa connaissance du monde. Je lui savais gré de prendre du temps pour elle alors que je ne pouvais pas lui en accorder de mon côté. Mes journées étaient tellement remplies que j'étais soulagée qu'on me libère de cette charge.

— Oh, Lakshmi ! Demain j'emmène Radha voir ce film américain dont je t'ai parlé, *Sept ans de réflexion*. Avec Miss Marilyn Monroe ! gazouilla gaiement Kanta, tel un soui-manga à croupion pourpre. Et le mois prochain, la projection de *Mr & Mrs 55* va reprendre, le film a été si populaire la première fois ! On ira le voir aussi. Ça ne te dérange pas, Lakshmi ?

Comment le lui refuser alors qu'elle chaperonnait si généreusement ma sœur ? Je jetai un coup d'œil à Radha, qui devait attendre impatiemment ma réponse malgré son air d'indifférence.

— Bien sûr que non, répliquai-je en chassant mon malaise diffus. C'est très gentil de ta part, Kanta.

Radha me gratifia d'un petit sourire.

Ma sœur avait besoin d'une amie, et Kanta aussi. Leur permettre de passer plus de temps ensemble était ma façon à moi de demander pardon à Radha de lui accorder si peu de temps.

en un rubis en forme de larme. La métamorphose était hallucinante. Cette femme, qui ne ressemblait en rien à la reine abattue que j'avais rencontrée initialement, rayonnait de santé et de bien-être. Les friandises que je lui avais dispensées, ainsi que les huiles avec lesquelles je l'avais massée, avaient accompli des merveilles sur son humeur.

Le temps était venu d'apporter la dernière touche à mon tatouage au henné. Au centre de sa paume gauche, je traçai son nom en hindi : *Latika*. Sur la paume droite, j'écrivis celui de son fils : *Madhup*. Quand je levai ses mains pour lui montrer le résultat, elle étouffa un cri.

— Chaque fois que vous penserez à votre fils, Votre Altesse, il vous suffira de rassembler vos paumes pour être proche de lui.

Il s'agissait d'un risque, j'en étais consciente. Lui rappeler ce qu'elle avait perdu pouvait se retourner contre moi et déclencher une nouvelle dépression. Mais ces dernières semaines, tout en m'occupant de son corps, j'avais perçu l'acier dans ses muscles, la volonté dans ses tendons, la force qui coulait dans ses veines. C'était une femme qui regarderait toujours vers l'avant en dépit des revers, et j'avais amorcé la guérison dont elle avait besoin pour l'y guider.

Ses yeux s'embuèrent et une larme coula sur sa joue. Une des dames lui tamponna le visage avec un mouchoir brodé.

— Lakshmi, lança-t-elle.

Depuis qu'elle s'était remise à parler, sa voix avait pris en force.

J'ignorais qu'elle connaissait mon nom.

— Votre Altesse ?

— Merci.

La chaleur qui irradiait derrière mes yeux était celle du soulagement – et de la fierté – d'avoir su déployer toutes les compétences que j'avais acquises pour apaiser son âme meurtrie. Je n'osai pas parler. Je baissai les yeux et inclinai à peine la tête en réaction à sa marque de gratitude.

— La maharani Indira me dit que vous avez une jeune sœur.

Surprise d'apprendre que les deux reines parlaient et, surtout, étaient au courant de ma vie privée, j'acquiesçai.

— Oui. Radha. Elle a treize ans.

— Va-t-elle à l'école ?

— Dans une semaine, elle commence les cours à l'école publique près de chez nous.

La maharani me contempla et se racla la gorge.

— Envisageriez-vous de l'inscrire à la mienne ?

Un instant, j'oubliai les convenances et la fixai ouvertement du regard. L'école pour filles de la maharani était l'école la plus prestigieuse de l'État du Rajasthan. La maharani Latika l'avait fondée pour former les jeunes filles aux arts de la grâce et de l'autonomie. Mes clientes pouvaient se permettre d'y envoyer leurs progénitures mais, même avec mes affaires au beau fixe, je ne gagnerais jamais assez pour régler les frais de scolarité.

Comme si elle lisait dans mes pensées, Son Altesse agita la main.

— Ne vous inquiétez pas pour les frais.

Je continuai de la dévisager. Une place dans l'école de la maharani assurerait à Radha un avenir bien meilleur que tout ce que j'aurais pu imaginer pour elle. Cela lui permettrait d'étudier à l'étranger, comme Kanta, et de voir le vaste monde, ce qui ne m'avait été permis qu'en rêve. La veille, je ne l'aurais même pas cru possible !

La reine baissa les yeux sur ses paumes ouvertes, poussa un soupir et les joignit en un *namaste*, manquant d'étaler le henné.

— Je vous sais gré de tout ce que vous avez fait pour moi.

Je fus submergée par une vague d'émotion. Et de soulagement. Ce qui m'était apparu comme une tâche insurmontable avait, enfin, porté ses fruits. Je baissai la tête et lui rendis son *namaste*.

—Que vous portiez toujours du rouge, Votre Altesse, lâchai-je une fois que je pus contrôler ma voix.

Je n'achevai pas la bénédiction traditionnelle : « Et que vos fils perpétuent le nom de votre époux. » Son unique fils, Madhup, ne serait jamais prince héritier. À ce stade, il aurait été plus clément de lui souhaiter de ne jamais devenir veuve.

Je fus convoquée par la reine douairière pour mon rapport quotidien. Un assistant me guida jusqu'au salon où elle m'avait accueillie pour la première fois, sauf qu'à cette occasion elle était assise à une table de jeu en compagnie de trois élégantes dames parées de bijoux. Une partie de bridge battait son plein. Je levai les mains en un *namaste*, d'abord à l'intention de Son Altesse, puis à celle de ses compagnes.

Madho Singh siffla.

—*Namaste !* Bonjour ! *Welcome !* brailla-t-il avant de s'envoler de sa cage pour se déposer sur le dossier du siège de sa maîtresse.

—Nalani, vous avez rencontré Helen Keller à Bombay il y a quelques mois, mais la vraie faiseuse de miracles se tient sur votre droite, déclara la maharani Indira en s'adressant à la femme assise en face d'elle.

La Nalani en question me scruta par-dessus ses verres en demi-lunes.

—C'est vrai ?

Son Altesse étudia ses cartes.

—Mesdames, voici Lakshmi Shastri, qui a ramené notre jeune maharani des profondeurs de sa mélancolie.

Je souris.

—Je suis ravie d'avoir pu me rendre utile, Votre Altesse.

— Il me semble, Gori, que vous recevez le ministre des Finances français le mois prochain. Quelle joie ce serait pour son épouse de se faire tatouer les mains au henné par Lakshmi ! Et vous, Anu, vous n'allez pas devenir bientôt grand-mère pour la troisième fois ? Lakshmi saura dessiner votre *mandala* à la perfection. Elle opérera sa magie et, en un clin d'œil, vous aurez *enfin* un petit-fils.

— Ça, ce serait un vrai miracle, s'esclaffa Anu.

La maharani m'adressa un sourire bienveillant. Je portai une main à mon front en signe de remerciement.

Elle reporta son attention sur ses cartes.

— J'aimerais que vous continuiez de voir Latika plusieurs fois par semaine pour le mois à venir. Elle ne manquera pas de rechuter quand le maharadjah l'autorisera à reparler à son fils, et votre assistance sera la bienvenue.

Puis Son Altesse me congédia d'un hochement de tête.

— C'est bien ma chance, mesdames, je dois présider les cérémonies pour le Festival du désert la semaine prochaine, l'entendis-je dire alors que je quittais la pièce. Gori, vous devez m'accompagner cette fois. Pourquoi est-ce toujours à moi d'être juge au concours de moustaches ?

— Vous savez ce qu'on dit : plus longue est la moustache, plus gros est le *lingam*.

Leurs rires me poursuivirent jusque dans le couloir.

Malik et moi étions sur un *tonga*, en route pour notre rendez-vous suivant. J'étais en train de lui expliquer les nouvelles tâches que nous allions accomplir pour les amies de la maharani Indira quand, soudain, la voiture pila net. Le cheval se cabra et poussa un hennissement. J'attrapai le bras de Malik d'une main et le toit du rickshaw de l'autre pour nous empêcher de tomber. Qu'avions-nous percuté ? Un nid-de-poule ? Un rocher ? Un chien errant ? C'est là que j'aperçus Hari. Sur notre droite, agrippant la perche en bois qu'il venait de coincer dans la roue de notre voiture. Le conducteur gesticulait follement et lui hurlait des insultes. Derrière nous, les automobilistes klaxonnaient. Les gens se retournaient pour nous dévisager. Même le petit veau blanc sur le côté de la route cessa de mâchouiller des pelures de pommes de terre pour nous considérer.

Malik me tira le bras.

— Allez, on s'en va.

Il attrapa nos tiffins et sauta à terre, mais je ne pouvais pas bouger. Malik jeta quelques roupies au conducteur, me traîna hors de la voiture, rassembla les tiffins et m'attira dans une ruelle. Mes membres me semblaient lourds, comme si je nageais dans de l'huile. *Resterai-je donc liée à Hari sept vies durant ?*

Une fois que nous fûmes hors de vue, Malik se retourna et lâcha les tiffins tout en continuant de me tenir par le bras.

Hari s'approcha, abandonnant la perche sur la terre battue.

Malik cracha par terre.

— Tu ne peux pas prendre rendez-vous comme tout le monde ?

— Tu n'es jamais chez toi, m'affirma Hari sans tenir compte du garçon. J'ai besoin de toi.

— Tu veux de l'argent ?

— Oui, mais…

— Je croyais que tu t'étais trouvé quelqu'un pour ça.

Il fronça les sourcils, l'air déconcerté.

— Cette fille de *nautch*. Son argent aussi, tu l'as dilapidé ?

Il agita une main.

— Ah, elle. Elle…

Il s'interrompit et secoua la tête.

— Écoute. J'ai besoin de ton aide.

Il fit un pas de côté. Derrière lui se tenait une fillette, plus petite et plus jeune que Malik. Elle portait une robe sale, en loques. Pas de chaussures. Je remarquai une entaille sur son mollet droit, d'où s'écoulait un pus jaunâtre.

— J'ai mis le cataplasme de *Maa* dessus mais l'infection a empiré, affirma-t-il.

Je regardai la plaie de plus près, sans toutefois m'approcher.

— Qui est-elle ? Et qu'est-ce que tu connais aux cataplasmes ? ajoutai-je en jetant un regard surpris à Hari.

Il soupira.

— Après ton départ, *Maa* avait besoin d'aide. Au début je n'en avais pas envie, mais quand elle est tombée malade, elle m'a supplié de m'occuper des femmes qui venaient la voir. Elle m'a appris les mêmes choses qu'à toi.

Il humecta ses lèvres gercées.

— Ici aussi, à Jaipur, les gens ont besoin d'aide.

Délicatement, il sortit le pouce de la bouche de la petite.

— C'est l'enfant d'une des filles de *nautch*.

Treize ans plus tôt, Hari avait été un homme capable de tout faire, tout dire, pour obtenir ce qu'il voulait. Il y avait eu un temps, dans la première année de notre union, où j'avais cru tout ce qu'il me racontait. Hari rapportait une bourse-à-pasteur qu'il avait cueillie près de la rivière. (« Regarde, Lakshmi. En forme de cœur, rien que pour toi. ») Ou alors, des graines de *rudraksha* séchées. (« Pour faire un joli collier ! ») J'en étais profondément touchée. Et puis, j'apprenais que la bourse-à-pasteur provenait des fournitures de ma *saas* (elle s'en servait pour guérir la malaria), et que le gourou qui passait par notre village avait oublié son chapelet (fabriqué à partir des graines bleues tant convoitées). J'avais juré de ne plus jamais me faire avoir.

— Combien cette fois-ci, Hari ?

— Tu ne vois pas ? Elle a besoin de…

— Combien ?

— C'est une enfant, Lakshmi.

— Je t'ai déjà donné des centaines de roupies. Tu sais combien de temps j'ai dû travailler pour les avoir ? Alors, combien ?

Crispant les mâchoires, il resserra son bras autour des épaules de la fille, qui leva les yeux vers lui. Il secoua la tête à mon intention, comme si je l'avais déçu.

J'éprouvai alors une pointe de culpabilité. S'il disait la vérité, j'avais tort de ne pas aider la petite. Elle avait l'air d'en avoir besoin. J'avais beau avoir du mal à croire que Hari ait pu changer au point de poursuivre l'œuvre de *Saasuji*, je me devais de faire quelque chose. Ma belle-mère, elle, lui aurait prêté assistance.

Je décochai un regard à Malik, qui me lâcha le bras. Je m'approchai de la fille et m'accroupis pour inspecter la plaie. L'entaille était profonde. La peau autour de la blessure était marbrée de rouge, de rose et de pourpre. J'avais vu la mère de Hari se servir d'un fil désinfecté et d'une aiguille extrafine pour refermer la peau, mais je ne l'avais encore jamais fait moi-même. J'aurais pu tenter la même chose, mais je n'étais pas sûre de moi. Je ne voulais pas que la plaie empire. Je craignais qu'elle perde sa jambe.

— Il lui faut des points de suture, affirmai-je. Et du désinfectant. Et tu devras couvrir la plaie après coup.

Hari lâcha un rire sans joie.

— Maintenant que tu travailles pour le palais, tu es trop douée pour l'aider toi-même ?

Je sentis mes joues s'enflammer. Pendant une décennie, j'avais guéri les plus riches, et personne d'autre, pour leurs maux mineurs et plutôt émotionnels. Si j'étais restée avec Hari, *Saasuji* en serait sûrement venue à m'enseigner les procédures plus complexes qu'elle était seule à pratiquer. Je frissonnai en imaginant ma belle-mère me considérer avec autant d'amertume que Hari à cet instant.

Il savait qu'il avait touché un point sensible.

— Radha elle-même gravite maintenant dans les hautes sphères, constata-t-il. Combien t'a donné l'intendant du palais ? questionna-t-il avant que j'aie eu le temps de lui demander ce qu'il entendait par là.

Je regardai de nouveau la fille. Une enfant innocente. Ce n'était pas sa faute si elle était pauvre. Je puisai mille roupies dans la somme payée par l'intendant et les tendis à Hari.

— Il faut que tu l'emmènes tout de suite à l'hôpital. Et achète-lui des médicaments.

Dès qu'il eut pris l'argent, je retirai la main.

— Un divorce, Hari. C'est mon prix.

Il plissa les yeux, puis haussa les épaules, comme si ça ne changeait rien pour lui. Je le regardai empocher mon argent.

— J'enverrai Malik avec les documents à signer, ajoutai-je.

Nous nous toisâmes longuement. Enfin, il hocha la tête.

Il prit la fillette par la main et la fit sortir de la ruelle. La petite pivota la tête pour me dévisager pendant qu'ils tournaient le coin de la rue.

— *Hai Ram*, lâchai-je.

Je n'avais même pas possédé l'argent assez longtemps pour qu'il me semble réel. À présent, j'en avais encore moins pour payer le constructeur.

— *Goonda !* s'exclama Malik.

Peut-être était-ce un homme mauvais. Peut-être pas. J'avais connu le Hari d'avant. Avait-il changé ? Je restais sceptique.

Je posai les mains sur les épaules de Malik pour le forcer à me regarder.

— Dis-moi que tu ne deviendras jamais une brute. Jure-le-moi.

Malik ne répondit pas. Il ramassa les tiffins et s'éloigna.

J'arrivai à la maison plus tôt que prévu. Voir Hari m'avait ébranlée, mais je tâchai de ne pas y songer. À la place, je me focalisai sur la nouvelle que j'allais annoncer à Radha. L'école de la maharani. Quelle joie pour elle de lire du Shakespeare en compagnie de l'élite des jeunes filles de Jaipur !

Depuis le portail de Mme Iyengar, j'observai ma sœur qui, devant le foyer extérieur, versait de la farine complète sur une assiette en fer. Elle travaillait rapidement, passait la poudre au tamis, en retirait les petits cailloux. Toujours aussi froide, elle me repoussait d'un signe de tête. Ou alors, elle faisait semblant de ne pas m'entendre, le nez enfoui dans un des romans de Kanta. Mais tout allait changer. Surtout à présent que je pouvais lui donner ce qu'aucune de nous n'avait prévu, encore mieux que ce que Kanta avait à offrir.

Je m'approchai de Radha et la saluai.

Elle me décocha un regard sans rien dire. Elle versait de la farine depuis l'assiette dans une casserole de *ghee* fondu. L'odeur de farine et de beurre chaud emplit l'air.

Je m'accroupis à côté d'elle. Pour la première fois, je constatai qu'elle ne s'était pas fait percer les oreilles dans son enfance. *Maa* et *Pitaji* n'en avaient sûrement pas eu les moyens. Je les lui percerais avec des petits anneaux d'or.

— La prochaine fois que j'irai au palais, Radha, j'aimerais que tu m'accompagnes.

Ma sœur cligna les yeux d'étonnement, mais continua de mélanger la farine. J'attendis une réaction de sa part. Aucune ne vint.

— Tu t'es si bien appliquée dans ton travail. Tu broies le henné bien mieux que j'en serais capable…

— Je ne peux pas.

— Quoi donc ?

— Aller au palais avec toi.

— Bien sûr que si. Kanta peut se passer de toi l'espace d'un après-midi…

— Elle est enfermée chez elle toute la journée, décréta-t-elle catégoriquement. Et sa *saas* est pénible.

Elle se mit à verser le contenu d'un sachet de sucre dans la casserole chaude.

— Elle a besoin de moi.

J'entendis ce qu'elle ne dit pas : « Et pas toi. »

J'étais piquée au vif. Comment cette fille, qui avait pleuré toute la nuit deux semaines plus tôt quand je ne l'avais pas autorisée à se rendre au palais avec Malik et moi, pouvait-elle à présent afficher une telle indifférence ? Peut-être avais-je choisi le mauvais moment pour le lui annoncer ? J'aurais dû attendre qu'elle ait fini de cuisiner. Depuis qu'elle avait mis le feu au foyer de Mme Iyengar peu après son arrivée, elle était plus vigilante.

Je m'emparai du bol de cardamomes écrasées dans l'intention de les ajouter au mélange.

Radha m'attrapa le poignet.

— Pas encore.

Je reposai le bol, gênée. Je n'aurais pas dû intervenir. Ses *laddus* étaient bien meilleurs que les miens.

Elle retourna une pleine spatule de farine. La préparation brunissait joliment.

Entre nous, le silence s'étira.

— J'ai une surprise pour toi, annonçai-je. La maharani Latika te propose une bourse pour étudier dans son école. Tu imagines, Radha ! Au lieu d'une école publique, tu iras dans un établissement privé. Où vont toutes les filles que tu as vues à la fête de Parvati. Dès la semaine prochaine.

Elle continua de mélanger la farine.

— Radha ?

— Je le dirai à Tatie demain quand je la verrai. Elle sera contente.

Peut-être était-elle trop fatiguée pour saisir. La surchargeais-je trop de travail ?

— Tu vas devoir passer un examen d'entrée, mais je sais que tu y excelleras. Tu as déjà lu tellement de livres, Radha, et ton anglais est si bon…

— J'irai, si c'est ce que tu veux.

— Je pensais que tu serais contente…

Elle leva les yeux pour me considérer avec insistance.

— Tu voudrais que je te remercie ? D'accord. Merci. Maintenant, je dois finir la cuisine, ou tu vas me reprocher de ne pas avoir terminé mes corvées.

Je clignai des yeux. Ma sœur, qui m'avait admirée, appelée « *Jiji* » pour la première fois à peine trois mois plus tôt, avait désormais l'air de se moquer de ce que je pouvais bien dire ou faire pour elle. Devais-je me réjouir de la voir se détacher de moi, devenir indépendante, prendre ses propres décisions ? Non, je ne m'en réjouissais pas. Je regrettais l'autre Radha, celle qui se cramponnait à moi sur notre petit lit, celle qui pleurait sans pouvoir s'arrêter et me parlait de *Maa*, de *Pitaji* et de sa vie à Ajar.

Je me levai doucement et lissai les plis de mon sari. Je la regardai ajouter au mélange des clous de girofle écrasés. Quand je pus parler sans que ma voix tremble, je lançai :

— Si tu changes d'avis pour la visite au palais…

— Ma décision est prise. Laisse les tiffins, je les laverai avant de monter, déclara-t-elle sèchement en attrapant la cardamome, coupant court à toute discussion.

Chapitre 9

12 février 1956

L'école de la maharani était constituée de trois édifices horizontaux d'un étage chacun. Debout sur le trottoir d'en face, je regardais une file de voitures franchir les grilles pour longer une allée pavée et faire le tour de la cour circulaire avant de regagner la rue. Des chauffeurs en chemise kaki et knickers plissés ouvraient la portière à de jeunes MemSahibs qui rentraient déjeuner chez elles. Quelques externes se rendaient à des échoppes pour s'acheter à manger. Les pensionnaires, elles, prenaient leur repas à la cafétéria de l'école.

Les plus jeunes, âgées de huit à douze ans, portaient des jupes bleu clair et des chemisiers aux manches mi-longues avec un foulard rouge. Celles de l'âge de Radha et plus étaient vêtues d'un *kameez* bleu, d'un *salwaar* blanc et d'un *chunni* bordeaux. Toutes les filles avaient enfilé un cardigan bordeaux car, en février, les températures étaient fraîches à Jaipur. J'avais entendu dire que la maharani avait porté une grande attention à tous les détails de son école, de l'uniforme jusqu'au choix de Miss Genevieve comme directrice (elle avait été la tutrice de Son Altesse dans sa pension suisse) en passant par le menu du déjeuner (pas de fritures, beaucoup de fruits et de légumes, jamais de sucre).

C'était la première semaine de Radha à l'école de la maharani et je voulais l'emmener déjeuner quelque part.

Avec tout ce qui se passait, j'avais à peine eu le temps de lui demander si l'école lui plaisait et comment étaient ses cours. Le cœur gonflé de fierté, je la regardai descendre en trottinant les marches du bâtiment principal. Son teint était rose. Son uniforme, chic et propre. (Ce matin-là, quand je lui avais proposé de la déposer avec le rickshaw en compagnie de Malik, elle avait fait une grimace de dédain, déclarant qu'elle n'avait pas envie d'arriver toute fripée et en sentant la sueur.)

Alors que Radha atteignait la dernière marche, Sheela Sharma lui coupa le chemin et ma sœur se figea net. Sans s'excuser, Sheela se jeta sur la banquette arrière de la berline de ses parents. Ma sœur pinça les lèvres.

Je retins mon souffle.

À mon grand soulagement, Radha reprit sa marche vers le poste du gardien pour qu'il contrôle sa sortie. Le gardien prit son temps pour chercher le nom de la jeune fille sur son écritoire à pince. Elle avait l'air nerveuse, regardait vers le bout de la rue, se mordillait la lèvre inférieure.

Je l'appelai. Elle se retourna, surprise. Elle n'avait pas l'air contente de me voir, ce qui, à ce stade, ne me décontenançait pas plus que ça. Pour une fois, je ne portais ni tiffins ni fourre-tout, rien qu'un sac à main.

Elle jeta un autre regard vers la rue. Ses épaules s'affaissèrent.

— Que tu es élégante avec ton uniforme ! m'exclamai-je avec entrain.

Elle baissa les yeux sur sa tenue, un peu gênée, comme si j'y avais repéré une tache.

Prenant son bras fin, je la guidai vers les échoppes de *chaat* à l'autre bout de la rue.

— Je me suis dit que j'allais t'emmener déjeuner quelque part.

Je m'arrêtai pour réajuster son long *chunni* afin qu'il lui tombe harmonieusement sur les épaules.

— Comment ça se passe à l'école ?

— Bien.

— Allez, insistai-je en lui attrapant de nouveau le bras pour reprendre notre marche. C'est ta première école dans une grande ville, rien à voir avec la petite cabane de *Pitaji*. Il doit bien y avoir des choses à raconter ! Tu as rencontré des filles que tu aimerais avoir comme amies ?

Elle dodelina de la tête et haussa les épaules. *Oui. Non. Peut-être.*

Deux filles portant un uniforme identique à celui de Radha nous dépassèrent et se retournèrent pour sourire à ma sœur, mais elle était trop distraite pour leur rendre leur salut.

Je lui serrai le bras.

— Ce doit être merveilleux. Toutes ces nouvelles expériences.

D'un œil entraîné, je jaugeai les étals des marchands de *chaat* que nous passions : *samosa, chole, pakora, dal batti*.

— Que dirais-tu d'un *sev puri* ? C'est tellement long à préparer à la maison, et ici on peut en commander du tout prêt.

Je la regardai, en attente d'une confirmation.

Elle parut étonnée.

— Tu n'approuves pas la nourriture de rue.

Elle avait raison, mais j'affirmai vouloir faire une exception. Elle m'accorda un léger hochement de tête. Nous nous assîmes à une petite table devant l'échoppe.

— Parle-moi de tes professeurs.

Suivant du doigt une rainure dans le bois de la table, elle soupira.

— La prof de hindi est maigre et petite et a les cheveux pleins de pellicules. Tu n'aimerais pas la manière dont elle se lave le cou.

— Radha ! C'est comme ça que tu parles de celles qui t'enseignent la lecture et l'écriture ?

Elle croisa mon regard comme pour me dire : « Tu as fait tout ce chemin pour me réprimander ? »

Je posai les mains sur les siennes.

— *Pitaji* serait si fier de toi.

— Une école publique lui aurait suffi.

C'était vrai que notre père avait soutenu l'éducation gratuite pour toutes les castes. Mais avoir la chance de fréquenter l'école de la maharani ! Les filles qu'elle côtoierait, les opportunités qui s'offriraient à elle. Même lui s'en serait réjoui.

On nous servit le thé dans des petits gobelets de verre, le *puri* pomme de terre et chutney emballé dans du papier journal. Elle devait avoir faim, car elle avala une grosse bouchée. Machinalement, je posai une main sur son avant-bras pour lui rappeler de manger comme une dame. Elle vérifia qu'aucune fille de sa classe ne m'avait vue la corriger. Je regrettai mon geste.

Je bus une gorgée de thé.

— Et tes autres enseignantes ?

— En histoire, on a Mme Channa. Elle est méchante. Une fille de ma classe bavardait avec son amie. Ça n'a pas plu à Mme Channa, alors Sonia a dû s'accroupir avec les bras sous les genoux et se tirer sur les oreilles.

Certains châtiments scolaires ne changeaient jamais. Je réprimai un sourire.

— On dirait que Mme Channa essayait de faire un exemple.

Radha haussa les épaules, comme si ça ne l'affectait pas plus que ça. Je songeai à la joie que ma sœur affichait toujours en compagnie de Malik et de Kanta. Pourquoi n'avait-elle pas le même comportement avec moi ?

Je retirai de mon sac à main un étui en peau de chevreau.

— Comme tu aimes lire, je me suis dit que tu aurais peut-être envie de te mettre à l'écriture. Ça pourrait te servir.

Elle contempla longuement l'étui, puis porta son regard sur moi. Je songeai brusquement qu'il s'agissait sans doute du premier cadeau qu'on lui offrait. Elle sortit son mouchoir d'école pour essuyer ses mains graisseuses. Lentement, elle ouvrit l'étui et souleva délicatement le stylo-plume orange marbré de son écrin de velours bleu, comme si elle avait peur de le casser. Glissant les doigts sur le corps lisse, elle dévissa le capuchon et étudia les mots gravés sur le bec de plume : « *Wilson 1st Quality Fine.* »

Un sourire furtif passa sur ses lèvres. Puis, brusquement, elle cligna des yeux. Et rangea le stylo dans son étui, qu'elle referma vivement.

— Tu n'aurais pas dû.

— Ça ne te plaît pas ? articulai-je, abasourdie.

— Si je le perds, tu seras en colère.

Encore un reproche.

Elle avala une autre grosse bouchée de *puri* et de pomme de terre, me défiant du regard de corriger ses manières.

Je crispai les lèvres, puis poussai l'étui vers elle.

— Il est à toi, *choti behen.*

Les mots « petite sœur » m'avaient échappé. J'étais habituée à ce que Malik l'appelle ainsi par instinct protecteur, comme s'il était son grand frère. Mais pour ma part, c'était la première fois.

Elle arrêta de mâcher, puis avala avec difficulté.

— Merci, *Jiji.*

Elle se dépêcha de finir le reste de son *puri* et décréta qu'il lui restait quelques lectures à faire avant son cours suivant.

— J'aurais pu terminer ce matin, mais j'ai dû broyer du henné pour toi.

— Radha, si ça affecte ton travail scolaire, tu n'es plus obligée de t'occuper de ça. Je peux me débrouiller.

— Bon, on y va ? s'impatienta-t-elle tout en quittant son tabouret.

Une fois devant les grilles de l'école, elle alla indiquer sa présence au gardien avant de traverser la cour et de gravir les marches pour disparaître dans le bâtiment principal. Elle n'avait même pas dit au revoir.

Je franchis la rue, perdue dans mes pensées. Au début, elle n'avait pas voulu se rendre à l'école de la maharani, mais voilà qu'elle avait hâte d'y retourner pour s'avancer dans son travail. Quelle fille imprévisible.

— Moi aussi, j'aimerais pouvoir envoyer ma fille dans une école comme celle-ci.

Je sursautai. Mon constructeur, Naraya, s'était avancé derrière moi. Il se tenait un peu trop près et se nettoyait les dents à l'aide d'un cure-dents. C'était un homme costaud, au ventre bedonnant, et il portait une *kurta* volumineuse qui le rendait encore plus imposant.

Je m'écartai d'un pas.

— Vous m'avez fait peur, monsieur Naraya.

— Vraiment ? Navré, madame Shastri.

Malgré son regard calme, il s'exprimait d'une voix glaçante.

— Vous aviez remarqué qu'on avait installé cette plomberie occidentale que vous aimez tant ? Malheureusement, on a manqué d'argent pour les toilettes. Et pour les volets aux fenêtres.

Il sortit un bout de papier de sa *kurta* et s'approcha encore de moi.

— Vous n'avez pas réglé la facture.

Je sentis sur son haleine les *beedis* bon marché et le curry qu'il avait mangé à midi.

Je fis mine de lui prendre la feuille, mais il l'écarta aussi sec.

— Évidemment, j'ai dû doubler la somme.

Quoi? Samir m'avait obtenu un délai supplémentaire de deux mois. Je lui arrachai la facture des mains et la parcourus.

— Dix mille roupies? Qu'en est-il de…

— Votre prolongation? Les deux mois ont pris fin…, lâcha-t-il en se grattant le cou. Il y a deux jours. La somme est multipliée par deux si vous manquez un paiement. C'est dans le contrat.

J'avais été tellement préoccupée par le palais et nos nouvelles clientes, par les préparatifs pour envoyer Radha à l'école et, bien sûr, le travail, le travail, le travail, que j'avais oublié de le noter dans mon carnet.

— Je vous ai déjà accordé deux mois de plus, reprit-il en se curant les dents. Si je n'ai pas cet argent aujourd'hui, je prends possession de votre bien. Ça aussi, c'est dans le contrat. Et ma fille et son nouveau mari ont besoin d'une maison.

Hai Ram! Je n'avais toujours pas son argent. L'essentiel de ce que j'avais gagné au palais était parti dans les produits pour la maharani Latika (Parvati ne m'avait pas encore réglée pour le mariage), l'uniforme et les livres de Radha, l'augmentation de loyer que Mme Iyengar me réclamait pour ma sœur et, bien sûr, Hari. Naraya s'était intentionnellement abstenu d'installer les toilettes. Sans cela, je ne pouvais pas emménager.

Je risquai un sourire qui se mua en grimace.

— Il va me falloir un peu plus de temps.

Malgré son visage aux joues aussi rebondies que celles de Bouddha, sa voix était grave.

— La dot de ma fille ne peut pas attendre. Sinon, elle va accoucher avant le mariage.

Je haussai les sourcils.

— Elle est enceinte ?

Il montra ses dents tachées, comme si nous venions de partager une plaisanterie.

— Je l'ai flanquée dehors une fois. Ma sœur m'a supplié de la reprendre. Et j'ai fini par trouver un vieil imbécile qui a bien voulu m'en débarrasser. Mais ça va commencer à se voir.

— Le marié n'est pas au courant ?

M. Naraya rit si fort que son ventre ondula sous sa *kurta*.

— Vous me prenez pour un fou ?

Je reculai.

— Vous avez mauvaise mine, madame Shastri. Si je vous conduisais jusqu'à l'endroit où vous gardez votre argent ?

J'agrippai mon sac à main, comme si la somme était cachée à l'intérieur.

— Non. On se retrouve à 15 heures. Devant les grilles du *Jhori Bazaar*. Avec votre argent.

Il pointa son cure-dents sur moi.

— Vous voyez comme c'est facile.

Je n'avais pas d'autre choix que de demander à Samir. Il m'avait déjà proposé un prêt, et je savais qu'il pouvait se le permettre, mais je n'aimais pas réclamer. Même si je tenais farouchement à posséder une maison à moi – mon rêve d'une vie indépendante –, j'avais les dettes en horreur, surtout envers des amis. Et encore plus envers Samir. Notre entente reposait exclusivement sur les sachets ; depuis la réception chez Parvati, je tenais à éviter tout contact avec lui.

Je jetai un coup d'œil à ma montre à gousset : 13 h 30. À cette heure de la journée, à moins qu'il n'ait emmené déjeuner un client, Samir était sûrement à son bureau.

Je hélai un rickshaw.

Une fois devant le bâtiment aux grandes colonnades blanches, je faillis perdre mon sang-froid et, les paumes moites, songeai à rebrousser chemin. Mais où d'autre trouver cet argent ? Dans les banques ? Leur arrivait-il de prêter à une femme sans mari ?

Puis, une pensée glaçante : en quoi étais-je différente de Hari, à supplier pour qu'on me donne de l'argent et du temps ?

Je descendis du rickshaw avant d'avoir pu changer d'avis.

— En voilà une surprise ! lança Samir.

Il indiqua le siège face à son bureau. Ses murs vitrés longeaient un grand espace ouvert où cinq dessinateurs étaient penchés sur leurs tables de travail.

— Du thé ?

Je secouai la tête.

— C'est urgent. Sinon, je ne serais pas venue.

Je m'humectai les lèvres.

— La facture du constructeur. J'ai dépassé le délai.

— Combien ? demanda-t-il sans hésiter.

Je lui tendis le document en question.

— Je te rembourserai avec intérêt.

Samir siffla en parcourant la facture, puis leva les yeux vers moi. Il s'approcha du coffre-fort derrière lui, l'ouvrit à l'aide de la combinaison et en sortit une liasse de billets. Il les glissa dans une enveloppe qu'il me tendit avant de se rasseoir.

J'avais envie de m'excuser. « *Je suis désolée Samir, je croyais être capable de m'en sortir toute seule.* » Je restai assise un instant de plus.

— Tu veux un… reçu ?

Ses yeux se plissèrent sur les côtés et il réprima un sourire. Puis il se leva.

Il est temps pour moi de partir, songeai-je. Je le remerciai d'un hochement de tête avant de sortir précipitamment de son bureau avec l'enveloppe épaisse dans ma main. Je m'accordai un soupir de soulagement. Samir m'avait vraiment facilité la tâche.

En sortant du bâtiment, je manquai de percuter Parvati.

Je me tétanisai. Pour une fois, aucune banalité ne me vint à l'esprit. Je ne trouvai aucun mensonge susceptible d'expliquer ma présence en ces lieux.

En décembre dernier, à la réception de fin d'année, elle m'avait conseillé de ne pas m'approcher de son mari. Et pourtant j'étais là, devant la porte de son bureau. Je sentis le rouge me monter aux joues. « *Ce n'est pas ce que vous pensez* », eus-je envie de dire. « *Absolument pas.* » N'était-ce pas ce que Radha avait dit quand Parvati l'avait trouvée tachée de fard bleu ?

Le regard de Parvati atterrit sur l'enveloppe que je tenais à la main. Elle haussa les sourcils.

Je joignis les paumes, tout en continuant de tenir l'enveloppe, afin de la saluer.

— Samir Sahib…, postillonnai-je, avait commandé… j'ai livré… c'est pour ses clients.

Ce n'était pas tout à fait faux. Il m'achetait effectivement chaque mois ma lotion capillaire pour la maharani Indira. Seulement, ce n'était pas pour cela que j'étais venue ce jour-là. J'étais tellement sens dessus dessous que je n'avais rien trouvé d'autre à dire.

Je devais retrouver mon constructeur une demi-heure plus tard. Je ne pouvais pas me permettre de perdre ma maison ! Chamboulée, je lui passai devant pour héler un rickshaw.

Le lendemain, Parvati m'envoya un mot pour annuler son rendez-vous suivant.

Troisième partie

Chapitre 10

Jaipur, État du Rajasthan, Inde
15 mars 1956

En mars, notre activité de tatouage au henné s'était tellement développée que je devais mettre les nouvelles clientes sur liste d'attente. Nous étions tous les trois occupés nuit et jour. Radha mélangeait la pâte de henné avant de partir à l'école de la maharani. Malik et moi prenions les tiffins et traversions Jaipur pour nous rendre à nos rendez-vous. Après l'école, Radha allait chez Kanta. Lorsqu'elle rentrait le soir chez Mme Iyengar, elle m'aidait à préparer les friandises pour mes dames. Nous étions tous tellement exténués à la fin de la journée que nous ne parlions que si c'était strictement nécessaire.

« Tu as acheté les citrons verts dont on a besoin pour la lotion capillaire ? »

« Tu t'en sors avec tes devoirs de mathématiques ? »

« Est-ce qu'on s'est fait rembourser pour l'huile de bawchi *éventée ? »*

Et puis, j'avais presque fini la maison de Rajnagar. Grâce au prêt de Samir, j'avais payé Naraya et engagé un autre constructeur pour achever les toilettes. Il n'y avait toujours pas d'électricité, mais on se débrouillerait avec des lanternes. On était presque prêts à emménager.

Un beau matin, alors que les températures n'avaient pas encore monté, je descendis quelques tiffins dans l'escalier pour notre premier rendez-vous de la journée. Radha et Malik étaient déjà en bas. Quand j'atteignis les portes de la cour, je les entendis qui discutaient dehors.

— Non, c'était bien toi. Je t'ai vue aussi clairement que je te vois maintenant.

On aurait dit que Malik s'adressait à quelqu'un de bien plus jeune, qui avait besoin qu'on lui explique les choses.

— Et même si c'était moi, qu'est-ce que ça change ? Je ne te dois aucune explication, Malik.

— Qui a dit le contraire ? Fais attention, c'est tout, *accha*.

Dernièrement, ils se chamaillaient comme un frère et une sœur irritables. Je l'attribuais à trop de travail et pas assez de sommeil.

Je franchis le portail.

— Faire attention à quoi ? m'enquis-je.

Radha décocha un regard de mise en garde à Malik avant de s'éloigner pour partir à l'école.

Il évita mon regard.

— Je reviens, se contenta-t-il de marmonner. J'ai oublié les éventails *khus-khus*.

Je m'occupais à présent de la maharani Latika une fois par semaine, surtout pour l'aider à se détendre. La période de deuil de la jeune reine était pour ainsi dire finie. Elle s'impliquait de plus en plus dans le fonctionnement quotidien de son école.

Un jour, alors que Malik et moi venions d'arriver au palais, une élégante Bentley noire franchit les grilles.

La maharani Latika se pencha par la fenêtre du chauffeur. Elle portait des lunettes de soleil et un foulard de mousseline blanche. Sa dame d'honneur était assise côté passager.

— J'espérais vous croiser ! s'écria-t-elle avec un grand sourire. Je regrette de devoir annuler aujourd'hui, mais l'intendant vous paiera. J'ai décidé d'enseigner le fox-trot aux jeunes filles. Pourquoi ne pas venir regarder votre sœur ?

J'étais déchirée. J'aurais adoré voir Radha danser comme une grande dame, mais voudrait-elle que je vienne ? Ou penserait-elle que j'étais venue l'espionner ?

Je déclinai poliment. À la place, je décidai de rendre visite à Kanta. Je voulais voir où en était sa grossesse et, en toute franchise, j'avais envie de lui parler de Radha. J'avais beau me dire que ma sœur finirait par être moins distante avec moi, je n'en étais pas convaincue. Kanta, dont l'âge se rapprochait plus de celui de Radha, serait sûrement de bon conseil.

Je trouvai Kanta couchée sur le divan de son salon, à écouter la radio. Elle était heureuse de me voir et commanda du thé. Elle me confia qu'elle avait eu quelques saignements et que son médecin lui avait conseillé de rester couchée jusqu'à la fin de sa grossesse. Elle baissa son sari sur son épaule pour me montrer son ventre, révélant fièrement le petit renflement.

— Ne te moque pas de moi, Lakshmi, mais je me suis mise à pratiquer le *puja* avec *Saasuji* !

Kanta eut un petit rire en voyant la mine que je faisais.

— J'essaie de mettre toutes les chances de mon côté pour le bébé.

Je souris et levai les mains en signe de capitulation.

Son domestique, Baju, entra avec le plateau tout en remuant convulsivement sa moustache. La mère de Manu, la belle-mère de Kanta, le talonnait en se plaignant de ce que son *lassi* était trop épais. Baju me tendit une tasse de thé et, à Kanta, un verre de lait de rose ainsi qu'une assiette de cornilles.

— Pour la chance, précisa sa *saas* en montrant l'assiette du menton.

Tout en marmonnant dans sa barbe, Baju quitta la pièce.

La belle-mère de Kanta s'installa, me disant que sans elle, sa belle-fille serait incapable d'élever un enfant.

— Elle ne sait même pas que le lait de rose donne des couleurs aux joues des bébés !

Kanta cacha un sourire derrière son verre.

Sa *saas* finit enfin par partir en décrétant qu'elle voulait s'assurer que Baju ne mettait pas trop d'épices dans le *subji*.

— Si ça pique trop, le bébé sortira en colère, affirma-t-elle.

Une fois qu'elle fut hors de portée, je posai ma tasse. Je me sentais mal à l'aise à l'idée de parler de Radha à mon amie, gênée de ne pas être capable de comprendre ni de gérer ma propre sœur.

— Kanta… Radha et toi, vous êtes si proches. J'espérais que tu pourrais m'aider à comprendre…

Avant que j'aie pu finir ma phrase, Radha surgit dans la pièce, suivie de Malik, de la *saas* de Kanta et de Baju. Encore en uniforme, ma sœur portait une main à son œil gauche. Elle avait l'air maussade.

Je me levai du divan.

— Qu'est-ce qui s'est passé ? Pourquoi tu n'es pas à l'école ?

Radha se figea. Elle ne s'était pas attendue à me voir là. Elle baissa sa main. Son œil gauche était enflé et cerclé de pourpre.

J'étouffai un cri et me précipitai vers ma sœur.

— *Hai Ram !* s'écria Kanta depuis le canapé.

— Tu as mal ailleurs ? m'inquiétai-je en posant les mains sur les épaules de Radha pour chercher d'autres blessures. Baju, apportez-moi de la glace.

— Doit-on appeler la police ? demanda la *saas* de Kanta.

— Non ! trancha Radha, trop fort, en serrant les poings.

— Radha ! la réprimandai-je pour s'être adressée aussi brusquement à une aînée.

Baju apporta la poche de glace. Je la pressai sur l'œil enflé de Radha jusqu'à ce qu'elle me l'arrache pour s'en occuper elle-même. Elle s'avança dans la pièce et s'affala sur un fauteuil tout en continuant d'appliquer la poche.

— Cette idiote de Sheela Sharma !

Mon cœur fit un bond dans ma poitrine. *Quoi encore ?*

— Sheela Sharma t'a détroussée ? s'offusqua *Saasuji*. J'avais bien dit que la fille Sharma était mal élevée, ajouta-t-elle à l'intention de Kanta. Et dire qu'en plus, c'est une *goonda* !

Kanta garda le silence. Elle ouvrait des yeux ronds comme des billes, sous le choc.

— Elle ne m'a pas détroussée, rectifia Radha avec impatience. Elle m'a cognée avec son coude quand on dansait le fox-trot.

— Le « fox-trot » ? répéta *Saasuji* dans un anglais teinté d'un lourd accent, laissant entendre que cette danse occidentale était pour elle encore plus offensante qu'une agression. Vous voyez ce qu'on enseigne à cette école ? Ces coutumes étrangères, pas du tout convenables pour les filles rajasthanies.

Elle renifla avec dédain.

— *Baap re baap, Saasuji !* s'exclama Kanta avant de se tourner vers Radha. C'est arrivé à l'école ? C'était un accident ?

— Oui. Non, lâcha Radha en regardant le tapis. Je sais qu'elle l'a fait exprès.

— Pourquoi ?

— Elle ne m'aime pas, répondit ma sœur avant de marquer une hésitation. La maharani nous avait mises ensemble pour la danse, Sheela et moi. Sheela n'arrêtait pas de dire que je n'apprendrais jamais à danser, que j'avais de trop grands pieds. Et puis elle m'a donné un coup de coude dans l'œil en disant : « *Kala kaloota baingan loota.* » – « Tu es aussi foncée qu'une aubergine. »

Kanta me regarda.

— Nous devrions appeler Mme Sharma.

Radha claqua sa main libre sur le bras de son fauteuil, nous faisant tous sursauter.

— Non ! Je n'aurais pas dû cafarder. Seulement... Je n'ai pas grandi dans une grande maison comme elle. Je ne suis pas comme les autres. Je suis maladroite. Je ne porte pas les bons habits. Je n'ai pas les chaussures qu'il faut. Je suis différente et elles le savent.

Elle me décocha un coup d'œil nerveux, surprenant mon air interloqué. C'était la première fois qu'elle laissait entendre qu'elle se sentait exclue. Il ne m'était pas venu à l'esprit que des filles plus privilégiées puissent s'en prendre à elle.

Kanta fronça les sourcils.

— C'est pour cette raison que Sheela a fait ça ? Parce que tu n'es pas comme elles ?

Radha me dévisagea du coin de l'œil.

— Peut-être qu'elle se souvient de la fois où j'ai essayé de lui jeter des cailloux, révéla-t-elle d'une petite voix.

Kanta tourna le visage vers moi, en quête d'une confirmation.

Je secouai la tête.

— Ce n'étaient que des idioties. Personne n'a été blessé.

— J'espère bien que personne n'a été blessé ! s'exclama Kanta. Les jeunes femmes n'ont pas à se jeter des cailloux.

— Ma tête.

Radha pressa sa main libre sur son front.

La *saas* de Kanta fusilla du regard Baju, qui rôdait vers la porte.

— Qu'est-ce que vous faites encore là, bougre d'âne ? Allez chercher de l'eau et de l'aspirine.

Tout en remuant convulsivement sa moustache comme il le faisait quand il était vexé, Baju quitta la pièce.

— Bon, il y a une solution simple à tout ça.

Kanta se tourna vers la table à côté du divan et décrocha son téléphone. Avant que j'aie pu l'en empêcher, elle discutait avec son tailleur et l'informait qu'elle amènerait Radha l'après-midi suivant afin de prendre des mesures pour des robes anglaises. Puis elle appela sa coiffeuse et convint d'un rendez-vous pour une élégante coupe au carré.

Lorsqu'elle reposa le combiné, elle souriait jusqu'aux oreilles. Elle regarda Radha, puis moi.

— Allez, ne m'en veux pas, Lakshmi. Il est important pour une fille moderne d'avoir l'air… eh bien, moderne.

Radha se leva d'un bond pour se pendre au cou de mon amie.

Je me détournai. Kanta savait toujours quoi dire et quoi faire pour rendre ma sœur heureuse alors que moi, je ne semblais pas en avoir la moindre idée.

Chapitre 11

20 avril 1956

Je n'avais guère envie d'accomplir une cérémonie d'emménagement dans ma nouvelle maison mais, comme Malik n'arrêtait pas d'en réclamer une, je finis par céder. Son penchant pour les rituels du *Griha Pravesh* hindou n'avait rien de surprenant. Beaucoup de musulmans, dont la majorité avait vécu en Inde pendant des siècles avant de se décider à rester après la partition, respectaient les coutumes indiennes aussi bien que les leurs. Après tout, les cérémonies étaient des occasions heureuses où nul n'était exclu.

À l'entrée de ma nouvelle maison de Rajnagar, Malik dressa deux poteaux de bambou et y accrocha une guirlande de feuilles de mangue. Il s'agissait de symboles de fertilité, comme l'exigeait la coutume ; toutefois, en femme qui n'entrevoyait pas d'enfants à l'avenir compte tenu des circonstances, j'en éprouvai un léger malaise. Malgré tout, j'étais effectivement heureuse de pouvoir enfin faire de cette maison mon chez-moi. C'était sans doute ce que Malik, qui me connaissait aussi bien que moi-même, voulait m'aider à fêter. Les murs m'appartenaient. Les fenêtres, le sol de mosaïque, la terre dans la cour. Et, quelque part, même les étoiles qui brillaient au-dessus du toit.

Malik avait fait pression pour faire venir un *pandit* afin qu'il purifie la maison en prévision de la cérémonie du

Griha Pravesh. À moins de transférer tous nos biens à la date propice choisie par le prêtre (qui s'avéra être le 20 avril), nous nous attirerions le mauvais œil.

— Je vais nous trouver un *pandit*, pas cher, Tatie-patronne, promit-il.

— Et je vais faire à manger, ajouta Radha.

Elle avait hâte que nous quittions la maison de Mme Iyengar. Six mois plus tôt, lorsqu'elle était arrivée à Jaipur, elle avait été heureuse de dormir sur le sol en pierre de ma chambre. Or, plus elle passait de temps chez Kanta et à l'école de la maharani, moins notre humble logement semblait la satisfaire.

Radha et Malik rangèrent nos affaires dans deux malles métalliques ainsi que dans une multitude de sacs en toile et en vinyle. Ils frottèrent les vitres de notre nouvelle maison à l'aide de journaux, époussetèrent les étagères encastrées, cirèrent le sol de mosaïque jusqu'à ce qu'il brille et balayèrent la cour. Dehors, sur la terre battue, ils disposèrent des draps et couvertures pour permettre à nos invités de s'asseoir. Nul n'aurait le droit d'entrer dans la maison tant qu'elle ne serait pas purifiée.

Fidèle à sa parole, Malik trouva un prêtre à vingt roupies, un petit homme chauve dont les maigres bras et jambes dépassaient de ses robes couleur safran comme les germes d'une pomme de terre. Il portait des lunettes aux verres aussi épais que les bouteilles d'eau colorée qu'on vendait dans les échoppes. Tous les prêtres ressemblaient-ils à Gandhi-*ji*, me demandai-je, ou était-ce Gandhi-*ji* qui s'était mis à ressembler aux *pandits* ? Comme je ne pouvais pas me payer de volets aux fenêtres (une condition requise pour accomplir la cérémonie du *Griha Pravesh*), le *pandit* rechigna à venir jusqu'à ce que Malik rende l'offre plus alléchante en proposant cinq roupies de plus.

Les assistants du prêtre se mirent à décharger leurs fournitures pour la cérémonie : une statuette de Ganesh, plusieurs assiettes argentées, trois bols d'argent, de l'encens au bois de santal, des fleurs fraîchement coupées (rouges, évidemment, pour la chance, et cueillies, j'en étais sûre, dans un parc trouvé en chemin, comme le faisaient de nombreuses femmes en se rendant le matin au temple), des feuilles de l'arbre à camphre, une bougie rouge, du fil de coton rouge, des graines de sésame, du grain de blé entier, une jatte en argile contenant une pâte à l'eau rouge vermillon, un bol argenté rempli de *ghee*, des cloches et un chapelet en bois attaché par un fil rouge.

Malik y ajouta les friandises qu'il avait achetées ce matin-là à la boutique au coin de la rue.

D'abord, le *pandit* construisit un autel dédié au seigneur Ganesh. De temps en temps, il consultait un livre d'incantations usé dont il semblait déjà connaître les paroles par cœur.

— La défense d'éléphant qu'il tient dans la main représente le service ; l'aiguillon nous pousse le long du chemin ; le nœud coulant nous rappelle ce qui nous lie ; à ses élus il accorde sa bénédiction.

Les invités commencèrent à arriver. Comme il était de tradition d'inviter ses voisins aux cérémonies en leur offrant une boîte de sucreries (qu'on les connaisse ou pas), Malik en avait déposé devant la porte de chacun. Ils furent les premiers à arriver, curieux de nous rencontrer et d'avoir un aperçu exclusif de la nouvelle maison dans la rue.

Radha et moi étions toutes deux ravies d'accueillir M. et Mme Pandey, aux côtés de qui nous avions vécu chez Mme Iyengar. Je soupçonnais que, comme moi, Radha en pinçait un peu pour le beau professeur de musique de Sheela Sharma.

M. et Mme Iyengar vinrent aussi. Mon ancienne logeuse mit un point d'honneur à inspecter les lieux en fronçant son nez camus.

— Au moins, la cour rend cette petite maison plus vivable.

Je souris de cette critique. Rien n'aurait su gâcher mon plaisir.

Je n'avais pas parlé de cette cérémonie à mes dames. Il n'aurait pas été convenable de les inviter dans ma maison, qui était tellement plus humble que les leurs. Mais Radha avait dû en informer Kanta, car je vis ma sœur bondir pour les saluer, elle et Manu, et les faire entrer dans la cour. Avec un pincement au cœur, je songeai qu'elle ne me témoignait jamais autant d'enthousiasme quand j'entrais dans une pièce. Le fossé entre nous s'était creusé depuis qu'elle s'était mise à fréquenter l'école de la maharani quelques mois plus tôt.

Kanta paraissait enjouée malgré les cernes bleus sous ses yeux. Manu l'aida à s'installer sur une couverture. Je demandai à mon amie comment elle allait, car je ne l'avais plus vue depuis des semaines. Elle ne s'était pas sentie assez bien pour maintenir nos rendez-vous.

— Sauf pour ce qui est de lire et de me déplacer dans des véhicules, ce que j'aime faire à toute vitesse en temps normal, tout va bien. Ah, et dormir et manger posent aussi un problème ! gloussa-t-elle.

Alors que les invités se mettaient à l'aise et que les conversations se poursuivaient à mi-voix, le prêtre commença à lâcher des feuilles de laurier dans la jatte en argile pleine de *ghee*. Ensuite, il les fit brûler à l'aide d'une allumette et poussa doucement la flamme. Sans interrompre sa litanie d'*Om Ganapati Namah*, il désigna le bout d'encens encore vierge et un de ses assistants se dépêcha de l'allumer. L'alliance inattendue du camphre brûlant, du *ghee* et du bois de santal était à la fois musquée, sucrée, âcre et riche – parfums des cérémonies passées, depuis longtemps oubliées.

Je songeai à mon mariage organisé plusieurs années auparavant, au rituel précipité, au *pandit* qui se plaignait d'avoir à peine de quoi se payer le *ghee* avec la somme qu'on lui versait. Aucune cérémonie *chura* pour permettre à mes oncles de me glisser des bracelets aux bras et de me donner de l'argent, car je n'avais pas d'oncles. *Pitaji* qui luttait pour rester debout, le jaune de ses yeux injecté de sang à force de boire. *Maa* qui chassait les mouches des plateaux chichement remplis de *pilao*, de *samosas*, de *subjis* et de sucreries.

Avec mon sari nuptial rouge qui me cachait le visage, j'avais pleuré et pleuré, étonnée qu'il me reste encore des larmes après m'être disputée avec *Maa* pendant cinq journées d'affilée : « *Maa* n'a-t-elle pas besoin de moi pour aider à l'école en l'absence de *Pitaji* ? Quinze ans, est-ce donc si vieux pour être encore à la maison ? Qui fera rôtir et pilera la farine de pois chiches quand je ne serai plus là ? Qui rapportera de l'eau du puits ? »

Maa s'était montrée douce, mais ferme. Elle avait été élevée pour obéir à ses parents et à son mari, pas pour les défier, les remettre en question ou les contredire. Elle avait décrété que les livres de *Pitaji* m'avaient rempli l'esprit d'inepties. Mes lectures m'avaient laissé croire que je pouvais prendre mes propres décisions. En tant que fille, mon devoir était d'épouser l'homme que mes parents m'avaient choisi, comme il en avait été pour elle. Elle avait été aussi impuissante à changer cette tradition séculaire que moi. En outre, il n'y avait pas assez d'argent pour me garder à la maison.

J'avais considéré le cou de *Maa*, où avait pendu sa chaîne en or et où le sillon creusé par le bijou était un rappel constant de ce qu'elle avait sacrifié, et j'avais su qu'elle disait vrai.

Mais j'avais également su que, dès que je me marierais, je deviendrais *jaaya* – mon mari prendrait naissance dans mon ventre sous la forme de mes futurs enfants. Et une fois qu'il y aurait des enfants, il n'y aurait plus de « je » ni de « moi », plus que « nous » et « eux ». J'avais si souvent supplié la déesse qui portait mon nom, Lakshmi, d'entendre mes prières – « J'ai soif de la connaissance de trois Saraswatis ! Permets-moi de voir le monde avant de m'enfermer dans une existence étriquée. » Mais, comme toujours, elle avait levé ses mains délicates en signe d'excuse : « Il en a toujours été ainsi. »

J'aurais tant aimé partager cette cérémonie-ci avec mes parents. Je les aurais assis à la place d'honneur, devant le *pandit*, et les aurais présentés à mes invités, leur aurais servi du *burfi* de mes propres mains, leur aurais rafraîchi le visage avec des éventails *khus-khus*…

Le bruissement à côté de moi me ramena à la cérémonie. Radha enfouissait le nez dans un *chunni* comme si le parfum de l'autel était trop entêtant. Elle se leva pour se faufiler vers les toilettes. C'était la troisième fois en une heure.

Malik la rejoignit alors qu'elle en sortait, lui murmura à l'oreille et puis courut vers le *mutki* pour lui rapporter un verre d'eau. On avait beau n'être qu'en avril, elle s'éventait le visage comme si la chaleur était insoutenable. Malik lui tendit le gobelet. Elle en but une gorgée et blêmit. Je m'en voulus. Le rangement et le ménage des derniers jours, l'école, les corvées pour notre activité de tatouage au henné, tout cela avait été trop pour elle.

Lorsqu'elle regagna sa place, je remarquai qu'elle s'était rincé le visage, car les petites bouclettes sur son front étaient humides et ses joues, roses. Son allure était si différente de celle de la fille famélique et poussiéreuse que j'avais rencontrée à peine six mois plus tôt. À présent, son visage semblait aussi mûr qu'une mangue en juin. Son port lui-même avait changé – les épaules en arrière, le cou allongé. Elle marchait d'un pas plus sûr. Sa coupe au carré mettait son visage ovale en valeur. Sa diction de villageoise était moins discernable, elle avait cessé de recourir à l'emploi de doubles adjectifs comme « petit-petit » et « loin-loin ». L'autre jour, elle avait prononcé un mot – lequel était-ce ? « Antédiluvien » ? –, et c'était moi qui avais dû lui demander ce qu'il voulait dire. J'étais fière de voir avec quelle rapidité elle s'adaptait.

Le *pandit-ji* versa des graines de sésame, du blé complet et de la pâte rouge sur le petit feu pour l'éteindre. La fumée s'éleva en volutes dans le ciel ouvert. Il enroula des feuilles de bananier autour de la jatte chaude, puis se tourna vers moi pour me la confier. Mais j'adressai un hochement de tête à Radha. Je savais qu'elle aimerait être la porteuse. Elle se mordit la lèvre inférieure et, avec un sourire timide, souleva la jatte jusqu'à sa tête. Puis elle se leva doucement avant d'entrer dans la maison vide pour la désinfecter et la purifier.

Elle portait une des robes que Kanta lui avait commandées, une mousseline de soie plus légère qu'une plume au corsage moulant.

— C'est une copie exacte de celle que porte Madhubala dans *Mr and Mrs 55*, avait affirmé Kanta. J'ai demandé au tailleur de tisser des chaînes en or à la taille, comme pour la robe qu'on voit dans le film.

La poitrine de Radha pressait contre l'étoffe. Elle grimaçait ponctuellement, comme si elle se sentait à l'étroit. Ses hanches, auparavant aussi minces que celles d'un garçon, se balançaient alors qu'elle marchait. J'observai les visages des invités et fus consternée de me rendre compte que les hommes le remarquaient, qu'ils suivaient du regard le mouvement de ses fesses. Elle n'avait que treize ans ! Or, quand je me retournai vers elle, je dus reconnaître qu'elle faisait beaucoup plus.

Je regardai les saints assistants faire le tour de la pièce principale et de la cour avec du fil rouge, en commençant par l'est, pendant que le *pandit* aspergeait l'endroit d'eau bénite. Enfin, il abaissa un contenant d'argile rempli de graines et de fleurs rouges dans la fosse que Malik avait creusée dans le coin sud-est de la cour. À présent que nous avions nourri les dieux et que nous leur avions demandé de nous protéger des intentions malveillantes, la maison et ses habitants étaient à l'abri du danger.

Jusqu'à ce que la cérémonie d'emménagement prenne fin, la demeure ne devait contenir aucune de nos possessions, aussi le conducteur de la charrette tirée par un chameau avait-il patienté devant la porte avec nos sacs et nos malles. Après le départ de nos invités, les amis de Malik (eux aussi conviés aux festivités) apportèrent tout dans la maison. Je dis à Malik qu'il avait l'air fatigué et qu'il ferait mieux de rentrer chez lui ; Radha et moi allions finir de nettoyer. Ravi que la cérémonie ait été une telle réussite (le *pandit* était resté trois heures), Malik repartit avec ses acolytes (et ce qu'il restait de sucreries).

Impatiente de m'installer, j'entrepris de déballer la première malle et d'empiler nos habits sur les étagères encastrées. Je demandai à Radha d'organiser notre cuisine. Elle se pencha sur l'autre malle avant de se retourner et de se précipiter hors de la pièce. Lorsqu'elle revint, je lui demandai si elle avait mangé quelque chose qui n'était pas passé.

Elle secoua la tête et se dirigea vers le *charpoy*.

— Si je pouvais seulement m'allonger quelques minutes…

Une poignée de secondes plus tard, elle était endormie.

Pauvre petite. Ses journées étaient tellement remplies qu'il lui arrivait souvent de s'assoupir au dîner. Je décidai de finir de ranger nos vêtements. Une fois ma tâche accomplie, je m'attaquai à la cuisine, sortant de la malle casseroles, assiettes en inox, tasses et verres. Les sacs bourrés de divers petits objets allaient devoir attendre jusqu'au lendemain. Satisfaite, je jetai un regard à la ronde.

Radha n'avait toujours pas bougé. Je m'approchai du petit lit de camp dans le coin de la pièce pour admirer ma sœur endormie. La robe Madhubala s'étirait sur ses hanches arrondies. Ses cheveux brillaient d'huile de noix de coco. Sa peau rayonnait. Elle n'avait pas l'air malade, mais paisible, heureuse. Peut-être devrais-je lui préparer un peu d'eau au miel et au gingembre. Cela faisait toujours des merveilles chez les femmes enceintes en proie aux nausées.

Ce mot partit d'un picotement dans mon oreille pour se glisser dans ma gorge et serpenter le long de ma colonne vertébrale. Radha était nauséeuse. Elle avait mal aux seins. Elle était toujours fatiguée. Je me souvenais qu'elle m'avait confié avoir déjà eu ses premières règles. Se pouvait-il qu'elle soit enceinte ?

Mais de qui ? Elle fréquentait une école pour filles, et ne connaissait aucun garçon. Malik était trop jeune. Il y avait bien Manu, le mari de Kanta, mais je ne l'imaginais pas profiter d'elle. M. Iyengar ? Baju ? Qui ?

La réponse s'imposa à moi avec la force d'un taureau brahmane de cinq cents kilos.

J'atteignis le *Pink City Bazaar*. L'air empestait l'huile de cuisson rance, les légumes qui pourrissaient et les gaz d'échappement.

Je trouvai Malik assis sur un mur bas en face de son échoppe de *chaat* préférée, où il partageait une *Red and White* avec ses amis. (Les cigarettes anglaises étaient plus chères que les *beedis* indiennes et, depuis ses premières visites au palais, Malik avait développé des goûts plus raffinés.)

Il était en train de décrire à ses amis un plat que Chef lui avait préparé la dernière fois qu'il s'était rendu au palais des maharanis. Quand il remarqua ma présence, il s'interrompit au beau milieu d'une phrase.

Je devais ressembler à un guépard en chasse, sauvage et dangereux. Mes cheveux s'étaient détachés de mon chignon sur un côté. Mon sari était froissé à force de déballer les affaires, de me pencher, de m'accroupir, de ranger. Mes yeux lançaient des éclairs de colère.

Malik sauta du mur et tendit la cigarette presque finie à un autre garnement.

— Tatie-patronne ? risqua-t-il.

— Tu peux m'emmener voir Hari ?

Nous zigzaguâmes le long d'étroites ruelles, où Malik s'arrêtait à des échoppes de thé ou à des étals de *paan* pour demander aux propriétaires s'ils avaient vu Hari. Les chaï-*wallas* et leurs clients me dévisageaient. Je leur rendais leur regard. Au marché des réfugiés, nous filâmes devant une femme qui s'était installée au bord de la rue. Assise sur un bout de tissu en coton, ses outils de cordonnerie soigneusement alignés, elle considéra mes sandales.

— *Ji*, vos lanières vont se défaire, décréta-t-elle.

Nous arrivâmes devant un bâtiment quelconque qui, comme les autres, avait été décoré plusieurs décennies plus tôt avec du plâtre rose. Des boutiques occupaient le rez-de-chaussée. Dans l'une d'elles, un homme était en train de réparer une chambre à air ; dans une autre, un tailleur marchandait avec un client tandis que ses deux assistants, penchés sur de minuscules machines à coudre, travaillaient à la faible lueur d'une ampoule nue. Encore à côté, un vendeur de *lassi* débordé. Des hommes traînaient devant sa boutique en discutant et en riant, tout en jetant négligemment leurs gobelets d'argile vides dans le fossé près de la route.

Malik s'engagea dans une ruelle sombre. Je lui emboîtai le pas. Nous gravîmes une volée de marches pour atteindre un étroit palier mal éclairé. Malik avançait en silence, jetant un coup d'œil dans chaque pièce au passage. Enfin, il se retourna et m'adressa un hochement de tête.

À l'intérieur, deux jeunes hommes jouaient aux cartes sur le plancher. Ils levèrent les yeux en m'entendant entrer. Sans fenêtres, l'air était fétide. Les murs présentaient des irrégularités là où des gros morceaux de plâtre étaient tombés. L'unique meuble de la pièce était un *charpoy*, sur lequel dormait un troisième homme. Hari. Les cordes du petit lit étaient tellement tendues que son corps ne reposait qu'à quelques centimètres du plancher rugueux.

La poitrine en proie à une vive douleur, je lui sautai dessus, déversant toute la souffrance que je n'étais pas parvenue à exprimer la première fois que je l'avais revu à Jaipur. Je lui martelai les bras. Je lui giflai les oreilles. Je lui cognai les épaules. Si j'avais pu lui briser le crâne de mes mains nues, je l'aurais fait.

Hari leva les bras autour de sa tête pour se protéger, se retourna sur le dos et cria :

—*Arré!*

—*Maderchod!* hurlai-je. *Salla kutta!*

Des obscénités que je n'avais jamais entendu prononcer que par des hommes.

Les deux joueurs s'étaient figés en pleine partie. Malik leur cria de partir tout en agitant les bras, comme pour chasser des pigeons. Ils se levèrent et franchirent la porte ouverte en abandonnant leurs cartes. Ils se retournèrent avec des yeux de merlan frit, mais Malik se précipita vers eux et les fit sortir avant de les suivre en refermant derrière lui.

Hari parvint à se retourner et à se redresser. Il voulut m'attraper les bras, mais ma colère m'avait insufflé la force de Shiva. Je me libérai de son étreinte et le giflai, encore et encore, du plat de la main.

Je criai aussi fort que mes poumons me le permirent, me moquant de ce que pouvaient bien penser les voisins ou les buveurs de *lassi*.

— C'est une enfant ! C'est comme si c'était ta sœur ! Tu ferais ça à ta propre sœur ? Salaud ! Ordure ! Fumier !

Hari se leva précipitamment, perdit l'équilibre et renversa le lit. Il recula vers le mur en marchant en crabe. Je le suivis tout en continuant de multiplier les gifles et de le rouer de coups de pied et de poing. Éprouvant une douleur lancinante dans les mains, je balayai la pièce du regard pour trouver un objet avec lequel le frapper. Hari en profita pour me plaquer contre le mur.

— Arrête ! cria-t-il en m'immobilisant les bras sur les côtés. Tu es devenue folle ?

Je lus la terreur dans ses yeux.

— Qu'est-ce qui te prend ?

Il saignait du front, et des zébrures commençaient à apparaître sur son visage.

Il me tenait tellement serrée que je ne parvenais pas à libérer mes bras en dépit de mes efforts. Nous haletions comme des chiens se disputant un morceau de viande. Je lui crachai à la figure avant qu'il ait pu l'anticiper, et ma salive lui dégoulina le long de la joue.

Il m'assena une gifle tellement violente qu'une dent m'accrocha l'intérieur de la joue ; le goût du sang m'inonda la bouche.

— *Buss !* gronda-t-il.

Assez !

Je ne supportais pas d'imaginer la chair de Radha plaquée contre la peau de Hari, avec son odeur immonde de transpiration. Radha, treize ans. Encore une enfant, à peine en âge de savoir ce que les hommes attendent d'une femme. C'était moi la responsable. Si j'étais restée avec lui, comme l'aurait fait une bonne épouse, Hari ne se serait jamais approprié Radha. Il ne l'aurait pas souillée. À présent, elle portait son enfant.

Je me laissai glisser le long du mur. J'attirai mes genoux contre mon menton, les serrai dans mes bras, me balançai d'un côté et de l'autre. Je fermai les yeux. Je gémis. Quel gâchis j'avais fait de ma vie, de celle de mes parents, de ma sœur ! Sans mon égoïsme, rien de tout cela ne serait jamais arrivé. Ma sœur n'aurait pas été souillée. Ma belle-mère ne serait pas morte sans que je sois à ses côtés pour la réconforter. Mes parents n'auraient pas été humiliés. Et tout cela pour quoi ? Pour que je puisse mener ma propre existence ? Quel égocentrisme !

Malik ouvrit la porte, l'air penaud et apeuré.

— Tatie-patronne ?

Comme je ne répondais pas, il s'approcha pour me secouer les épaules.

— Tatie-patronne. C'est moi.

Il le répéta jusqu'à ce que j'ouvre les yeux et que je voie sa terreur. Son air fanfaron avait disparu, ses épaules étaient voûtées par la peur. Pourquoi l'avais-je amené dans cet horrible endroit ?

— S'il te plaît, priai-je. Rentre à la maison.

Son regard devint dur et il fit « non » de la tête. Puis il quitta la pièce en refermant derrière lui. J'aurais dû savoir qu'il ne me quitterait pas aussi facilement que j'avais délaissé ma famille. Il resterait avec moi toute la nuit s'il le fallait.

Hari ramassa le *charpoy*, le redressa et s'assit dessus, tout en continuant de me surveiller prudemment.

— Qu'est-ce que tu fais là ?

Il saignait du front. Ses cheveux, plus longs qu'avant, tombaient irrégulièrement autour de ses oreilles. Il s'était aussi laissé pousser la barbe qui, inégale et clairsemée, lui donnait des airs de nomade cachemirien. Ses habits étaient bon marché mais propres, ses sandales neuves.

Lequel de nous deux était le plus en faute pour ce que je m'apprêtais à dire ?

— Depuis combien de temps est-ce que tu couches avec Radha ?

Il se redressa, écarquilla ses yeux globuleux.

— Qu'est-ce qui te fait croire ça ?

— Depuis combien de temps ?

— Je ne ferais jamais ça… C'est une enfant !

— Je t'ai cru quand je t'ai vu avec cette fillette. Je pensais que tu aidais les femmes d'ici. Mais tu mentais alors, et tu mens encore !

— Je n'ai jamais touché ta sœur ! insista-t-il en se détournant, avant de se frotter les paumes. Elle s'est offerte à moi, mais…

— « Offerte » à toi ?

La lèvre inférieure de Hari virait au pourpre ; il l'effleura avec la langue.

— Lorsqu'elle est venue me voir, dans mon village, elle m'a promis de l'argent si je l'amenais à toi. Je ne l'ai pas crue. Alors, elle a dit qu'elle me laisserait faire d'elle ce que je voudrais.

Il dressa le menton avec défi.

— J'aurais pu, mais je n'en ai rien fait. J'ai refusé.

— Alors, comment est-elle tombée enceinte ?

Il me dévisagea, bouche bée.

— Et ça va bientôt se voir.

Il secoua la tête.

— Non !

— Eh si !

Il se leva pour s'approcher de moi, s'accroupit et m'agrippa les bras.

—Lakshmi, ce n'était pas moi.

S'il avait menti, il aurait caché la cicatrice sur son menton.

Je sondai ma mémoire : Radha, quand je l'avais vue la première fois avec sa natte en bataille ; Radha, qui m'accueillait chez moi avec du *dal batti* et du *subji* ; Radha, dans le jardin, qui arrosait les camélias et le jasmin, comme elle l'avait promis à Mme Iyengar ; Radha et Malik, qui jouaient aux osselets par terre dans notre chambre.

Mes souvenirs devenaient plus flous autour de la période où j'avais commencé à travailler au palais ; à partir de ce jour-là, j'avais moins vu ma sœur, et plus brièvement. Si elle n'avait pas été à l'école, ni chez Kanta, alors où ?

Je fronçai les sourcils.

—Elle était couverte de bleus quand elle est arrivée ici.

Hari alla se rasseoir sur le *charpoy*. Il porta un doigt à son front, qui était en sang. Il tressaillit.

—On n'a pas pris le train. Je me suis servi de ton argent pour régler des dettes. On a voyagé dans des camions, des charrettes de ferme.

Il déglutit.

—Un soir, on était dans un camion qui transportait des moutons. Le chauffeur s'est arrêté pour se soulager et j'ai fait pareil. Mais quand je suis remonté dans le camion, il essayait de…

Hari me jeta un rapide coup d'œil avant de se détourner.

—Mais je l'ai arrêté. Il ne s'est rien passé. Radha était en sécurité.

Je me couvris les yeux avec la main. *Tout est ma faute.* Dehors, j'entendais des hommes qui bavardaient en riant.

Pendant un long moment, aucun de nous ne parla.

— Est-ce que tu vas lui prendre son enfant ? demanda-t-il enfin. Comme tu l'as fait avec les nôtres ?

J'écartai la main de mon visage et le regardai.

— Quoi ?

— Tu as pris nos enfants. Pourquoi ? s'obstina-t-il, les lèvres tremblantes.

Je déglutis.

— Quels « enfants » ?

Ses yeux s'emplirent de larmes.

— *Maa* savait ce que tu faisais depuis le début.

Il pressa les paumes ensemble.

— Comment as-tu pu faire ça ?

— Tu divagues.

— Nos enfants étaient des cadeaux de Bhagwan.

Je luttai pour ne pas crier : « Des cadeaux de Dieu ? »

Le jour, j'avalais les toniques, bouillons, graines et concoctions que ma *saas* me donnait pour accroître ma fertilité. Mais, pendant que mon mari et elle dormaient, je préparais l'infusion qui m'avait permis de rester sans enfant au cours des deux années qu'avait duré notre mariage. Dès l'instant où mes seins devenaient sensibles et que j'étais prise de nausées, je buvais la tisane à l'écorce de racine de cotonnier de ma *saas*. Je n'éprouvais du soulagement qu'en voyant les saignements revenir, preuve que la grossesse était terminée.

C'était la mère de Hari qui m'avait ouvert les yeux. Comment le lui expliquer, à lui ?

Jour après jour, j'avais travaillé aux côtés de ma *saas* pour soigner des femmes, encore des enfants pour la plupart, vingt ans ou moins, le corps affaibli par des naissances trop nombreuses et trop souvent difficiles. Celles-ci passaient leurs journées à se ronger les sangs, ne sachant que faire pour nourrir leur nichée ; la nuit, elles priaient pour que leurs maris rentrent du travail trop fatigués pour ajouter à leurs maux. Un jour, *Saasuji* m'avait appris à préparer la tisane contraceptive. Et j'avais compris que l'écorce de racine de cotonnier pouvait changer la vie d'une femme, lui permettre de choisir pour elle-même.

C'était justement ce que je voulais : une vie à même de me procurer un épanouissement que des enfants ne sauraient m'offrir. À partir de ce jour-là, j'avais amassé tout le savoir que ma belle-mère avait bien voulu me transmettre. *Qu'elle devienne le rouleau à pâtisserie qui donne forme à une boule de* chappati. Presque du jour au lendemain, mon monde s'était agrandi, empli de possibilités.

Hari se leva et se mit à faire les cent pas.

— J'ai cru que tu m'avais quitté pour un autre. J'ai cru… toutes sortes de choses. J'ai eu peur que tu te sois fait mal. Que tu sois tombée dans un fossé. Que tu sois malade, ou blessée. Je ne pouvais pas dormir. Je ne pouvais pas travailler. Et *Maa*…

Il me regarda, les yeux remplis de douleur.

— Elle n'a plus jamais été la même. Pas après ton départ.

Je fermai les yeux. Je revoyais ma belle-mère comme si elle se tenait debout en face de nous, impeccable comme toujours avec son sari de veuve et ses lunettes rondes. Toujours douce, toujours avenante. *Je suis navrée,* Saasuji.

Je m'essuyai les yeux, le nez.

— Tu ne méritais pas ta mère, décrétai-je à Hari.

— Elle s'est toujours rangée de ton côté, s'enflamma-t-il brusquement. Quand on a compris que tu étais partie pour de bon, elle a vérifié le contenu de sa jatte et s'est aperçue que tu avais pris l'argent et son pot de plantes. J'ai cru qu'elle allait se mettre en colère, mais elle s'est contentée de dire : « *Shabash.* » Elle pensait que je ne l'avais pas entendue te féliciter. C'est toi que ma *Maa* a choisie !

Ses larmes étaient réelles. Il les essuya avec les paumes.

Il ne m'était encore jamais venu à l'esprit que sa mère ait pu espérer que je me servirais de cet argent. Nous ne parlions jamais des corrections que m'infligeait Hari à cause de mon infertilité. Il me frappait rarement au visage, et mon sari masquait les bleus qui me marquaient le corps. Ce ne fut qu'à cet instant que je me rappelai qu'en traitant les femmes au visage enflé, elle insistait pour que ce soit moi qui prépare le cataplasme. Avait-elle cherché à me montrer comment me soigner moi-même ?

— Tu m'abandonnais par terre, couverte de bleus, chaque fois que tu apprenais que j'avais eu mes règles.

Je me souvenais encore de la peur qui m'avait paralysée à cette époque.

— Un jour, je me suis dit que tu étais allé trop loin.

Il grimaça.

— Je… J'ai essayé de me racheter.

En voilà une surprise.

— Comment ? En me suivant partout en ville et en me prenant mon argent ?

Il commença à parler, puis s'interrompit. Délicatement, il se toucha le front pour y palper la bosse.

— J'aide les femmes qui ont besoin d'aide.

— Les filles de joie ?

Percevant le scepticisme dans ma voix, il secoua la tête.

— Tu ne me crois pas. Ce n'est pas grave. Moi non plus, je ne me serais pas cru il y a dix ans. Sauf que… Après ton départ, *Maa* m'a enseigné ce qu'elle t'avait appris. Et j'ai compris, enfin, pourquoi ces femmes venaient la voir. Elle était leur dernier espoir.

Il dut voir mon air consterné. Il soupira.

— En fait, j'étais au courant pour ses sachets. Ça me mettait en rogne de savoir qu'on privait des hommes de leurs enfants. Et puis, tu t'es mise à l'aider. Et une nuit, sans que tu le saches, je t'ai vue boire sa tisane. J'étais tellement…

furieux… et honteux que toi, tu ne veuilles pas de mes enfants. Après, tu es partie, et *Maa* est tombée malade.

Il se tut, passa une main sur ses yeux.

— Une femme est venue demander de l'aide. Elle saignait… de l'intérieur.

Il se détourna.

— Son mari y avait enfoncé un… un manche à balai parce qu'elle avait ri de la blague d'un autre homme. Elle avait perdu tellement de sang qu'elle était presque aux portes de la mort. *Maa* m'a dit quoi faire, où cueillir les plantes dont nous avions besoin, comment soulager sa souffrance.

J'avais du mal à respirer. Les scènes que Hari me décrivait se déroulaient devant mes yeux. J'en avais vu des similaires en travaillant avec sa mère. L'urgence. Les cris plaintifs des femmes. Leurs plaies cruelles.

Hari se frictionna les mains.

— Elle est revenue à la vie. Mais après, il y a eu l'infection. J'ai suivi toutes les instructions de *Maa*. La femme est morte quand même.

Il déglutit.

— Elle n'avait que seize ans, Lakshmi. Là, j'ai pensé à toi. Je ne le voulais pas, mais j'ai songé au mal que je t'avais infligé. À toutes ces fois où… Et j'ai eu honte. Petit à petit, je me suis mis à aider *Maa*. Les femmes. Les enfants. J'en ai tellement vu… de la souffrance, de la misère, de la faim.

Il se passa une main dans les cheveux.

J'abandonnai la tête contre le mur. Je n'avais pas envie de le croire. Je fermai les yeux, de sorte à entendre la vérité dans les paroles qu'il prononçait.

— Quand je suis arrivé ici, c'est vrai que je suis d'abord allé dans le quartier des plaisirs. Je me sentais seul. Surtout après m'être rendu compte que Radha avait menti au sujet de ta lettre.

J'ouvris les yeux, perplexe.

— Quand j'ai refusé de l'aider à se rendre à Jaipur, elle m'a montré ta lettre en affirmant que tu disais vouloir me revoir. J'étais tellement heureux.

Je haussai vivement les sourcils, tant face à l'absurdité de cette affirmation qu'à cause de l'effronterie de ma sœur. Elle avait dû manipuler Hari pour qu'il l'aide à me trouver. Elle avait parié sur la probabilité de son illettrisme.

— Elle avait enfin trouvé l'argument pour me plier à sa volonté, reprit-il tout en secouant la tête comme s'il n'arrivait pas à croire qu'il avait pu se laisser duper par une fille aussi jeune. Quoi qu'il en soit, à force de me promener dans ces quartiers, j'y ai trouvé des femmes qui avaient besoin d'aide, le genre d'aide que *Maa* avait procurée. Et maintenant, celle que j'étais en mesure d'offrir. Je me suis servi de ton argent pour faire ce que je pouvais. Mais il m'en faut plus, j'ai besoin de vrais médicaments. Pour des blessures que les plantes ne peuvent plus guérir.

Il était redevenu sérieux.

— Certaines ont été blessées par les hommes à qui elles offrent leurs… services. Des os cassés. D'autres souffrent d'infections récurrentes dans leurs… parties intimes.

— Pourquoi est-ce que tu ne me l'as pas dit avant ?

— J'ai essayé. Mais tu n'as pas voulu me croire, et…

Il baissa les yeux.

— Je te comprends. Je… (Il s'interrompit en se frottant les mains.) Je comprends maintenant beaucoup de choses que je ne comprenais pas avant.

Ma poitrine était oppressée. Hari faisait de son mieux. Il redressait ses torts. Il poursuivait l'œuvre de sa mère, chose que moi, je n'avais pas faite. Elle aurait applaudi des deux mains. Certes, je ne pouvais pas pardonner au jeune Hari, celui qui avait cru me posséder et qui m'avait laissé des cicatrices durables. Mais de mon côté, j'avais changé, j'étais devenue plus forte. Était-ce donc si difficile à croire, que Hari aussi ait pu changer et s'adoucir ? Ne pouvais-je pas commencer à faire la paix avec ce Hari-là, celui que sa mère aurait béni ? Je songeai à la fillette avec la jambe entaillée et à mon envie que Hari s'en débarrasse. *Saasuji* aurait été moins fière de moi là-dessus.

— La petite fille, comment va sa jambe ? demandai-je.

— Bien. Ils l'ont recousue à l'hôpital.

Je hochai la tête.

Plaquant les paumes contre le mur, je me levai. Je me sentais courbatue, comme si j'avais marché pendant des jours ou même des semaines.

Hari me regarda caler des mèches derrière mes oreilles. Il sourit.

— Je t'avais à l'œil bien avant qu'on se marie.

Je le dévisageai.

— Je marchais des kilomètres jusqu'à la rivière depuis mon village pour regarder les femmes faire la lessive et écouter leurs commérages. Mon père était mort depuis longtemps, et ma *Maa* était occupée à soigner ses femmes. Je t'apercevais parfois, sur la rive d'en face, te dirigeant vers le four du village pour faire rôtir des pois chiches. Tu avais toujours l'air chargée d'une mission importante. Si jeune. Si sérieuse.

Il sourit.

— J'ai dit à ma mère, quand le temps est venu, que je ne voulais que toi. Un jour, elle m'a accompagné à la rivière. On t'a observée de loin. Au bout d'un moment, elle m'a pris la main et l'a tapotée. « Oui, *bheta*, oui », qu'elle a dit.

Ce n'est pas assez, pensai-je en secouant la tête. *Et ça arrive trop tard.*

— Je tiens à tenir ma promesse, Lakshmi. Celle que j'ai faite à *Maa*. Ici, je m'en sors bien. Si seulement…

Il se mit à arpenter la pièce.

— Il nous faut des médicaments pour les fièvres des enfants. Et plusieurs des filles de *nautch* ne vont pas tarder à accoucher.

Il disait vrai, je l'avais vu de mes propres yeux. Mais ma réserve d'argent n'était pas inépuisable. Moi aussi, j'avais des dettes à régler.

La porte s'ouvrit. Malik entra, l'oreille rouge à force de rester collée contre la porte.

— Tatie-patronne, lança-t-il. Je sais comment l'aider.

La lueur des réverbères éclairait l'intérieur de ma maison de Rajnagar. Je vis Radha recroquevillée sur le lit, nos malles métalliques, un fouillis de sacs remplis de choses et d'autres. Sans me préoccuper du bruit, je tâtonnai dans le noir pour fouiller dans nos affaires, regrettant d'avoir manqué d'argent pour faire installer l'électricité.

— *Jiji ?*

— Les allumettes. Qu'est-ce que tu en as fait ?

Je retournai un sac pour en répandre le contenu par terre. Plantes emballées dans des paquets de papier journal, cuillères, cure-dents. *Les Légendes de Krishna*, que Radha avait apporté.

Radha se cala sur un coude.

— Quelle heure est-il ?

— Des allumettes ! Est-ce que j'ai oublié de les mettre dans la liste de Malik la semaine dernière ?

Elle se leva du lit et enfouit une main dans le sac en vinyle près de la porte.

— Tiens, dit-elle en bâillant.

Je lui arrachai la boîte des mains. Les doigts tremblants, je craquai une allumette. Je vidai un autre fourre-tout par terre et examinai les étiquettes sur les flacons et sachets.

— Qu'est-ce que tu cherches, maintenant ? s'enquit-elle en se frottant les yeux.

J'interrompis mes recherches pour la fusiller du regard.

Elle cligna des yeux, à présent tout à fait réveillée.

Mon chignon s'était défait. Mes cheveux emmêlés me tombaient sur le visage. Mon sari était humide et sentait le vomi ; j'avais eu une demi-douzaine de haut-le-cœur sur la route du retour.

Mon doigt commença à me brûler. Je secouai l'allumette pour éteindre la flamme.

— J'ai vu Hari.

Dans le noir, le blanc des yeux de Radha brillait plus que jamais.

— Pourquoi ?

— Radha, je ne savais pas…

Je craignis de me remettre à pleurer. Je quittai ma position accroupie pour me lever et faire mine de lui prendre les mains. Elle tressaillit, recula dans le noir.

— Assieds-toi, ordonnai-je en montrant le lit. S'il te plaît.

Elle s'installa délicatement sur le bord du *charpoy*. Sur ses genoux, ses mains ne cessaient de s'agiter. Je m'agenouillai devant elle.

— Radha, quel que soit celui qui t'a fait ça, ce n'est pas ta faute ! Si j'avais su – que *Maa* avait eu un autre enfant après moi, que j'avais une sœur, que tu étais seule –, je ne serais pas partie. J'aurais…

Je n'étais pas sûre de ce que j'aurais fait.

Elle fronça les sourcils.

— Et dire que tu t'es offerte à Hari ! C'est épouvantable. C'est ma faute. S'il te plaît, pardonne-moi.

Je m'assis à côté d'elle.

Elle s'écarta, effrayée.

— J'étais censée te protéger. Je ne l'ai pas fait. Je n'ai rien fait pour l'en empêcher. Il…

— *Jiji*, tu me fais peur ! lâcha-t-elle, au bord des larmes. De quoi tu parles ?

Je baissai les yeux sur son ventre. Elle suivit mon regard le long de sa robe froissée, puis releva le visage vers moi. *Elle l'ignore ?* Évidemment ! Ce n'était qu'une enfant !

— Tu as mal aux seins ?

Elle haussa les sourcils.

— Tu salives beaucoup ? Tu as des nausées ?

Elle prit un air hébété.

— À quand remontent tes dernières règles ?

Elle regarda au loin, scruta le sol, inspira par la bouche. Elle jeta un coup d'œil à son ventre. Puis ses yeux s'adoucirent, comme si elle était plongée dans un souvenir, un souvenir agréable.

— Laisse-moi faire, Radha. Si tu n'en es pas à plus de quatre mois, tu ne cours aucun danger. Aide-moi à trouver l'écorce de racine de cotonnier.

Je rassemblai ma chevelure et la nouai dans ma nuque tout en me relevant.

— Tu te souviens de Mme Harris ? Celle qui a bu ma tisane ?

Elle fit la grimace.

— Mais maintenant elle va très bien ! Toi aussi, tu vas t'en sortir. Celui qui a fait ça… Ne me dis pas que c'est M. Pandey ?

Elle secoua la tête et aplatit la mousseline froissée sur ses cuisses.

Je ne parvenais pas à déchiffrer son expression ; elle devait être en état de choc.

— Essaie de te rappeler où on a mis l'écorce de racine de cotonnier.

— *Jiji*.

— Peut-être dans le fourre-tout en tissu écossais ?

Je me précipitai vers le sac, que je vidai sur le sol encombré.

— *Jiji.*

Il me fallait plus de lumière. Où étaient donc passées ces fichues allumettes ? Je me mis à quatre pattes pour fouiller dans le désordre, poussai sur le côté un tas de livres. Une bobine de fil tomba bruyamment par terre.

— Et si je gardais le bébé ?

Je fixai du regard le fil qui se déroulait à travers le sol de mosaïque. *Qu'est-ce qu'elle vient de dire ?*

Je n'aurais su dire combien de temps passa avant que je puisse de nouveau bouger. Lentement, je me tournai vers elle.

Elle se mordait la lèvre inférieure et évitait mon regard.

— Tu n'es pas obligée de le garder, affirmai-je. Je ne t'ai donc rien appris ?

Elle baissa le menton et contempla ses genoux. Je sentis alors sa culpabilité. *Elle était consentante. Elle a laissé un homme la toucher, là, sans doute plus d'une fois. Elle l'a voulu. Pendant que je travaillais. Pendant qu'elle vivait sous mon toit. Quelle idiote je fais !*

J'avais éprouvé de la compassion pour elle. Je m'étais dit qu'elle avait besoin de temps pour me pardonner. Qu'elle finirait par s'apaiser. Qu'elle en viendrait à apprécier ce que je lui offrais : un foyer, assez de *chappati* pour ne plus jamais avoir faim, l'école de la maharani et la possibilité d'une vie meilleure que ce qu'aucune de nous n'avait jamais pu imaginer.

Je me levai, tendis les bras vers elle. Sans réfléchir, j'agrippai son jupon. Elle se baissa, voulut s'enfuir. Je lui empoignai le chignon, lui arrachai les cheveux. Elle hurla. Je la giflai. Elle trébucha et tomba par terre.

Mon cœur tambourinait contre mes côtes. Je la regardai tousser et cracher. Elle était affalée au milieu du contenu des sacs fourre-tout, les jambes repliées sur le côté. Elle saignait de la lèvre, le visage tordu par la douleur.

Je me dressai au-dessus d'elle.

— Qu'est-ce qu'il a fait, ton *Devdas* ? Il t'a juré un amour éternel ?

— Arrête !

— Il t'a couverte de cadeaux ?

— Ce n'était pas du tout ça !

— Ou est-ce que c'est toi qui t'es « offerte » en échange d'un service… comme tu l'as fait avec Hari ?

Des taches roses lui marbrèrent les joues.

— Tu crois que j'avais le choix ? Il fallait que je te retrouve, et je ne pouvais pas y arriver toute seule. Oui, je me suis servie de lui pour aller jusqu'à Jaipur, et alors ? Toi, tu as choisi une voie pour t'échapper, et moi une autre ! Je ne te l'ai jamais reproché, pourquoi est-ce que tu me blâmerais pour ça ?

— Je ne sais pas ce que t'a raconté ton petit ami, mais c'est faux. Et si tu crois qu'il va le reconnaître…

— Il le fera !

— Mais comment peux-tu être aussi idiote ? Écoute-moi, Radha. Cet enfant n'a aucun avenir !

— Si !

— Je connais le monde, Radha. Pas toi. Si tu penses que le père va t'épouser, tu rêves !

Elle baissa la tête. Elle pleurait à présent.

— Il m'aime.

Je m'essuyai les mains sur mon sari et m'approchai du réchaud Primus sur lequel reposait une casserole remplie d'eau en prévision du thé pour le lendemain. Balayant la pièce du regard, je repérai une allumette tombée par terre. Je la ramassai et en craquai l'extrémité contre le plan de travail en pierre avant de l'approcher du brûleur. La flamme bleue éclaira la pièce.

— Viens m'aider, Radha, la cajolai-je en me forçant à adopter une voix douce, comme je l'avais fait des milliers de fois pour égayer mes dames.

J'attrapai la poignée de la casserole des deux mains pour qu'elle ne voie pas à quel point je tremblais.

— Demain, tout sera redevenu comme avant. Retour à la normalité.

Ma voix nerveuse démentait mes paroles.

— Tu as peur de ce que tes dames vont penser, accusa-t-elle.

Je me raidis.

— Tes respectables MemSahibs qui ignorent ce que tu fais en dehors de leurs boudoirs, railla-t-elle. Qui ne savent pas que tu fais disparaître des bébés.

Elle paraissait si différente, cette Radha dont les paroles étaient aussi tranchantes qu'un poignard.

Je pivotai vers elle.

— Que diraient-elles si elles savaient que tu t'es débarrassée de tes propres enfants ? s'entêta-t-elle.

Elle dut voir mon air affolé.

— Hari me l'a dit, précisa-t-elle. Et puis, après Joyce Harris, je l'ai compris. Ce que tu avais fait pour ne pas en avoir de ton côté.

J'avais du mal à respirer.

— Mais il ne s'agit pas de moi ! Il… Il s'agit de toi. Tu as treize ans ! Une fille qui a la chance de pouvoir en faire plus, de pouvoir être plus…

— C'est de toi que tu parles, pas de moi ! Nous sommes deux personnes différentes.

Je portai une main à ma poitrine.

— Non, nous parlons de toi – une fille avec un enfant et pas de mari, articulai-je, la respiration difficile.

Elle dressa le menton.

— On va se marier.

De toute évidence, elle délirait. J'agrippai les bords du plan de travail pour ne pas tomber.

— Demain à la même heure, Radha, tu ne te souviendras même pas d'avoir bu l'infusion. Tu seras de nouveau entière, et purgée. Demain, on repart de zéro.

— Tu ne m'écoutes pas. Tu ne m'écoutes jamais ! Je vais le dire au père, et on va se marier. On va garder le bébé.

— Et s'il refuse, Radha ? Alors, qu'est-ce que tu feras ? Réfléchis bien. Qui habillera ton enfant et lui donnera du *dal* à manger quand tu retourneras à l'école ?

Elle ouvrit les yeux en grand. Elle avait le visage de *Maa*. Mais le plus incroyable, c'est qu'elle n'avait absolument pas réfléchi à tout cela.

— Je ne retournerai pas à l'école. Je travaillerai. Comme toi.

Je secouai la tête.

— Tu crois que c'est si facile que ça ? Cette maison m'a demandé treize ans de dur labeur, de « Oui, *Ji* », de « Non, *Ji* » et de « Tout ce que vous voudrez, *Ji* ». Tu n'auras jamais à faire ça si tu retournes dans cette école. Une fois que tu auras fini tes études, tu auras tout le temps du monde pour faire un enfant. Écoute-moi, Radha. Je t'en supplie. L'école de la maharani, c'est le gros lot. Il n'y en a pas beaucoup qui y entrent, et toi, tu peux y aller gratuitement. Tu peux faire mieux que tatoueuse. Mieux que moi. Tu peux donner un sens à ta vie.

L'eau bouillait presque.

— Mais… s'il te plaît, aide-moi à trouver l'écorce de racine de cotonnier.

— Il m'a dit que je n'étais rien qu'un larbin pour toi, cracha-t-elle d'une voix tremblante. Que ton affaire a décollé après mon arrivée. Tu m'as dit toi-même que tu avais plus de rendez-vous grâce à mon henné. Si c'est vrai, alors pourquoi est-ce que tu ne peux pas me laisser réfléchir par moi-même ?

Elle vint se tenir devant moi, le visage à quelques centimètres du mien. Le sang sur sa lèvre luisait.

— Tu ne m'as pas fait confiance à la réception et tu ne me fais toujours pas confiance maintenant, déclara-t-elle. Peu importe tout le travail que j'abats. Tu n'auras jamais foi en moi !

Au-delà de ses paroles, le ton de sa voix, son amertume, étaient pire que n'importe quelle insulte que mes dames avaient pu m'infliger. J'avais tout donné à cette fille, un toit, à manger, des habits ! Mon cœur se recroquevilla sur lui-même, profondément blessé.

Je pointai un doigt sur sa poitrine.

— Tu boiras cette tisane jusqu'à la dernière goutte avant le lever du soleil.

— Non. Je vais te prouver que tu as tort !

Elle prit la fuite avec la célérité d'un colibri. Alors qu'elle filait devant moi, son jupon de mousseline m'effleura le bras. Je voulus l'attraper, mais j'avais l'impression d'évoluer dans l'eau, et ne parvins qu'à déchirer le tissu délicat. J'entendis le claquement de ses pieds nus dans la cour, et puis elle disparut.

Je contemplai le tremblotement bleu du réchaud Primus, j'entendis l'eau qui bouillait. Désormais, je n'en avais plus besoin. J'éteignis le brûleur.

Je traversai la pièce et m'effondrai sur le *charpoy*. Il devait être plus de 3 heures du matin.

Cette journée aurait dû se terminer dans la joie et être pleine d'espoir pour l'avenir. À la place, je ressentais un vide aussi large et profond que le Gange.

Sans mes parents pour constater le long parcours que j'avais suivi pour en arriver là, tous les efforts pour construire ma maison semblaient vains. Eux n'étaient pas venus, mais on m'avait envoyé Radha pour que je m'en occupe, et j'avais gâché son avenir à elle aussi.

Où irait-elle à cette heure-ci ? Tout de même pas chez son amant ? Qui était-il, d'ailleurs ? Si ce n'était pas le laitier, M. Iyengar ou M. Pandey, alors qui ?

À l'école de la maharani, tous les enseignants étaient des femmes. Pouvait-il s'agir du vieux gardien édenté ? Impossible !

En tressaillant, je songeai : *Samir ?* Il avait admiré sa beauté. Mais… non. Radha ne correspondait pas à ses critères ; elle n'était pas veuve, et elle était bien trop jeune, non ?

J'ignorais où se rendait Radha, mais elle ne pouvait y aller qu'à pied. Tout le monde, y compris les *tonga-wallas* et les rickshaw-*wallas*, était au lit. Radha n'avait pas d'argent pour prendre le train, ni même le bus. Dormirait-elle dans la rue, comme elle l'avait fait avec Hari pour venir jusqu'à Jaipur ? Elle n'allait tout de même pas le rejoindre ?

Kanta, elle, le saurait. Je devais l'appeler. Mais comment ? Dans mon logement d'avant, je m'étais servie du téléphone de Mme Iyengar avec sa permission, mais je ne pouvais pas m'en payer un ici. Le bureau de poste, où il m'arrivait de débourser une somme rondelette pour me servir du téléphone, était fermé.

Si Radha n'était pas rentrée au matin, j'enverrais Malik chez Kanta avec un mot. Je soupirai. Encore une source d'embarras. Les filles de bonne famille ne fuguaient pas. Ce qui était sûrement ce que les colporteuses de ragots avaient dit de moi treize ans plus tôt.

Le lendemain matin, toujours aucun signe de Radha. Je n'avais pas fermé l'œil de la nuit. Je n'avais pas pu m'empêcher de l'imaginer errant dans les rues, seule. Je me revoyais à son âge, trop timide pour regarder les garçons ou les hommes, ou même leur parler. *Maa* y avait veillé : *« Les hommes seraient prêts à manger des fruits pas mûrs si on les leur mettait dans l'assiette. »* Quand Radha avait-elle cessé de tenir compte de ces avertissements ? Ou *Maa* avait-elle été trop découragée par ma désertion pour lui prodiguer les mêmes enseignements qu'à moi ? Peut-être s'était-elle dit que, comme ses conseils avaient échoué à me rendre obéissante, ils resteraient également sans effet sur ma sœur.

Je tâchai de m'imaginer un passé où je serais restée avec Hari, où je me serais permis d'avoir des enfants, de voir Radha grandir avec eux. Aurait-ce vraiment été si affreux ? Radha aurait été en sécurité. Elle ne se serait pas retrouvée dans une ville qu'elle ne connaissait pas, avec des hommes libidineux à chaque coin de rue.

Quand Malik arriva chez moi à l'aube pour travailler, je l'envoyai aussitôt chez Kanta. Je m'affairai, remplis les tiffins dont nous aurions besoin pour la journée. Moins d'une heure plus tard, j'entendis une voiture dans la rue. Je courus à la fenêtre. Une grande berline grise s'était arrêtée devant la maison. Baju était au volant. Il descendit et ouvrit la portière arrière. Malik en sortit et se retourna pour aider Kanta.

Quelques secondes plus tard, je sortais de chez moi et franchissais le portail.

— Lakshmi ! s'écria Kanta en me voyant.

Son teint était livide.

Mon cœur tambourina dans ma poitrine. *Oh, Bhagwan, faites que Radha soit en sécurité ! Faites que rien ne lui soit arrivé !*

— Elle est chez moi. Elle va bien. Mais je suis la pire tatie qui soit ! Comment ai-je fait pour ne pas m'apercevoir, ni même deviner que…

Dès que je l'entendis dire « elle va bien », je me détendis. *Radha va bien.*

Kanta parlait fort, au point d'attirer l'attention de ma voisine, qui était sortie de chez elle et faisait semblant d'arroser dans son jardin un jeune citronnier tout chétif.

— Kanta ! lâchai-je d'une voix vive. Entre boire le thé.

Kanta se tut et nous laissa Malik et moi l'entraîner à l'intérieur. Baju regagna la voiture.

Dès que j'eus refermé derrière nous, Kanta se mit à gémir en se tenant le ventre.

— Si seulement j'avais vu ce que ça lui faisait ! Mais j'ai cru que l'exposer aux manières occidentales la préparerait mieux – tu sais, à la vie moderne, à la vie de femme. Je voyais ça comme une éducation ! J'étais si impressionnée par mes propres idées progressistes ! Je me suis dit que tu serais contente aussi. Je n'ai jamais… Je ne me suis pas rendu compte…

J'allumai la lampe à pétrole d'une main tremblante.

— Que t'a dit Radha ?

— Tout, répondit Kanta en se mettant à respirer par halètements, comme si elle manquait d'air. C'est terrible.

Je m'aperçus qu'elle pleurait depuis un bon moment. Ses cernes étaient gonflés. Son teint était cireux. La guidant par les épaules, je l'incitai à s'asseoir sur le *charpoy* et m'installai à côté d'elle.

Malik versa de l'eau du *mutki* dans un verre qu'il tendit à Kanta. Puis il s'approcha du réchaud avant de l'allumer pour préparer du thé.

L'air dans la pièce était alourdi par les odeurs de la cérémonie d'emménagement de la veille, mais je n'osais pas ouvrir les fenêtres de crainte que mes voisins ne nous entendent. Et puis, Kanta apportait une odeur encore plus oppressante : celle de la peur.

— Elle… Je… Oh, Bhagwan ! Par où commencer ?

Elle porta une main à son front.

— Tous ces romans, les livres anglais qu'elle me lit ! Je me disais : « Ils vont l'aider à mieux parler anglais. Ils vont lui apprendre à mieux connaître le vaste monde. Ça la rendra meilleure que toutes ces snobs à l'école. » Et tous ces films que je l'ai emmenée voir ! Seigneur ! J'ignorais qu'elle confondrait l'histoire d'un livre ou d'un film avec sa propre vie.

Je fermai les yeux. L'imagination de Radha, enfermée à double tour pendant des années, avait été libérée. Sans parents pour écraser ses rêves romantiques, ses fantasmes lui avaient permis de transformer la fiction en réalité.

Kanta était plus âgée que Radha et aurait dû y penser, mais c'était moi qui avais, après tout, la charge de ma sœur. Quel genre de tutrice avais-je été ?

— Tous ces discours sur l'amour et le romantisme, vitupérait encore Kanta. C'est très bien pour les petites Anglaises, mais pas pour les Indiennes.

On aurait cru entendre sa *saas*.

— J'aurais dû me rendre compte d'à quel point elle était jeune et impressionnable. Elle prend tout à cœur, l'absorbe comme une éponge ! Et elle apprend tellement vite. J'étais flattée d'être son enseignante. On s'amusait tellement…

Je me détournai de Kanta ; je ne pouvais pas lui permettre de me voir m'écrouler. La vue obscurcie par mes larmes, je baissai les yeux sur la carte de ma vie tracée sur le sol en mosaïque. Le motif changea. Les formes se muèrent en une scène que je ne reconnaissais plus.

Kanta ravala un autre sanglot.

— Oh, Lakshmi ! Je n'arrive pas à croire que notre Radha porte un enfant ! Elle ne m'a pas dit qui est le père. Elle tient à ce que tu sois là quand elle révélera son nom.

Radha veut se confesser en public. Telles les pluies de la mousson, si violentes qu'elles érodaient les frises de nos temples, ma sœur s'apprêtait à détruire la forteresse que j'avais bâtie. Il n'y avait pas le moindre doute : ma vie, telle que je l'avais conçue, était sur le point de changer. Des projets, méticuleusement élaborés, allaient s'effondrer. La pièce tournoya. Je perdis l'équilibre, m'agrippai au rebord de la fenêtre pour ne pas tomber.

Malik accourut, mais Kanta m'atteignit la première. Elle m'aida à m'allonger.

— Je lui ai rempli la tête de *bukwas* ! Moi et mes livres, mes films, mes revues et mes idées. Ma grossesse me fait perdre la tête ! C'est la seule excuse que je peux me donner. Je croyais que tout ça ne pouvait être que positif. Mais c'est Radha qui va en payer le prix. Et toi aussi, Lakshmi.

Ses pleurs s'intensifièrent. Distraitement, je songeai que mes voisins supposeraient sûrement qu'il y avait eu une mort dans la famille.

— Je suis désolée, hoqueta-t-elle. Je suis tellement désolée.

Elle enroula les bras autour de mon cou et m'inonda la poitrine de larmes chaudes, mais mon corps me paraissait mou, sans vie. J'étais incapable de la réconforter.

Chapitre 12

21 avril 1956

Kanta et moi étions assises côte à côte sur le divan de son salon. Debout face à nous, Radha semblait affronter une inquisition britannique. Elle portait une tenue prêtée par Kanta, la robe Madhubala étant irréparable.

Ma sœur porta nerveusement son regard sur le tapis, sur nous, puis sur les photos de Gandhi-*ji* et de la déesse vénérée depuis peu par Kanta, Swaraswati.

— Vas-y, *bheti*, l'encouragea Kanta.

Radha passa la langue sur la coupure à sa lèvre que je lui avais infligée la veille.

— Je passais tous les jours devant le Jaipur Club en allant chez Tatie après l'école. Vous voyez le terrain de polo en bordure de route ?

Je voulus parler, mais Kanta posa une main sur mon bras pour m'en empêcher.

Radha se mordit la joue.

— Je le voyais jouer au polo pendant les vacances et, un jour, il m'a remarquée. Il ramenait son cheval à l'écurie. Il s'est arrêté et on s'est mis à discuter. Il m'a dit qu'il étudiait une pièce de Shakespeare à l'école. Et il m'a demandé si je voulais bien la répéter avec lui. Alors, c'est ce qu'on a fait. Des fois pendant une demi-heure, des fois une heure.

J'agrippai le passepoil sur le canapé en tâchant de contenir mon impatience.

— Et un jour, il m'a dit que j'étais le portrait craché de Madhubala.

Elle rougit et détourna le regard.

— Il m'a dit qu'il n'avait jamais rencontré de fille aussi jolie que moi et qu'il aimerait passer tout son temps en ma compagnie. Que j'occupais toutes ses pensées.

Ma sœur me décocha un coup d'œil avant de fixer le sol du regard.

— C'était comme dans un film.

Kanta gémit. Mon cœur se mit à battre à coups redoublés.

Radha joignit les mains devant elle.

— Il me plaisait. Il s'est excusé pour la réception de fin d'année. Pour la façon dont sa mère m'avait parlé. Je lui ai dit que je m'étais attiré beaucoup d'ennuis avec toi à cause de ça, *Jiji*.

La pièce commençait à se refermer sur moi. Ma vision se rétrécit.

— Il m'a dit que tu étais jalouse de moi, enchaîna-t-elle en m'observant sous ses paupières baissées. Parce que tu n'avais personne dans ta vie, et que moi, si.

Un froid glacial me transperça. La voix de Radha me paraissait faible, lointaine.

Elle parlait de Ravi Singh.

Quand je repris connaissance, ma tête reposait sur les genoux de Kanta, qui pressait l'extrémité de mon sari sur mon front. J'éprouvais une sensation de froid. Je compris pourquoi : elle avait enroulé un bloc de glace dedans. Radha était assise dans le fauteuil d'en face et se frottait nerveusement les mains sur le tissu.

Je voulus me redresser, mais je fus prise de vertiges. Kanta me donna une légère pression sur l'épaule pour que je me rallonge. J'écoutai le lent *tac-tac-tac* du ventilateur accroché au plafond, encore ébranlée par l'idée que Ravi Singh soit le père du bébé de ma sœur.

— De tous les garçons de la Terre… Le fils de Parvati ?

Malgré son air effrayé, Radha affichait un regard de défi. Elle se tourna vers Kanta.

— C'est pour ça que j'avais besoin que tu sois là, Tatie. Je savais qu'elle ne comprendrait pas, mais toi oui, pas vrai ?

Kanta haussa les sourcils, tracassée. Elle ouvrit la bouche pour parler mais rien n'en sortit. Elle regarda ailleurs.

Ma sœur se mit à supplier.

— Fais en sorte qu'elle comprenne, Tatie. Il m'aime. Il a des sentiments pour moi. Il veut ce bébé autant que moi…

Hai Ram ! Jusqu'à présent, j'avais espéré que nous pourrions garder cette grossesse secrète en attendant que je la persuade de consommer mes sachets.

— Il est au courant pour le bébé ? Déjà ?

— Il ne sait pas… pas encore, expliqua patiemment Radha, comme si elle s'adressait à un enfant. Mais quand je le lui apprendrai, il sera tellement content ! Il m'a dit que j'étais la seule fille pour laquelle il ait jamais eu de sentiments.

— C'est ridicule ! Il a dix-sept ans ! Tu en as treize ! m'emportai-je.

Radha plissa les yeux.

— Quand j'ai eu mes règles, tu m'as dit que j'étais devenue une femme.

— Je ne voulais pas dire par là que tu étais prête à avoir des enfants !

— Il y a bien des filles de notre village qui en ont à treize ans. Pourquoi pas moi ? Elles ont des familles entières avant d'avoir atteint vingt ans. Moi, je n'ai jamais eu de famille. Pas vraiment. Avec *Maa* qui était triste toute la journée, *Pitaji* qui était soûl, et toi… Tu as fui Hari, et Dieu seul savait où tu étais avant que je te retrouve !

En l'entendant évoquer mon mari, je jetai un regard impuissant à Kanta. Quand mon amie était venue chez moi ce matin-là, je lui avais parlé de mon passé – Hari, les passages à tabac, tout. Je lui avais fait plus de confidences qu'à quiconque. Certes, elle avait paru ébranlée, mais elle l'avait accepté sans jugement.

— Ravi et moi nous marierons dès qu'il apprendra pour le bébé. C'est lui le père !

— Lakshmi, murmura Kanta en portant une main à sa bouche. Qu'est-ce qui va se passer quand Parvati va l'apprendre ?

C'était précisément ce que j'étais en train de me demander.

Radha nous regarda à tour de rôle.

— Pourquoi est-ce que tu t'inquiètes pour la mère ? C'est Ravi le père. Ça ne concerne personne d'autre !

Je n'avais pas pris la mesure de la naïveté de Radha et du monde imaginaire qu'elle s'était forgé. Du peu que je comprenais de ses sentiments. Du peu d'envie que j'avais de les comprendre.

Je n'avais pas voulu aborder avec elle des questions qui devaient pourtant la tarauder. Comme l'amour. Comment sait-on quand on est amoureux ? À quoi cela ressemble-t-il ? Et moi, que connaissais-je de l'amour ? C'était un sentiment qui m'était encore étranger. Je n'aimais pas admettre que j'aurais été incapable de répondre à ses questions. J'avais espéré que Kanta s'en chargerait de son côté.

Prudemment, je me redressai sur le divan. La douleur m'assaillit les tempes.

— Radha, je suis désolée. C'est ma faute. J'aurais dû plus te parler... Mais maintenant, écoute-moi. Tu ne peux pas te marier avec Ravi Singh.

— Non, non, non. Je ne t'écouterai pas !

Elle pleurait à présent, la bouche tordue en une grimace.

— D'abord, tu me dis que je ne peux pas aller au palais, geignit-elle. Et puis, tu me mets dans une école où tout le monde se moque de mes cheveux, de mon accent, de ce que je porte. Qu'est-ce que je t'ai fait, à la fin ? Pourquoi est-ce que toi, tu as le droit de faire tout ce que tu veux, et que moi, je dois faire ce que tu me dis ?

Je savais qu'elle m'en voulait de l'avoir tenue éloignée du palais, mais je croyais que nous étions passées à autre chose. Désormais, elle avait des robes dans le style de Bombay. Une jolie coupe de cheveux. Elle apprenait les danses occidentales et comment préparer du thé pour huit personnes – ce que j'aurais été bien incapable de lui apprendre.

Ce fut sans doute mon air ahuri qui poussa Radha à sauter de son fauteuil pour s'asseoir à côté de moi. Elle prit mes mains dans les siennes, qui étaient mouillées à force d'essuyer ses larmes.

— *Jiji*, est-ce que Ravi n'est pas le mari idéal que tu voulais pour moi ? Il est beau comme un acteur de cinéma. Il est éduqué. Il est talentueux.

Cette liste ressemblait à celle que j'avais dressée quand j'avais proposé une jeune fille pour Ravi.

Petite écervelée, avais-je envie de hurler.

— Radha, Parvati Singh ne permettra jamais à son fils de t'épouser, articulai-je à voix basse. Elle refuse même qu'il se marie tant qu'il n'aura pas fini l'université.

Elle me serra les mains de plus belle.

— Tatie dit que l'amour s'épanouit dans les lieux les plus inattendus, affirma-t-elle avant de s'adresser à Kanta. M. Rochester n'a-t-il pas aimé Jane Eyre, Tatie, même si elle n'avait pas d'argent ? Et lady Chatterley ! Malgré toute sa fortune, elle a aimé un garde-chasse. Et toi, Tatie, tu as épousé Manu par amour, pas pour l'argent. Pourquoi serait-il impossible pour Ravi et moi de faire un mariage d'amour ?

Kanta eut un mouvement de recul et ferma les yeux.

— *Hai Ram !*

Je soupirai.

— Parce que Parvati Singh ne le permettra pas.

Radha jeta mes mains sur le côté.

— Tu te fiches de mes sentiments, à moi, s'écria-t-elle d'une voix bouillonnante de rage. Et de ceux de Ravi.

J'en avais assez entendu.

— Kanta, dis-le-lui.

— Si j'avais su…

— Dis-le-lui !

La bouche de Kanta se crispa sous le coup de la tristesse. Elle regarda Radha.

— *Bheti*, dit-elle, je ferais n'importe quoi pour t'épargner. Mais quand Sheela Sharma soufflera ses dix-huit bougies, elle épousera Ravi Singh. Les Sharma l'ont annoncé avant-hier soir à un dîner de célébration.

Ma sœur se tétanisa. Elle tendit les bras derrière elle, trouva le fauteuil et s'assit.

— Manu et moi y étions, précisa Kanta. Ravi aussi.

— Mais… il m'a dit que ses parents n'essaieraient jamais de le marier sans son consentement !

— Ils lui ont effectivement posé la question, concéda Kanta. Et il a dit « oui ».

Les yeux de Radha s'emplirent de larmes.

— *Bheti*, il a vraiment promis de t'épouser ? demanda Kanta avec bienveillance.

Ma sœur s'était repliée sur elle-même. Elle avait l'air si perdue que je brûlais de la réconforter, mais je savais qu'elle ne me laisserait pas faire.

— Ravi n'est pas celui que tu crois, lâchai-je avec le plus de douceur possible.

— Tu cherches seulement à me faire du mal. Comme toujours. D'ailleurs, tu ne voulais même pas que je te retrouve. Tu n'as jamais voulu que je vive avec toi.

Elle tourna ses yeux rougis vers Kanta.

— C'est pour ça que je veux une famille, Tatie ! Elle n'en fait pas partie. Pas vraiment. Pas de la façon qui compte ! Toi et Tonton, vous êtes plus ma famille qu'elle !

Ses paroles me firent l'effet d'un coup de poing. Kanta me considéra avec compassion.

Pendant un temps, personne ne parla. Puis Kanta finit par lâcher un long soupir et se leva. Elle alla s'asseoir sur le bras du fauteuil de Radha et souleva son menton avec deux doigts.

— Écoute, Lakshmi. C'est ta *Jiji*. Elle a fait tout ce qu'elle a pu pour t'assurer un bel avenir, le meilleur qui soit. Tu ne peux pas lui parler comme ça. Pas sous mon toit.

J'adressai un regard de reconnaissance à mon amie. Jamais personne n'avait pris ma défense de cette manière. Je me tournai vers ma sœur.

— Radha, c'est moi qui suis à l'origine de ce mariage. Je l'ai fait pour que…

— C'est toi qui m'as fait ça ?

— Je ne t'ai rien « fait » du tout. Je ne savais même pas que tu étais…

Radha cligna des yeux.

— Attends ! Le mariage de Ravi n'aura pas lieu avant plusieurs années. Tellement de choses peuvent changer entre-temps ! Et vu la manière dont tes dames t'écoutent… Peut-être que si toi, tu parlais à la mère de Ravi, *Jiji*…

Elle cherchait désespérément une façon de changer son avenir, comme moi à quinze ans.

Je secouai la tête.

— Parvati avait prévu tout l'avenir de son fils avant que sa première dent perce. C'était pareil pour Samir et elle, et pour toutes les générations de Singh.

Kanta étouffa un cri.

— Et si… s'il ne reconnaît pas l'enfant…

— Radha n'est pas obligée de le garder.

— Non ! Je ne ferai jamais de mal à ce bébé ! Tu prendras peut-être celui d'autres femmes, mais pas le mien !

En voyant l'expression choquée de Kanta, je compris qu'un nouveau secret venait d'être dévoilé.

— Kanta, ne me dis pas que tu n'as jamais connu de femmes qui se sont fait avorter, lançai-je à son intention. Qui sont tombées amoureuses sans se préoccuper des conséquences. Peut-être à l'université ? En Angleterre ?

Kanta se couvrit la bouche et contempla le sol avant de reporter son attention sur moi.

Radha attendit, l'implorant du regard de se ranger de son côté. Dans le silence, le vrombissement du ventilateur de plafond devint plus bruyant. Après un temps, Kanta serra doucement l'épaule de ma sœur et hocha la tête.

— Elles ont fini par se marier plus tard, souvent avec un autre. Et par avoir d'autres enfants.

Radha se contenta de secouer la tête.

— Non !

— Lakshmi a raison.

Mais ce n'était pas ce que Radha avait envie d'entendre. Elle ferma les yeux. Je devinais ce qu'elle pensait : *Qu'a fait* Jiji, *mis à part me réprimander et m'empêcher de suivre mes envies ?*

Kanta posa sa paume contre la joue mouillée de Radha.

— Ne fais pas cette tête. Tu es bien trop jolie. Lakshmi m'a dit qu'elle ignorait ton existence jusqu'à il y a six mois. Oui, elle était choquée quand tu es arrivée, mais il ne lui est jamais venu à l'esprit de te chasser. Regarde-moi, Radha. Ta sœur a un fort sens des responsabilités, ce que j'admire. Tu lui en veux sans doute, mais elle t'a prise sous son toit. Elle t'a inscrite à une excellente école. Tu es devenue si raffinée qu'on oublie facilement que tu n'as que treize ans.

Kanta tira sur la robe de Radha.

— Lakshmi n'a pas eu une vie facile.

Mon amie me décocha un regard.

— Je comprends pourquoi elle a quitté son mari. Je tiens aussi à ce que tu saches que je ne te juge pas, toi, ni ta sœur, pour ce qui s'est passé. Elle a essayé de t'apprendre comment fonctionne le monde. Elle est dure – je l'ai vue avec toi. Mais c'est son devoir de sœur aînée. Alors que moi…, ajouta-t-elle avec un soupir, j'ai été une très vilaine tatie.

Radha redressa le dos et serra les poings.

— Mais j'ai adoré t'avoir comme Tatie ! Tu es la meilleure qui soit !

— Je t'aime beaucoup, reprit Kanta. Mais je ne suis pas une *Jiji* très responsable. Je t'ai demandé de me lire ces livres alors que tu n'étais pas prête.

Elle esquissa une grimace.

— Je n'arrive toujours pas à croire que j'aie pu être aussi négligente. Je m'ennuyais, je me sentais seule, et tu étais d'excellente compagnie.

— J'adore ces livres ! protesta Radha. Où aurais-je pu les lire, sinon ?

Elle me jeta un regard assassin.

— Elle ne passe jamais de temps avec moi. Elle ne fait que travailler !

Chacune des accusations de Radha était pour moi comme une gifle.

— Elle doit subvenir à ses propres besoins, rappela Kanta en prenant la main de Radha dans la sienne. Et aux tiens.

Et à ceux de Malik. Elle est courageuse et acharnée. Vous vous ressemblez beaucoup, tu sais.

On se ressemble ? Je n'avais jamais songé que Radha et moi puissions avoir autre chose en commun que l'aquarelle de nos yeux.

— J'ai de la chance, Radha, poursuivit Kanta. Je n'ai jamais eu à subvenir à mes besoins. Ni à m'inquiéter pour l'argent. Même maintenant, ma mère nous aide quand le salaire de fonctionnaire de Manu ne suffit pas à couvrir nos dépenses. Ma situation est très différente de la tienne, admit-elle avec un soupir. J'aimerais beaucoup qu'il en soit autrement pour toi, mais ce n'est pas le cas. Tu dois penser à l'argent : comment payer le loyer, te procurer une nouvelle paire de chaussures, manger. Comme ta sœur l'a toujours fait. J'accepte d'endosser la responsabilité pour ce que j'ai fait, Radha. Ta sœur n'est pas en cause. Et toi non plus.

Radha lui lâcha la main.

— D'abord, *Jiji* organise le mariage de Ravi avec une autre ! tempêta-t-elle. Et après, tu me dis de tuer mon bébé ?

Kanta recula sur son siège.

— Je veux que tu aies une belle vie, Radha.

Doucement, Kanta frictionna le dos de ma sœur.

— Nous sommes toutes de ton côté. Mais tu es trop jeune pour devenir mère. Ta vie a à peine commencé, *bheti*. Tu es capable de tellement plus. De plus en plus de femmes…

— Arrête ! sanglota Radha.

Elle ferma les yeux, le visage mouillé de larmes.

Lasse, Kanta se leva.

— Restons-en là pour l'instant, Lakshmi.

Le ventilateur de plafond ralentit, puis s'immobilisa.

Kanta lâcha un grognement.

— *Baap re baap !* Voilà déjà trois fois aujourd'hui que l'électricité se coupe. On n'est qu'en avril et on suffoque déjà.

Elle essuya la sueur sur sa nuque avec son sari.

— On finira par trouver une solution. Mais pour l'instant, gardons tout cela pour nous – toi, moi, Radha et Manu. Radha peut rester chez nous le temps qu'on règle la question.

Elle ne nous regarda pas en le disant, sûrement pour nous épargner la gêne de reconnaître la brèche qui me séparait de ma sœur.

Kanta tira son *pallu* sur ses épaules et le cala dans son jupon.

— Un peu de thé pour apaiser les esprits ?

Je songeai à la réception de fin d'année chez les Singh, où tout avait commencé. Où Ravi et Radha s'étaient rencontrés. Où Samir m'avait parlé de la commande du palais. Au début de cette soirée, j'avais été gonflée d'espoir, certaine que Radha et moi finirions par nous entendre en tant que sœurs. Elle apprenait les manières de la ville. Je l'aidais. Mais la soirée s'était terminée bien différemment, dans la récrimination et la contrariété.

Ce n'était pas de thé que j'avais besoin, mais de m'éclaircir les idées. Je pris congé et sortis, remarquant l'air soulagé de Kanta.

Chapitre 13

J'avais demandé à Malik d'annuler nos rendez-vous de la journée et n'avais donc nulle part où aller. Alors, après avoir quitté la maison de Kanta, je me mis à marcher. Pendant des heures. Sans destination. Je réfléchis longuement. À mes échecs. J'avais échoué en tant qu'épouse de Hari. Échoué en tant que fille de mes parents. Échoué en tant que sœur de Radha. Échoué, même, à terminer ma maison. La cour se réduisait à un carré de terre battue ; la clôture arrière restait inachevée. Le lit effiloché continuait de s'effilocher. Tout ce que j'avais toujours voulu, c'était un travail qui me permette de subsister. Qu'en serait-il à présent ?

J'imaginais déjà les retombées de la grossesse de Radha. Les chuchotements dans mon dos. Les rumeurs qui émaneraient d'abord des domestiques avant de se répandre comme une traînée de poudre parmi mes dames. Les regards nerveux, le mépris à peine masqué, les franches réprimandes. Où que j'aille, je ne pourrais plus garder la tête haute. Même les commerçants du marché de réfugiés refuseraient de me préparer à manger. J'étais de plus en plus désespérée à chaque heure qui passait, et me demandais comment j'allais bien pouvoir rembourser Samir si mes clientes m'abandonnaient.

À l'heure du dîner, je me retrouvai à GulabNagar, le quartier des prostituées. Tout comme à Agra, il existait ici une maison pour tous les goûts et toutes les bourses.

D'abord, il y avait les cabanes délabrées. Des prostituées échevelées aux jupons cousus main étaient adossées aux murs ou assises sur des chaises dans l'embrasure des portes : des petites villageoises de dix ou douze ans, fugueuses ou orphelines, qu'on pouvait avoir pour deux ou trois roupies. Sans doute était-ce ici que Hari passait ses journées. À aider ces filles alors que moi, j'en avais été incapable.

Au-delà de ces cabanes se dressaient de nobles pavillons qui tombaient en ruine à force d'être négligés depuis des années. Ici, les femmes étaient un peu plus âgées, endurcies, les yeux cerclés de khôl. Elles prenaient vingt à trente roupies la nuit. Alors que je passais, elles m'examinèrent – mes cheveux, mes habits, mes sandales – avant de se désintéresser de moi. Encore une de ces bonnes âmes envoyées pour les sauver, leurs enfants ou elles, d'une vie déchue.

Pas vraiment, songeai-je, avant de remarquer une fillette, outrageusement maquillée, devant un pavillon rouge. Son sari orange bon marché ne pouvait camoufler son ventre rond. Alors que je m'approchais, elle s'engagea dans une entrée. Était-ce – *mais c'est impossible* – la nièce de Lala ? Il devait s'agir d'une hallucination. J'en vins pourtant à me demander ce qu'il était advenu des deux domestiques que Parvati avait congédiées.

Je ne tardai pas à atteindre l'autre bout du quartier et les demeures des riches courtisanes, musulmanes pour la plupart. Comme mes vieilles amies Hazi et Nasreen, ces femmes étaient formées aux arts anciens de la musique, de la poésie et de la danse. Elles ne louaient leurs services qu'aux *nawab*, aux membres de la famille royale et aux hommes d'affaires prospères. Elles n'ouvraient jamais leurs portes avant le soir, et jamais au public. Une seule nuit avec elles pouvait coûter mille roupies. Elles n'avaient pas besoin de l'aide de quelqu'un comme Hari ; elles pouvaient se payer des médecins, des spécialistes. Et aussi mes lotions capillaires, mes crèmes d'éclaircissement de la peau et, bien sûr, mes sachets aux plantes – que Malik leur livrait tous les mois.

Je continuai de marcher. Une demi-heure plus tard, j'arrivai au quartier européen, ainsi nommé parce que les Français, Allemands et Scandinaves y côtoyaient des Indiens nantis. Quand il n'était pas à son bureau ou au Jaipur Club, c'était ici qu'on trouvait Samir. Peut-être s'était-il agi de ma destination involontaire depuis le début.

Je cherchai du regard le pavillon blanc bien tenu, trop petit pour nécessiter l'emploi d'un gardien. Je me faufilai dans une petite cour bordée de roses couleur magenta. Leur parfum entêtant était particulièrement puissant en soirée.

Les marches qui menaient à la véranda étaient larges et élégantes. Quand je frappai à la porte, j'entendis un des volets s'ouvrir à l'étage. Reculant d'un pas, je risquai un regard vers le haut. Une belle jeune femme vêtue d'un sari en crêpe georgette se penchait à la fenêtre. Je souris et joignis les mains pour la saluer.

Elle hésita.

— Je descends.

Peu après, elle m'ouvrit la porte : c'était Geeta, la maîtresse de Samir.

Toutes les amantes de Samir avaient un certain nombre de points communs. C'étaient des veuves d'un certain âge, minces et bien coiffées. Des femmes qui se poudraient le visage.

Mais Samir se serait vite lassé d'un jardin doté d'une seule variété de fleurs, et ses femmes différaient toutes par leur taille, leur poitrine, la forme de leur nez et le galbe de leurs lèvres. Geeta, une veuve d'une trentaine d'années, avait des yeux grands comme des noix d'arec. Jolie sans être exceptionnelle, elle possédait un petit nez et une bouche délicate qui attiraient d'autant plus l'attention sur son regard. Elle tenait un livre à la main.

— Navrée de vous déranger à cette heure-ci, m'excusai-je.

Elle regarda la rue derrière moi, jetant un regard de part et d'autre.

— Entrez, dit-elle en ouvrant davantage pour me laisser passer.

— Je dois parler à Samir Sahib, annonçai-je.

— Laissez-les-moi.

Elle pensait que j'apportais des sachets.

— Je ne suis pas venue pour ça, rectifiai-je avec un sourire. Je dois lui parler.

Il y eut un silence.

— Il n'est pas ici.

— Quand va-t-il rentrer ?

Nouveau silence.

— Plus tard.

— Je peux attendre ?

Elle posa le livre sur une table dans l'entrée. Avais-je perçu un soupir de sa part ?

— Bien sûr. Je vous en prie.

Elle indiqua le salon.

Dès que j'entrai dans la pièce, je me sentis défaillir. Le sang me monta à la tête. J'avais les jambes en coton. Je m'appuyai contre le chambranle pour me stabiliser.

Geeta m'attrapa le bras.

— *Hai Ram !* lâcha-t-elle, alarmée. Vous allez bien ?

Me rappelant que je n'avais rien avalé de la journée et que je m'étais évanouie chez Kanta, je palpai la bosse sur mon front.

— Je veux bien un peu de jus de fruits. *Nimbu pani*, si vous en avez.

Je m'installai sur un fauteuil bergère français.

— Bien sûr.

Je souris en guise de remerciement et abandonnai ma tête contre le dossier de mon siège.

Sur le dessus de cheminée, une horloge émettait un délicat tic-tac, suivi d'un trille. Ornée d'un émail vert émeraude, elle était beaucoup plus raffinée que les lourdes horloges anglaises qu'affectionnaient nombre de mes dames.

— Elle est d'origine française, précisa Geeta en posant un verre de jus de citron vert sucré sur la table à côté de moi. Mon défunt époux était francophile. Les Anglais n'étaient jamais assez bien pour Jitesh. À la fin, il s'est avéré qu'il avait raison.

Elle sourit, révélant de charmantes fossettes, et je compris pourquoi elle plaisait à Samir. Elle s'installa sur le canapé.

Je bus une petite gorgée de mon verre, puis le vidai d'un trait. Je ne m'étais pas rendu compte que j'avais aussi soif.

— Un autre ? proposa-t-elle en se levant.

Mais je secouai la tête.

— Non merci. Je me sens un peu… Si ce n'est pas trop… Puis-je m'allonger, *Ji* ?

— Vous êtes malade ? s'inquiéta-t-elle en me prenant le verre des mains. Je peux faire venir quelqu'un si vous voulez.

— *Nahee-nahee*. Je travaille trop… J'en oublie de manger.

Je voyais bien que cela ne lui plaisait pas, mais elle m'emmena à l'étage, dans une chambre qui devait être réservée aux amis. La pièce était dénuée de tout portrait, tableau ou livre. Les murs étaient peints d'un jaune pâle. Le mobilier, qui se réduisait à une coiffeuse et à un lit étroit à la tête très ornée, était de style Empire. Je me couchai sur le lit et fermai les yeux. Contrairement au jute de mon petit lit, le matelas de plume s'affaissa sous mon poids, et je m'assoupis.

Je fus réveillée par un brusque déclic. J'ouvris les yeux et vis Samir qui refermait la porte. Il s'assit à côté de moi sur le lit et posa une main sur mon bras. Ses traits étaient crispés.

— Que s'est-il passé ? Tu es blessée ?

J'ignorais où j'étais, comment je m'étais retrouvée là. La pièce était plongée dans le noir. Étais-je en plein rêve ?

— Quelle heure est-il ?

Encore embrumée par le sommeil, je refermai les yeux.

Il alluma la lampe de chevet et jeta un coup d'œil à sa montre à gousset.

— Minuit et quart.

Je poussai un soupir.

— Quelle est l'urgence ?

À contrecœur, je rouvris les yeux. Il écarta mes cheveux de mon front pour examiner la bosse. Son visage n'était qu'à un souffle du mien. Je distinguais le bord cuivré de ses iris, leur centre couleur olive. Que ses cils étaient longs ! Et les petits plis aux coins de ses yeux – ils se creusaient à présent qu'il fronçait les sourcils. Je levai une main pour les lisser et m'y attardai. Je lui caressai la joue, savourant sa peau douce sous mes doigts, les poils rugueux de sa moustache. Je traînai le pouce sur sa lèvre inférieure.

Il me regarda faire avec un sourire perplexe.

Je souris à mon tour. Avec lui, je me sentais toujours en sécurité. Il était mon réconfort, chassait les gros problèmes. Comme quand le propriétaire du terrain de Rajnagar n'avait pas voulu vendre à une femme et que Samir était intervenu pour le convaincre. Ou qu'il m'avait prêté l'argent pour acheter des plantes lors de mon arrivée à Jaipur. Il était de mon côté, toujours.

J'entrouvris ses lèvres avec mon pouce et sondai la chair humide qu'elles renfermaient. Sans me lâcher du regard, il me lécha le pouce. Me voyant haleter, il referma les lèvres sur mon doigt et se mit à le sucer. Je sentis mon ventre se contracter. Je mis la main à plat sur son torse pour percevoir les battements de son cœur. Les deux boutons supérieurs de sa chemise étant défaits, je glissai la main par l'ouverture et lui frôlai le torse tout en sentant son cœur s'emballer.

Il se pencha davantage et, des lèvres, frôla mon décolleté. Je gonflai la poitrine, creusai les reins. Ma peau s'enflamma.

Je l'embrassai. Il me rendit mon baiser.

J'arrachai sa chemise de son pantalon et enfonçai les ongles dans les muscles de son dos. Il défit mon bustier, fit serpenter un doigt le long de l'élastique de mon soutien-gorge jusqu'à trouver les agrafes dans mon dos.

Je sentis sa langue chaude et humide sur la pointe de mes seins, une décharge électrique entre mes jambes. Mon corps tout entier se mit au diapason : la chair douce sous mon aisselle, mon nombril, la zone sensible au creux de mes cuisses. Je poussai Samir pour l'asseoir, passai sa chemise par-dessus sa tête et lui mordillai les tétons. Il gémit. *C'est donc ça qu'on ressent. C'est ça qu'*elle *ressent.*

Nous roulâmes sur les draps et, le chevauchant, j'ouvris sa braguette pour me mettre à le caresser. Il émit une plainte, chercha mes lèvres. Il me gratifia d'un baiser dur et explora de sa langue ma bouche, ma langue, mon cou, le dessous de mes seins. Il desserra le cordon de mon jupon pour en défaire les plis, et mon sari se déroula tout autour de nous. Tout tomba, mon carnet, ma bourse, ma montre à gousset. Samir les balaya du lit. Il enleva son pantalon. Enserra mes cuisses avec les siennes. Je lui mordis la lèvre, m'imprégnant de son souffle parfumé à la cardamome. Il me fit rouler sur le flanc et se plaqua contre mon dos, le ventre pressé sur mes fesses, les lèvres sur le lobe de mon oreille, sur mon épaule, tout en continuant de caresser mon intimité brûlante, tout en me balançant d'un côté et de l'autre telle l'eau clapotant sur la berge. Lorsqu'il me pénétra, je fus incapable de réfléchir, toute à mon plaisir. Je ne me sentais plus liée à mon corps, ni au lit. Je sentais à la fois tout et rien.

Je me réveillai en sursaut, ne m'étant pas rendu compte que je m'étais encore assoupie. Samir était en train de se rhabiller.

Au cours de l'heure qui venait de s'écouler, j'avais tout chassé de mon esprit mis à part le désir. Je ne lui avais pas encore révélé la raison de ma venue.

Lorsqu'il surprit mon regard, il sourit, me tendit les mains pour me redresser et m'aida à enfiler mon soutien-gorge et mon jupon. Il ferma les agrafes sur le devant de mon bustier.

Ce que je m'apprêtais à dire allait tout changer entre nous. Par où commencer ?

Il attrapa mon sari, à présent froissé, sur le lit, en rassembla les pans et se mit à le rentrer dans mon jupon. Ses gestes étaient sûrs, précis, comme s'il les avait accomplis des milliers de fois – ce qui était sûrement le cas. Il redressa le *pallu* sur mon épaule et recula d'un pas pour inspecter son travail.

Il sourit, se pencha pour m'embrasser.

Je posai une main sur son torse afin de l'en empêcher.

— Samir.

Il pencha la tête sur le côté, déconcerté.

— Il y a quelque chose…

Il haussa les sourcils.

Comme je ne disais rien, il tâtonna dans la poche de son pantalon pour attraper son étui à cigarettes et s'alluma une *Red and White*. Je le regardai tirer une bouffée et recracher un filet de fumée. Puis il s'assit sur le lit et ouvrit les mains pour me faire comprendre qu'il m'écoutait.

Je me raclai la gorge.

— Ton fils et ma sœur… ils ont…

Je jetai un coup d'œil aux draps défaits et il suivit mon regard.

— Passé du temps, ensemble… comme nous.

Il contempla le lit, puis me considéra en plissant les yeux. Il esquissa un sourire hésitant ; il croyait que je plaisantais.

— Ils se sont rencontrés à la réception de fin d'année, expliquai-je en pinçant les lèvres. Elle est enceinte.

— Quoi ? Qui ?

— Ma sœur, Radha, est enceinte.

— « Enceinte » ?

— Radha est enceinte. Ravi est le père.

— Ta sœur n'a que…

— Treize ans.

— Mais… comment sais-tu qu'il est de Ravi ?

C'était une question sensée, même s'il était horripilant d'entendre Samir la poser.

Radha avait été tellement secrète que je m'étais posé la même question. Mais j'avais vu son visage s'illuminer lorsqu'elle parlait de Ravi ; cette réponse m'avait suffi. Malgré tout, c'était une chose pour moi de douter de ma sœur, mais une autre quand il s'agissait de Samir.

— Je la crois. Mais tu devrais interroger ton fils.

— Non, non, non, non, non !

Il se leva, secoua la tête et pointa sur moi sa cigarette allumée.

— On a déjà eu des ennuis avec des petites servantes.

« Des petites servantes. » Ces mots flottaient dans l'air. Était-ce donc ainsi que Samir voyait Radha ? Qu'il me voyait, moi ?

« On a déjà eu des ennuis avec des petites servantes. » Ce n'était donc pas la première fois ?

Je tournai les mots dans mon esprit avant de les exprimer à haute voix.

— C'est pour cette raison que Parvati s'est débarrassée de la nièce de Lala ? Et de Lala aussi par la même occasion ?

Il me décocha un regard furtif avant de se détourner.

Hai Ram ! Je me mis à trembler de colère.

— C'est comme ça que tu règles tes problèmes ? En les faisant disparaître ? Pendant que ton fils continue de… de… Au début, je n'ai pas cru Radha ! Mais elle disait vrai. Je…

— C'est toi qui as laissé faire ça, assena-t-il, la mine sombre. C'est ta sœur.

— Et ton fils ? Qui est responsable de lui ?

Il détourna le regard, étudia le tapis tout en fumant.

— Tu ne peux pas t'en débarrasser ? s'agaça-t-il. Enfin, ce n'est pas pour ça qu'on te paie ? Pour que tu t'occupes de ce genre de choses ?

Dire qu'une heure plus tôt, j'avais imaginé Samir me venir en aide. Je nous avais visualisés trouvant une solution ensemble. J'étais donc la reine des idiotes ! Bien sûr, j'avais également suggéré d'interrompre la grossesse. Mais venant de Samir, cela paraissait cruel. Avais-je moi aussi paru sans cœur aux yeux de ma sœur ?

Je baissai les yeux sur mes mains, les frottai ensemble.

— J'ai offert mes sachets, mais elle n'en a pas voulu. Elle croit que Ravi va l'épouser.

— Sottises ! Il est plus futé que ça.

— Vraiment ? m'offusquai-je en le fusillant du regard. « Le roi est tel que ses sujets ? »

Dès que j'eus prononcé ce proverbe, je sus qu'il disait vrai. Dans le passé de Samir aussi, il y avait eu des « petites servantes ».

Il évita mon regard. De la cendre de sa cigarette tomba sur sa chemise, mais il ne s'en aperçut pas. Il montra le lit.

— Alors, c'est pour ça qu'on l'a fait ?

— Quoi donc ?

— Ce qu'on vient de faire !

— Non ! protestai-je en me massant les tempes. Tu crois vraiment que je viendrais chez ta maîtresse pour… en échange de… quoi au juste ? Te demander de forcer Ravi à épouser ma sœur ? Que tu m'achètes mon silence ?

Il baissa les yeux et lâcha un souffle étranglé.

— Lakshmi, c'est un tel choc. Je… Un mariage est hors de question.

C'est précisément ce que j'avais dit à Radha. Je m'abaissai, lentement, sur le tabouret devant la coiffeuse.

— Tu as parlé à Ravi ? questionna-t-il.

Je levai le visage vers lui.

— Je crois que c'est à toi de le faire.

Samir se gratta le cou.

— Où est ta sœur ?

— Chez des amis.

Son visage se décrispa. Il planta sa cigarette dans le cendrier de cristal posé sur la table de chevet.

— Les Sharma…

— Les Sharma.

Quelle ironie. J'avais finalisé l'union entre Sheela et Ravi en suggérant une solution qui avait convenu à tout le monde : Samir dessinerait les plans d'une maison, séparée de la résidence principale, sur le domaine Singh pour Sheela et Ravi. M. Sharma la construirait. Mais, alors que je complotais dans mon coin, Ravi et ma sœur étaient… Comment en vouloir à Samir de me tenir pour responsable alors que je pensais justement la même chose de moi ?

Samir s'alluma une autre cigarette et inhala profondément. Il s'assit de nouveau sur le lit, face à moi.

— Bon. Que suggères-tu ?

— Radha n'acceptera pas un avortement, mais peut-être une adoption. Un orphelinat est hors de question. Toi et moi savons pertinemment que ces endroits-là sont à peine mieux qu'une prison.

Peu de familles indiennes adoptaient ; la majeure partie des enfants restaient dans des foyers jusqu'à leurs dix-huit ans. La situation aurait sans doute été différente si les couples n'avaient pas trouvé si honteux d'échouer à concevoir.

— Mais il y a bien une famille pour laquelle l'adoption serait une manière de sauver la face, pas de la perdre.

Je pressai les mains ensemble et les portai à mes lèvres.

— Le palais cherche à adopter un nouveau prince héritier.

— Tu veux dire que…

— Le maharadjah a banni son fils naturel en Angleterre parce que son astrologue lui a conseillé d'adopter le prochain souverain. Le bébé de Radha serait le candidat idéal à l'adoption, car le fils de Ravi aura du sang royal du côté de Parvati. Il sera choyé, il fréquentera les meilleures écoles, il aura tout. Un orphelinat ne lui donnerait rien. Tu ne veux pas que l'enfant de ton fils jouisse de cette vie-là, et non de l'autre ?

Il fit la grimace.

— La maharani Indira t'apprécie beaucoup, Samir, insistai-je. Elle te fait confiance. Souffler un mot à son oreille vaudrait mieux, même, que de s'adresser directement au maharadjah. Elle lui fera croire que l'idée vient d'elle.

— Ravi est mon fils. Ce que tu me demandes de faire risque de l'exposer…

— C'est le père du bébé de Radha, tranchai-je en le fusillant du regard, élevant la voix malgré moi.

Les narines de Samir se dilatèrent sous le coup de la colère. J'ignorais si celle-ci était dirigée contre moi, contre Ravi ou contre la vérité.

— Moi non plus, je ne tiens pas à ébruiter cette affaire, Samir. Mais il nous faut une analyse sanguine de Ravi pour prouver la paternité et la lignée. Comme ça, tu sauras que Radha dit la vérité.

Pivotant sur mon tabouret, je l'observai dans le miroir de la coiffeuse tout en me tressant les cheveux. Je savais qu'il pensait aux Sharma. Devait-il leur cacher ce secret, sachant que le nom des Singh serait terni s'il n'y parvenait pas ?

Et le contrat avec le Rambagh Palace ? Si ses clients, ou des membres du Jaipur Club, apprenaient l'existence d'un enfant illégitime, cela mettrait en péril son travail et sa place au sein de la société. Samir était mon ami et mon associé depuis dix ans. Toujours accommodant, toujours gai, il me mettait de bonne humeur chaque fois que je le voyais. Or, je n'étais plus très sûre de le connaître à présent. Était-ce le vrai Samir que je contemplais dans le miroir, celui qui se préoccupait plus de son statut social que des leçons qu'il enseignait – ou, plutôt, n'enseignait pas – à son fils ?

Il se racla la gorge.

— Si elle refuse l'avortement, qu'est-ce qui te fait croire qu'elle va consentir à une adoption ?

— Elle ne le voudra peut-être pas, concédai-je en haussant les épaules. Mais, en tant que tutrice légale, je peux la forcer à prendre cette décision, ajoutai-je en croisant son regard dans la glace. Et je le ferai.

Je ramassai mes cheveux dans un chignon et entrepris d'y insérer des épingles pour le fixer.

Il aspira une bouffée de *Red and White*.

— Ils font très attention avec ces adoptions royales. Tous les tuteurs légaux doivent signer le contrat. Je vais devoir en informer Parvati.

À ce nom, l'épingle à cheveux que je manipulais glissa et m'égratigna le crâne. Je m'éclaircis la voix.

— Fais ce que tu dois faire.

Il ouvrit les paumes en grand.

— À cause du béb…

Je compris à son rictus qu'il répugnait à prononcer ce mot.

— On va devoir envoyer Ravi en Angleterre plus tôt que prévu. Plus il sera loin du scandale, mieux ça vaudra. Cette unique erreur pourrait entacher le restant de sa vie.

— Et la réputation de Radha ? renvoyai-je. Cette histoire ne va pas l'entacher ?

Le sang bouillait dans mes veines. J'étais écœurée par ce Samir-ci, celui qui ne manifestait aucun égard pour l'avenir de ma sœur.

Il afficha aussitôt un air contrit. Il voulait que les femmes de sa vie l'aiment, l'adorent, l'admirent.

— Lakshmi, je… je suis désolé. Cette histoire m'a complètement retourné. Je ne m'imaginais pas qu'ils… Évidemment, ta sœur est si jeune…

Il posa une main sur mon bras – pour me consoler ? Je l'écartai, furieuse. Il sembla stupéfait, comme si je venais de le gifler.

Je me levai, frémissant de dégoût, pour lui comme pour moi. Avec quelle légèreté j'avais considéré ses infidélités pendant ces dix années ! Je les avais aidés, lui et ses amis, à se débarrasser des grossesses de leurs maîtresses aussi aisément qu'ils se défaisaient des peluches dans le fond de leurs poches. Je m'étais justifiée en n'y voyant qu'une transaction d'affaires. À mes yeux, chaque vente n'avait rien représenté d'autre qu'une nouvelle couche de plâtre ou une autre section de mosaïque pour ma maison. Au moins, quand j'avais préparé des sachets pour les courtisanes, ceux-ci avaient été destinés à des femmes élevées pour devenir des prostituées, qui avaient besoin de leur corps pour gagner leur vie.

Je frissonnai en me remémorant tous les endroits où Samir m'avait touchée, embrassée, caressée. Tout à coup, j'eus envie de mettre le plus de distance possible entre lui et moi. Je cherchai mon carnet et ma bourse et les glissai dans mon jupon.

— Écoute, je sais que j'ai eu tort de… Lakshmi, je t'en supplie, ne t'en va pas comme ça…

Je ne pourrais plus jamais regarder Samir sans éprouver de la honte et du dégoût. C'était à peine si je supportais le contact de ma propre peau. Je sortis par la porte.

Il me suivit.

— Et si… si le bébé est une fille ?

Je n'avais pas de réponse. Je continuai de marcher.

Je doutais que ce qui venait de se passer le tourmente beaucoup. Il secouerait la tête et sa vie se poursuivrait, comme avant. Lorsqu'il rendrait visite à l'aînée des maharanis, elle l'accueillerait avec un sourire et il la charmerait avec une plaisanterie et de l'huile capillaire à la *bawchi*. Son fils, Ravi, qui montrait déjà des signes de ressemblance avec son père, continuerait de coucher avec des jeunes filles trop innocentes pour comprendre que leur sort lui importait peu.

Quand je sortis de la pièce, Geeta surgit de l'ombre. J'avais oublié sa présence, les draps que Samir et moi avions souillés sous son toit. Elle se tenait si près que je voyais ses cils, mouillés et agglutinés.

— Tu ne reviendras plus ici, affirma-t-elle d'une voix tremblante.

Il ne s'agissait pas d'une requête.

— Non, confirmai-je.

Je la contournai et longeai le couloir pour sortir dans la nuit.

Chapitre 14

28 avril 1956

Je savais que Kanta désapprouvait mon commerce d'écorce de racine de cotonnier et qu'au fond d'elle, elle préférait que Radha donne naissance à son bébé. En outre, elle se sentait responsable de la situation de ma sœur et tenait à l'aider à accoucher loin de Jaipur.

Aussi ne protestai-je pas quand mon amie demanda à emmener Radha à Shimla, où elle se rendait chaque été pour échapper à la chaleur et à la poussière de Jaipur. Cette année-là, elle décida de partir début mai, bien plus tôt que prévu.

La semaine suivante, je reçus deux lettres.

2 mai 1956

Lakshmi,

La maharani Indira veut bien te rencontrer. J'ai abordé avec elle la possibilité d'une adoption royale, mais je te laisse gérer les détails. Si elle donne son accord, le palais réclamera qu'un médecin royal suivre l'avancée de la grossesse et veille à ce que la santé de la mère ne soit pas compromise. Tu m'as dit que Mme Kanta Agarwal emmenait Radha à Shimla pour qu'elle y accouche. Je pensais demander à Kumar d'y représenter le médecin royal. Cela te conviendrait-il ? Ravi a déjà fait une prise de sang. Il faudra que les résultats correspondent à ceux du bébé.

J'ai passé quelques coups de fil au nom de Ravi. Il part cette semaine pour l'Angleterre. Il finira ses études à Eton.

Samir

La seconde lettre était de Hari. Il s'agissait du jugement de divorce que je lui avais envoyé. Il l'avait signé. Je le montrai à Malik.

— Il ne t'embêtera plus jamais, Tatie-patronne, décréta Malik avec un grand sourire. J'y ai veillé.

Il refusa d'en dire plus.

Aux portes du salon de la maharani Indira, Malik montra mon sari pour me rappeler de me couvrir la tête. Puis, il me prit par surprise en me pinçant les joues.

— Pour te donner des couleurs, précisa-t-il.

Il devinait que j'étais angoissée à l'idée de rencontrer Son Altesse, et il essayait, à sa façon, de me donner du courage. Je savais que mes yeux étaient gonflés, cernés de demi-lunes grises. J'avais passé une semaine de nuits agitées, malade d'inquiétude à force de me demander ce que la maharani allait décider quant au bébé de Radha. Je ne m'étais pas huilé les cheveux depuis des jours, et les mèches rebelles refusaient de se laisser faire.

Une énième fois, je plongeai la main dans mon jupon pour jeter un coup d'œil à ma montre à gousset avant de me rappeler que je n'avais pas réussi à la retrouver chez moi.

Le domestique me fit signe d'entrer. La maharani Indira était assise sur le même divan, dans la même position, que la première fois que je l'avais rencontrée. La jeune maharani s'était parfaitement remise et mes services n'étaient plus requis au palais. Je n'avais revu ni l'une ni l'autre depuis des semaines.

À présent, comme auparavant, Son Altesse faisait une partie de patience, ses cartes disposées sur la table basse en acajou. Ce jour-là, elle portait un sari en soie jaune, ainsi qu'un chemisier assorti frappé d'un motif de feuilles taupe. Son cou était orné de cinq rangées de perles garnies d'un fermoir qui consistait en la plus grande améthyste qu'il m'avait jamais été donné de voir.

Dans sa cage, Madho Singh émettait des petits bruits qui ressemblaient beaucoup à des grommellements. Sa porte était ouverte.

Je saluai Son Altesse d'un *namaste* et me penchai sur ses pieds. Elle m'indiqua le divan voisin. Les cartes lui étaient plus favorables que la dernière fois. La plupart étaient posées face visible, en rangées ordonnées, ce qui était bon signe.

— Madho Singh a été très vilain aujourd'hui, annonça-t-elle. Il a volé des cartes pendant notre partie de bridge.

Elle se retourna pour le mitrailler du regard.

— *Badmash.*

La perruche arpenta nerveusement sa balancelle, tête baissée.

— Vilain oiseau, lâcha-t-il d'une voix piteuse, étirant chaque syllabe comme pour accentuer l'ampleur de ses regrets.

Tout en me regardant, la maharani désigna la perruche du menton.

— Il est aussi singulier que son homonyme, déclara-t-elle. Pour le couronnement du roi Edward, mon défunt époux a tenu à ce qu'on puise de l'eau du Gange pour ne pas avoir à se baigner dans « cette infecte eau anglaise », comme il disait.

Elle posa un dix de trèfle sur un valet.

— Pire encore, il a transporté l'eau dans une de ces grotesques urnes en argent. Je savais que les Anglais se moqueraient de lui, mais m'a-t-il seulement écoutée ?

Elle considéra la perruche d'un œil torve.

— Vilain oiseau, répéta Madho Singh, comme s'il avait été également responsable de cette idiotie-là.

Elle reporta son attention sur moi.

— Vous n'avez pas l'air bien, ma chère, fit-elle remarquer avec une compassion qui semblait réelle. Vous devriez prendre mieux soin de vous.

— Je vais bien, Votre Altesse. Je suis seulement un peu fatiguée.

Un bol en cristal rempli de pistaches salées trônait à droite de sa partie de cartes. La maharani en choisit quelques-unes et les fit rouler dans sa paume. Puis, la tête en arrière, elle en jeta une dans sa bouche d'un geste adroit et se mit à mâcher tout en m'étudiant. Elle, au moins, semblait fraîche et dispose. J'avais entendu dire qu'elle revenait d'un voyage à Paris.

— Vous avez réalisé un véritable exploit en très peu de temps, madame Shastri. Le maharadjah est impressionné. Latika a récupéré, encore une fois, et regorge d'envie et d'énergie. Elle quitte le palais presque tous les jours pour assister à des événements, embrasser des bébés ou couper des rubans. Elle a inauguré des centres gouvernementaux pour les miséreux. Et moi…, ajouta-t-elle en se jetant une deuxième pistache dans la bouche et en la mâchant, je suis libre comme un oiseau.

Elle eut un petit rire.

— Je suis ravie d'avoir pu vous rendre service, glissai-je.

— Avant que Samir suggère que vous interveniez auprès de la maharani, Son Altesse pensait envoyer Latika en Autriche pour voir un spécialiste. Vous imaginez la honte !

Je pense que vous conviendrez qu'une famille se doit de laver son propre linge sale ?

Bilkul, songeai-je, mais je n'émis aucun commentaire.

Un domestique apporta le service à thé et nous servit. Lors de mes précédentes visites, la maharani avait attendu que le thé ait refroidi avant de le boire, mais ce jour-là elle en prit une gorgée sur-le-champ. N'ayant rien mangé de la journée, je savourai le chaï au parfum de vanille et de safran.

— Et voilà que nous avons encore du linge sale sur les bras, reprit-elle. Samir Singh me parle d'un bébé illégitime, attendu pour octobre. Un bébé de sang royal. Que nous pourrions envisager d'adopter en tant que prince héritier.

Elle attendit quelques instants avant d'enchaîner.

— Comment être sûrs de sa lignée ? Un examen sanguin le prouvera, m'assure-t-il. Quand j'exige plus de précisions, il me conseille de vous en parler, ma chère. Bon, pourquoi Samir continuerait-il d'intercéder en faveur d'une femme que nous ne connaissons que comme tatoueuse au henné ?

Je sentis mes joues s'enflammer.

— Je commence à croire que vos talents vont au-delà de votre art, poursuivit la maharani.

Elle dirigea son regard, avec insistance, sur mon ventre.

Je posai ma tasse et ma soucoupe sur la table.

— Le bébé n'est pas le mien, Votre Altesse. C'est celui de ma jeune sœur, qui est mineure. Je suis sa tutrice légale. À cause de ma négligence, elle a passé du temps sans surveillance avec le fils aîné des Singh, Ravi.

— Ah.

— L'enfant sera de sang rajput et aura les traits fins, Votre Altesse. Tous les tuteurs concernés sont d'accord.

Des plis de son sari, la maharani retira un mouchoir en lin délicat et essuya le sel des pistaches sur ses doigts. Lorsqu'elle eut fini, le mouchoir disparut de nouveau dans les profondeurs de son habit.

— Je vois, dit-elle en attrapant sa tasse.

— Vous connaissez bien les Singh, ainsi que leur passé et leur ascendance, Votre Altesse, affirmai-je. Les Shastri sont des brahmanes. Ma sœur, Radha, fréquente l'école de la maharani Latika grâce à une bourse généreuse que celle-ci lui a accordée.

— Et comment s'en sort-elle ?

— C'est la première de sa classe, Votre Altesse.

Elle poussa un soupir.

— Quel dommage.

Je n'étais pas sûre de comprendre cette dernière réflexion.

— Votre Altesse ?

— J'avais espéré que l'enfant serait le vôtre, révéla-t-elle avec un sourire, puis un haussement d'épaules charmant. Très bien. J'en ai déjà parlé à Sa Majesté. Comme Samir est apprécié à la cour, le maharadjah a consulté ses conseillers et a donné son accord – dans l'attente de cet entretien et des tests de paternité, bien sûr.

Je relâchai un long soupir.

Elle poussa sa tasse et sa soucoupe sur le côté et fit signe au domestique qui patientait discrètement. Il posa devant elle un plateau d'argent. Outre une liasse de documents et un stylo-plume, le plateau contenait un bol argenté rempli d'un liquide rouge doré, une petite cuillère argentée et deux serviettes en tissu.

La maharani retira de son chemisier une paire de lunettes en demi-lune. Elle les chaussa et afficha aussitôt un air plus sévère, ce qui, songeai-je, était son intention. Avant de me tendre les documents, elle les parcourut brièvement du regard, même si je me doutais qu'elle avait déjà dû les étudier ligne par ligne.

Je n'avais encore jamais vu de documents d'adoption royale, ne me serais même jamais imaginé en lire un jour. Le contrat contenait des formules telles que « les relations légales de l'enfant », « le transfert permanent de la responsabilité parentale » et « un accès interdit à la famille de naissance ». À la troisième page, une clause précisait les attributs physiques requis : poids, hauteur et longueur de naissance, pouls et, bien sûr, sexe de l'enfant, qui devait être masculin. Samir avait demandé, à voix haute, ce qu'il adviendrait si Radha donnait naissance à une fille. J'ignorais s'il avait plus de réponses que moi, mais je refusais d'y songer. C'était sans doute un manque de perspicacité de ma part, mais je savais que Samir ne tenait pas non plus à envisager cette éventualité, car il n'avait pas insisté.

Il y avait une longue clause spécifiant le rôle du médecin royal. Celui-ci devait notamment certifier que les organes sexuels du bébé étaient sains, et que son identité génitale ne présentait aucune ambiguïté. Ce dernier point, compris-je, visait à éviter d'avoir un enfant *hijra* ou intersexué dans la famille royale.

La quatrième page précisait que, dans le cas où une des conditions susmentionnées ne serait pas remplie, le contrat serait déclaré nul et non avenu, et la famille royale de Jaipur se verrait dégagée de toute responsabilité et dispensée de toute obligation financière, lesquelles obligations étaient spécifiées à la page six.

Outre les frais de la grossesse et de l'accouchement, la génitrice ou sa tutrice recevrait trente mille roupies. Les chiffres se mirent à danser devant mes yeux. *« Trente mille roupies. »* Pas une fois je n'avais songé à l'éventualité d'une compensation. Trente mille roupies suffiraient à payer une éducation universitaire à Radha ; elle pourrait étudier à l'étranger. Je continuai de lire. Si le contrat était annulé, pour quelque raison que ce soit, c'était moi, la tutrice légale, qui devrais régler les factures d'hôpital. Je me mordis la lèvre inférieure. Je ne pouvais pas non plus envisager cette possibilité car, tout simplement, je n'en avais pas les moyens.

— Je me dois de vous poser la question, madame Shastri.

Les lunettes de Son Altesse avaient glissé sur son nez. Du menton, elle indiqua les documents que je tenais à la main.

— Vous n'avez pas confiance, vous craignez que le contrat ne soit pas équitable ?

Malgré mon front en sueur, je résistai à l'envie de l'essuyer avec mon sari. Je faisais ce qu'il y avait de mieux pour Radha, mais ce document officiel rendait l'abandon de son enfant bien plus réel qu'une simple discussion.

— Si cela ne dérange pas Votre Altesse, risquai-je avec toute l'humilité dont je pouvais faire preuve, je n'ai encore jamais eu la responsabilité de signer des documents aussi importants. J'espère ne pas vous offenser en prenant le temps de les lire en détail.

— Comme vous voudrez.

Elle entama une nouvelle partie de patience alors que je continuais de lire.

Quand j'eus fini, la maharani Indira avait commencé sa troisième partie. Je remis soigneusement les feuilles en ordre et les posai sur la table basse tout en les alignant le plus parfaitement possible avec les bords. Le service à thé avait été débarrassé depuis longtemps. La maharani rangea ses cartes en une seule pile.

— Satisfaite ? demanda-t-elle avec un sourire.

— Oui, je vous remercie.

Elle ajusta ses lunettes, décapuchonna le stylo-plume et signa rapidement aux trois emplacements spécifiés. Puis, elle me tendit le stylo. Mes deux premières signatures me vinrent facilement, comme si je ne faisais rien de plus que dessiner au henné – comme si elles n'allaient pas changer, à tout jamais, le devenir de cet enfant, la vie qu'il mènerait et ce à quoi ressemblerait son destin.

Toutefois, au-dessus de la dernière ligne de signature, ma main, si habituée à glisser sur une peau, hésita. Au lieu du soulagement que j'avais cru éprouver, je fus saisie d'angoisse : je cédais une vie, une personne bien vivante, avec la même nonchalance que j'avais offert mes vieux saris aux mendiantes de Choti Chuppar.

J'abandonnais à d'autres le bébé de Radha. Il ne connaîtrait pas sa mère. Il serait élevé dans une demeure royale, loin de sa vraie famille. Le fils de Radha – mon neveu – grandirait en présence de deux reines qui auraient chacune des raisons bien personnelles de le haïr. La maharani Latika ne lui pardonnerait jamais d'avoir pris la place de son fils, et la maharani Indira se verrait contrainte, une fois de plus, d'accepter dans sa famille un enfant qui ne serait pas de son sang. Quand ce bébé s'éveillerait d'un cauchemar, sa mère ne serait pas là pour le rendormir en le cajolant, ne murmurerait pas des paroles d'apaisement à son oreille, ne lui chanterait pas des berceuses comme l'avait fait mon père.

Quand, en faisant ses premiers pas, ce bébé tomberait, sa vraie mère ne viendrait pas l'étouffer de cent baisers, ne lui caresserait pas la joue. Les seuls substituts de l'amour d'une mère seraient des nourrices et gouvernantes. Du moins pouvions-nous l'espérer, mais rien ne nous le garantissait.

Comment cette solution avait-elle pu me paraître si logique à peine une semaine plus tôt ?

La pièce était fraîche ; j'entendais le bourdonnement bas de la climatisation. Pourtant, je transpirais. Le léger mal de tête qui battait à mes tempes n'allait pas tarder à exploser pour se transformer en une migraine lancinante. Quand je passai la langue sur ma bouche, mes lèvres étaient aussi rugueuses que du sable.

— Puis-je avoir un peu d'eau, Votre Altesse ?

C'était impertinent de ma part, mais je ne pouvais pas poursuivre autrement.

La maharani me jeta un regard curieux, mais donna l'ordre. Le domestique versa de l'eau d'une carafe en cristal et me tendit le verre. Pour une raison ou pour une autre, tout en buvant, je songeai à Samir la nuit où je lui avais appris l'existence du bébé de Radha. À son air de terreur, de colère et de honte. Je pensai aux orphelinats, aux garçons et aux filles avec leurs regards tristes et leurs bouches crispées. Une enfance passée dans un palais était forcément préférable à cela. Aucun autre choix ne s'offrait à moi, à Samir, à Ravi ou à Radha. Avant d'avoir pu changer d'avis, je gribouillai mon nom et repoussai les documents.

La maharani retira ses lunettes et tapota le coussin à côté d'elle.

— Venez, madame Shastri. Nous allons conclure le contrat.

Elle tourna la tête pour inclure la perruche.

— Tu peux te joindre à nous.

Le ton de sa voix indiquait que l'effronterie de Madho Singh avait été pardonnée. Il vola hors de sa cage et atterrit sur la table réservée au thé.

Son Altesse versa une cuillerée du liquide rouge doré dans sa paume droite, porta la main à ses lèvres et aspira, de façon experte. Madho Singh tordit le cou pour la regarder faire. Il semblait impatient, nerveux, sautillait d'une patte sur l'autre. Je supposai qu'il avait dû assister à d'autres cérémonies du genre.

La maharani s'essuya la main sur une serviette propre, versa une nouvelle cuillerée dans sa paume et me la tendit.

— Buvez, ordonna-t-elle.

J'obéis, lui lapai maladroitement la main. Le liquide était inodore et vaguement sucré. Je haussai les sourcils, n'osant pas poser la question.

— De l'opium liquide, affirma-t-elle avec un sourire, les yeux pétillants. Si c'est bon pour des maharadjahs qui scellent un traité, c'est bon pour nous.

Elle donna une autre cuillerée, bien plus petite, à Madho Singh, qui lécha avec sa langue noire jusqu'à ce qu'il n'y en ait plus.

— *Namaste !* Bonjour ! *Welcome !* brailla-t-il en battant des ailes.

Une étrange sérénité s'abattit sur moi. Ma migraine commença à s'apaiser.

— Encore une chose, lança Son Altesse en s'installant de nouveau sur les coussins.

— Oui ?

— Un homme du nom de Hari Shastri.

Les battements de mon cœur s'accélérèrent, et ce n'était pas, j'en étais sûre, à cause de l'opium.

— Chef m'a parlé d'un cousin à lui, un certain Shastri, un bienfaiteur si j'ai bien compris. Il aide les femmes de GulabNahar, ce qui est un soulagement puisque nous ne trouvons aucun médecin acceptant de s'occuper d'elles. Sur la requête de Chef – sa supplication, à vrai dire –, j'ai accepté de financer les efforts de M. Shastri. Tout le monde a le droit de gagner sa vie, *n'est-ce pas* ? ajouta-t-elle en français avec un sourire. Et Chef a appris, presque du jour au lendemain, à assaisonner mes plats comme je les aime. Jolie compensation !

Voilà donc pourquoi Malik avait été aussi cachottier. Il avait soudoyé le cuisinier du palais (avec des promesses de denrées bon marché, sûrement) pour qu'il persuade la maharani d'aider Hari afin que celui-ci cesse de me réclamer de l'argent.

La reine douairière pinça les lèvres.

— Shastri n'est pas un nom qu'on entend souvent au Rajasthan. Ce ne serait pas un parent à vous, par hasard ?

Je la regardai dans les yeux sans ciller.

— Non, Votre Altesse.

Elle me dévisagea longuement.

— C'est bien ce que je pensais.

Chapitre 15

6 mai 1956

Nous avions décidé qu'il revenait à Kanta d'informer Radha de la signature d'un contrat d'adoption, et je fus soulagée d'apprendre que ma sœur y consentait volontiers. Si c'était moi qui avais abordé le sujet, elle ne m'aurait sûrement pas écoutée. Kanta et moi étions également convenues de ne pas dire à Radha que le palais de Jaipur allait adopter son enfant. Si elle l'avait su, je craignais qu'à son retour en ville, elle ne se mette à rôder devant les portes du palais pour apercevoir son bébé. (Samir m'avait raconté qu'avant que Radha ne parte pour Shimla, elle avait rôdé autour de la résidence Singh dans l'espoir de parler à Ravi.)

6 mai 1956

Cher docteur Kumar,

Une fois de plus, nous allons devoir collaborer dans des circonstances difficiles. Vous vous rappelez sans doute notre conversation de décembre dernier, dans une situation tendue d'un autre genre, quand vous avez demandé si mes plantes étaient efficaces sur le plan médical. Aujourd'hui, il semblerait que ma sœur ait plus besoin de votre médecine que de la mienne.

M. Singh me dit que vous allez intervenir comme médecin de substitution à Shimla au nom du palais de Jaipur afin de suivre la grossesse de Radha et d'envoyer des rapports réguliers à la famille royale. Je regrette seulement de ne pas pouvoir vous parler en personne plutôt que par écrit, mais j'espère être présente pour la naissance. Je sais que vous comprendrez que sa situation est délicate et que la discrétion est de mise – même, ou surtout, de la part de Radha. Je préfère ne pas lui dire qui va adopter son bébé jusqu'à ce que – ou à moins que – ce soit absolument nécessaire.

Radha a treize ans. Elle n'a jamais contracté la variole, la rougeole ou les oreillons. Elle n'est allergique à aucune plante ni aucun médicament, mais elle a un penchant pour les fritures (peut-être pourrez-vous la convaincre que cela risque de ne pas être le cas pour le bébé). C'est une grande dormeuse, et vous pouvez être sûr qu'elle saura se reposer pendant sa grossesse. Elle est d'un naturel gai, et a un esprit insatiable et curieux. Elle aime lire, une habitude qui lui a permis de développer son imagination tout en lui donnant quelques idées (très) adultes.

Vous aurez déjà reçu cette lettre quand Radha arrivera à Shimla. Elle est accompagnée de ma chère amie Kanta Agarwal, qui est impatiente de vous rencontrer et qui sera également soignée par vos mains expertes. Kanta est censée accoucher un mois avant ma sœur, une heureuse circonstance, et elles sont proches toutes les deux, ce qui est pour moi un réconfort. Kanta connaît bien les contreforts de l'Himalaya ainsi que Shimla, car sa famille a déjà passé des vacances dans l'air plus frais des montagnes quand, à Jaipur, la poussière de l'été lui causait de l'asthme. Manu Agarwal, son mari, viendra lui rendre visite toutes les deux ou trois semaines.

Je vous saurais gré, cher docteur Kumar, de traiter Radha comme si elle était votre propre sœur. Je vous en serai éternellement redevable.
Jusqu'à ce que nous nous revoyions, n'hésitez pas à me poser des questions par la poste ou en me téléphonant par le biais de M. Singh.

Avec tout mon respect,
Lakshmi Shastri

Chapitre 16

23 juillet 1956

Je passai le courrier en revue. Encore une lettre de Kanta. Une du docteur Kumar, dont les missives étaient de plus en plus longues et de plus en plus fréquentes. Toujours rien de Radha, même si je ne perdais pas espoir. J'étais la première surprise de m'apercevoir qu'elle me manquait. Je regrettais de ne plus la voir assise sur le lit, en tailleur, les sourcils froncés par la concentration, absorbée par *Jane Eyre*. Ou en train de préparer des *laddus* en bavardant gaiement avec Malik. J'avais envie de lui raconter plein de choses. *Mme Patel a un nouveau chiot berger allemand. Mme Pandey s'est trouvé un travail et vend des machines à coudre.*

Ironie du sort, Kanta devait dicter ses lettres hebdomadaires à Radha, car les mots sur une page lui donnaient encore le tournis. Aussi, quand je lisais ces missives, je visualisais mon amie dictant des rafales de mots depuis un divan tandis que le stylo de Radha peinait à suivre le rythme. Alors, je parvenais presque à croire que la lettre était de Radha.

18 juillet 1956

Chère Lakshmi,

J'emmènerais bien Radha plus souvent dans les rues piétonnes de Shimla, mais elle ne ferait que dépenser mon argent! J'aimerais qu'elle apprécie la magnifique architecture Tudor qui nous entoure, mais elle est attirée par les babioles de bébés comme un lapin par l'herbe. Hier, elle a rapporté des topas himachalis, mais ils sont tellement grands que c'est le chapeau qui va porter le bébé plutôt que le contraire. (Elle est en train de rire!) Grâce à Bhagwan, mon allergie à la poussière s'est calmée, comme toujours quand je viens à Shimla. Si j'étais restée durant l'été à Jaipur, j'aurais eu du mal à respirer. Le médecin du Lady Bradley Hospital, le docteur Kumar (un très bel homme, comme tu me l'avais promis), me dit que je dois me ménager car j'ai encore des saignements. Alors, pendant que Radha escalade les pentes comme une chèvre des montagnes, je dois rester affalée sur le canapé comme un ours de l'Himalaya. (Je commence à y ressembler en plus, avec tout ce lait de rose que j'ai dû boire!)

Tu seras contente de voir combien ta sœur a les joues roses (elle rougit pendant que je dicte ces mots). Son teint s'est même éclairci. La semaine dernière, le docteur Kumar a dit que son bébé serait un sportif, qu'il saurait aussi bien manier la batte que lancer la balle sur le terrain de cricket. Radha pense que cela explique les cabrioles qu'il fait toute la nuit dans son ventre et qui l'empêchent de dormir. (J'espère que j'ai bien fait d'emporter le manuel anatomique Gray's Anatomy pour qu'elle voie comment les bébés se développent à l'intérieur de nous. Si tu n'es pas d'accord, je le rangerai.) Tous les deux ou trois jours, Radha rapporte une brassée de livres de la bibliothèque de Shimla, pour la plupart des romans oubliés par des Britanniques. Elle parle très bien anglais maintenant, et je crois que ta prédiction selon laquelle elle deviendra un jour enseignante ou

écrivaine risque de se confirmer (elle est en train de secouer la tête).
Bon, Uma vient de nous apporter notre lait de rose (ne dis pas à ma saas que j'ai fini par aimer ça), alors je suis partie me coucher. Radha te dit au revoir aussi.

Avec toute mon affection,
Kanta

P.-S. : Baju est allé voir un écrivain public et lui a dicté une lettre pour me supplier de le faire venir à Shimla. Il menace de démissionner parce que Saasuji est en train de le rendre fou. Tu vois ? Je ne suis pas la seule à avoir envie d'échapper à ses griffes !

Je passai la lettre à Malik et ouvris l'autre enveloppe.

17 juillet 1956

Ma chère madame Shastri,

Dans vos lettres, vous faites allusion à la passion de Radha pour la lecture. Vous avez entièrement raison ! Mardi dernier, je l'ai croisée alors qu'elle quittait la bibliothèque de Shimla, qu'elle avait pour ainsi dire dévalisée. Elle avait rangé dans un sac tous les ouvrages empruntés et elle s'est empressée de me les montrer. Si ma mémoire est bonne, il y avait un recueil de poèmes d'Elizabeth Barrett Browning, Les Contes de Canterbury, le Frankenstein de Shelley et les Fables de Thurber. J'admire ses goûts éclectiques ! Je sais que je ne suis qu'un médecin, un soignant temporaire pour votre sœur, et guère qualifié pour donner des recommandations en dehors du domaine médical, mais j'espère que vous m'accorderez une suggestion : des cours particuliers. Radha présente une capacité inhabituelle à saisir les concepts littéraires et est capable de disserter sur les poètes élisabéthains comme personne. Il serait dommage qu'elle décroche de ses études à cause de cette fâcheuse situation.

Comme je l'ai affirmé à plusieurs reprises dans mes lettres, j'aimerais beaucoup en savoir plus sur les plantes médicinales avec lesquelles vous avez tant d'expérience. (Sans doute des excuses tardives ne seraient-elles pas tout à fait déplacées – je pense à l'écorce de racine de cotonnier.) Il est préoccupant que les peuples de l'Himalaya se reposent exclusivement sur des remèdes populaires alors qu'ils devraient venir se faire soigner à Lady Bradley. Hier, j'ai vu dans la rue un petit garçon de la tribu des Gaddis atteint d'une dermatite sévère. Sa mère m'a dit qu'elle le traitait avec de la poudre de tulsi. Manifestement, ce n'est pas efficace. Elle a refusé d'essayer la pommade antiseptique que je lui ai proposée, même quand je lui ai suggéré de lui en apporter moi-même dès le lendemain. Peut-être auriez-vous une recommandation à base de plantes qui pourrait m'être utile ? Votre avis sur la question serait le bienvenu.

Soyez certaine que la grossesse de votre sœur se déroule bien. Elle est en excellente santé, pratique des exercices physiques vigoureux et mange bien. C'est un vrai plaisir de s'occuper d'elle. J'attends impatiemment votre prochaine lettre et vos suggestions pour combler le fossé entre la médecine de l'ancien monde et celle du nouveau.

Votre ami,
Jay Kumar, docteur en médecine

P.-S. : Merci de m'avoir envoyé le cataplasme à la moutarde. Je tousse beaucoup moins. En revanche, on croirait que mon torse a été trempé dans de la pâte et qu'il est prêt pour la friteuse !

Je lui conseillerais dans ma prochaine lettre de mélanger de la poudre de *neem* avec de l'eau de rose afin d'obtenir un antiseptique plus parfumé, remède que les femmes himalayennes préféreraient à une pommade à l'odeur médicale.

Alors que je rangeais le pli dans son enveloppe, je prononçai une prière pour que les deux bébés naissent sans encombre – celui de Kanta comme celui de Radha. Malgré mon scepticisme, j'accordais visiblement plus de confiance aux dieux qu'avant.

Dehors, j'entendis la sonnette d'un vélo. Au portail, le garçon de courses des Singh me tendit un petit paquet emballé dans un papier marron.

Le paquet était de Samir. Mon cœur se serra. Il avait tenté plusieurs fois de me voir. Il m'avait envoyé des messages. Il était même venu chez moi. Comme je ne l'avais pas laissé entrer, il m'avait parlé depuis l'autre côté de la porte en s'excusant des propos qu'il avait tenus l'autre nuit chez Geeta. Il voulait que tout redevienne comme avant. Peut-être avait-il encore envie de coucher avec moi. D'échanger de nouveaux proverbes, de réentendre mon rire. Ou alors, tout simplement, que je lui fournisse d'autres sachets. Je n'avais plus envie de le savoir.

Je défis la ficelle autour du paquet. Il s'agissait d'une trousse d'écolier, identique à celle que j'avais offerte à Radha lors de sa première semaine d'école. Elle renfermait le même stylo-plume marbré d'orange que je lui avais donné en cadeau. « *Wilson 1st Quality Fine.* »

Comment Samir était-il entré en possession du stylo de Radha ?

Je fouillai l'intérieur du paquet, mais ne trouvai aucun indice.

L'accueil tiède que Radha avait réservé à mon cadeau m'avait froissée. « *Si je le perds, tu seras en colère.* » L'avait-elle effectivement perdu ? Et Samir en avait-il profité pour mettre la main dessus ?

Puis je compris.

Elle avait dû offrir le stylo à Ravi à l'époque où ils se retrouvaient en secret. En ce cas, pourquoi l'avait-il rendu ? Ou était-ce Parvati qui l'avait forcé à le faire ?

Ou alors, peut-être qu'après avoir appris sa grossesse, Radha avait demandé au *chowkidar* des Singh de le donner à Ravi, dans l'espoir qu'il accepterait de la voir. Et Samir l'avait renvoyé sans le montrer à Ravi.

Quoi qu'il en soit, le rejet de Ravi avait dû blesser les tendres sentiments de ma sœur. Cette idée me brisa le cœur.

— Oh, Radha, soufflai-je.

La semaine suivante, je dus effacer le nom de Mme Gupta de mon calepin.

Debout devant la table de plantes de ma maison de Rajnagar, Malik faisait rouler une bille dans sa paume.

— Elle dit qu'elle est devenue allergique au henné, déclara-t-il.

Je le dévisageai, incrédule.

— Quoi ? Mme Gupta est une fidèle cliente depuis six ans ! Je me suis chargée du henné nuptial de sa fille – et elle a donné naissance à un petit garçon !

Je fronçai les sourcils.

— Personne n'a jamais développé d'allergie à mon henné.

Malik haussa les épaules. Il avait grandi d'une quinzaine de centimètres au cours des six derniers mois, et le sommet de son crâne m'arrivait au menton. Il n'avait plus l'air d'avoir huit ans, comme il l'avait affirmé à la maharani Indira. Je lui en aurais plutôt donné dix. Comme il n'en savait rien non plus, nous prétendions qu'il en avait désormais neuf. Quoi qu'il en soit, il fallait absolument que je l'envoie se faire couper les cheveux et s'acheter de nouveaux habits.

— Et Mme Abdul ? Sa fille va bientôt fêter son anniversaire.

— Elle envoie ses excuses.

Il fit rouler la bille vers l'autre côté de la pièce et courut la ramasser.

— Pourquoi ?

— Elle n'a pas dit.

Il se mordit l'intérieur de la joue.

— Ah, et Mme Chandralal sera en Europe tout l'été, alors pas de rendez-vous avec elle.

— « Tout l'été » ? me désolai-je en soupirant. Ça fait cinq annulations en une semaine.

Les rendez-vous pour les tatouages au henné diminuaient généralement en juin et en juillet, quand nombre de mes dames fuyaient le désert brûlant pour se réfugier dans les montagnes au nord ou chez de la famille à l'étranger. Mais nous étions presque en août. Où étaient les rendez-vous pour les cérémonies du rakhi, pendant lesquelles les femmes demandaient qu'on leur décore les mains tandis qu'elles attachaient des bracelets brillants aux poignets de leurs frères ? À l'automne, j'étais habituellement occupée par les festivals de Dussehra et de Bagapanchaka pour des *mandalas* mais, jusqu'à présent, seules deux dames avaient pris rendez-vous. Et personne pour Diwali, la fête des lumières, quand j'étais généralement prise pendant deux semaines d'affilée.

Je n'avais pas été surprise de perdre Parvati comme cliente. Je n'avais plus eu de ses nouvelles depuis le jour où j'étais tombée sur elle devant les bureaux de Samir. À présent que Samir lui avait dit pour Radha et Ravi, je savais que son nom n'apparaîtrait plus jamais dans mon carnet de rendez-vous. Malgré tout, je pouvais compter sur sa discrétion ; avec ses relations politiques, elle risquait bien plus gros que moi si l'affaire s'ébruitait.

Mais pourquoi est-ce que des clientes de longue date, qui rivalisaient d'ordinaire pour décrocher les rares places disponibles dans mon carnet, annulaient ou renonçaient à prendre leurs rendez-vous habituels ? Les curieuses, qui voulaient des nouvelles de la maharani Latika, ne comptaient pas. J'avais toujours su qu'elles cesseraient de faire appel à moi une fois passé l'attrait de la nouveauté. Je n'étais pour elles qu'un luxe coûteux.

Je jetai un regard perplexe à Malik.

Il jeta la bille en l'air et la rattrapa.

— Je vais essayer de me renseigner.

Mme Patel, elle, demeurait fidèle. Elle conservait tous ses rendez-vous. L'arthrite lui avait déformé les mains, et elle comptait sur moi pour le masquer à l'aide de mon henné. C'était son unique coquetterie. Et puis, elle raffolait des *laddus* aux haricots mungo et des *pakoras* au chou que je lui préparais pour soulager la douleur dans ses articulations.

Ce jour-là, j'étais en train de dessiner une fleur de lotus dans le creux de sa paume lorsqu'elle se racla la gorge.

— Est-ce que tout va bien, Lakshmi ?

— Oui, *Ji*. Merci de m'avoir posé la question.

— Vous n'avez pas de… problèmes d'argent ?

Outre ma baisse de revenus ? Les clientes qui annulaient tous les jours pour des prétextes fallacieux ? Le fait que je devais désormais dix mille roupies à Samir, soit le double de ce que je devais au départ ? Et Parvati qui ne m'avait toujours pas réglé la commande pour le mariage ? J'en ris presque, mais je me retins, songeant que je risquais de passer pour folle.

— Pourquoi cette question ?

— On… eh bien, on entend des choses.

Gênée, elle contempla le berger allemand qui était couché à ses pieds, le chien dont j'avais justement voulu parler à Radha.

Mon cœur s'emballa. Je traçai des feuilles de *tulsi* autour de ses doigts.

— « Des choses » ?

— Les rumeurs courent vite.

À présent, tous mes sens étaient en éveil.

— Qu'avez-vous entendu au juste, *Ji* ? insistai-je tout en esquissant un troisième œil sur le dos de ses mains.

— On vous a accusée de vol, murmura-t-elle afin de ne pas être entendue des domestiques.

Je me raidis et la considérai avec plus de calme que je n'en éprouvais.

— Qui vous a dit ça ?

— Je le tiens de ma cuisinière, alors l'information n'est peut-être pas fiable. On dit que des bracelets d'or ont disparu de chez Mme Prasad. Et un sari brodé – tissé d'argent.

Qui répandrait de telles médisances ? Tout était faux, mais les amateurs de rumeurs ne s'encombraient guère de ce genre de détails.

— Un collier se serait volatilisé après votre passage chez Mme Chandralal. C'est ce qu'a entendu mon *chowkidar*.

— Je sers ces femmes depuis dix ans, protestai-je, interloquée. Pourquoi, brusquement, me mettrais-je à les voler ? Je n'en ai pas besoin, j'ai ma propre maison.

Elle baissa le menton, contempla ses mains.

— Eh bien…

— Je vous en prie.

— Les gens disent que… Comment auriez-vous pu vous permettre d'acheter une maison à moins de vous servir chez les autres ?

Elle posa sa main, celle qui ne portait pas encore de henné, sur la mienne. Sa peau était fraîche. Ou alors, c'était la mienne qui était brûlante. Je m'écartai.

— Lakshmi, je tiens à ce que vous sachiez que je n'en crois pas un mot. Mais j'ai pensé que vous devriez savoir ce qu'on raconte.

Si Mme Patel tenait ces rumeurs de ses domestiques, il devait en aller de même pour mes autres dames. Depuis combien de temps circulaient-elles ?

Tout au fond de moi, je sentis monter la peur. Le berger allemand le perçut aussi, et tourna la tête pour me regarder.

— Pourquoi ? Pourquoi ces mensonges ?

— Mme Sharma en sait sûrement plus que moi. C'est toujours le cas. Je ne vais pas au club aussi souvent qu'elle.

Son regard était plein de compassion.

J'attrapai sa main, celle que j'avais presque fini de peindre. Je tâchai, en vain, d'avoir le trait sûr.

— Cela suffira pour aujourd'hui, décréta doucement Mme Patel. Allez voir Mme Sharma.

Elle retira cinquante roupies du nœud dans son sari et me les tendit.

— Mais nous n'avons pas fini, protestai-je.

— Il y aura toujours une prochaine fois. Considérez-le comme une avance.

Elle ne pensait pas à mal, mais cet acte de charité me mit en colère malgré tout. Je remballai rapidement mes affaires. Le chien se leva.

— La prochaine fois, lançai-je en évitant son regard, je ne vous ferai pas payer. Pour compenser le tatouage inachevé d'aujourd'hui.

Je ne pris pas l'argent. Je ne fus même pas sûre d'avoir dit au revoir en partant.

Le berger allemand aboya, une fois, comme en guise d'adieu.

Le *chowkidar* des Sharma était un ancien soldat de l'armée, élégant dans son blazer kaki et son *dhoti* blanc. Il me salua poliment au portail. Quand je lui annonçai que j'étais venue discuter avec Mme Sharma des préparatifs pour le Festival Teej, il se caressa les deux côtés de la moustache, comme pour se demander s'il allait me laisser entrer ou non. Au bout d'un moment, il hocha la tête.

Mme Sharma avait de nombreuses nièces et belles-filles qui attendaient impatiemment le Festival Teej chaque mois d'août. Il s'agissait d'une fête entre femmes, qui commémorait les retrouvailles de Shiva et de son épouse après cent ans de séparation. Teej était censé assurer le bonheur conjugal. Au vu de mon expérience, je demeurais sceptique quant à cette promesse. J'appréciais ce festival malgré tout, car il se déroulait au début de la saison de la mousson, quand les plantes dont je dépendais se gorgeaient d'eau et rassemblaient leurs forces afin de produire les propriétés médicinales dont j'aurais besoin pour mes crèmes et lotions. Et chaque année, Mme Sharma organisait la fête de Teej chez elle. Lors de cette occasion joyeuse, toutes les femmes de la famille venaient se raconter des histoires, rire, plaisanter et danser pendant que je leur appliquais du henné sur les mains. Mme Sharma offrait à chacune un sari de soie et des bracelets de verre assortis. Tous les ans, sa cuisinière se dépassait en créant des mets plus exotiques et exigeants que l'année précédente.

Le festival n'étant plus que dans trois semaines, j'avais été étonnée, mais guère inquiète, que Mme Sharma ne prenne pas ses rendez-vous habituels. Sachant qu'elle avait une grande demeure à gérer et qu'elle avait été occupée par les fiançailles de Sheela, je l'avais marquée provisoirement dans mon carnet. À présent, après les révélations de Mme Patel, je me demandais si une autre raison motivait ce retard.

Alors que je gravissais les marches de la véranda, je fus prise de chair de poule malgré la chaleur insoutenable du soleil d'été qui me brûlait le dessus de la tête.

À la porte d'entrée, la servante, qui me saluait d'ordinaire avec un sourire, haussa exagérément les sourcils. De toute évidence, elle avait entendu les rumeurs elle aussi. Elle me demanda de patienter – ce qui était inhabituel en soi –, avant de se précipiter dans le couloir. J'entendis leurs murmures, les siens et ceux de Mme Sharma, avant que la fille n'émerge pour m'indiquer le salon d'un signe de la tête.

Mme Sharma était installée à son bureau, une solide commode basse avec des tiroirs encastrés et des poignées en cuivre. En m'entendant entrer, elle me jeta un coup d'œil. Ses lunettes cerclées d'or brillèrent brusquement, reflétant la lumière du soleil qui provenait de la vitre.

— Ah, Lakshmi, je suis contente que vous soyez venue. Laissez-moi un instant pour finir cette lettre à mon fils.

Elle se remit à écrire.

— Il dit que la vie à Londres est chère et qu'il a besoin de plus d'argent. Allez savoir ce qu'il en fait ?

Elle plia le fin aérogramme bleu.

— Si je ne réponds pas sans tarder, il va geindre qu'il ne peut pas boire de Coca-Cola avec ses amis.

Elle passa la langue sur le bord de l'aérogramme pour le sceller. Puis elle retira ses lunettes, les cala dans la ceinture argentée qui lui serrait la taille et à laquelle pendaient les clés des *almirahs* et boîtes à bijoux, du garde-manger et des portes extérieures.

Je sortis un mouchoir de mon jupon pour me tamponner le front ; j'avais quasiment couru jusqu'ici depuis chez

Mme Patel, la gorge nouée. Alors que je commençais tout juste à rêver d'une boisson fraîche, la servante apporta un plateau avec deux grands verres d'*aam panna*. Elle déposa les boissons à la mangue sur la table destinée au thé et referma derrière elle.

Mme Sharma me rejoignit sur le divan et me tendit un verre.

— C'est un des étés les plus chauds qu'on ait jamais eus, vous ne trouvez pas ?

Elle pencha la tête en arrière et, en une longue gorgée, but l'intégralité de sa boisson aussi sucrée qu'amère. Encore vêtue d'un sari de *khadi*, elle essuya la transpiration au-dessus de sa lèvre supérieure avec son *pallu*. Le ventilateur de plafond poussait l'air chaud vers le bas, m'apportant le parfum de son talc et de sa sueur. Le fait qu'un entrepreneur en bâtiment tel que M. Sharma puisse négliger le confort de sa propre famille, alors que toutes les autres demeures fortunées jouissaient d'air conditionné depuis longtemps, demeurait pour moi un mystère.

Comme si elle lisait dans mes pensées, Mme Sharma sourit, me dévoilant ses grandes dents tordues.

— Il est nécessaire que le corps transpire, me rabâche M. Sharma. Cela permet de se débarrasser des toxines.

Je souris poliment et bus une gorgée en me demandant comment commencer la conversation, tout en ayant peur de me lancer.

— Malgré cela, reprit-elle en s'épongeant la nuque, j'ai hâte que la mousson arrive.

— Oui, approuvai-je, comprenant qu'elle m'offrait ainsi une porte d'entrée. Le Teej va bientôt commencer.

Mme Sharma sourit. Elle s'essuya la bouche avec les doigts et contempla les trois chiens en porcelaine, enchaînés l'un à l'autre avec des maillons d'or, sur la table destinée au thé. Le plus grand, manifestement la mère, aux cils peints et à la bouche rouge, regardait coquettement Mme Sharma, tandis que les petits chiots scrutaient leur mère.

Mme Sharma se mit à parler, tout en continuant de les observer.

— Teej est une bonne période pour nous. Avec tous mes neveux mariés. Et le mariage de Sheela conclu, grâce à vous.

Il y avait toujours un moment, avant que je n'appose le dernier point de henné sur la peau d'une femme, qui me paraissait plus significatif. Jamais plus je ne répéterais ce motif précis et, au bout de quelques semaines, il finirait par disparaître complètement. Cet instant avec Mme Sharma me semblait tout aussi éphémère et définitif.

Je frissonnai et posai ma boisson sur la table, craignant que mes dents ne s'entrechoquent contre le verre.

— Que diriez-vous, commença Mme Sharma, si je vous affirmais que le *mandala* que vous avez créé pour la fête du Sangeet de Sheela n'était pas à la hauteur ?

Je peinai à cacher ma surprise. Quand j'avais décoré les mains des belles-sœurs de Mme Sharma, plusieurs d'entre elles m'avaient dit trouver le motif à la fois beau et original.

— Puis-je demander ce qui, au juste, laissait à désirer ?

— Il n'était peut-être pas assez traditionnel. Vous auriez dû utiliser plus de poudre colorée.

Elle haussa ses larges épaules, comme si les raisons étaient sans importance.

Me demandait-elle de critiquer mon travail ?

— Mais, madame Sharma, vous m'avez réclamé un motif semblable à ceux de mes tatouages au henné. Vous m'avez dit, très précisément, que vous souhaitiez un *mandala* qui soit différent des autres.

Elle fit la moue et passa son sari sur sa nuque moite.

— En effet. Et si je vous disais que le henné était de mauvaise qualité ?

Je repensai à la soirée en question. Ma pâte avait-elle eu une consistance grumeleuse ? Non, je m'étais servie de celle de Radha, dont la texture était toujours soyeuse. Tous les produits que j'utilisais étaient de première qualité, et mélangés par moi ou par Radha. Se pouvait-il que Malik ait dit, ou fait, quelque chose à même de déranger les invités ? (Cela ne lui était encore jamais arrivé.) Et puis, je me rappelai : il avait à peine commencé le travail sur le *mandala* quand Sheela avait exigé qu'il parte. Quelqu'un avait dû voir Radha essayer de jeter des cailloux sur Sheela. Mais cet épisode remontait à près de huit mois ; j'en aurais entendu parler bien avant par le réseau des domestiques.

— Comme vous le savez, j'inspecte mon travail avec soin, madame Sharma, avançai-je prudemment. J'ai des critères très exigeants. Est-ce que… Est-ce qu'une des dames s'en est plainte ?

Mme Sharma soupira. Elle pressa les paumes sur ses cuisses, les bras écartés, comme si elle s'apprêtait à se lever.

— Je n'attendais pas d'autre réponse de votre part, Lakshmi. Et pourquoi auriez-vous dit autre chose ? Ce n'est pas vous qui êtes en faute. Et je ne sais pas mentir. Si j'essayais d'inventer des histoires, vous le verriez tout de suite.

Elle se leva péniblement du canapé et s'approcha résolument de son bureau, où elle déverrouilla un compartiment à l'aide d'une clé attachée à la corde qui lui tenait lieu de ceinture. Elle revint vers moi et me tendit une enveloppe qui était bombée sur le côté. J'entendis un tintement de pièces de monnaie.

— Pour vous, dit-elle. Je vous en prie, prenez-la.

Une fois que je me fus exécutée, elle regagna le canapé d'un pas pesant et s'assit lourdement.

— Parvati n'a pas eu le temps de vous donner ceci avant son départ à l'étranger pour l'été. De mon côté, j'ai négligé de vous le transmettre.

Parvati s'était sûrement rendue en Angleterre pour empêcher Ravi de revenir à Jaipur.

Le nom et l'adresse de « Singh Architects » étaient imprimés sur le coin supérieur gauche de l'enveloppe. Aucun destinataire n'était précisé.

— Elle a demandé que vous l'ouvriez en ma présence, ajouta Mme Sharma qui, l'air penaud, focalisa de nouveau son attention sur les chiens de porcelaine. Cela concerne la commande pour le mariage.

Je décachetai l'enveloppe. Celle-ci contenait quelques pièces d'une roupie. Je les comptai. *Dix roupies ?* J'eus l'envie pressante de renverser l'enveloppe et de la secouer pour m'assurer qu'il n'y avait rien d'autre à l'intérieur. Je la déchirai un peu plus.

Elle était vide.

Je baissai le menton sur ma poitrine et fermai les yeux pour arrêter le bourdonnement dans ma tête. Parvati avait cherché à me déshonorer devant Mme Sharma. Elle savait que l'insulte serait ainsi mille fois plus avilissante.

— Parvati m'a demandé autre chose…, reprit Mme Sharma, laissant sa phrase en suspens.

Elle prit son verre pour en boire une nouvelle gorgée avant de se rappeler qu'il était vide. À contrecœur, elle le reposa et me considéra. Il n'y avait aucune malveillance dans son regard.

— Je suis navrée de vous perdre, Lakshmi. Les tatoueuses telles que vous ne courent pas les rues, et vous avez rendu de grands services à ma famille.

Elle cherchait à me réconforter, je l'entendais dans sa voix. Je vis même le grain de beauté sur sa joue remonter, comme s'il cherchait à me donner de la force.

— Mais Parvati prétend que vous êtes une voleuse. Certes, je ne la crois pas – cela ne me viendrait même pas à l'esprit –, mais je me dois de la soutenir. Je suis sûre que vous comprendrez. Quand Sheela et Ravi seront mariés, les Singh feront partie de la famille. Et, que je tombe d'accord ou pas avec Parvati, mon destin est désormais lié au sien.

Parvati ! Je l'avais servie. Dorlotée. Flattée. J'avais géré la grossesse de Radha avec autant de délicatesse que possible, pour le bien de sa famille comme de la mienne. Je n'avais pas fait d'esclandre. Je n'avais pas réclamé d'argent. Et, après tout cela, c'était elle qui répandait des mensonges sur moi ? Pour se venger de la folie de ma sœur… et de Ravi, ne l'oublions pas ! Son fils était tout aussi coupable, si ce n'était plus, puisqu'il était plus âgé. Pourtant, c'était à moi que Parvati s'en prenait.

Quelle injustice ! Je tâchai de retenir mes larmes, mais en vain. « *J'ai travaillé tellement dur* », avais-je envie de dire à Mme Sharma. « *J'ai suivi leurs règles. Ravalé leurs insultes. Pardonné leurs affronts. Esquivé les mains baladeuses de leurs maris. N'ai-je pas été suffisamment punie ?* » À cet instant, assise devant cette femme sensée et bienveillante, je brûlais d'obtenir ce que je haïssais pourtant le plus au monde : de la compassion. Pire encore, je m'en voulais de le désirer. Je détestais ma propre faiblesse, qui m'était aussi répugnante que l'apitoiement sur son sort dont Joyce Harris avait fait preuve le jour où je lui avais donné les sachets.

Ah, s'il n'y avait pas eu Radha ! Ma vie n'était plus la même depuis son arrivée. Elle avait été ma mousson personnelle, anéantissant toutes les années de confiance que les dames m'avaient accordées, détruisant une réputation qu'il m'avait fallu tellement de temps pour bâtir. Si ce n'avait été pour Radha, je n'aurais pas eu à ramper, en silence, devant Mme Sharma. Mais je le méritais. J'avais commis le premier péché en abandonnant l'époux avec lequel j'aurais dû rester sept vies durant.

Mme Sharma me dévisageait avec inquiétude. Je devais m'éclipser avant de tacher son divan avec mes larmes.

Je m'éclaircis la voix et pressai le bout des doigts sur mes paupières avant de me lever pour partir.

— Bon, parvins-je à articuler.

— Bonne chance pour la suite, *bheti*.

Ce furent les dernières paroles qu'elle m'adressa.

Chapitre 17

31 août 1956

Le mois d'août – torride, caniculaire, implacable – traînait en longueur. J'ouvris mon carnet de rendez-vous et feuilletai les pages vides. La journée du 15 août, qui était pourtant celle de la fête nationale, ne m'avait permis de caler aucun rendez-vous.

Chaque semaine qui passait, je recevais de plus en plus d'annulations. Là où, avant, j'avais rendu visite à six ou sept dames par jour, je n'allais plus en voir qu'une seule (quand j'avais de la chance). Ces jours-là, les rares clientes qu'il me restait me payaient moins, sans le demander, et j'acceptais ces rétributions réduites sans me plaindre.

J'avais rangé la dernière lettre du docteur Kumar dans mon carnet. Je la sortis et, pour la troisième fois, m'efforçai d'en achever la lecture.

17 août 1956

Ma chère madame Shastri,

Je respecte vos souhaits vis-à-vis de Radha ; je ne lui ai pas fait savoir que le palais adoptait son bébé. Mais j'aimerais en discuter davantage avec vous, sachant que je n'en aurai sans doute pas l'occasion avant la naissance.

Radha restera sous surveillance à l'hôpital pendant une semaine après l'accouchement. Toutefois, l'empêcher de voir son enfant pendant ce laps de temps risque d'être difficile. Elle s'est beaucoup attachée à la vie qui grandit en elle, et parle constamment du bébé. Je ne suis pas certain qu'elle se soit réellement faite à l'idée d'une adoption. Elle comprend intellectuellement la situation, mais j'ai l'impression qu'elle ne l'a pas acceptée émotionnellement.
Votre amie Mme Agarwal m'assure que Radha est parfaitement consciente des circonstances, et elle croit que cet attachement s'explique par les hormones. Je n'ai pas de meilleure explication, aussi vais-je pour l'instant me reposer sur la sienne…

J'interrompais toujours ma lecture à cet endroit. Radha avait donné son accord pour l'adoption, et je ne m'autoriserais pas à envisager autre chose. Le palais élèverait son enfant. Nous toucherions trente mille roupies, ce qui nous sauverait et paierait pour l'éducation de Radha. Le bébé serait en bonne santé ; ce serait un garçon. Il n'en serait pas autrement, car je refusais d'aborder toute autre éventualité avec le docteur Kumar.

Les pluies de la mousson, qui venaient au début de septembre, apportaient habituellement un sentiment de soulagement. « Balayer l'ancien ; accueillir la nouveauté. » Cette année-ci, quand les pluies s'abattirent, je n'éprouvai rien d'autre qu'un sentiment d'angoisse. Comme je n'avais nulle part où aller, ma maison devenait ma prison et, tout autour de moi, je voyais les preuves de mes échecs. L'eau s'accumulait sur la terre nue de ma cour où j'avais prévu de planter mon jardin médicinal. Elle rebondissait sur le chaume séché qui aurait dû abriter mes jeunes plantes. Elle dégoulinait le long des piles de briques que j'avais achetées pour construire ma clôture arrière. Je ne me préoccupais plus de chasser les cochons du voisin qui fouillaient dans mon jardin.

Le plus souvent, je me tenais debout devant mon plan de travail pendant des heures, à mélanger des huiles et lotions dont personne n'allait se servir. Le rythme du pilon était hypnotisant et, comme les pluies constantes, il m'apaisait. Tout en remuant, je songeais à ce que j'aurais dû faire différemment. J'aurais dû surveiller de plus près Radha, censée être sous ma protection. J'aurais dû me retenir de coucher avec un homme comme Samir, qui se servait des femmes aussi froidement que son fils. J'aurais dû demander à Parvati de me régler d'avance pour avoir su sceller une union bien plus brillante que ce qu'une marieuse moyenne aurait pu concevoir.

Après avoir quitté Mme Sharma, j'avais brièvement envisagé d'aller voir Parvati. Dix ans durant, j'avais été sous sa coupe, à gérer ses humeurs, éternellement son inférieure. La seule idée de la défier face à face me faisait l'effet d'une tâche herculéenne. Je repensai alors à mon père, à quel point il s'était senti incompétent et démoralisé quand il avait été contraint d'affronter le Raj britannique. Les Anglais avaient toujours eu le dessus et, à un moment donné, *Pitaji* n'avait plus eu la force de se battre. Il avait choisi l'issue des lâches : une bouteille de *sharab* chaque soir, puis deux ou trois par jour.

Moi aussi, je choisissais l'issue des lâches : au lieu d'affronter Parvati en personne, je lui parlais dans ma tête. « *C'est à vous, pas à moi, de contrôler votre fils ! Regardez donc l'union parfaite que j'ai arrangée pour votre famille. Et voilà que vous me récompensez en anéantissant tous mes efforts !* »

Ma seule autre option était de me venger en racontant au Tout-Jaipur que son fils avait séduit ma sœur de treize ans, mais cela n'aurait rien arrangé. Pire, je serais passée pour une crapule mesquine, vindicative. Même si mes dames me croyaient, elles seraient contraintes de se ranger du côté de Parvati, une des leurs. S'il arrivait un jour à leurs fils de s'attirer ce genre d'ennuis, ce qui n'était pas si improbable, elles auraient besoin de son appui.

Malik passait me voir quotidiennement, même si nous n'avions pas de rendez-vous, pour s'assurer que je mangeais. Ce jour-là, il m'agita sous le nez un tiffin rempli de boulettes au curry.

— Tu ne veux même pas goûter au *kofta* ? Chef l'a assaisonné avec plus de *jeera* que d'habitude.

Son activité secondaire, qui consistait à vendre des denrées aux cuisines du palais à tarif réduit, continuait de lui donner accès à des repas cinq étoiles de la part du cuisinier royal.

Je gardai le silence. J'essuyai la sueur dans ma nuque avec mon vieux sari et continuai de moudre.

— Tatie-patronne, s'il te plaît.

Je décrétai que je n'avais pas d'appétit.

Il me secoua l'épaule. Je le repoussai.

— Je viens de te le dire ! Je n'ai pas envie de manger.

— Tatie-patronne ?

Je pivotai vers lui, agacée.

Il montra la porte du menton.

Je suivis son regard.

Parvati Singh se tenait sur le seuil de ma maison, son sac à main sur le bras, un parapluie dégoulinant sur le côté. Jamais, même en rêve, je ne me serais attendue à la voir chez moi. Je reposai le pilon. Il tournoya à l'intérieur du bol avant de s'immobiliser.

— Puis-je entrer ? demanda-t-elle froidement.

Je regardai Malik s'approcher de la porte et se tenir devant la matrone, comme s'il allait la renverser. Elle dut reculer d'un pas dans le couloir pour lui céder la place.

— Vos chaussures, décocha-t-il.

Je crus qu'elle allait protester, mais elle se pencha pour retirer ses sandales mouillées.

Devant la porte, il enfila ses *chappals* et, la tête haute, sortit dans la rue. Il n'avait pas de parapluie ; les pluies chaudes ne l'avaient jamais dérangé.

Parvati marqua une pause. Puis elle franchit le seuil, majestueuse une fois de plus, comme s'il s'agissait de sa maison et non de la mienne. Elle ferma la porte et resta sans bouger. Je la vis inspecter la pièce : la table abîmée où je mélangeais les lotions, mon lit affaissé, les sacs abîmés, les couvertures pliées et décolorées, l'*almirah* aux portes mal ajustées que j'avais acheté à un voisin. Je me crispai, voyant mes biens à travers ses yeux.

— Hmm, lâcha-t-elle, je m'étais attendue à…

Elle ne termina pas sa phrase.

Elle fit un pas vers moi.

D'instinct, je reculai d'autant.

Elle se figea.

Parvati posa son sac à main sur le plan de travail et ramassa une boîte d'allumettes à côté de ma lanterne.

— Je pensais que ce serait vous qui viendriez me voir, déclara-t-elle en allumant la lampe et en avivant la flamme.

Jusqu'à cet instant, je ne m'étais pas rendu compte de l'obscurité qui régnait à l'intérieur. Je restai sans bouger, mal assurée.

— Avant, vous comptiez toujours sur moi. Vous vous en souvenez ? lâcha-t-elle en soufflant sur l'allumette. Quand vous êtes arrivée à Jaipur et que vous avez voulu qu'on vous présente à la bonne société. Puis au palais. Vous êtes une femme ambitieuse. Je ne vous en tiens pas rigueur, remarquez.

Je la considérai, incapable de dire si son visage était souriant ou renfrogné.

— À présent que votre activité bat de l'aile, je pensais que vous me demanderiez au moins de…

Je n'en croyais pas mes oreilles ! Je serrai les poings, la colère enflant dans ma poitrine.

— C'est à cause de vous que mon activité décline ! crachai-je. Et vous voulez que je vous supplie d'arrêter de répandre des mensonges à mon sujet ?

Irritée, elle plissa les yeux et tordit la bouche, comme l'avait fait Sheela Sharma.

— Avez-vous envisagé un seul instant que ces rumeurs aient pu provenir d'une autre que moi ? décocha-t-elle.

Elle dut lire l'étonnement sur mon visage.

— Certes, j'ai volontiers attisé le feu, reconnut-elle. Mais je pensais qu'au moins une portion de votre clientèle trouverait ces accusations trop grotesques pour y croire. Je me suis trompée. Les gens sont plus crédules, et moins compatissants, qu'aucun de nous n'aimerait le penser, vous ne trouvez pas ?

Elle sortit un objet de son sac. Elle glissa la main vers moi sur le plan de travail jusqu'à allonger le bras. Puis, elle s'écarta.

La montre à gousset que Samir m'avait offerte reposait entre nous.

Par réflexe, je tâtonnai dans mon jupon. Elle n'y était pas, bien sûr. Je ne l'avais pas vue depuis longtemps, n'ayant plus besoin d'arriver à l'heure où que ce soit. Des images de la nuit passée chez Geeta s'imposèrent à mon esprit malgré moi – les lèvres de Samir, ses mains, nos torses nus. Je ne me souvenais pas d'avoir ramassé la montre en repartant.

Mon courage s'évapora – *pouf!* – et mes joues s'embrasèrent.

Parvati secoua la tête, l'air déçue.

—Geeta est venue me voir il y a quelques mois. La dernière maîtresse en date de Samir.

Son sourire se mua en grimace.

—Imaginez un peu l'humiliation de voir la maîtresse de votre mari venir chercher du réconfort auprès de vous, se plaindre qu'il a été infidèle, non pas à vous, mais à elle!

Je fermai les yeux. J'aurais voulu que cette nuit n'ait jamais eu lieu.

Elle se mit à arpenter la pièce comme un lion en cage tout en se frottant les jointures des mains, comme elle l'avait fait devant son foyer à la réception de fin d'année. Elle s'arrêta brusquement pour étudier le sol de mosaïque, la tête penchée sur le côté.

—Hmm.

Elle se tourna vers moi, hocha la tête une fois, comme pour approuver mon motif.

Puis elle se remit à faire les cent pas.

—Samir a besoin d'être aimé. D'être vénéré. Comme tous les hommes dans son genre. Je le comprends. Je m'en accommode.

Qui essayait-elle de convaincre au juste, elle ou moi?

—Mais le plus important, c'est que vous m'avez trahie, Lakshmi. Je vous faisais confiance. Sous mon toit. Et avec mon mari. Vous m'avez assuré qu'il n'y avait rien entre vous.

Ce n'était qu'une nuit. J'ai tenu pendant dix ans. Je n'ai aucune intention de refaire cette erreur. Rien de ce que je pouvais dire n'aurait fait la moindre différence.

Parvati s'immobilisa devant son sac à main. Elle en sortit une lourde bourse et la posa sur le plan de travail. Celle-ci tintait, confirmant qu'elle était remplie de pièces de monnaie.

— Voici ce qu'on va faire, dit-elle en regardant la bourse. Je vais vous régler la commande pour le mariage. En espèces, qui plus est. Vous l'avez mérité, ajouta-t-elle après une hésitation.

Elle n'allait pas me remercier pour autant.

— Dix mille roupies, insista-t-elle en ne me voyant pas tendre la main pour attraper la bourse. Plus que ce dont nous étions convenues.

Elle me sourit et, l'espace d'un bref instant, je m'imaginai qu'elle m'offrait plus que de l'argent : des excuses, un pardon, de la compassion, du respect. J'étais surprise, et troublée, de constater à quel point je brûlais de rentrer dans ses bonnes grâces. Je songeai à *Pitaji* et à mes compatriotes indiens, à leur attitude face aux Anglais après l'indépendance. Accoutumés à l'asservissement, ils avaient préféré rendosser ce rôle, même s'il était humiliant. J'avais tout l'air d'en être au même point.

— Et ? articulai-je d'une petite voix.

— Et je dirai à tout le monde que les rumeurs étaient fausses. Je reprendrai même des rendez-vous réguliers. Je vous aiderai à trouver d'autres commandes pour des mariages. C'est ce que vous voulez, n'est-ce pas ?

Je toussai ; c'était trop beau pour être vrai.

— Quel en est le prix ?

— Vous vous tiendrez éloignée de Samir. Geeta m'a parlé de l'affaire dans laquelle vous l'avez embarqué… ces sachets. Franchement, Lakshmi.

Elle frémit.

Le goût de la bile, amère et chaude, me monta dans la bouche. Elle pensait que c'était moi qui avais convaincu son mari de vendre ces sachets. Elle ignorait qu'il m'avait attirée à Jaipur pour que j'en fasse le commerce.

— Vous avez donc parlé à Samir ? glissai-je, tâchant de m'exprimer d'une voix douce.

Elle se racla la gorge, comme si c'était douloureux. *Visiblement non.*

Je contemplai la bourse, qui renfermait la somme suffisante pour rembourser le prêt de Samir. Je pourrais accepter ses conditions, et les pages de mon carnet ne tarderaient pas à se noircir des noms d'anciennes clientes. Les puissants et les privilégiés m'accueilleraient, une fois de plus, dans leurs imposantes demeures, m'inviteraient à m'asseoir sur leurs divans et à boire leurs thés crémeux.

J'entendis la voix de ma mère : « *Une réputation perdue n'est que rarement récupérée.* » Elle avait raison. Quand les employeurs anglais de mon père l'avaient catalogué comme perturbateur pour le rôle qu'il avait joué dans le mouvement d'indépendance, il n'avait jamais retrouvé sa réputation. Il avait été marqué à vie.

Mon statut de tatoueuse de henné était lui aussi souillé à tout jamais. Même si Parvati tenait parole, le scandale me collerait à la peau. Quand je me rendrais chez elles, les dames épieraient mes moindres faits et gestes et m'accuseraient dès qu'elles égareraient un bracelet ou qu'il manquerait de l'argent dans leur bourse. Que ferais-je alors ? J'irais supplier Parvati – chaque fois – de les convaincre du contraire.

Je compris à cet instant que, tant que je resterais sa débitrice, j'appartiendrais à Parvati, ce qui était précisément ce qu'elle voulait.

Je pourrais accepter et garder mon activité intacte – entachée, mais intacte. Tout comme *Pitaji*, qui avait pu conserver son poste d'enseignant – dans le petit village oublié d'Ajar.

Qu'il avait dû se sentir rabaissé à force de devoir se débrouiller chaque jour avec des manuels obsolètes, sans aucune fourniture scolaire ni la moindre issue possible !

Je redressai les épaules et fis glisser la bourse vers elle.

— Gardez votre argent. En contrepartie, je ne dirai pas aux dames de Jaipur combien de bâtards de votre mari j'ai épargnés au monde.

La colère lui déforma le visage. En un éclair, elle leva le bras et tendit sa main. Avant qu'elle ait pu me gifler, je lui attrapai l'avant-bras. Nos regards s'accrochèrent. Je la vis alors telle qu'elle était, le visage rouge, les yeux mouillés, déchaînée. Elle avait dû puiser dans toutes ses ressources pour rester maîtresse d'elle-même au cours de la demi-heure qui venait de s'écouler.

— Vous feriez mieux de conserver quelques sachets pour votre fils, décochai-je. Ma sœur n'était pas la première, et je doute qu'elle soit la dernière.

Je repoussai brutalement son bras.

Elle lutta pour rester droite. Dans ses yeux brillait une lueur de haine – et de honte. Le noir dont elle s'était cerné les yeux ruissela sur ses joues avec ses larmes. Elle avait le nez qui coulait, une tache de rouge à lèvres rose sur le coin de la bouche. Elle se frotta le bras là où ma main avait laissé une marque.

Je crus qu'elle allait dire autre chose, mais elle garda le silence. Nous écoutâmes la pluie marteler le toit. Je la regardai ramasser la bourse de pièces d'argent et la lâcher dans son sac à main. L'espace d'une brève seconde, si ridicule que ce fût, j'envisageai de la lui arracher (c'était tout de même dix mille roupies !).

Puis, Parvati eut un geste que je ne l'avais jamais vue faire : elle s'essuya le visage avec son *pallu*, sans s'inquiéter d'étaler son maquillage ni d'abîmer son beau sari. Le visage taché de noir, de rouge et de rose, elle contempla la montre à gousset qui était encore sur le plan de travail. Elle se détourna.

À la porte, elle prit appui contre le chambranle pour enfiler ses sandales. Avant de partir, elle contempla la pluie.

— C'est vrai qu'il finit toujours par se lasser de vous toutes au bout d'un moment.

J'attendis, crispée. Au bout d'un moment, je m'approchai de la fenêtre. Elle était debout au milieu de la rue, trempée. Elle avait oublié son parapluie. Son sari, complètement imbibé, collait à sa silhouette corpulente en révélant chaque bosse et bourrelet. Son chignon s'était affaissé dans son dos en une masse de torsades mouillées. Elle ne s'en aperçut pas. Elle n'entendit pas non plus le *tonga-walla* qui s'était arrêté pour lui proposer de la prendre. La part de moi qui était habituée à servir, à satisfaire et à apaiser, eut envie de lui courir après avec le parapluie. Mais je me retins. Je me contentai de la regarder longer la rue en chancelant jusqu'à disparaître au loin.

Je restai longtemps à la fenêtre. Je réfléchis à ce à quoi je venais de renoncer, rien que pour quelques minutes de colère justifiée. J'avais couché avec son mari. J'avais préparé pour lui des sachets contraceptifs. Je n'avais pas le droit de jouer les moralisatrices.

Du coin de l'œil, je vis un facteur marcher vers ma maison depuis l'autre côté de la rue. Il se dirigeait droit sur moi, tel un pigeon voyageur.

Je me précipitai vers mon portail sans me soucier de la pluie. Avant qu'il ait pu m'annoncer l'arrivée d'un télégramme, je le lui arrachai des mains et le déchirai pour l'ouvrir.

Il était de Radha.

Il disait simplement : « Viens. Maintenant. Tatie a besoin de toi. »

Quatrième partie

Chapitre 18

Shimla, contreforts de l'Himalaya, Inde
2 septembre 1956

— Quand je ferme les yeux, je ne vois rien d'autre que le sari ensanglanté de Tatie.

Radha me sanglotait dans le cou.

— Le docteur Kumar a dit que son bébé avait arrêté de respirer. Depuis des jours. Le corps de Tatie cherchait à s'en débarrasser, mais elle voulait l'en empêcher.

Je caressais le bras de ma sœur tandis que nous étions assises sur un lit d'hôpital en face de celui de Kanta. Radha s'était étoffée, et pas seulement au niveau du ventre. Ses bras étaient plus charnus. Son visage, plus rebondi. Qu'elle avait changé depuis ce fameux jour de novembre dernier !

— Tu as bien fait d'appeler le docteur Kumar sur-le-champ. Elle aurait pu mourir de septicémie, lui murmurai-je dans les cheveux.

Des tuyaux sortaient du bras de Kanta pour se raccorder à des flacons renversés accrochés au-dessus de son lit. Le ventre bombé que je m'étais attendue à voir – elle avait été dans son neuvième mois – avait disparu. Recroquevillée sous les couvertures, Kanta paraissait petite et frêle. Manu dormait dans une autre chambre, sur un lit vide. Il avait conduit toute la nuit pour nous emmener à Shimla.

Radha hoqueta. Je lui tendis mon mouchoir et elle se moucha dedans.

À mon arrivée, elle avait poussé un cri, comme une enfant.

— *Jiji !*

Sans hésiter, je l'avais serrée dans mes bras, aussi fort que son ventre arrondi me l'avait permis. Elle tremblait.

— Tout va bien se passer, avais-je promis.

Le docteur Kumar, qui m'avait menée jusqu'à ma sœur, m'avait dit lui avoir administré de quoi atténuer le choc lorsqu'elle avait accompagné Kanta la veille au soir.

— Cet endroit me fait peur, me confiait Radha. Toutes ces infirmières au visage sévère et aux calots amidonnés qui s'appellent « ma sœur » entre elles alors qu'elles n'en sont même pas. Mon bébé doit se dire que le monde entier sent comme le fond d'un flacon de médicament.

Elle renifla.

— J'ai prié Krishna tous les jours au temple Jakhu, *Jiji*. J'ai prié pour que nos bébés aient leurs cérémonies de baptême ensemble. Qu'ils mangent leur premier riz cuit à la même fête. Qu'ils se partagent leurs jouets. Je sais que je n'étais pas censée le faire, mais je n'ai pas pu m'empêcher de les imaginer grandir ensemble.

Radha se blottit contre mon cou et mouilla mon sari de ses larmes.

Voilà de quoi le docteur Kumar avait parlé dans ses lettres. Le bébé de Radha était devenu réel à ses yeux ; leur séparation serait insoutenable. Mais je me tus. Je ne me souvenais pas de la dernière fois que Radha avait eu autant besoin de moi. Je n'avais pas envie qu'elle me lâche.

Elle émit un son étranglé, et je m'écartai pour voir ce qui n'allait pas. Stupéfaite, elle me regarda et ouvrit la bouche, mais rien n'en sortit. Puis elle s'agrippa le ventre et lâcha un hurlement assourdissant.

Comme lors de notre première rencontre, le docteur Kumar porta son regard sur plusieurs objets de la salle d'attente – la table métallique, les fauteuils en cuir, la photographie passée de lady Bradley – avant de le poser sur moi.

— Trois kilos, à quelques grammes près. Il est petit, mais en parfaite santé. Un garçon. Radha se porte à merveille. Il va lui falloir un peu de temps pour se remettre des points de suture.

Je couvris ma bouche de mes mains et poussai un soupir de soulagement. *Elle va bien ! Ma petite sœur va bien !* Je résistai à l'envie de prendre le médecin dans mes bras. À ma grande surprise, j'éprouvai un élan de fierté et d'émerveillement : *Radha a un fils !* À peine eus-je nourri cette pensée que je la réprimai tout au fond de moi. Que me prenait-il ? Ce bébé était désormais la propriété du palais !

Je laissai retomber mes mains.

— Où est-il maintenant ?

— Les infirmières sont en train de le nettoyer. Ensuite, conformément à vos instructions, elles vont le mettre en nursery.

Je hochai la tête.

— Et Kanta ? Comment va-t-elle ?

Il tourna son regard vers l'imprimé batik d'un éléphant et d'un cavalier sur le mur derrière moi.

— Ses organes n'ont pas été atteints. Et nous nous occupons de l'infection. Il y a un… je ne voulais pas le lui dire, mais Mme Agarwal a insisté.

Le médecin regarda ses mains.

— Elle ne pourra plus avoir d'enfants. Son corps a subi un grave traumatisme.

Oh, Kanta. Je portai une main à ma poitrine pour calmer les battements de mon cœur.

— Votre médecine est sans doute meilleure que la mienne, docteur Kumar. Aucune de mes plantes n'a pu l'aider à garder le bébé.

— Je doute qu'elle ait pu concevoir sans votre aide.

Une infirmière entra dans la pièce et lui tendit une tasse de thé. Il me l'offrit et en demanda une autre à la soignante.

— Prenez-la, madame Shastri. Je vous en prie. On dirait que vous n'avez pas fermé l'œil de la nuit.

J'acceptai volontiers.

— L'altitude ne me réussit pas. Et cette route sinueuse qui gravit l'Himalaya... Maintenant, je sais pourquoi les gens prennent le train.

— Je suis heureux que vous ayez pu venir, avoua-t-il en contemplant ses chaussures. Sans encombre.

L'infirmière apporta une autre tasse fumante, dont il s'empara. Il avait les yeux bouffis ; lui aussi avait veillé toute la nuit.

— J'aimerais vous montrer quelque chose, lança-t-il.

Il m'entraîna le long du couloir avant de sortir par la porte à double battant qui donnait sur un jardin.

Là, dans l'Himalaya, nous étions plus proches du soleil ; la lumière vive me fit mal aux yeux. Je dus attendre qu'ils s'habituent à la clarté, puis je parvins, avec peine, à les plisser pour percevoir les roses rose vif, les hibiscus bleus et les bougainvilliers orange qui nous entouraient.

En cette matinée de début septembre, plusieurs patients, enveloppés dans des châles, déambulaient sur les sentiers avec l'aide d'infirmières ou de membres de la famille.

Il fit un geste avec sa tasse.

— Qu'est-ce que vous en pensez ?

Après tout ce qui s'était passé ces vingt-quatre dernières heures, c'était à peine si je tenais debout. Mais la vue du jardin en fleurs me ragaillardit.

— C'est ravissant.

— Ce jardin fait du bien aux patients, mais je pense qu'il pourrait leur apporter beaucoup plus.

Une brise fraîche souffla au-dessus de nous, me glaçant les bras et les jambes. Je bus une gorgée de thé pour me réchauffer. Le docteur Kumar posa sa tasse sur un banc, retira sa veste blanche et me la drapa sur les épaules. L'habit avait retenu la chaleur de son corps et sentait la menthe, l'antiseptique et le citron vert.

— Comme je vous l'ai dit dans mes lettres… j'ai commencé à me rendre compte que les remèdes aux plantes des peuples himalayens ont toute leur place dans la médecine moderne. Si leurs cataplasmes et potions faits maison n'avaient aucun effet, eh bien, ils ne s'en serviraient plus.

Il parlait comme si les idées lui venaient par salves.

— Je suis persuadé que nous devons apprendre de leurs méthodes, poursuivit-il. Tout en continuant de pratiquer notre médecine. L'un et l'autre. Je… J'aimerais mettre ma théorie à l'épreuve.

Il baissa le menton.

— J'espérais que vous pourriez m'aider.

— Moi ?

— Vous pourriez nous dire quoi planter, quelles plantes, quels buissons… ici, dans ce jardin. Cette poudre de *neem*, par exemple. Elle a si bien fonctionné sur mon jeune patient. Sa peau s'est entièrement remise ! Pourquoi ne pas faire pousser ce genre de plantes ici ?

Ses yeux gris étaient animés d'une lueur d'excitation intense.

— Vous êtes sérieux ?

— J'en ai bien peur.

La tasse dans ma main se mit à trembler, et je n'aurais su dire si c'était sous le coup de la nervosité, de la fatigue ou de l'excitation. Cela faisait une éternité que je rêvais de m'occuper d'un jardin médicinal d'envergure où je pourrais planter *tulsi*, *neem*, amandiers, géranium, melon amer et crocus. Peu de temps auparavant, cela avait été à ma portée, dans ma propre cour, et puis – brusquement – tout avait disparu.

— Vous avez sûrement remarqué que je vis à Jaipur, soulignai-je avec un sourire.

— Nous vous consulterions par correspondance, comme nous le faisons à présent. Écoutez, je vous ai vue aider Mme Harris. Elle a plus profité de votre compresse d'herbes que de mon injection. Je n'arrive pas à me le sortir de la tête. Et le cataplasme à la moutarde qui a calmé ma toux… C'est incroyable !

Il remua les pieds sur les pavés.

— Je commence à penser que la nouvelle Inde, disons que… elle n'est sans doute pas tout à fait prête à abandonner ses vieilles coutumes. Et c'est sûrement pour le mieux.

Il regarda mon épaule.

— Enfin, réfléchissez-y.

Il jeta un coup d'œil à sa tasse.

— J'avoue que je serais très déçu si vous… si vous refusiez.

Au niveau de la porte à double battant, une infirmière à la guimpe blanche et aux lèvres pincées l'appela par son nom en désignant la montre épinglée à son habit.

— Les patients, se plaignit-il avec un sourire timide. Nous devrions peut-être poursuivre après mes visites…

— Je serai ici.

— Je pourrais vous faire installer un lit de camp dans la chambre de Radha. Vous devez être fatiguée.

Je le remerciai.

Il hocha la tête et s'approcha de l'infirmière qui patientait, puis se retourna vers moi. Il montra sa veste en rougissant.

— Euh, puis-je ? risqua-t-il. Enfin, à moins que vous ne comptiez pratiquer une opération.

Avec un rire, je lui rendis sa veste. Son odeur avait imprégné mon sari, et je repris ma marche en l'imaginant à mes côtés m'expliquer ce qu'il avait prévu pour le jardin.

Radha dormait dans son lit d'hôpital. Je m'étonnais de cette fille prodige, tout à la fois familière et mystérieuse, qui était venue à moi moins d'un an plus tôt. C'était comme si je l'avais connue toute ma vie, et pourtant, je ne savais rien d'elle.

Comme avant, Kanta reposait dans le lit en face de celui de ma sœur. Elle était éveillée à présent, et scrutait le plafond d'un air morne.

Je cherchai le flacon d'huile de menthe-lavande dans mon fourre-tout et l'apportai à Kanta. Je soulevai sa main libre (l'autre avait une perfusion), l'embrassai et la serrai contre ma poitrine. Elle avait vieilli de plusieurs années en cinq petits mois. Son teint était gris, et les plis autour de sa bouche semblaient plus visibles. Ses cheveux manquaient de lustre, comme si eux aussi avaient perdu toute vitalité.

Je plaquai le front contre le sien et restai sans bouger.

Ses yeux s'emplirent de larmes.

— J'ai pourtant fait tellement attention, articula-t-elle à grand-peine.

Je déposai une goutte d'huile de menthe-lavande sur mon index, frôlai la peau au-dessus de ses sourcils et le long de ses tempes pour la calmer.

— Je sais, approuvai-je.

Il n'y avait rien d'autre à dire. Kanta ne pourrait plus avoir d'enfant.

— J'aurais aimé avoir une fille. Pourquoi n'a-t-il pas pu s'agir d'une fille ? Peut-être qu'alors, elle aurait vécu.

J'ignorais pourquoi elle pensait cela, et si elle le pensait vraiment, mais elle était en deuil. Elle aurait tout donné pour réécrire l'histoire des deux derniers jours, avec une fin différente. Nous l'aurions tous voulu.

— Je sais, dis-je. Regarde tout ce que tu as fait pour Radha.

Elle s'accorda un petit sourire.

— Bon, le résultat n'est pas parfait, souligna-t-elle. Elle a dévié du chemin sous ma surveillance.

— Sous la mienne aussi. Mais elle t'aime plus que jamais.

— Elle t'aime aussi, tu sais.

Je penchai la tête sur le côté.

— Pas une lettre en cinq mois. Pas une seule.

— Tu n'es jamais venue la voir.

— Elle est trop têtue.

— Toi aussi, mon amie, me renvoya-t-elle.

Je me redressai. Elle n'avait pas tort, j'aurais pu faire le premier geste.

Je regardai par la fenêtre.

— J'ai vu Manu dehors dans le jardin tout à l'heure.

— C'est moi qui l'y ai envoyé. Inutile qu'on soit tristes ensemble.

Elle chercha mon regard.

— Il avait tellement hâte de rencontrer son enfant.

— Chut, soufflai-je en lui massant le point entre les sourcils.

— Manu m'a dit que Radha avait accouché d'un petit garçon.

Nous nous considérâmes en silence.

— Il doit être magnifique.

Je n'avais pas envie de parler de lui. Kanta souffrait trop. À la place, j'eus un geste qui ne me ressemblait pas. Je rassemblai quelques-unes de ses boucles dans la main et les étirai sur ma bouche comme une moustache, tout en avançant les lèvres en cul de poule comme le faisait son serviteur, Baju.

— Madame, lançai-je, imitant de mon mieux l'accent villageois du domestique. Je me suis échappé ! J'ai volé de l'argent dans le sac de votre *saas* pour vous rejoindre. Je vous en supplie, ne lui dites rien. Elle me jettera en prison, pour sûr.

Elle parvint à sourire malgré ses larmes et posa une main sur ma tête pour me bénir, geste habituellement réservé aux aînés et aux saints hommes.

Une fois Kanta endormie, je me rendis à la nursery.

Le petit garçon de Radha avait tous ses doigts et ses orteils, deux jambes, deux bras. C'était un bébé magnifique. Sa peau était d'une couleur délicieuse : thé à la crème. Il était même doté d'une abondante tignasse noire. Je caressai sa joue soyeuse, passai un doigt sur ses chevilles potelées. Je me sentais irrésistiblement attirée par lui. Le même sang coulait dans nos veines. Nos yeux étaient de la couleur de l'océan. Il se pouvait même que nous ayons appartenu à la même famille dans une vie antérieure.

— Comment cela se fait-il que vous n'ayez pas d'enfants ?

Je me retournai vers le docteur Kumar, qui venait d'entrer dans la pièce. Je ne savais pas trop comment répondre à sa question.

Il contemplait le *pallu* de mon sari, le front plissé.

— Pardonnez-moi. C'était impertinent de ma part.

Je baissai les yeux sur le bébé endormi. Sous ses paupières roses, ses yeux esquissaient des petits mouvements saccadés. Il n'était dans ce monde que depuis une heure. J'aurais été bien en peine d'imaginer ce qui pouvait peupler ses rêves. Un de ses poings minuscules s'ouvrit, puis se referma, comme s'il pressait la pulpe d'une mangue.

— Je n'ai pas de mari, docteur.

— Alors vous n'êtes pas… Pardonnez-moi… Je croyais que c'était « madame » Shastri.

Je suis divorcée. C'était désormais officiel, mais les mots refusèrent de sortir.

— J'ai été mariée, reconnus-je. Il y a longtemps.

Je me demandai si Jay Kumar était au courant pour Samir et moi. Mais, en contemplant son visage, ses yeux en amande, j'en conclus que non. Sa question avait été parfaitement innocente.

Je souris.

— Vous devez bien avoir une famille de votre côté.

— C'est vrai. Enfin, j'en avais une quand j'étais tout petit.

Il avança une main, paume face au sol, pour montrer quelle avait été sa taille à l'époque.

— Des parents. Pas de frères ni de sœurs. Mes parents, eh bien, ils sont morts tous les deux dans un accident de voiture quand j'étais jeune…

Dans un bruissement de sa veste amidonnée, il enleva le stéthoscope à son cou et enroula soigneusement le tuyau autour du métal.

— Je suis désolée.

— Oh, ça fait longtemps. J'étais encore en culottes courtes à l'époque. J'ai été élevé par ma défunte tante. C'est elle qui a payé mes études.

Une infirmière vint jeter un coup d'œil aux petits êtres dont elle avait la charge. Le fils de Radha reposait dans un berceau dans le coin de la pièce, un peu à l'écart. Contrairement aux autres berceaux, le sien n'avait pas de petite carte indiquant son nom de famille. Mais son lit était propre, il avait les joues roses, un sommeil serein. De toute évidence, on s'occupait très bien de lui.

— Comment vous êtes-vous retrouvé à Shimla, docteur ?

— D'abord, le pensionnat. L'école pour garçons Bishop Cotton. Et puis Oxford, où j'ai rencontré Samir.

Je me rendis compte que j'avais oublié d'envoyer un télégramme à Samir pour l'informer de la naissance.

— Vous avez mis le palais au courant ?

— Je m'en occupe, assura-t-il. Je n'ai pas encore trouvé le temps, jusqu'ici, de remplir leurs formulaires. Dix à vingt pages – jusqu'au moindre détail. Nous devons mesurer chaque ongle. Rendre compte de chaque partie du corps.

Il lâcha un petit rire tout en me glissant un regard entendu.

Je m'esclaffai.

Il compara l'heure de sa montre avec celle de l'horloge murale.

— Il est temps pour moi d'aller à mon dispensaire. Vous voulez bien m'accompagner ? Il y a certaines personnes que j'aimerais vous présenter.

— Maintenant ?

— C'est le moment idéal. Radha va encore dormir quelques heures.

Le fils de Radha lâcha un croassement sans conviction et battit des pieds. Nous nous tournâmes vers lui.

— Nous sommes toujours d'accord sur le fait que Radha ne doit avoir aucun contact avec l'enfant ?

Il leva les mains comme en signe de reddition.

— Les sœurs sont au courant. Elles ont des ordres.

Le petit dispensaire aux murs peints d'un vert dentifrice se trouvait au rez-de-chaussée de l'hôpital. La moitié des sièges étaient occupés par des habitants du coin : des femmes vêtues de bustiers éblouissants, de jupons de la couleur des fleurs sauvages himalayennes, de foulards ornés d'orchidées ; des hommes avec des tuniques en laine et des vestes de costume en toile grossière, la tête réchauffée par des *topas* paharis.

Le docteur Kumar s'approcha de la jolie infirmière à la réception.

— Combien aujourd'hui, ma sœur ?

— Quatorze.

Il sourit, creusant une fossette dans son menton.

— Le double de ce qu'on avait avant.

Il me fit entrer dans un bureau exigu et m'indiqua une chaise.

— Mon cabinet de consultation, annonça-t-il. Dans toute sa splendeur.

Son bureau était jonché de piles de papier, de blocs d'ordonnances, d'un encrier. Un manuel médical ouvert reposait sur le dernier numéro de la revue *Time*. Au mur : une photographie de Gandhi-*ji* entouré des dirigeants du Congrès national indien. Le décor derrière le Mahatma était familier : Shimla en fleurs.

Le docteur Kumar s'assit à son bureau. Une fois de plus, son regard était agité.

— Nous avons ouvert ce dispensaire il y a un an. Pour s'occuper des tribus des montagnes. Les patients viennent des kilomètres à la ronde pour se faire soigner à Lady Bradley. Il y a des patientes aisées comme Mme Agarwal. Et, bien sûr, comme Radha, dont les frais sont réglés par le palais. Mais personne, absolument personne, ne s'était occupé des gens qui vivent ici… depuis des siècles. C'est votre remède pour la peau administré à ce petit garçon, ajouta-t-il en me risquant un regard. Ça a commencé à attirer ces nouveaux patients. Aujourd'hui, nous en avons plus que jamais.

Je souris.

— Vous me faites trop d'honneur.

Il prit un air grave.

— À vrai dire, je pense que je ne vous en ai pas fait assez.

Une infirmière passa la tête par l'entrebâillement de la porte.

— Nous sommes prêts, docteur.

Il se leva.

— Laissez-moi vous montrer ce que je veux dire.

Un rideau en grosse toile séparait la salle d'attente de la pièce d'auscultation. Là, une infirmière aidait une femme enceinte à s'allonger sur la table. Le docteur Kumar me présenta comme sa conseillère en plantes et posa à sa patiente des questions dans un mélange de hindi et du dialecte local. Il me fit part de son diagnostic et, voyant que la terminologie médicale m'échappait, il me l'expliqua en termes simples. J'avais des questions de mon côté, qu'il traduisit. Nous poursuivîmes ainsi pour cinq autres consultations. Dans quatre cas sur cinq, je fus en mesure de recommander une plante à la place d'un médicament occidental.

Pour la femme enceinte qui souffrait d'une sévère indigestion, je suggérai du melon amer cuit dans de l'ail. De l'huile de *neem* pour une grand-mère aux mains nouées par l'arthrite ; de l'ase fétide – disponible chez n'importe quel marchand de légumes – mélangée à de l'eau pour calmer les coliques d'un bébé ; des fraises et des fanes de navet pour un berger qui préférait suivre mes recommandations alimentaires plutôt que se faire retirer son goitre.

L'horloge murale sonna 11 heures.

Le docteur Kumar regarda sa montre.

— Radha doit être réveillée à l'heure qu'il est...

Que cette dernière heure était passée vite ! J'avais été si occupée par les patients que je n'avais même pas songé à Radha. Ni au bébé. Ni à Kanta. Je n'éprouvais ni faim ni soif.

Le médecin lâcha un petit rire.

— Ça vous a plu, pas vrai ? Je vous ai observée. Allez, dites que vous allez travailler avec nous ! Mme Agarwal m'a laissé entendre que ce genre de travail arriverait au bon moment...

Il s'interrompit en constatant mon expression.

Kanta lui avait parlé de mes problèmes ! Elle lui avait confié que j'avais perdu mon gagne-pain. Que je n'avais pas deux *annas* en poche. Me prenait-il en pitié ? Était-ce pour cette raison qu'il s'était donné tout ce mal ?

Je crispai les mâchoires.

— Docteur, je ne cherche pas de compassion.

— Non, je veux dire… Je ne fais que suggérer… J'essaie seulement de dire que… vos connaissances nous seraient très précieuses. Vous avez vu à quel point nous en avons besoin. Personne d'autre ne peut accomplir ce travail aussi bien que vous. J'ai cherché. J'ai besoin de vous.

Il passa une main dans ses cheveux. Lorsqu'il l'écarta, ses boucles tombèrent en désordre.

— Mais je ne connais que les plantes du Rajasthan et de l'Uttar Pradesh, protestai-je. Je ne sais rien de celles qui poussent ici, à cette altitude et dans ce climat frais.

Il étudia mon visage.

— Je m'y prends mal, madame Shastri. La médecine ne paie pas bien, mais… vous seriez rémunérée. Nous allons solliciter des fonds. Je vous demande un avis professionnel. Pensez à tous ceux que vous pourriez aider.

C'est vrai que les patients au dispensaire avaient été soulagés d'apprendre qu'ils n'auraient pas à prendre les médicaments qui sentaient si mauvais. La femme enceinte m'avait touché le poignet en signe de remerciement avant de repartir. Si je comptais le temps passé avec ma *saas*, j'avais accumulé quinze ans de connaissances en matière de plantes et de substances naturelles que j'avais affinées et enrichies. Cela pourrait s'avérer utile pour des personnes autres que mes dames. (« *Mes* dames » ! Comme s'il en restait beaucoup.)

Il n'empêche, je n'étais pas prête à prendre une décision. Je devais réfléchir aux possibilités qui s'offraient à moi.

Je n'allais pas tarder à toucher l'argent du palais à la suite de la naissance de l'enfant, ce qui me laissait un peu de temps.

— Je peux y réfléchir ?

— Seulement si la réponse est « oui ».

Il sourit, creusant la fossette à son menton.

Chapitre 19

3 septembre 1956

Le bébé avait un jour. Radha m'avait suppliée pendant des heures avant que je l'autorise à le voir.

— Il faut au moins qu'on l'enduise de pâte au bois de santal pour assurer sa santé, *Jiji*, avait-elle insisté.

J'avais dit « non ».

— Une nouvelle naissance nécessite une bénédiction de la part du *pandit*. Si on lui mettait un *tikka* de cendre sur le front ?

J'avais dit « non ».

À présent, Radha était assise dans son lit d'hôpital et tenait dans ses bras le bébé dont je m'étais tant efforcée de l'éloigner.

Elle renifla la tête du nourrisson, parfumé au talc Godrej. Elle tapota chaque bout de ses doigts pas plus gros que des grains de poivre. Les lèvres de l'enfant avaient la texture lisse des pétales d'œillet, et s'entrouvraient goulûment à mesure qu'elle les effleurait. Elle embrassa la plante de ses pieds nus, d'un rose cendré, et étudia les petits plis entrelacés qui les marquaient. On aurait dit qu'il avait dû marcher sur des kilomètres pour parvenir jusqu'ici.

— Je ne peux pas l'allaiter, au moins ?

Je me détournai. Je savais que sa poitrine était gonflée. Si je n'avais pas été dans la pièce, elle aurait porté le bébé à ses seins pour qu'il les vide de leur lait.

— Il faudrait qu'il s'habitue au biberon, déclarai-je. C'est ce que sa famille adoptive va lui donner.

À cet instant, le bébé ouvrit les yeux et essaya de les garder ouverts, mais ceux-ci roulèrent en arrière dans leurs orbites et se refermèrent. Radha me regarda, ses yeux aquarelle ronds comme des billes.

— *Jiji*, ils sont bleus ! Il a les yeux bleus ! Comme les tiens. Comme ceux de *Maa*. Il a une part de nous en lui !

Je tournai la tête et m'éclaircis la voix.

— Tu es sûre pour le *kajal* ?

Il s'agissait de l'unique concession que je lui avais accordée : appliquer la pâte noire sur le bord des paupières pour conjurer le mauvais œil. C'était une vieille superstition, mais Radha y croyait dur comme fer, et je supposais que cela avait également été mon cas avant.

— Bien sûr ! Il faut le protéger du *burri nazar*.

J'ouvris le tiffin que j'avais apporté et en sortis la boîte de *kajal*. J'avais mélangé de la suie à de l'huile de bois de santal et de ricin afin de fabriquer la pâte lisse que beaucoup de femmes portaient en guise d'eye-liner. Je plongeai le petit doigt dedans. Pendant qu'elle tenait le bébé, je tirai doucement sur ses paupières inférieures pour tracer un fin trait noir le long du bord. Puis je déposai trois petits points sur ses deux tempes et trois autres sur la plante de chaque pied.

— Ça partira quand les infirmières lui donneront le bain, affirmai-je en refermant la boîte.

— Mais les dieux nous ont vues faire. Ce qui veut dire qu'il sera en sécurité.

Les petits doigts potelés du bébé s'étaient enroulés autour du pouce de sa mère.

— Tu veux le prendre ? proposa-t-elle.

Je m'essuyai les mains sur une serviette en faisant semblant de ne pas avoir entendu. Par la fenêtre de la chambre d'hôpital, je voyais le ciel : sa clarté argentée, les nuages qui flottaient au-dessus, un horizon vert cendré de cèdres, de pins et de rhododendrons.

— *Jiji* ?

— Il est en bonne santé. Sa nouvelle famille sera contente.

Elle pinça les lèvres ; ma réponse l'avait irritée.

Le bébé mima des mouvements de succion contre le doigt de sa mère.

— Tu l'as à peine regardé.

Elle voulait que j'admette que je l'aimais, moi aussi. Que je nous voyais en lui. Or, dans ce cas, je ne pourrais plus demander à ma sœur de l'abandonner.

— Je le vois.

— Alors, viens le regarder avec moi.

— Non.

Je crispai les mâchoires.

Nous nous dévisageâmes en silence.

— Je ne vais pas l'abandonner, tu sais.

Quoi ?

— Je l'ai seulement dit parce que je pensais que tu changerais d'avis lorsqu'il naîtrait.

— Changer d'avis ? On ne peut pas…

— Moi, j'ai changé d'avis, décréta-t-elle. Il est l'un de nous. Tu pourrais vraiment abandonner ta propre famille ?

Je l'ai déjà fait.

— C'est un enfant qu'une autre s'attend à élever ! m'emportai-je.

Le bébé bâilla, exposant des gencives roses. Elle le passa sur son autre bras et plissa les yeux.

— Pourquoi est-ce que tu n'avoues pas que tu détestes les bébés ?

Je clignai des yeux.

— Pardon ?

— Je t'ai vue avec des petits enfants, chez tes dames. Tu es toujours polie et tu fais pleuvoir les compliments. « Quelle belle enfant, madame Seth ; vous vous ressemblez comme deux gouttes d'eau. C'est un vrai Einstein que vous avez là, madame Khanna. » Et puis, tu te repenches sur ton travail. Tu ne regardes jamais les mères qui se promènent avec leur poussette dans le bazar – moi, si. J'ai envie de voir si c'est une fille ou un garçon. S'il a les cheveux raides ou bouclés. Toi, tu leur passes devant sans t'en occuper.

» Et les petits mendiants sur le bord de la route. Tu leur donnes des sous sans un coup d'œil, comme si c'étaient des fantômes. Moi, je les vois. Je leur parle. Ce sont des personnes, *Jiji*. Ce bébé est une personne. Il fait partie de nous. Regarde ses yeux. Ce sont ceux de *Maa*. Ces oreilles, ce sont celles de *Pitaji*. Ça ne veut rien dire pour toi ?

Le bébé s'agita.

— *Hai Ram !* ripostai-je, sentant la veine sur ma tempe palpiter. Et moi, alors ? La famille t'importe donc tellement que tu serais prête à détruire la seule qu'il te reste ? C'est moi, ta famille, Radha. Moi aussi, j'ai le même sang que toi. Je me suis occupée de toi. Je me suis débrouillée pour t'inscrire dans la meilleure école. Et voilà comment tu me remercies, en tombant enceinte !

— Je ne l'ai pas fait pour te blesser !

— J'ai passé treize ans à me bâtir une vie. Maintenant, mon carnet de rendez-vous est vide. Page après page – plus rien !

Le bébé se tortillait à présent, serrait et desserrait les poings.

— Mais je l'ai aimé – j'aime Ravi, protesta-t-elle, comme si cela justifiait tout.

— L'amour ? m'écriai-je. On n'est pas dans un de tes films américains où l'héroïne fait ce qu'il lui plaît. Et tu n'es pas Marilyn Monroe.

Je ne pouvais plus m'arrêter.

— Combien de fois est-ce que je vais devoir te dire qu'on n'a pas les moyens d'offrir à ce bébé ce qu'il mérite ? On n'appartient pas au monde du polo ni des patronnesses, même si tu meurs d'envie que ce soit le cas. On ne peut pas se permettre de prendre un jour de congé, tandis qu'elles font le tour de l'Europe pendant un mois. Les tailleurs, les légumes-*wallas*, les cordonniers – c'est chez elles qu'ils vont, pas chez nous. J'aimerais qu'il en soit autrement. Mais ce n'est pas le cas. Ça ne le sera jamais.

J'étais allée trop loin à présent.

— Tu me dis que tu ne veux pas être la Fille porte-malheur ? Eh bien, promène-toi partout avec ce bébé et c'est ce que tu seras à tout jamais ! Personne ne voudra s'approcher de toi, ni de lui.

Les yeux de Radha scintillaient comme les billes que Malik faisait rouler par terre.

— Je te déteste ! Va-t'en ! hurla-t-elle.

Le bébé se mit à crier. Radha le berça, mais ses bras tremblaient, effrayant d'autant plus le petit dont le visage avait viré au rouge.

La porte s'ouvrit. Le docteur Kumar entra, suivi de l'infirmière à la mine revêche et à la montre en guise de broche.

Il promena son regard sur moi, puis sur Radha et le bébé avant de reporter son attention sur moi.

— Tout va bien ?

J'essuyai les coins de ma bouche, où un peu de salive s'était formée. Je ne pouvais pas le regarder, car j'étais morte de honte. Ce que j'avais dit à ma sœur au sujet de la Fille porte-malheur relevait d'une cruauté dont je ne me serais pas crue capable. Je me raclai la gorge.

— S'il vous plaît, emmenez ce bébé.

— Non ! hurla-t-elle. Je veux l'allaiter !

Les cris de l'enfant étaient assourdissants.

Au prix d'un effort, j'adoptai la voix douce que je prenais toujours avec mes dames.

— Docteur, je vous en prie.

Il soupira. Lentement, il se tourna vers l'infirmière et hocha la tête. Avec un regard noir de désapprobation, celle-ci arracha le bébé en pleurs des bras de Radha et sortit vivement de la chambre.

Le médecin se frotta les yeux.

— Radha…

— Docteur Kumar, je vous en supplie, chevrota-t-elle. S'il vous plaît. Laissez-moi garder ce bébé.

J'étais gênée d'entendre ma sœur supplier comme une mendiante.

— Ce n'est pas ma décision, décréta-t-il.

— Je m'occuperai de lui, je vous le promets ! Je me débrouillerai.

— Votre sœur est votre tutrice légale tant que vous n'aurez pas dix-huit ans. Vous devez vous plier à sa volonté.

Radha se couvrit les oreilles en secouant la tête.

— C'est *mon* bébé ! Je n'ai pas mon mot à dire ?

Je regardai le docteur Kumar, qui se frottait les mâchoires d'un air troublé.

Il s'avança vers moi et me toucha l'épaule, y attardant sa main un bref instant. Son contact était apaisant, comme s'il me disait d'être courageuse, que tout finirait par s'arranger. Puis il repartit en refermant doucement derrière lui.

Le visage mouillé et rouge de colère, Radha explosa.

— Tu contrôles tout ! Si je peux allaiter mon bébé ou non. Qui j'ai le droit de voir. Ce que je peux dire. Ce que je dois manger. Ça va toujours se passer comme ça ? Quand est-ce que tu vas arrêter de me gâcher la vie ? Je me suis débrouillée toute seule pendant treize ans ! Treize ans ! C'est comme si j'avais été seule. *Pitaji* soûl. *Maa* à peine présente.

J'ai trouvé le moyen de te retrouver, à des centaines de kilomètres ! Tu sais à quel point ça a été difficile ?

Elle baissa les yeux sur sa chemise d'hôpital, rendue humide par l'écoulement de ses seins.

— Je veux une famille, *Jiji*. C'est tout ce que j'ai toujours voulu. C'est pour ça que j'ai fait tout ce chemin pour te trouver. Ce bébé est ma famille. Il veut mon lait. Tu as vu comment il m'a regardée ? Je lui ai parlé pendant tout le temps où il était dans mon ventre. Il connaît ma voix. Il me connaît, moi. Je sais qu'il a besoin de moi.

Évidemment qu'il la connaissait. Il l'avait eue pour lui tout seul pendant huit mois. Je le comprenais. Et oui, les sentiments que j'éprouvais pour lui étaient si tendres, si puissants, que c'en était surprenant. Mais c'était justement pour cela que je voulais le meilleur pour eux deux. Elle ne le comprenait donc pas ? Pourquoi ne parvenais-je pas à formuler une phrase à même d'aider ma sœur à comprendre que tout ce que je faisais, c'était pour son bien ? Elle m'exaspérait, m'intimidait même parfois, mais j'aurais fait n'importe quoi pour lui offrir une vie meilleure, plus facile.

Elle croisa les bras sur sa poitrine et le regretta aussitôt ; ses seins lui faisaient mal.

Ils étaient remplis de lait, parce que je ne l'avais pas laissée allaiter. C'était comme si elle avait autant besoin de lui que lui, d'elle. Mais j'avais assisté à des scènes dont Radha n'avait pas idée : des femmes désespérées suppliant ma *saas* de les soulager de leurs fardeaux. Là où elle voyait de la joie, je ne détectais que souffrances. Là où elle voyait de l'amour, je décelais des responsabilités, des obligations. Pouvait-il s'agir des deux faces d'une même pièce ? Moi-même, n'avais-je pas connu à la fois amour et sens du devoir, joie et exaspération, depuis qu'elle était entrée dans ma vie ?

Je me levai.

— J'ai apporté quelque chose pour toi.

Je sortis deux Thermos de mon sac, dévissai la tasse qui servait de couvercle de l'un et y versai le liquide fumant.

— Bois ça. C'est amer, mais ça va apaiser la douleur dans tes seins.

Elle fit une grimace.

— S'il te plaît.

— Qu'est-ce qu'il y a dedans ? se méfia-t-elle en me prenant la tasse pour en renifler le contenu.

— De la racine de bardane. Des feuilles de molène. Un peu de racines de pissenlit. Ça va aider à désenfler.

Tout en buvant à petites gorgées, elle me regarda verser dans une tasse le liquide chaud que contenait l'autre thermos. J'y plongeai deux bandes de flanelle, l'une après l'autre, afin de les mouiller complètement.

— Ouvre ta chemise.

Elle posa sa tasse sur la table de chevet et s'essuya les yeux avec le dos des mains. Puis elle déboutonna sa chemise pour révéler sa poitrine. Ses tétons étaient deux fois plus gros que lorsqu'elle était arrivée à Jaipur. Elle rougit de honte, mais je fis mine de ne pas le voir. Délicatement, je déposai une compresse chaude sur chaque sein.

Radha lâcha un soupir et ferma les yeux.

— Du gingembre ?

— Et aussi de l'huile de camomille. Et du calendula.

Son visage se décrispa. Elle inspira à pleins poumons.

Voilà comment ma *saas* m'avait appris à montrer mon amour. Pas avec des mots ni avec des caresses, mais avec des remèdes.

Dehors, un pouillot du Caucase gazouilla, et nous nous retournâmes pour le regarder voler devant la fenêtre.

— Tatie aussi a les seins pleins de lait.

Je soupirai.

— Je lui ai proposé les compresses, mais elle n'en veut pas. Elle dit qu'elle tient à souffrir. Je pense que c'est sa façon à elle de dire adieu à son bébé. Ses seins seront durs et douloureux pendant un certain temps, mais son lait finira par se tarir.

De nouvelles larmes lui montèrent aux yeux.

— Je me sens si coupable que mon bébé soit en vie.

— Ce n'est pas ta faute.

— Elle est venue à Shimla à cause de moi, si loin de son mari. Et regarde ce qui s'est passé.

— Lady Bradley est bien mieux équipé que l'hôpital de Jaipur. L'air d'ici est meilleur pour son asthme. Et puis, c'est elle qui voulait être ici avec toi.

Le pouillot revint avec sa compagne ; tous deux atterrirent sur un rhododendron près de la fenêtre. Le mâle monta la garde pendant que sa femelle se grattait sous les plumes avec son bec.

— Elle peut réessayer, pas vrai ?

Il fallait que quelqu'un le lui dise.

— Le docteur Kumar pense que c'est improbable.

— Ah.

Pendant que nous regardions les oiseaux, le pouillot femelle se tourna vers nous. Elle nous contemplait, ou alors elle admirait son propre reflet dans la vitre.

— Je voulais que Tatie devienne ma *Jiji* à ta place, tu sais.

C'était dur à entendre, mais je n'en étais pas surprise.

— Sauf que, le jour où j'ai envoyé le télégramme, je n'ai jamais été aussi heureuse que tu sois ma sœur.

Je croisai son regard. Elle ne se détourna pas.

— Je savais que tu viendrais tout arranger.

Au fond de moi, quelque chose craqua. Elle comptait toujours sur moi, même quand elle disait qu'elle me détestait. Je lissai son dessus-de-lit, rendu rêche par trop de lessives et de séances de repassage. Sa main reposait sur ses genoux, et je m'en emparai. Elle me laissa faire.

— Comment va Malik ? s'enquit-elle.

— Il est occupé. Il fait quelques livraisons – des toniques capillaires, ce genre de choses. Il passe souvent me voir. Il croit que j'ai besoin de compagnie.

— C'est le cas ?

Je haussai les épaules. Je remplaçai les compresses chaudes sur ses seins par des langes plus frais. Je voyais à ses exhalations que la douleur s'était réduite, ainsi que l'envie pressante d'allaiter.

— Tu disais que les dames ne venaient plus te voir pour des tatouages au henné ?

Je pensais que Kanta lui aurait dit.

— Elles ne me font pas confiance. Elles me prennent pour une voleuse.

Elle haussa les sourcils.

— C'est ridicule ! Pourquoi est-ce qu'elles penseraient ça ?

— Les colporteuses de ragots.

Un tissu de mensonges.

Je retirai les compresses fraîches. Radha reboutonna sa chemise, perdue dans ses pensées.

Je regardai au-delà du lit, par la fenêtre. De sombres nuages filaient devant le soleil et bloquaient la lumière. J'aperçus mon reflet. Il y avait des cernes violets sous mes yeux, des plis aux commissures de mes lèvres. La lumière fluorescente du plafonnier faisait ressortir quelques mèches argentées, le pli d'une ride sur mon front. Ma colonne vertébrale était un peu voûtée. Je commençais à prendre de l'âge. Je regardai mes mains. La peau n'était plus lisse et, tel un chemin battu, présentait les bosses et rainures des veines.

Le docteur Kumar entra. Il resta planté là, incertain, comme s'il craignait d'interrompre un instant d'intimité.

— Tout se passe bien ? demanda-t-il en regardant ma sœur. Radha, comment vous sentez-vous ?

— Mieux.

Elle lui parla de mes compresses aux plantes.

— Vous êtes une femme aux multiples talents, madame Shastri, commenta-t-il.

Se rendant compte qu'il me dévisageait, il reporta son attention sur Radha, sur le lit vide de Kanta, puis sur la liasse de feuilles qu'il tenait dans les mains.

— J'ai besoin de votre signature.

Ah. Les documents officiels, qui certifiaient la naissance du nouveau prince héritier. Je me levai pour les prendre, mais je me sentis chancelante et me rassis.

— Si vous voulez bien nous accorder un instant, docteur.

Il hocha la tête et sortit.

Radha sourit.

— Qu'est-ce qu'il y a de si drôle ?

— Lui, répondit-elle en dressant le menton pour désigner le docteur Kumar. Il a toujours dit que mon bébé serait un sportif, et c'est vrai qu'il a des petites jambes bien solides.

Bien sûr que Radha avait songé à l'avenir de cet enfant. Ce serait un joueur de cricket. Un excellent lanceur. Réclamerait-il du *kicheri* ou de l'*aloo tikki* au petit déjeuner ? Il aurait peut-être les cheveux raides, comme les siens, ou bouclés, comme ceux de son père.

— *Jiji ?* demanda-t-elle timidement. Est-ce qu'on peut revoir le bébé ? Je promets de ne pas refaire d'esclandre.

Je commençai à me lever du lit, mais Radha m'attrapa la main avec une force surprenante. Elle me serra les doigts. Sa paume était chaude et un peu moite. Je me rassis.

— *Jiji*, je sais que je t'ai prise par surprise. Quand j'avais quatre ou cinq ans, je remuais le lait en ébullition pour le yaourt quand le facteur a apporté une de tes lettres. *Maa* a à peine regardé l'enveloppe avant de la jeter dans le feu de cuisson. J'ai demandé pourquoi elle ne l'avait pas ouverte, et elle s'est contentée de hausser les épaules et de dire :

« C'est de quelqu'un qui est mort dans mon cœur il y a bien longtemps. »

» Je me suis demandé de qui elle pouvait bien parler. Après ça, je me suis mise à écouter, de plus près, les colporteuses de ragots, et j'ai compris que *Maa* parlait de toi. Je me suis dit que tu devais être très courageuse, très forte, d'avoir tout abandonné comme ça. Et puis, je t'ai rencontrée. Tu étais tout ce que je m'étais imaginé. Intelligente. Belle. Drôle. Qu'est-ce que j'étais fière ! Tu étais capable de tellement de choses. Je t'ai aimée dès le premier regard. Tu vois, j'avais eu le temps de me faire à l'idée de ton existence.

Les larmes me montèrent aux yeux. Personne ne m'avait jamais dit qu'il m'aimait. Oui, je savais que c'était vrai de *Maa* et *Pitaji*, mais ils ne me l'avaient jamais fait savoir à voix haute. À sa manière, Hari m'avait aimée, ou du moins il le pensait, mais son amour n'avait pas été désintéressé. Il avait voulu que je lui appartienne, que je fasse partie de lui. Samir, lui, ne m'aimait pas ; il voulait seulement coucher avec moi.

— Je veux des enfants. Je veux être fatiguée à la fin de la journée parce que j'ai dû faire bouillir du lait pour leur *kheer* et jouer à la marelle avec eux et mettre du curcuma sur leurs bobos et écouter les histoires qu'ils ont inventées et leur apprendre à lire le *Ramayana* et à attraper des lucioles. Et ça me rend plus triste que tu ne peux l'imaginer de me dire que je ne pourrai jamais faire ça avec ce bébé.

Son obstination commençait à me miner. Étais-je trop bornée ? Après tout, peut-être qu'elle et moi pourrions élever ce magnifique enfant ensemble. Radha irait à l'école pendant que je m'occuperais du petit. Mais non, c'était impossible. J'allais devoir continuer de travailler pour éponger la dette de Samir. Et maintenant que j'y pensais, aucune école à Jaipur n'accepterait une fille-mère. Elle ne pourrait pas achever son éducation. Avec un enfant illégitime dans son sillage, nous deviendrions des parias, mises au ban de la société et exclues de toute festivité, de tout mariage et de toutes funérailles, et même de la possibilité de gagner notre vie. Aucune femme ne voudrait que je la tatoue au henné, que je lui dessine un *mandala* ou que je m'occupe de son mariage. Nous ne pourrions pas nous nourrir ! Quelle que soit la façon dont j'envisageais la situation, il nous était impossible de ramener le bébé de Radha chez nous.

Je regardai par la fenêtre. Dehors, la lumière du soleil perçait les nuages. Des minivets écarlates se baignaient dans la fontaine du jardin avec des petits mouvements nerveux de la tête et des éclaboussements furtifs de leurs plumes.

J'observai Kanta et Manu, assis sur un banc dans le jardin de Lady Bradley, une couverture en laine sur les genoux. Kanta avait abandonné sa tête sur l'épaule de son mari. Elle fermait les yeux.

Kanta aurait donné n'importe quoi pour devenir mère. Et elle aurait excellé dans ce rôle. Elle était facile à vivre, drôle, généreuse. Elle avait Manu, sa belle-mère et Baju pour l'aider à la maison. Et elle pouvait se permettre d'embaucher une *ayah* pour le bébé. Si seulement c'était *elle* qui allait s'occuper du bébé de Radha ! Elle aimerait ce petit garçon comme s'il était le sien.

Je sentis mon cœur battre plus fort.

Manu et elle avaient les moyens, le temps et l'énergie d'offrir un vrai foyer à cet enfant.

Mais c'était absurde de ma part d'y songer ! J'avais signé un contrat.

À moins que…

De la sueur perla à la naissance de mes cheveux.

— Radha, soufflai-je.

Si je lui en parlais, je ne pourrais plus revenir en arrière.

Je pivotai vers elle.

Je me persuadai que je savais ce que je faisais. Si je concrétisais cette idée et que la famille royale l'apprenait, je risquais une rupture de contrat, des amendes salées et même une peine d'emprisonnement.

Elle dut lire l'excitation sur mon visage.

— Oui ?

Je renonçais à *trente mille roupies* et à un avenir sûr pour Radha ! Mais le bébé grandirait dans un foyer plus aimant.

Je montrai la fenêtre du menton. Kanta et Manu s'étaient levés du banc. Ils se dirigeaient vers l'autre bout de l'hôpital, où se trouvait la nursery.

— Kanta n'a jamais eu la chance de tenir son bébé dans ses bras. C'est pour ça qu'elle adore se rendre à la nursery, pour serrer le tien contre elle.

Radha haussa les sourcils et regarda à son tour par la fenêtre.

— Elle lui chante des chansons, poursuivis-je. Il a l'air d'aimer ça.

Radha sourit.

— Elle inventait toutes sortes de comptines absurdes quand les bébés étaient dans nos ventres. Comme *Pitaji* à l'époque.

— Si c'était Kanta qui élevait ton bébé…

Je regardai Radha, le cœur battant à tout rompre.

— Lui lirait-elle du Shakespeare ou *Les Légendes de Krishna* ?

Une lueur passa dans son regard.

Je pris ses mains dans les miennes.

— Lui donnerait-elle du salé ou du sucré ?

Radha entrouvrit les lèvres.

— Elle adore mes *laddus*, chuchota-t-elle.

— Sa *saas* lui donnerait-elle du lait de rose à boire, à lui aussi ?

Ses yeux étaient emplis d'espoir et d'émerveillement.

— Jusqu'à ce qu'il vire au rose, répondit-elle.

Je souris et collai mon front au sien.

—Kanta ne l'aimera-t-elle pas de toutes ses forces ?

Ma *choti behen* hocha lentement la tête. Elle m'agrippa les mains.

—Mais *Jiji*, et la famille qui voulait adopter le bébé ?

—Laisse-moi faire.

Kanta contemplait un point derrière moi, comme si j'étais devenue transparente. Je me demandai, l'espace d'un instant, si elle m'avait entendue.

—Mais, Lakshmi, articula-t-elle enfin, et le contrat avec le pal…

—Je m'en occupe.

Radha ignorait toujours que le palais était censé adopter l'enfant. À présent, elle ne le saurait jamais.

J'observai la lutte sur le visage de Kanta : elle voulait que ce soit vrai, mais devait-elle croire à sa chance ?

—Tu es sûre de toi ? demanda Manu à Radha, l'air hébété.

—Vous le traiterez comme s'il était le vôtre, affirma ma sœur d'un ton catégorique.

Je fus la seule à remarquer ses mains qui agrippaient les draps, ses jointures qui étaient blanches comme le linge. Jusqu'à cet instant, on avait fait des choix à sa place ; à présent, c'était à elle de prendre une décision, la plus difficile de sa jeune vie.

—Tu avais raison, Tatie. Je ne peux pas m'occuper de lui. Ni à Jaipur, ni à Ajar, ni à Shimla. Mais toi oui, Tatie. Toi oui, Tonton.

Kanta et Manu étaient tellement surexcités qu'ils ne parvenaient pas à dissimuler leur joie ; ils répondirent ensemble, en même temps. Je joignis les mains devant mes lèvres, heureuse pour eux.

—Nous allons tellement bien nous occuper…

—… déjà, il fait partie de la famille…

— … je sais qu'il préfère les noix de cajou salées…

— … évidemment, on va devoir attendre qu'il ait des dents…

Si j'avais su ce que Kanta allait dire, je l'en aurais empêchée, lui aurais dit que c'était impulsif de sa part, que c'était son cœur qui parlait, pas sa tête. Mais Radha acquiesça avec excitation et accepta ce qu'ils lui proposaient : elle ne retournerait pas à l'école. Elle resterait chez Kanta et deviendrait l'*ayah* du bébé.

Kanta et Manu se précipitèrent vers ma sœur pour l'embrasser. Tous les trois riaient et pleuraient en même temps, tout en essuyant les larmes sur les joues des autres.

Quand j'entrai dans le bureau du docteur Kumar, celui-ci était assis à sa table de travail avec un stylo à la main.

— J'ai réfléchi à votre proposition, docteur. Je suis d'accord pour vous prodiguer mes conseils sur un plan professionnel.

Il lâcha son stylo et tâcha, en vain, de contenir sa joie.

— C'est formidable ! Tout à fait…

— Mais il y a un changement de programme.

— « Un changement » ?

Je rassemblai tout mon courage.

— M. et Mme Agarwal vont adopter le bébé de Radha.

Il prit un air déconcerté.

— Je… Je ne comprends pas. Le palais…

— J'espérais que vous pourriez… Les documents que vous leur envoyez…

Il porta les deux mains à ses tempes et baissa les yeux sur son bureau.

— Madame Shastri ? Puis-je demander ce que vous…

— Je dois connaître les raisons pour lesquelles le palais pourrait rejeter le bébé. Les raisons médicales.

Je connaissais le contrat par cœur, mais lui saurait trouver la bonne formulation.

Ses mains glissèrent de ses tempes à ses joues, qu'il étira au point de ressembler à un clown. Brusquement, il se leva et contourna sa table pour vérifier la porte de son bureau, que j'avais pourtant veillé à refermer derrière moi.

— Vous vous rendez compte de ce que vous me demandez de faire…

— Je vous demande de bien agir.

Il se rassit et joignit les mains. Il ramassa son stylo-plume et le reboucha, le tapota doucement sur la feuille devant lui en étalant de l'encre sur sa main et sur ce qu'il était en train d'écrire.

— C'est Radha qui a pris cette décision ?

— Oui.

Son regard se posa sur la bibliothèque derrière moi.

— Je vous avais pourtant prévenue. Avant l'arrivée du bébé, nous aurions dû annuler le contrat. Maintenant, il est trop tard.

— Vous ne vous êtes jamais dit, docteur Kumar, que la mauvaise voie pouvait, parfois, s'avérer être la bonne ? Il vaut mieux que le bébé se retrouve avec une femme qui l'aime plutôt qu'avec un palais rempli d'inconnus. La famille royale pourra adopter un autre enfant de la caste des kshatriyas avec la bonne lignée.

L'expression de Jay Kumar n'était pas facile à déchiffrer. Ses yeux étaient deux perles grises, dont le bord extérieur était luminescent. Il se mordit la lèvre inférieure et quitta son siège pour faire les cent pas tout en se frottant la mâchoire de sa main tachée d'encre.

— Docteur Kumar, risquai-je. Je vous en prie.

Il se rassit, ramassa la lettre qu'il était en train d'écrire et remarqua la tache. Avec un soupir, il déchira la page en deux. Puis il fouilla dans la pile de feuilles sur sa gauche et en sortit une ; je vis qu'il s'agissait d'un formulaire portant le sceau royal. Il déboucha son stylo-plume, me jeta un coup d'œil furtif et modifia soigneusement un chiffre sur la page.

— Le pouls d'un bébé est généralement de cent à cent vingt battements par minute, énonça-t-il. Toutefois, quand le cœur est trop gros, les battements ralentissent considérablement.

Il déchira une nouvelle page de son bloc-notes. La plume de son stylo glissa sur la feuille et remplit la page en moins de deux minutes. Il souleva la lettre finie, souffla dessus pour faire sécher l'encre et me la tendit.

3 septembre 1956

Mon cher docteur Ram,

À 6h20, le 2 septembre 1956, la patiente que vous m'aviez confiée a donné naissance à un petit garçon pesant deux kilos et soixante-dix grammes. Si je n'ai décelé aucun défaut visible, les analyses des fonctions vitales ont révélé un pouls à quatre-vingt-quatre battements par minute. Comme vous le savez, on soupçonne dans des cas tels que celui-ci une cardiomyopathie obstructive hypertrophique ou une hypertrophie septale asymétrique – si ce n'est tout de suite, alors plus tard, une fois que le myocarde aura été atteint.
J'attribue cette complication à une naissance prématurée, car le bébé est né avec trois semaines d'avance.
Je regrette de ne pas avoir de meilleures nouvelles à vous annoncer. Mme Shastri vous contactera quant à la clôture du contrat.
Veuillez transmettre mes plus sincères condoléances au palais. Mille mercis à vous pour m'avoir confié une tâche aussi privilégiée et providentielle.

Avec tout mon respect,
Jay Kumar, docteur en médecine.

Je la relus deux fois. Personne ne perdrait la face : ni la famille royale, ni le docteur Kumar, ni les Singh. Mais qui réglerait les frais médicaux ? Je chassai aussitôt cette pensée de mon esprit. Chaque chose en son temps.

Je parcourus la lettre une troisième fois. Ce ne fut qu'à cet instant que je compris que Jay Kumar laissait filer l'occasion de devenir célèbre. Il aurait pu être le médecin qui avait donné naissance au nouveau prince héritier de Jaipur.

Je levai les yeux vers lui.

— Je suis navrée.

Il me rendit mon regard.

— Mme Agarwal fera une excellente mère, déclara-t-il. Meilleure que quiconque.

Il poussa la lettre et le formulaire vers moi. Il ne manquait plus que ma signature. Il me tendit son stylo-plume.

Chapitre 20

Jaipur, État du Rajasthan, Inde
15 octobre 1956

Je demeurai deux semaines à Shimla. À mon retour à Jaipur fin septembre, j'éprouvais un bonheur, une légèreté que je n'avais plus connus depuis longtemps. À Shimla, j'avais travaillé avec des gens qui avaient besoin de moi, qui accordaient de la valeur à ce que je leur offrais. Les peuples de l'Himalaya avaient accueilli mes suggestions avec empressement, telle une terre assoiffée qui s'abreuvait de la pluie. Quelques-uns étaient venus au dispensaire du docteur Kumar pour m'offrir des fleurs sauvages et des plats cuisinés en guise de remerciement. Je n'avais pas, depuis mon temps passé avec ma *saas*, connu une telle jubilation à guérir mes semblables.

Et puis, voir Kanta et Manu avec le bébé de Radha m'avait également mise en joie. C'étaient des parents aimants, impatients de s'occuper de leur premier et, désormais, unique enfant. J'avais scruté le visage de Radha afin d'y déceler des signes de jalousie, mais elle semblait heureuse de partager son bébé avec sa tatie et son tonton. Ils seraient tous de retour à Jaipur d'ici une semaine, et Radha irait vivre avec eux.

Toutefois, quelques jours à Jaipur me suffirent pour me rappeler la réalité de mon existence. Au bout de treize ans de travail, j'étais revenue au point de départ, aussi pauvre que je l'avais été à dix-sept ans. Nous ne toucherions plus les trente mille roupies pour l'accord d'adoption. J'avais refusé la commission douteuse de Parvati pour le mariage de son fils. Je n'avais pas de quoi rembourser le prêt de Samir ni les frais médicaux de Lady Bradley. Mes saris avaient perdu de leur éclat, et je ne pouvais pas m'acheter de nouveaux habits. Je me rendais à mes rendez-vous à pied (des dames telles que Mme Patel étaient demeurées fidèles) afin d'économiser les sommes que j'aurais dépensées pour des rickshaws.

J'aurais pu demander de l'argent à Kanta et à Manu, mais cela aurait équivalu à réclamer une compensation pour l'enfant que mes amis avaient adopté. Cette seule idée me répugnait.

Et puis, je croulais aussi sous d'autres dettes. Le marchand d'huile de *neem* à qui je devais plusieurs centaines de roupies vint frapper à ma porte. Six mois plus tôt, je lui aurais dit de passer par Malik. La veille, je m'étais bornée à lui montrer mes mains vides. Il avait le visage émacié, le nez crochu et les yeux trop rapprochés. Il avait contemplé ma propriété, mes affaires abîmées, mon bustier élimé, visiblement étonné de constater l'ampleur de ma chute.

M'étudiant de ses petits yeux, il s'était attardé sur mes seins, jusqu'à ce que j'éprouve le besoin de croiser les bras sur ma poitrine.

Il avait reniflé et avalé ses glaires.

— Vous tatouez les femmes au henné, pas vrai ?

J'avais acquiescé d'un signe de tête.

— Vous pouvez tatouer ma femme en échange de ce que vous me devez.

Quand j'arrivai chez lui, le marchand affirma que son épouse attendait dans la chambre. Alors que je m'apprêtais à m'y rendre, il m'attrapa le bras.

Je me raidis.

— Je veux que vous lui tatouiez les seins.

Je le dévisageai. Depuis les courtisanes à Agra, plus personne ne m'avait demandé de tatouer autre chose que les mains ou les pieds, à l'exception du ventre de Kanta, ce qui avait été mon idée.

Je ne pouvais pas me permettre de refuser. Je n'avais pas d'autre façon de régler ce que je lui devais. J'entrai dans la chambre et refermai derrière moi. L'épouse du marchand, une femme maigre à la peau aussi sombre qu'une coque de noix de coco, m'attendait allongée par terre, les cheveux couverts de son *pallu*. Comme nous étions seules, je lui suggérai de se découvrir pour être plus à l'aise ; elle sourit timidement et refusa en cachant son visage derrière son sari.

— Vous avez maigri, déclara-t-elle, me prenant par surprise.

Elle m'avait vue dans mes jours meilleurs, quand je faisais mes courses avec Malik dans le magasin de son mari.

J'avais cessé de donner des raisons pour mes kilos perdus. Quand quelqu'un m'interrogeait là-dessus, ou le remarquait, je me contentais de hausser les épaules. Quasiment tous les jours, Malik apportait des plats préparés par le chef du palais, mais je n'en prenais que quelques bouchées avant de perdre tout appétit.

Je lui demandai de retirer son bustier. Elle avait allaité trois enfants, et sa poitrine s'affaissait. Je me servis du henné pour dissimuler autant de vergetures que je pus. À peine eus-je fini de décorer un des seins que j'entendis grincer la porte de la chambre. Je soulevai la pointe de mon roseau et, me retournant, aperçus le marchand d'huile debout sur le seuil qui se curait les dents du bas.

Je haussai un sourcil pour demander ce qu'il voulait.

— Poursuivez, ordonna-t-il en entrant.

Il ferma la porte. Sa femme se recroquevilla davantage derrière son sari.

— Mon travail avec les dames se fait en privé, protestai-je. Vous le verrez bien assez tôt, une fois que je serai partie.

— C'est vous qui m'êtes redevable, vous vous en souvenez ?

Je baissai les yeux et me retournai vers son épouse.

— Vous pourriez peindre un visage ? insista-t-il. Sur ses seins ?

Sans tenir compte de lui, je plongeai le roseau dans le henné.

— Je suis en train de dessiner une spirale de nouveaux bourgeons, une infinie bénédiction sur votre maison.

— D'autres images pourraient avoir le même effet, souffla-t-il, d'une voix si douce qu'elle me provoqua des frissons.

J'imaginai le rictus qui retroussait ses lèvres.

— Du genre ?

— Votre visage.

Quel culot ! Il savait à quel point j'étais désespérée, sinon il n'aurait pas osé. L'insulte ne visait pas uniquement moi, mais aussi la mère de ses enfants. Il ne s'inquiétait guère de la rabaisser ou de la couvrir de honte ; elle était sa propriété. J'en éprouvai du dégoût, comme chez le *kulfi-walla* plus tôt dans la semaine, quand il m'avait demandé de lui teindre les cheveux au henné. Évidemment, j'avais refusé. Mes dons de dessinatrice, dont j'étais si fière, n'avaient aucune valeur aux yeux de personnes comme lui.

— Alors ?

J'avais envie de lui jeter quelque chose au visage pour le faire taire, mais le roseau était trop léger, et mon pot de henné trop précieux. Je croisai son regard.

— Non. J'ai seulement accepté de lui tatouer les seins.

Il mâchouilla son cure-dents.

— Très bien, lâcha-t-il enfin.

Mais il ne repartit pas. Il s'installa par terre, derrière moi. Je me déplaçai de sorte à ne pas avoir à le regarder, même du coin de l'œil. Je continuai de dessiner des feuilles qui partaient en spirale depuis la pointe des seins de façon à donner l'impression que la poitrine s'élevait.

Au bout de quelques minutes, je perçus un bruissement. Je compris, en voyant l'épouse remuer insensiblement la tête, qu'elle aussi l'avait entendu. Une vague de nausée s'empara de moi quand je compris qu'il était en train de tripoter son *dhoti*. Je percevais la honte de cette femme, et autre chose aussi. Du ressentiment. Contre moi, pas contre lui.

Je lâchai le roseau par terre et me levai d'un bond. À la hâte, je me mis à ranger mes fournitures dans mon fourre-tout.

Il m'agrippa le bras. Sa main était chaude à force de se masturber ; je m'arrachai à son étreinte.

— Ne me touchez pas !

Je tendis le bras pour attraper mon pot de henné.

— Mais vous n'avez pas fini !

Je serrai les dents.

— Je préférerais nettoyer des latrines plutôt que de remettre les pieds dans cette maison.

Il me prit le pot de henné des mains et le jeta contre le mur.

— Tu essaies de m'arnaquer ?

La pâte éclaboussa le sol et les murs. Sa femme retira son sari de sa tête et, l'espace d'un instant, nous contemplâmes tous trois les dégâts.

Le bol de *Saasuji*, mon précieux pot de henné, avait volé en éclats. Certes, je pourrais en racheter un pour une poignée de roupies au *Pink Bazaar*, mais celui-ci m'avait donné l'impression d'être proche de ma *saas* alors même que j'avais déménagé à des milliers de kilomètres.

Furieuse, je flanquai un coup de coude dans les côtes du marchand et le poussai contre la porte. Son épaule percuta le chambranle et il s'écroula par terre. Je lui avais coupé la respiration. Avant qu'il ait pu reprendre son souffle, je ramassai autant d'éclats d'argile que possible, les lâchai dans mon fourre-tout et sortis en trombe de la maison.

Au pas de course, je traversai la route et tournai dans la première ruelle. Un rat se faufila sur le côté, dans l'eau trouble et fétide. Plaquée contre le mur qui s'émiettait, je me pliai en deux et vomis. Du thé laiteux tourbillonna dans la fosse septique qui avait la couleur du tabac.

Le souvenir d'une ruelle semblable à celle-ci me revint à l'esprit. Moi, à seize ans. De retour dans mon village. Courant pour échapper à un Hari furieux et violent. Me vidant les entrailles.

Et me revoilà, à trente ans, toujours en quête d'une échappatoire. Mais où aller ?

— *Ji ?* Tout va bien ?

Je fis volte-face.

Lala, l'ancienne servante de Parvati, me considérait avec inquiétude. Elle m'éloigna des eaux d'égout, puis se servit du coin de son sari pour m'essuyer la bouche.

Je levai une main à son poignet pour la retenir et me servis de mon propre *pallu* afin de me tamponner les lèvres.

— C'est une habitude qui est difficile à rompre, s'excusa-t-elle en souriant. J'ai élevé les garçons de MemSahib pendant toutes ces années.

Son visage au teint mat était plus émacié que dans mes souvenirs, ses joues plus creuses. J'inspectai son sari rapiécé.

— Où es-tu allée après…

Je ne pouvais pas finir ma phrase. Je savais déjà pourquoi sa nièce et elle avaient été renvoyées de chez les Singh. Samir me l'avait confirmé.

Elle passa sa langue sur ses dents.

— D'abord, chez mon frère. C'est un homme important, un constructeur, et il a des moyens. Mais il a refusé, parce que ma nièce était enceinte. Ensuite, il a fini par lui trouver un mari.

Je me rappelai que Naraya avait justement conclu un mariage hâtif pour sa fille enceinte.

— Ton frère… Il ne s'appellerait pas Naraya ?

Ses yeux se gonflèrent de larmes.

— *Hahn*, confirma-t-elle en s'essuyant les paupières avec son sari. C'est un homme très dur. Il a traité sa propre fille de pute, de chienne.

Je connaissais déjà la réponse, mais je me devais de poser la question.

— Et maître Ravi…

— Je l'ai élevé, mais je l'ai aussi trop gâté. Nous l'avons tous fait. Il était si beau garçon. J'ai bien dit à ma nièce qu'il n'était pas pour elle, mais elle n'a pas voulu m'écouter.

— Où est-elle maintenant ?

Des larmes ruisselèrent sur les joues ridées de la vieille femme.

— Son nouveau mari l'a chassée de chez lui quand il a appris qu'elle était déjà enceinte. Elle s'est assise dans la cour, *Ji*, et elle s'est immolée par le feu. Ils sont morts tous les deux, son bébé et elle.

Mes jambes se dérobèrent sous moi. Je serais tombée si Lala ne m'avait pas retenue.

— J'ai entendu parler de tes sachets. Ils auraient pu l'aider.

Ce jour-là, un an plus tôt, chez Parvati. Je revis Lala debout sur la véranda. J'avais senti qu'elle voulait parler, mais elle avait semblé perdre courage. J'aurais dû partir à sa recherche et lui demander de quoi elle avait besoin. C'est ce que ma *saas* aurait fait. Décidément, que j'étais loin de tout ce que ma belle-mère avait représenté !

Je regardai Lala. Voilà que je m'apitoyais sur mon propre sort alors que cette femme, elle, avait tout donné, jusqu'à son gagne-pain, pour s'occuper de sa nièce.

— Et toi, Lala ? Comment…

— J'ai essayé d'autres dames, mais MemSahib a veillé à ce qu'elles ne m'embauchent pas. Maintenant, je fais le ménage. Ici, dans ce quartier.

Parvati avait également causé la perte de Lala afin de protéger son fils de tout scandale.

Je me levai en m'appuyant sur Lala, prise de vertiges.

— Je regrette que… Je suis vraiment désolée…

— Nous sommes impuissantes face à la volonté de Dieu, *Ji*.

Elle me frotta le dos, comme pour réconforter un enfant.

Ma *saas* ne m'aurait pas réprimandée pour mes actes, ni pour mon inaction, d'ailleurs ; elle m'aurait simplement tapoté le bras avec pitié, comme le faisait Lala, ce qui était pire. J'avais envie de faire peau neuve, de recommencer de zéro.

Je marmonnai encore des excuses avant de repartir chez moi.

Malik me rattrapa alors que j'étais à moins de deux kilomètres de Rajnagar. Il empestait la cigarette.

Je m'écartai. Moi aussi, j'empestais. Le vomi et la honte.

Je tenais un bout de mon pot de henné à la main. Il le regarda.

— Je te ramène à la maison, dit-il.

— Je n'ai pas de quoi me payer un rickshaw.

— Moi, oui.

— Je ne veux pas de ton argent, ripostai-je, tout en regrettant la dureté de mes paroles. J'ai deux jambes.

— Moi aussi. Marchons ensemble.

Malik était mon assistant, et mon ami, depuis longtemps. Il m'avait suivie partout dans Jaipur avant que je le remarque. Là, j'avais vu un petit gringalet débraillé, sans chaussures, qui m'observait d'un œil vif et alerte. Je savais que si je patientais, il finirait par venir à moi. Quand cela avait été le cas, et qu'il avait demandé à porter mes tiffins, il s'était exprimé avec respect, mais aussi avec une assurance qui avait démenti sa jeunesse et son apparence frêle. Je lui avais tendu mes tiffins, tout comme je lui tendais à cet instant mon sac fourre-tout.

Je ne méritais pas sa loyauté, pas plus que je n'avais mérité le réconfort que Lala avait voulu me prodiguer.

— Tatie-patronne.

— Je ne suis plus ta patronne.

— Tu seras toujours ma patronne, contra-t-il avec ce sourire qui lui venait si facilement. Parce que tu es plus futée que Chef.

Il se mit à marcher à reculons de sorte à me faire face.

— Je lui ai dit que je pouvais lui trouver d'excellentes noix de cajou brutes chez les Pathans – meilleures que celles qu'il met dans son curry d'agneau – pour moins cher qu'il les paie actuellement. Et cet imbécile a refusé. Tu sais pourquoi ?

Je gardai le silence.

— Il ne veut pas faire affaire avec un musulman… mis à part moi, bien sûr ! Mais toi, tu es meilleure en affaires. Tu aurais pris l'offre la plus avantageuse.

J'arrêtai de marcher.

— Si je suis si futée que ça, pourquoi est-ce que je n'ai pas une roupie en poche ?

— *Arré !* Ça, c'est ma faute ! Quand tu étais à Shimla, je me suis vanté de ton henné auprès du *kulfi-walla*, maugréa Malik. Il a mis du henné dans ses cheveux et il a raconté à tout le monde que c'était toi qui l'avais fait ! Maintenant, le Tout-Jaipur pense que tu as touché à sa tête impure.

Voilà qui expliquait pourquoi le tailleur et le marchand de légumes traversaient la rue lorsqu'ils me voyaient arriver. Et pourquoi le *doodh-walla* avait cessé de me livrer du lait. Quand j'étais allée demander au laitier s'il m'avait oubliée, il avait décrété ne pas vouloir prendre l'argent d'une brahmane déchue. Désormais, je filais chaque semaine dans une boutique à vingt minutes de chez moi en cachant mon visage dans mon *pallu* et en tâchant de ne pas attirer l'attention, telle une petite délinquante.

Malik ramassa une pierre et la jeta, tout en me décochant un regard en coin.

— Tu ne peux pas continuer comme ça.

Quelque chose dans le ton de sa voix m'ébranla. Je m'arrêtai et, me couvrant la bouche avec mon sari, fondis en larmes.

Malik enroula un bras autour de mes épaules. Je le laissai faire.

— Tatie-patronne, je sais que tu as travaillé dur. Mais tu n'étais pas plus heureuse avant de construire cette maison ? Les affaires étaient bonnes. Tu avais des sous. Tu étais libre de faire ce que tu voulais.

— Je n'ai jamais été libre, Malik. Pas plus hier qu'aujourd'hui.

— Alors, déménage.

— Pour aller où ? Pour faire quoi ?

— La même chose que tu as faite ici. Peut-être à Delhi ou à Bombay. J'irai avec toi.

— Tu t'en sors bien ici.

— Je ne viens pas de dire que je n'aimais pas travailler pour des imbéciles, madame ?

Ce cher Malik. Qu'est-ce qu'il m'avait manqué.

Je lâchai un profond soupir.

— Ce n'est pas facile de repartir de zéro.

Malik avait l'air à bout de patience ; il était temps de m'administrer un médicament plus puissant.

— Depuis quand est-ce que tu t'arrêtes à ça, Tatie-patronne ? Tu dois quitter Jaipur, il n'y a pas d'autre solution. À moins que tu aies trouvé mieux.

J'avais le ventre et les seins à vif à force de les frictionner. Des copeaux de coques de noix de coco et des éclats de charbon me piquaient les aisselles, l'intérieur des cuisses et mon cuir chevelu. Je me débarrassai des débris avec les paumes en tressaillant de douleur et en priant pour que ce châtiment me dépollue l'esprit. Mais j'avais beau frotter, je sentais encore la main du marchand d'huile sur mon bras, son souffle sur mon dos. Et je frottais de plus belle.

Quand je fus trop fatiguée pour poursuivre, j'appliquai de l'huile de lavande sur ma peau irritée avant d'enfiler un sari propre à l'ourlet râpé. Alors que je me peignais pour démêler les nœuds dans mes cheveux, mon regard se posa sur le trou dans le lit que j'avais eu l'intention de réparer – il y avait un an, déjà ? – quand le jute avait commencé à s'effilocher. À présent, il s'était complètement défait. Quand je dormais, il m'arrivait de passer le pied par le trou.

Dans la rue, un *sadhu* suppliait qu'on lui donne à manger. Je posai mon peigne et emballai dans du papier journal les *chapattis* que Malik avait apportés la veille. Puis je courus dehors les lui apporter. Le saint homme, enroulé dans une étoffe délavée couleur safran, attendait en s'appuyant sur une canne. Il avait renoncé à sa maison et au confort matériel, s'était libéré de son ego, ce que je n'avais pas le courage de faire.

Quand je lui tendis mon offrande, il prononça une bénédiction dans un dialecte que je ne comprenais pas. Mais il ne prit pas mon cadeau. Il resta debout, à me contempler.

Dans ses pupilles, je vis ce qu'il voyait : une femme maigrichonne, dont les cheveux mouillés pendaient tels des serpents autour de ses épaules. Un sari élimé. Le cou et les bras en sang. Je compris que j'avais l'air tellement pitoyable que même lui, qui avait pourtant si peu, refusait la nourriture que je lui offrais.

Je lui fourrai les *chappatis* dans les mains, brutalement, et courus me réfugier à l'intérieur en claquant la porte. Je m'adossai au battant et fermai les yeux, le cœur battant à tout rompre.

Quand ma respiration revint à la normale, je m'approchai de ma table de travail.

Les mains tremblantes, je dépliai la lettre qui était arrivée la veille.

10 octobre 1956

Ma chère madame Shastri,

Notre situation actuelle serait mieux décrite par M. Dickens : c'était la saison de la Lumière, c'était la saison de l'Obscurité. Hélas, la migration des tribus des montagnes et de leurs troupeaux vers des contrées plus clémentes a mis notre dispensaire local à l'arrêt – et, avec, notre accord de consultation (du moins jusqu'au changement de saison). Il y a, toutefois, une lumière dans l'obscurité : l'occasion de commencer à planifier ce que nous allons planter dans le jardin médicinal. Si vous envisagiez de faire un plus long séjour à Shimla, vous seriez en mesure d'étudier notre climat, le sol de nos régions et les plantes indigènes du coin, de bavarder avec les habitants de la ville (vous trouveriez même des amoureux des plantes parmi notre personnel) et de dresser un plan pour développer le jardin médicinal de Lady Bradley.

Dites que vous allez réfléchir à ma proposition et m'aider à m'occuper des gens de Shimla. Évidemment, je ferai tout ce qui est en mon pouvoir pour vous convaincre de vous installer dans notre belle ville une fois que vous serez ici. Nos environs ne sont-ils pas assez splendides? Nos habitants, pas suffisamment accueillants?

Incontestablement, vous avez de précieux services à dispenser aux dames de Jaipur mais, si j'en crois Mme Agarwal, de fâcheuses et injustes accusations ont été portées contre vous. Permettez-moi de parler franchement. La fierté ne devrait pas vous empêcher de partager votre don avec un public plus large. (N'en voulez pas à Mme Agarwal de m'avoir fait part de vos difficultés; lorsqu'elle a réglé les frais médicaux de votre sœur, je me suis senti tenu de demander comment vous alliez. Si elle ne me l'avait pas dit, je n'aurais pas eu le courage de vous envoyer cette requête par écrit.)

Vous avez beaucoup à nous apprendre. Votre travail pourrait aider, et a aidé, à sauver un bon nombre de vies, tout en soulageant nos patients. Les peuples des montagnes ne vous ont pas oubliée. (Notre patiente enceinte de la tribu gaddi ne cesse de s'extasier sur votre recette de melon amer. Elle devrait accoucher d'un jour à l'autre!)

Pour ma part, j'espère que vous allez prendre en considération, et accepter, cette invitation. J'attends impatiemment votre venue, à la fois comme élève enthousiaste et comme ami dévoué.

Avec tout mon respect et mon impatience,
Jay Kumar

La générosité de Kanta me fit monter les larmes aux yeux. Elle savait que, si elle m'avait dit ce qu'elle allait faire, je l'en aurais empêchée. À présent, les frais médicaux de Radha représentaient un souci de moins.

Je songeai à ce que m'avait dit Malik. Ce n'était pas la première fois qu'il me conseillait de quitter Jaipur.

Jay Kumar m'offrait la chance de travailler avec des personnes qui recherchaient ce que j'avais à offrir. Qui tenaient mes connaissances pour sacrées. Il s'agissait là d'une occasion d'effectuer le travail que ma *saas* m'avait appris. Elle continuait de vivre en moi. Elle serait de nouveau fière de moi. Moi, je serais de nouveau fière de moi.

Mais… ma maison ! J'en avais rêvé, j'avais travaillé dur pour l'avoir, je l'avais construite. J'avais adoré savoir que toutes les décisions me revenaient. Déménager impliquerait de tout abandonner.

Cela dit, que m'avait apporté cette maison en dehors de dettes, d'angoisses et d'insomnies ? En avais-je besoin, comme autrefois, pour marquer mon arrivée dans le monde des notables ? La réussite était éphémère, et fluctuante, je l'avais appris à mes dépens. Elle allait. Elle venait. Elle vous transformait de l'extérieur, mais pas de l'intérieur. Au fond de moi, je restais cette fille qui rêvait d'un destin plus grand que celui auquel elle avait droit. Avais-je vraiment besoin de la maison pour prouver que j'avais des compétences, du talent, de l'ambition, de l'intelligence ? Et si…

Tout à coup, je me sentis plus légère. C'était la même sensation que j'avais connue à Shimla. J'inspirai profondément. Comme si je humais déjà l'air tonifiant des montagnes bleues de l'Himalaya.

Avant de faiblir, je déchirai une nouvelle page de mon carnet.

15 octobre 1956

Samir,

C'est à grand regret que je dois quitter la ville que je considère comme la mienne depuis onze ans. Ne t'inquiète pas, je ne partirai pas sans régler mes dettes. Mais, afin de rembourser ton prêt, je vais devoir vendre ma maison. Les agents immobiliers n'aiment pas représenter des femmes propriétaires, aussi dois-je te demander de le faire à ma place. Si tu es disposé à le faire, j'apprécierais que tu soustraies mon emprunt du prix de vente et que tu fasses suivre le reste à l'adresse ci-dessous.

Dans d'autres circonstances, notre association se serait peut-être poursuivie. Mais, comme le dit l'adage : « À quoi bon pleurer quand les oiseaux ont mangé toute la récolte ? »

Je pars pour Shimla dans un mois. Fais-moi savoir ce que tu as décidé dans la semaine qui vient.

Lakshmi Shastri
Au Lady Bradley Hospital
Harrington Estate
Shimla, Himachal Pradesh

Je me relus plusieurs fois. Satisfaite, je déchirai une autre feuille et écrivis à Jay Kumar. Puis je soufflai pour éteindre ma lampe et dormis douze heures d'affilée.

Deux jours plus tard, un messager vint frapper à ma porte. J'ouvris l'enveloppe au parfum de lavande.

Lakshmi,

Vous avez demandé à Samir de vendre votre maison. Peu importe comment je le sais ; je le sais, c'est tout.

Mais, seriez-vous surprise d'apprendre que je préférerais conserver votre sol de mosaïque plutôt que de le vendre ? Vous trouverez ci-inclus l'argent pour votre maison, votre prêt en moins (oui, je suis également au courant pour cela). Je n'achète pas votre faveur (nous sommes quittes sur ce point), je reconnais seulement le fait que nous ne rencontrerons peut-être plus jamais quiconque à même de faire de nos mains des merveilles.

Parvati

Ce n'était pas tout à fait un pardon. Ni une lettre d'excuses. Mais ce mot dénoua quelque chose en moi : une spirale de ressentiment, une rancune de longue date. Je restai longuement assise avec la lettre dans ma main.

Chapitre 21

20 octobre 1956

Je n'avais plus d'argent à présent. Plus d'excuse pour repousser l'inévitable.

Je pris un rickshaw afin de me rendre chez Kanta.

J'avais évité Kanta, Radha et le bébé depuis leur retour de Shimla quelques semaines plus tôt. Ils me manquaient. Mais je tenais à ce qu'ils passent du temps ensemble en famille. Et je ne voulais pas donner le sentiment à Radha que j'essayais de gérer sa vie à sa place.

— Lakshmi ! Quelle belle surprise ! s'écria Kanta en me serrant contre elle.

Elle semblait heureuse, reposée. Disparus, les cernes sous ses yeux. Ses joues étaient plus rebondies.

— Radha est dans la nursery. Va la voir. Je dois faire mes prières avec *Saasuji*, et puis je vous rejoins.

La belle-mère de Kanta avait accueilli l'enfant comme son petit-fils. Si elle avait deviné la vérité sur sa naissance ou remarqué sa ressemblance avec Radha, elle n'en avait rien dit ; elle avait le petit-enfant qu'elle avait toujours voulu.

Je m'arrêtai devant la porte de la nursery, qui était entrebâillée. Si le bébé dormait, je ne voulais pas le réveiller. J'entendis la voix de Radha à l'intérieur.

— « "Comment oses-tu me défier avec ta présence ?" rugit le méchant roi Kansa. Il avait si souvent tenté de détruire le seigneur Krishna, et si souvent échoué. »

J'entrai sans faire de bruit. Dos à moi, Radha se balançait dans son fauteuil à bascule. Le bébé dans les bras, elle lui lisait une histoire dans son exemplaire des *Légendes de Krishna*, à présent si usé que les pages avaient dû être scotchées dans son dos.

Kanta et Manu avaient appelé le bébé Nikhil. Lors de la cérémonie de baptême, Kanta avait purifié le front de l'enfant avec de l'eau avant de le donner à sa *saas* pour la bénédiction rituelle. Compte tenu de la date et de l'heure de sa naissance, le *pandit* avait déclaré que le nom du bébé devrait commencer par un « N ». Avec ses yeux bleus, « Neel » aurait été un choix logique, mais Manu lui avait chuchoté « Nikhil » quatre fois à l'oreille, réglant le problème une bonne fois pour toutes.

Le petit gazouilla.

— Mais oui, c'est justement ce qu'a dit Krishna ! roucoula Radha en penchant la tête pour l'embrasser sur la joue. Que tu es intelligent.

— Et beau comme Krishna.

Le fauteuil à bascule s'immobilisa brusquement et Radha se retourna vers moi.

— *Jiji !* Tu m'as fait peur.

Elle semblait contrariée.

Dans sa main, elle tenait un biberon qu'elle venait d'écarter de la bouche du bébé. Il voulut l'attraper de ses petits doigts potelés, mais elle lâcha le récipient presque vide dans son sac.

Était-ce de la culpabilité que je lisais sur son visage, ou m'imaginais-je des choses ?

— Pardonne-moi. Je ne voulais pas le réveiller s'il dormait.

Je pris une des mains grassouillettes de l'enfant dans les miennes et la secouai doucement. Il contempla nos doigts joints. Il avait l'air bien nourri, heureux. Il portait une barboteuse en lin couleur crème.

— Tatie ne m'a pas dit que tu venais, lança-t-elle d'un ton accusateur.

Comme je le craignais, elle pensait que j'étais venue l'espionner.

Radha posa le bébé sur son épaule, qu'elle avait recouverte d'un linge propre, afin de lui faire faire son rot. Je ne cessais de m'émerveiller de son instinct en la matière, à croire qu'elle avait déjà élevé plusieurs enfants.

— Elle l'ignorait. Malik et moi avons une grande nouvelle…

Kanta se précipita dans la chambre.

— La *puja* est terminée ! Bon, je vais lui donner à manger.

— Il est quasiment endormi, déclara Radha en se levant de son siège tout en tapotant le bébé dans le dos.

Kanta se tenait, hésitante, au milieu de la nursery.

— Mais… ça fait des heures qu'il n'a pas mangé. Tu crois qu'il va bien ? Il n'est pas malade, si ?

Radha pencha la tête sur le côté, comme si c'était elle l'adulte et Kanta l'enfant.

— Il va bien, Tatie. Tu t'inquiètes trop.

Kanta remarqua le linge sur son épaule.

— Tu ne viens tout de même pas de lui donner son biberon ?

Radha me jeta un coup d'œil avant de répondre :

— Rien qu'un peu. Il était agité.

Derrière Kanta, je fronçai les sourcils. Le biberon avait été quasiment vide quand j'étais entrée. Pourquoi ce mensonge ?

— Mais, Radha, si tu lui donnes trop souvent le biberon, mon lait va se tarir, se lamenta Kanta en m'adressant un faible sourire. C'est-à-dire que… j'aimerais continuer de l'allaiter jusqu'à ce qu'il ait un an, et encore après s'il le souhaite.

Elle regarda Radha.

— Ça me rapproche de lui. Comme si j'étais sa mère.

On aurait dit qu'elle s'excusait auprès de Radha de vouloir allaiter.

Ma sœur surprit mon expression. Le rose aux joues, elle se détourna, puis casa maladroitement Niki dans le creux du bras de Kanta.

— Je dois nettoyer les couches.

Elle ramassa un panier de couches souillées et quitta la pièce.

Kanta s'assit dans le fauteuil à bascule et déboutonna son chemisier. Elle sortit un petit sein et le dirigea vers la bouche du bébé, mais celui-ci tourna la tête. Elle essaya, encore et encore, mais il n'était pas intéressé, ayant déjà vidé son biberon. Elle se décomposa. Elle porta le petit sur son épaule et lui tapota le dos tandis que des larmes lui gonflaient les yeux.

— Kanta, qu'est-ce qu'il y a ?

Tout à coup, elle parut épuisée.

— Je ne sais pas comment être mère. J'en ai envie, vraiment, mais... On dirait que Radha en connaît tellement plus. Comment le nourrir, quand lui donner à manger. À quelle heure le mettre à la sieste. On dirait qu'elle est une meilleure mère que moi parce que, eh bien, c'est elle qui lui a donné naissance.

Elle essaya de rire, mais n'y parvint pas.

— Non, mais regarde-moi ! J'ai tellement de chance de pouvoir m'occuper de cet adorable petit bébé.

Elle embrassa son bras potelé.

— Je ne suis qu'une idiote, ne m'écoute pas.

— Tu n'as pas l'impression que..., commençai-je prudemment. Est-ce que la présence de Radha... ?

Kanta secoua vigoureusement la tête.

— *Nahee-nahee*. Je suis sûre que… Oh, quelle gourde je fais ! J'ai souvent vu ça chez d'autres femmes après une naissance. Les émotions qui débordent.

Elle se leva de son siège et déposa doucement le petit, à présent endormi, dans son berceau. Avec une gaieté feinte, elle reboutonna son chemisier.

— Une tasse de thé ?

Nous sortîmes de la chambre.

Tout en savourant des biscuits et du chaï, je parlai de Shimla à Kanta et Manu. Kanta tapa dans les mains. Manu me félicita. Je répondis à leurs questions quant à ce que j'allais faire au Lady Bradley Hospital et au dispensaire du docteur Kumar, et ils m'assurèrent de ma réussite.

— Sans Kanta, leur dis-je, je n'aurais pas connu Shimla et ne serais jamais tombée amoureuse de ses montagnes majestueuses ni de son peuple accueillant.

Au bout d'une heure, je pris congé pour annoncer la nouvelle à Radha. J'avais l'impression qu'elle m'évitait à dessein. Je la retrouvai dans la cour arrière, où elle étendait des couches sur la corde à linge.

Quand je lui appris que Malik et moi partions pour Shimla dans deux semaines et que Parvati Singh avait acheté la maison de Rajnagar, elle parut abasourdie. Ses bras, qui s'apprêtaient à épingler une couche mouillée sur la corde à linge, se figèrent.

Sa réaction me prit par surprise ; je pensais qu'elle serait ravie d'apprendre que j'allais m'installer loin d'elle.

— Tu sais qu'il est temps pour moi de quitter Jaipur, avançai-je d'une voix douce. Je ne peux plus travailler ici comme tatoueuse, et je suis prête à essayer autre chose.

— Mais… est-ce que je te reverrai un jour ?

Je compris alors qu'après tout ce qui s'était passé – la noyade de *Pitaji*, la mort de *Maa* et la trahison de Ravi –, elle pensait sans doute que j'allais l'abandonner à mon tour. Je lui serrai le bras et souris.

— Quand tu voudras. Je t'enverrai un billet. Viens aussi souvent que tu le souhaites. Évidemment, Malik sera occupé à l'école, alors tu risques de te sentir un peu seule.

Radha me considéra avec méfiance.

— Malik ? À l'école ?

— Il en a beaucoup manqué, mais je ne vais plus le laisser s'en tirer comme ça. Il ira à l'école pour garçons Bishop Cotton, martelai-je avant de baisser la voix pour feindre un chuchotement. Il s'est entraîné à porter des chaussures.

Je pensais que nous en ririons ensemble, mais elle était perdue dans ses pensées. Je jetai un coup d'œil au panier rempli de couches propres et en sortis une.

— Ça doit être dur de voir Niki tous les jours et de savoir que Kanta meurt d'envie d'être sa mère.

Un sac rempli de pinces à linge était suspendu à la corde. J'en pris deux.

— Perdre son bébé a été une véritable épreuve pour elle, poursuivis-je. Elle avait déjà fait deux fausses couches avant ça. Je trouve qu'elle a perdu beaucoup d'assurance. Rien à voir avec la Kanta pétillante qu'elle était avant.

J'épinglai la couche à la corde.

— Elle doit avoir peur que Niki t'aime plus qu'elle. Et tu t'en occupes tellement bien, ça te vient naturellement. Si tu n'étais pas là – enfin, bien sûr que tu es là, mais si tu ne l'étais pas –, tu crois que le bébé finirait par s'habituer à n'être qu'avec Kanta ?

Je décochai un regard à ma sœur. Elle se mordillait la lèvre inférieure. Avec Radha, je ne pouvais pas me permettre de faire autre chose que guider et suggérer. Elle avait une forte personnalité, et préférait n'écouter qu'elle-même. Je l'avais appris à mes dépens.

J'attrapai une autre couche.

— Je connais une excellente *ayah* qui cherche du travail. Avant, elle s'occupait d'une autre famille, mais on n'a plus eu besoin d'elle. Lala est quelqu'un de bien. Elle aime les enfants. Elle aimerait Niki comme s'il était son propre fils.

Je marquai une pause.

— Enfin, bien sûr, si jamais tu décidais de nous accompagner à Shimla.

Je lui touchai l'épaule.

— À toi de voir.

Elle leva le visage vers moi, et je vis une lueur passer dans son regard.

— Malik serait aux anges, bien sûr, repris-je. Il va avoir besoin d'aide avec ses devoirs. Si tu fréquentais l'école là-bas, tu pourrais l'aider. Et puis, le docteur Kumar en serait heureux aussi.

J'éclatai de rire.

— Vos discussions sur la poésie lui manquent.

Radha se taisait. Mais je voyais à sa façon de pincer les lèvres qu'elle était en pleine réflexion.

Deux semaines plus tard, la maison de Rajnagar était vide. Les déménageurs avaient emporté nos lourdes malles pour le transport jusqu'à Shimla. Malik avait donné mon lit affaissé à un de ses amis dont le père travaillait avec du jute. Il ne nous restait plus que les trois sacs en vinyle que nous allions prendre à bord du train.

Le lendemain matin, Malik passerait me chercher en *tonga* afin de nous rendre à la gare. Mais ce soir-là, j'avais envie de dire adieu à ma maison. J'allumai des lampes le long des murs afin de pouvoir admirer une dernière fois mon sol de mosaïque. Je fis le tour de la pièce en songeant aux heures qu'il m'avait fallu pour concevoir le motif. Les fleurs de safran, pour les enfants que je n'avais pas. Le lion d'Ashoka : la marque de l'ambition de l'Inde, ainsi que la mienne. Mon nom, écrit en script, dissimulé dans un panier d'herbes. Et celui de ma *saas*, pour tout ce qu'elle m'avait appris.

Je commençais à recouvrer le moral. J'abandonnerais la carte de ma vie ici, à Jaipur. Je laisserais derrière moi cent mille traits de henné. Je ne serais plus une tatoueuse au henné, mais je dirais à tous ceux qui me questionneraient à ce sujet : j'ai soigné, j'ai apaisé. J'ai reconstruit. Dorénavant, je cesserais de m'excuser inutilement pour ma transgression. Je me libérerais de l'envie de réécrire mon passé.

Mes compétences, mon ardeur à apprendre, mon désir d'une vie bien à moi – voilà ce que j'allais emporter avec moi. Tout cela faisait partie de moi, de même que mon sang, mon souffle, mes os.

Je fis une deuxième, puis une troisième fois le tour de la pièce, en accélérant le pas. J'entendais le battement *kathak* dans ma tête, *Dha-dhin Dha-dha-dhin*, les rythmes anciens d'une danse qui célébrait la mise à mort du démon Tripuraasur.

Dha-dha-dhin Ta-tin Dha-dha-dhin.

Je dansais, les mains en coupe comme des fleurs de lotus, en agitant les bras comme des poissons flottants, comme j'avais vu faire Hazi et Nasreen à Agra. Qu'auraient-elles dit si elles m'avaient vue à cet instant ? Je les imaginai, l'une tapant dans les mains avec entrain tout en ondulant de ses hanches charnues, l'autre pouffant. « *Tu ferais mieux de laisser la danse à nous autres filles de* nautch, *Lakshmi !* »

J'éclatai de rire.

Dha-dhin Dha-dha-dhin.

Je tapai du pied sur le sol de mosaïque, dansant au rythme des tambours *tabla* que j'étais seule à entendre.

Sans ma *saas*, je n'aurais pas été en mesure de me débrouiller seule, je n'aurais jamais osé partir pour Agra, je n'aurais jamais construit ma maison.

Dha-dhin Dha-dha-dhin.

J'avais l'impression de flotter dans l'air, de contempler les nuages qui filaient dans le ciel infini de Jaipur. Je virevoltai de plus belle. Mon cœur battait la chamade.

Dha-dhin Dha-dha-din.

Cent fois, je tournoyai – vers une fin et une renaissance.

Dha-dhin Dha-dha-din.

Ma porte s'ouvrit à la volée, laissant entrer une bouffée d'air frais.

Je m'arrêtai, haletante, le creux du cou inondé de sueur.

Ma sœur se tenait dans l'encadrement de la porte et serrait quelque chose contre elle. Il s'agissait de l'édredon que j'avais confectionné pour Nikhil.

— Radha ?

Elle posa l'édredon sur son épaule. Ses lèvres tremblaient.

— Je sais que Tatie aime Niki. Je le sais.

Elle tapota la couette. Sa respiration était hachée.

— Mais je ne veux pas. Je sais qu'elle s'occupe bien de lui, mais chaque fois qu'elle s'approche de lui, j'ai envie de la repousser. De lui dire : « Il est à moi ! »

Elle avala une goulée d'air – elle avait parlé trop vite.

— Radha…

— Je lui suis reconnaissante de me garder près de mon bébé. Mais… je ne veux pas qu'il l'aime. Dit comme ça, ça peut paraître odieux. N'empêche que c'est vrai. Pourquoi est-ce qu'elle aurait le droit d'élever mon enfant alors qu'à moi, on me l'interdit ?

Le sang me martelait les tempes.

— Qu'as-tu fait ?

Elle se balançait d'avant en arrière à présent, serrait l'édredon contre elle – trop fort.

— Je la déteste. Je m'en veux, mais c'est comme ça.

Elle lâcha un gémissement de douleur.

— Et je veux que Niki la déteste, lui aussi. Je sais que c'est affreux de ma part. Je sais que je suis égoïste. Mais je ne peux pas m'en empêcher !

Elle lâcha les bras sur les côtés. Son fardeau lui glissa des mains et s'écroula par terre.

— Non ! m'écriai-je en plongeant pour l'attraper.

L'édredon se déploya. Une paire de bottines jaunes atterrit à mes pieds.

Le hochet argenté de Nikhil dérapa sur le marbre et rebondit sur le mur.

Le livre que Radha avait rapporté d'Ajar, *Les Légendes de Krishna*, tomba par terre en se déchirant en deux.

Rien d'autre.

Radha ferma les yeux.

— *Jiji*, articula-t-elle péniblement. Il faut que j'abandonne mon bébé.

La bouche ouverte en grand, elle laissa libre cours aux sanglots qu'elle avait retenus jusque-là.

Je courus vers elle. Ma sœur se cramponna à moi, et je sentis son cœur qui se brisait. Je la berçai, tout comme elle avait bercé son enfant.

— J'ai été tellement ingrate. Je n'ai rien fait d'autre que causer des ennuis, hoqueta-t-elle. Les colporteuses de ragots avaient raison. Je serai toujours la Fille porte-malheur.

Je reculai le visage pour la contempler. Je soulevai son menton.

— Non, Radha. Tu ne l'as jamais été. Tu ne le seras jamais. Je suis navrée d'avoir dit ça de toi. Grâce à toi, la chance m'a souri, nous a souri. Sans toi, est-ce que tu crois que je partirais pour Shimla ? Que je m'apprêterais à planter mon propre jardin médicinal ? Que je travaillerais avec le docteur Kumar ? Comment y serais-je parvenue sans toi ?

Elle battit de ses cils humides.

— Pendant des années, j'ai servi des femmes qui avaient seulement besoin de se sentir mieux. À Shimla, je vais aider des gens qui veulent *aller* mieux. Parce qu'ils sont réellement en souffrance. Ce sont eux que ma *saas* m'a formée à soigner. Ils ont vraiment besoin de moi. Et moi, j'ai envie d'être avec eux.

Je lui lissai les cheveux.

— Regarde comment tu m'as aidée à créer une famille. Malik. Kanta et Manu. Et Nikhil. Et toi, bien sûr. C'est toi, Radha, la sage *gopi* de Krishna.

Quel miracle qu'elle m'ait trouvée, que je l'aie trouvée.

— Alors, *Rundo Rani, burri sayani*... Est-ce que tu viens à Shimla avec nous ?

Radha leva les yeux vers moi. Au bout d'un moment, elle fit « oui » de la tête.

Dans le silence qui s'ensuivit, j'entendis le jappement d'un chien, le clip-clop d'un *tonga*, le battement d'ailes des corbeaux dans les arbres.

Quand, enfin, elle relâcha son étreinte, je l'embrassai sur le sommet du crâne.

— On ira récupérer tes affaires chez Kanta demain matin, affirmai-je en lui essuyant le visage avec mon sari. Viens. Il me reste de l'*aloo gobi subji*. Je ne sais pas pourquoi il a toujours meilleur goût la nuit.

Le lendemain matin, alors que je balayais la maison de Rajnagar, Malik et Radha portèrent nos sacs dans le *tonga* qui attendait. Nous ferions une halte chez Kanta pour dire au revoir avant de nous rendre à la gare.

J'effectuai un dernier tour de la pièce. Je touchai les murs. J'effleurai la mosaïque du bout des doigts.

Ma vie de tatoueuse au henné était finie. Plus jamais je ne peindrais les mains des dames de Jaipur.

Je sortis la montre à gousset de mon jupon, passai le pouce sur les perles blanches et lisses qui constituaient l'initiale « L ».

Je posai la montre sur le plan de travail, sortis et refermai derrière moi.

Chapitre 22

Gare de Jaipur
4 novembre 1956

Les quais de la gare de Jaipur fourmillaient de passagers, de marchands de cacahuètes épicées, de cireurs de chaussures, de mendiants édentés et de chiens errants qui cherchaient en reniflant des morceaux de nourriture jetés par terre. Même après qu'un train s'était mis en marche, les gens continuaient de monter à bord en demandant qu'on les aide à s'y hisser, tendant leurs valises à des passagers obligeants qui se tenaient aux rampes de part et d'autre des wagons. C'était à se demander comment les trains parvenaient à quitter la gare.

Le départ du nôtre était imminent. Avec l'argent de la vente de ma maison, j'avais fait une petite folie en nous réservant un compartiment privé en première classe. À l'intérieur, Malik et Radha bavardaient avec animation.

Je me tenais debout dans le couloir, le long de la rangée de fenêtres qui faisait face au quai, sur lequel des porteurs emmitouflés dans des cache-nez déposaient et récupéraient des valises. Des maris à l'air important vêtus de gilets en laine, talonnés par des femmes et des enfants, criaient aux bagagistes de faire attention. Des familles porteuses de billets en première classe s'orientaient vers notre partie du train. La plupart se dirigeaient vers des wagons de deuxième classe. Ceux qui ne pouvaient pas se payer de bagagistes étaient en train de fourrer leurs valises dépareillées dans les wagons de troisième classe en criant à la cantonade de se pousser. Les chaï-*wallas* longeaient le quai afin de vendre des verres de thé à travers les fenêtres des wagons. Tout en gardant un œil sur les horaires de départ, des hommes engloutissaient à la hâte des *chappatis* et *subjis* au curry dans des tiffins préparés par leurs épouses, mères, sœurs, tantes et amies.

Je songeai à la première fois que j'avais posé les yeux sur Jaipur, à l'âge de vingt ans – ma première fois à bord d'un train. J'avais été si fébrile ! La promesse d'une nouvelle vie. La crainte qu'elle ne tourne pas bien. Ce qui n'avait pas été le cas. J'étais arrivée dans cette ville avec rien d'autre qu'un don pour le dessin et les leçons que ma belle-mère m'avait prodiguées. J'avais aidé des femmes à combler leurs désirs – que ce soit dans la quête d'une chose, ou dans la quête de son absence – afin de leur permettre de poursuivre leur vie. À présent, Jay Kumar m'offrait la chance de me réinventer, de mettre mes connaissances à profit pour soigner les jeunes et les vieux, les malades et les infirmes, les pauvres et ceux qui cherchaient du réconfort.

Tant de gens m'avaient aidée en chemin. Ma *saas*. Hazi et Nasreen. Samir. Kanta. Les maharanis Indira et Latika. Mme Sharma. Et même Parvati.

Jaipur n'allait pas me manquer – chaque ville recèle ses propres charmes –, mais qu'en serait-il de Samir ?

En toute franchise, je pensais encore à lui.

La camaraderie avec laquelle nous avions mené nos affaires, les rires que nous avions partagés, les moments où notre lien avait paru sincère, fort, cette unique nuit de passion.

Il y avait des facettes de lui que je n'admirais plus comme avant, mais il avait fait partie de ma vie pendant si longtemps. Vouloir effacer ces souvenirs serait revenu à gommer un tiers de ma vie.

Si je ne l'avais pas rencontré, je serais sans doute encore à Agra, à travailler avec les courtisanes, cachée au fond de leurs maisons closes. Sans les relations de Samir, qui sait si j'aurais pu créer mon activité de tatoueuse au henné ? S'il ne m'avait pas présentée à Parvati, je ne serais sans doute jamais entrée au palais des maharanis. Son Altesse ne m'aurait jamais servi le thé.

Mon attention fut attirée par un mouvement d'agitation sur le quai, et la mer de voyageurs s'ouvrit pour laisser passer un homme corpulent en uniforme du palais. Il portait la ceinture et la coiffe rouges des domestiques des maharanis, un grand récipient drapé dans du satin dans les mains. Un tapis fin était enroulé sous son bras gauche. Sans tenir compte des regards insistants et des voix étouffées des gens sur le quai, l'homme consultait un bout de papier et scrutait tous les wagons qu'il passait.

Je demandai à Malik de venir et montrai le quai du menton.

Malik tendit le cou pour regarder par la fenêtre. Il sourit et agita le bras.

— Chef !

Le chef du palais se retourna. Son visage se détendit et se fendit d'un sourire chaleureux. Malik courut vers la porte de notre wagon. Je les regardai échanger leurs salutations, un *salaam* de Malik et un *namaste* de Chef. L'homme imposant tendit au garçon les paquets et une enveloppe qu'il sortit de la poche de sa veste. Ils bavardèrent quelques minutes de plus avant que Chef dise au revoir d'un signe de la main.

Chargé de ses paquets, Malik longea le couloir de notre wagon, le sourire jusqu'aux oreilles. Il me donna une lourde enveloppe couleur crème qui portait mon nom. Je rompis le sceau du palais, dépliai la lettre et la lus à haute voix.

Ma chère madame Shastri,

Votre jeune ami a volé le cœur de Madho Singh. Cet oiseau ne parle plus que de rabri et de Malik, de Malik et de rabri. Il s'est mis à réclamer des Red and White, ce qui me porte à croire qu'il s'est également mis à fumer. Cela m'est intolérable. En outre, il refuse d'apprendre le français (bonjour et bon voyage constituent l'ampleur de son vocabulaire) et, comme je passe à présent tout mon temps à Paris, cela m'est problématique. Je dois donc dire adieu à mon oiseau adoré et vous demander si vous auriez la gentillesse de l'offrir à Malik. Je suis sûre que Madho Singh sera plus heureux avec lui que dans la tombe qu'est mon salon au palais.
Les deux font la paire, n'êtes-vous pas d'accord?

Votre amie et admiratrice,
La maharani Indira Man Singh

P.-S. : Ce tapis est le préféré de Madho Singh. Sans lui, il aurait le mal du pays.

À l'intérieur de notre compartiment, Malik souleva la couverture en satin de la cage. Madho Singh sautillait sur sa perche.

— *Namaste !* Bonjour ! *Welcome !* lâcha-t-il, avant d'émettre un sifflement.

Malik siffla à son tour. Radha, qui rencontrait Madho Singh pour la première fois, émit un petit rire enchanté.

Je souris à ma famille.

Le sifflement strident du train annonçant notre départ me perça les oreilles. Je jetai un dernier coup d'œil par la fenêtre. Au milieu du quai où les gens se pressaient telles des fourmis, un homme se tenait figé comme une statue.

Il me fixait du regard. Il portait une chemise blanche impeccable et un *dhoti*. Il s'était rasé de près. Il s'était coupé les cheveux. Il avait l'air… beau.

Je n'avais réellement vécu avec Hari que pendant deux ans, mais lui avait hanté mon esprit la moitié de ma vie. Il m'avait inspiré, tour à tour, de la peur, de l'indifférence, du mépris, de la haine et de la pitié. Pas une fois je ne l'avais cru capable de changement. Mais si moi, je pouvais changer, pourquoi pas lui ?

Lentement, la locomotive se mit à tirer sa lourde charge et ses roues avancèrent en haletant. Des passagers de dernière minute se jetèrent, avec leurs valises, dans les wagons. Les chaï-*wallas* récupérèrent leurs verres vides auprès des passagers.

Hari joignit les mains en un *namaste* et les leva devant son visage. Son sourire ne trahissait ni reproche ni colère. Pour la première fois depuis que je le connaissais, il paraissait heureux.

Je lui rendis son *namaste*.

Le train prit de la vitesse. Hari ouvrit la bouche et ses lèvres remuèrent, mais le crissement des roues m'empêcha d'entendre quoi que ce soit.

Épilogue

Shimla, contreforts de l'Himalaya, Inde
5 novembre 1956

— C'était le dernier tunnel, Tatie-patronne !

Malik étudiait une carte ferroviaire et comptait chacun des cent tunnels dans lesquels notre petit train s'engouffrait. Nous avions pris un train ordinaire de Jaipur jusqu'à Kalka, puis le *toy train* jusqu'à Shimla.

Il indiqua notre emplacement sur la carte.

— Plus que quelques minutes et nous serons en gare de Shimla ! s'exclama-t-il en souriant. Tu as entendu ça, Madho Singh ?

Sur le siège voisin, la perruche marmonnait sous la couverture en satin de sa cage.

Radha, qui s'était endormie la tête sur mes genoux, se redressa en se frottant les yeux. Elle regarda par la fenêtre du train, où des cèdres déodars et des pins de l'Himalaya parsemaient les montagnes rocheuses à travers la vallée. Les premières neiges étaient tombées, ornant les cimes des arbres d'un glaçage blanc bleuâtre.

— Il y a toujours de la neige par ici, Radha ? demanda Malik, qui n'avait connu que le désert du Rajasthan.

Elle sourit.

— Seulement en hiver. Mais attends le mois prochain. Le sol sera entièrement couvert de neige. On pourra même faire une dame de neige qui ressemblera à Mme Iyengar !

Ils pouffèrent. Même moi, je trouvais amusante l'image d'un corpulent bonhomme de neige en sari. Je camouflai mon sourire derrière la lettre que j'étais en train de relire.

Le docteur Kumar m'avait écrit tous les deux ou trois jours depuis que j'avais accepté sa proposition de venir travailler avec lui. Celle missive-ci était arrivée juste avant que nous ne partions pour Shimla.

1er novembre 1956

Chère Lakshmi,

J'ai trouvé à Shimla une maison à trois chambres pour ta famille. Radha et Malik auront chacun leur propre chambre ! Elle est proche de Lady Bradley, alors tu pourras t'y rendre à pied. Ou alors, si tu le préfères, je peux te trouver une voiture et un chauffeur.

J'ai aussi pris la liberté de fixer quelques rendez-vous pour ton arrivée. Je dois déjà m'excuser de te mettre au travail aussi vite. Tu devras courir dès que tu descendras du train !

Mme Sethi, la directrice de l'école mixte d'Auckland, a hâte de te rencontrer concernant l'inscription de Radha. Je serais ravi de vous accompagner, Malik et toi, à Bishop Cotton, où j'ai moi-même étudié, pour son premier jour. À moins, bien sûr, que tu ne préfères te réserver ce plaisir pour toi toute seule. (Mon ancien directeur y est toujours, mais ne crois aucune des histoires qu'il raconte sur moi !)

Samir Singh avait proposé de payer pour l'éducation de Radha. Le mot qu'il m'avait envoyé m'avait surprise. Il affirmait espérer que ma sœur continuerait d'étudier Shakespeare. J'avais accepté cette piètre excuse, même si Radha méritait mieux. Toutefois, j'avais exigé qu'il paie les frais de scolarité de manière anonyme, ne voulant plus avoir le moindre contact avec lui. Et puis, je préférais que Radha n'ait plus de raison de communiquer avec les Singh.

Jay Kumar était au courant pour cet arrangement financier, mais ignorait ce qui l'avait motivé et, quand je le lui avais expliqué, il n'avait posé aucune question. Il semblait se focaliser uniquement sur notre avenir commun. Dans ses lettres (que j'avais reçues fréquemment), il m'avait expliqué ce qu'il apprenait sur les peuples des montagnes et leurs remèdes séculaires.

Une partie du buisson de rhododendron, me disent-ils, sert à soigner les mollets enflés. En as-tu entendu parler ? Hier, une vieille femme gaddi a apporté un bol de sik (fabriqué avec le fruit séché de l'arbre neem) pour une de nos femmes de ménage qui est enceinte. Elle dit que cela permet de garder la santé avant et après l'accouchement. Par curiosité, j'en ai goûté – à la grande joie des deux femmes !

L'idée de Jay Kumar mangeant de la bouillie destinée à une femme enceinte me fit sourire.

Tous les jours, on me demande quand tu arrives. Il y en a beaucoup qui se souviennent de toi de l'époque du dispensaire. Tu leur as fait forte impression – dans le bon sens du terme –, à en juger par la façon dont ils parlent de toi. Tout comme moi, ils sont impatients de te revoir.

À très bientôt,
Jay

Le sifflement du train me ramena au présent.

— On est arrivés ! s'écria Malik en bondissant de son siège avant même que le train ne se soit immobilisé.

Je rangeai la lettre dans mon sac à main. Radha et Malik rassemblèrent nos affaires. Le train ralentit et, alors que nous suivions la courbe de la montagne, j'aperçus la gare ferroviaire de Shimla.

Jay Kumar était le plus grand des hommes sur le quai. Il portait sa veste blanche par-dessus un col roulé vert ; il était probablement venu directement de l'hôpital. Le vent de l'Himalaya balayait ses boucles de-ci de-là. C'était drôle, j'avais oublié les mèches de gris qui lui parsemaient les cheveux. Ou sa manière de se tenir la tête penchée sur le côté, comme s'il écoutait quelque chose d'important.

Lorsqu'il me repéra à la fenêtre, son regard accrocha le mien et son expression changea – un lent sourire de reconnaissance. Je remarquai, aussi, le gris argenté de ses yeux. Pour une fois, il ne se détourna pas.

Je sentis le rouge me monter aux joues, mon cou s'enflammer.

Radha me tapota le bras.

— *Jiji*, regarde !

Je remarquai alors la foule de gens massée à côté de lui, leurs jupes en laine de couleur vive, leurs *topas* brodés, leurs chemisiers colorés. Il y avait la femme à qui j'avais recommandé de l'ail et du melon amer quand sa grossesse lui avait provoqué de sévères indigestions. Elle tenait son nouveau bébé, fièrement, dans le creux du bras.

Sur sa droite se trouvait la grand-mère qui souffrait d'arthrite et qui, souriant de toutes ses gencives édentées, tenait les rênes de sa mule.

Et par là-bas… le berger ! Jay m'avait écrit que, grâce au régime que j'avais suggéré, il n'avait pas eu à se faire retirer le goitre. Il leva la main pour me saluer en plissant les yeux de plaisir.

À des milliers de kilomètres du petit village où j'avais commencé, je me sentais enfin chez moi.

Derrière nous, dans sa cage, Madho Singh cria encore :

— *Namaste!* Bonjour ! *Welcome!*

Glossaire

Aam panna : boisson rafraîchissante à la mangue
Accha : d'accord, très bien
Almirah : placard en bois pour ranger les vêtements
Aloo : pomme de terre
Aloo tikki : galette épicée à la pomme de terre
Angrezi : personne anglaise, désigne les personnes blanches dans leur ensemble
Anna : petite pièce équivalant à un seizième d'une roupie ; n'est plus utilisée aujourd'hui
Arré, *Arré Baap* ou *Baap re Baap* : bon sang !
Atta : pâte à base de farine
Baap re baap : bon sang !
Badmash : vaurien, fripouille
Bawchi : graine pressée à froid afin de produire une huile ayurvédique à appliquer sur la peau et les cheveux
Beedi : cigarette indienne brune et en forme de cône, bien moins chère que celles de marque anglaise
Bhagwan : Dieu
Bhaji : légume plongé dans une pâte à base de farine et frit ; sorte de beignet
Bheta : mon fils ; également un surnom affectueux pour un jeune garçon ou un homme plus jeune
Bheti : ma fille ; également un surnom affectueux pour une jeune fille ou une femme plus jeune
Bilkul : extrêmement, absolument

Bindi : petit point rond appliqué sur le front à l'aide d'une poudre vermillon, représente le statut marital
Boteh : issu du mot perse signifiant « feuille » et désignant un motif cachemire
Brahmi : plante utilisée pour stimuler l'esprit
Bukwas : absurdités
Bulbul : oiseau chanteur d'Asie et d'Afrique
Burfi : dessert à base de lait, parfois avec diverses noix
Burri nazar : mauvais œil ou regard malveillant
Caste : pendant des siècles, les Indiens se sont conformés à une structure de classe socio-économique rigide qui a divisé les gens selon leur naissance en quatre ou cinq groupes (le nombre est discutable) : les brahmanes (les prêtres et les enseignants), les ksatriyas (les guerriers), les vaishyas (les marchands), les shudras (la classe des domestiques) et les intouchables
Chaat : en-cas salés, préparés à la commande, qu'on trouve sur des étals de marché
Chaï : thé chaud
Chaï-*walla* : personne qui vend du thé chaud
Chameli : jasmin indien
Champa : fleur parfumée souvent utilisée dans la fabrication de parfum et d'encens
Chapatti : pain rond, plat et sans levain
Charanna : personne qui gagne quatre *annas*, sorte de petite monnaie
Charpoy : lit indien traditionnel au cordage tressé
Chole : pois chiches cuits et épicés
Choti behen : petite sœur
Chowkidar : portier, gardien
Chunni : foulard couvrant la tête d'une femme
Chup-chup : chut
Chura : bracelet
Coriandre : plante populaire utilisée dans la cuisine indienne

Curcuma : épice de couleur orange vif, habituellement sous forme de poudre
Dal batti : boulettes de blé cuites qui accompagnent généralement un *dal* (soupe de lentilles)
Dalit : un intouchable
Devdas : play-boy
Dhoti : bout de tissu rectangulaire, sans couture, généralement blanc, de cinq à sept mètres de long, que les hommes s'enroulent autour de la taille et des jambes ; quand il a cessé de porter des costumes, le Mahatma Gandhi portait toujours un *dhoti* afin de soutenir les coutumes indiennes plutôt qu'anglaises
Diya : lampe à huile faite en argile
Doodh-walla : laitier
Frangipanier : arbre donnant des fleurs au parfum très sucré ; connu dans d'autres parties du monde sous le nom de « plumeria »
Éventail *khus-khus* : fabriqué en vétiver, cet éventail est tout d'abord humidifié pour libérer un parfum rafraîchissant lorsqu'on l'agite
Gajar ka halwa : dessert à base de carottes râpées
Ghasti ki behen : sœur d'une prostituée
Ghazal : ballade, souvent sur le thème de l'amour
Ghee : beurre clarifié ou dont on a retiré l'eau
Gobi : chou-fleur
Goonda : truand
Gopi : fille qui s'occupe d'un troupeau de vaches
Gori : fille à peau blanche ; également un nom de femme (les fonctionnaires anglais étaient appelés *Gora Sahibs* pendant la domination britannique, ce qui signifiait « maîtres blancs »)
Griha Pravesh : pendaison de crémaillère
Gymkhana : lieu où se déroulent des sports de compétition
Hahn : oui

Hai Ram: Mon Dieu!
Jalebi: dessert frit de couleur orange nappé d'une épaisse eau sucrée
Jeera: graines de cumin
Jharu: balai
Ji: marque de respect. Ajouter «*ji*» après le nom de la personne à qui l'on s'adresse (par exemple: Ganesh-*ji*, Gandhi-*ji*) leur témoigne respect et déférence
Jiji: grande sœur
Juey: puces
Kajal: même chose que du khôl, crayon de contour des yeux noir
Kathak: forme de danse populaire très dynamique aux racines anciennes
Khadi: étoffe tissée à la main, souvent en coton; après que les Anglais ont détruit les filatures indiennes pour vendre des tissus anglais aux Indiens, Gandhi a incité ses compatriotes à boycotter les marchandises anglaises en produisant et en utilisant de l'étoffe *khadi* pour les saris et *dhotis*
Kheer: dessert semblable à un riz au lait
Kicheri: plat de riz et de lentilles qu'on sert souvent aux enfants
Kofta: boulettes à base de pommes de terre ou de viande
Khôl: même chose que le *kajal*, crayon de contour des yeux noir
Koyal: oiseau de la famille des coucous, connu pour ses chants magnifiques; souvent appelé rossignol d'Inde
Kulfi: crème glacée
Kundan: bijou fabriqué avec des gemmes et diamants non taillés montés sur de l'or fondu très raffiné; tirerait ses origines des cours royales du Rajasthan
Kya: Quoi? Qu'est-ce qu'il y a?
Kya ho gya: Qu'est-ce qui s'est passé?

Laddus : boulettes cuites à base de lentilles sucrées, de pois chiches broyés ou de farine de blé complète
Lakh : unité dans le système de numération indien équivalant à 100 000
Lassi : boisson populaire à base de yaourt et souvent mélangée à de la pulpe de mangue
Maang tikka : bijou porté sur le front d'une femme
Maderchod : saloperie
Maharadjah : roi le plus puissant d'une région
Maharani : épouse d'un maharadjah ; reine la plus puissante de la région
Malish : masseuse
Mala : collier
Mandala : forme circulaire souvent dessinée à des fins cérémoniales
Mandap : scène couverte érigée spécifiquement pour les mariés et le *pandit* qui célèbre leur union
MemSahib : façon respectueuse de s'adresser à une dame
Mirch : piment rouge
Mutki : contenant en argile permettant de garder de l'eau au frais
Nahee : non
Namaste : salutation indienne populaire faite en joignant les deux paumes devant la poitrine
Namkeen : en-cas salé, souvent frit
Nautch : danse
Nawab : noble musulman
Neem : le *neem*, ou margousier, est un type d'arbre vert utilisé à toutes sortes de fins médicinales
Nimbu pani : citronnade sucrée
Noix de bétel : également appelée noix d'arec, connue pour ses légers effets stimulants, fruit du palmier à bétel
Paan : Feuille de bétel fourrée avec du tabac et une pâte aux noix de bétel, vendue partout

Pakora : en-cas salé frit, souvent fourré avec un seul légume comme un oignon ou une pomme de terre
Pallu : extrémité décorée d'un sari censée être portée sur l'épaule
Pandit : enseignant, prêtre
Paneer : fromage frais fabriqué à la maison avec du lait caillé
Pani : eau
Paisa : pièce de monnaie équivalant à un centième d'une roupie
Pilao : riz parfumé, souvent accompagné de légumes
Piyaj : oignon
Puja : culte divin
Pukkah Sahib : un vrai gentleman
Purdah : ancienne pratique dans certaines communautés hindoues et musulmanes où hommes et femmes vivent séparément
Puri : pain rond et frit
Pyjama : bas (pantalon) d'un ensemble *kurta pyjama* pour homme
Rabri : dessert crémeux à base de lait
Rasmalai : dessert à base de lait et de crème
Raita : condiment à base de yaourt et de concombres servant à rafraîchir le palais après un plat épicé
Rickshaw-*walla* : personne qui pédale pour faire avancer le rickshaw
Roti : pain plat et rond fabriqué avec du maïs ou du blé complet
Rudraksha : arbre dont les graines servent à fabriquer les chapelets hindous
Roupie : monnaie indienne
Sahib : manière respectueuse de dire « monsieur »
Saali kutti : salope
Saas : belle-mère (également *saasuji*)
Sadhu : homme saint

Saharienne : tee-shirt blanc porté sous une chemise d'homme à manches longues ou mi-longues
Salaam : salutation, en arabe
Salla kutta : sale chien, expression dénigrante
Salwaar-kameez : ensemble tunique et pantalon porté surtout par les filles et jeunes femmes dans les années 1950 ; aujourd'hui, les jeunes filles et les femmes plus âgées le portent parfois par effet de mode
Samosa : en-cas salé frit, souvent fourré de pommes de terre, d'épices et de petits pois
Sangeet : chanson que tout le monde connaît
Sari : habit communément porté par les femmes, de cinq à huit mètres de long
Sev puri : aliment de restauration rapide salé et frit
Shabash : Bravo ! Bien joué !
Sharab : alcool
Subji : n'importe quelle sorte de curry aux légumes
Tabla : instrument semblable à un tambour auquel on joue avec les doigts et les paumes
Tatie : manière respectueuse et affectueuse de s'adresser à une femme plus âgée
Tiffin : contenant en acier inoxydable avec plusieurs récipients qui s'emboîtent les uns dans les autres
Tikka : marque sur le front faite avec une pâte odorante telle que du bois de santal ou du vermillon
Titli : papillon
Tonga-walla : homme qui conduit une cariole tirée par un cheval
Topa : chapeau ou couvre-chef
Tulsi : plante sacrée censée avoir des propriétés curatives pour toutes sortes de maux
Tonton : manière respectueuse et affectueuse de s'adresser à un homme plus âgé

Vata : concept fondamental des forces énergétiques du corps dans la tradition ayurvédique
Zamindar : propriétaire terrien dont les métayers travaillent la terre
Zaroor : absolument, certainement

L'histoire du henné

Pendant plus de cinq mille ans, le henné (ou *mehendi*) a servi à décorer les corps. Dans les climats chauds de l'Inde, du Pakistan, de la Chine, du Moyen-Orient et de l'Afrique du Nord, la plante appelée *Lawsonia enermis* abonde et peut atteindre jusqu'à un mètre cinquante de hauteur. Cette plante, dont on broie les feuilles, fleurs et brindilles pour fabriquer de la poudre à henné, est facile à trouver et peu onéreuse.

Mélangée à de l'eau, du sucre, de l'huile, du citron ou d'autres ingrédients, la poudre prend une couleur plus intense et ses propriétés médicinales et guérisseuses augmentent. Le henné rafraîchit le corps par temps chaud et protège la peau du dessèchement. En Inde, les hommes comme les femmes appliquent du henné à la place de colorations chimiques sur leurs cheveux gris, où il a un effet tout aussi apaisant. Il est courant dans certaines cultures de plonger les mains et les pieds tout entiers dans du henné pour rester au frais.

Souvent associé aux mariages et préparations nuptiales, le henné sert aussi à d'autres occasions significatives : fiançailles, anniversaires, jours fériés, fêtes religieuses, cérémonies de baptême et autres. Les Égyptiens antiques l'appliquaient sur les corps avant la momification. Dans le sud de la Chine, on en use lors de rites érotiques depuis trois cents ans.

Aujourd'hui, les tatoueurs de henné continuent de créer des motifs de plus en plus élaborés, complexes et uniques même en l'absence d'une occasion particulière. La capacité d'un tatoueur à personnaliser le dessin selon l'individu, quel que soit son emplacement géographique, a permis à l'art du henné de transcender les cultures, ethnies ou croyances religieuses.

Recette de Radha pour la pâte de henné

Tout d'abord, il faut faire sécher les feuilles, fleurs et tiges de la plante de henné avant de les réduire en poudre. On retire les parties dures, comme les nervures. Le broyage en lui-même libère l'agent liant, de sorte qu'une fois que la poudre est mélangée à de l'eau chaude, la pâte qui en résulte colle plus longtemps à la peau et le parfum végétal frais persiste.

Plus la couleur du henné est sombre, plus le motif tiendra longtemps. Des éléments acides tels que du jus de citron, du vinaigre ou du thé noir fort aident à intensifier la couleur du henné, qui passera d'une teinte ambrée à un marron plus foncé. Il en va de même pour les huiles de tea-tree, d'eucalyptus, de géranium, de giroflier ou de lavande, qui ont la capacité de lier le colorant à l'épiderme. Nos paumes et voûtes plantaires, où notre peau est la plus épaisse, sont les zones qui absorbent le mieux le henné.

Une fois la pâte mélangée, laissez-la reposer six à douze heures dans un endroit sombre et frais avant de l'appliquer.

Pour éviter que le henné ne sèche ou tombe avant que la couleur ait eu le temps de prendre, pulvérisez un mélange de sucre et de citron (ou ajoutez du sucre à la pâte avant l'application). N'utilisez que des sucres naturels, comme des jus non acides de mangue et de goyave, qui ajoutent aussi à la couleur et à l'intensité. Plus vous mettrez de jus de fruits, moins vous devrez mélanger d'eau à la pâte.

La personne tatouée ne devra pas se laver les mains sitôt la pâte écaillée. La chaleur aidera le motif à tenir plus longtemps, massez donc la peau aussitôt après avec de l'huile de lavande ou de giroflier. En quelques jours, la couleur s'assombrira en passant d'un orange clair à un marron-roux. (Pour cette raison, la porteuse de henné devrait se faire tatouer quelques jours avant une occasion particulière, quand le motif sera le plus beau).

Le système des castes en Inde

Le système de castes indien est compliqué et difficile à expliquer. Il a commencé mille ans avant Jésus-Christ dans le but de scinder la société en quatre catégories professionnelles distinctes, et compte aujourd'hui plus de trois mille castes et vingt-cinq mille sous-castes.

Certains croient que les quatre castes d'origine ont été créées à partir du corps de Brahma, le dieu de la création. De sa tête sont sortis les brahmanes, qui ont reçu le rôle de prêtres, éducateurs et intellectuels. De ses bras, les ksatriyas, les guerriers et dirigeants ayant pour charge de protéger la populace. Les vaishyas, ou négociants, qui géraient des commerces et prêtaient de l'argent, seraient sortis de ses cuisses. La quatrième caste, les shudras, représentait les travailleurs des champs et les domestiques ; ils provenaient des pieds de Brahma.

Les dalits, ou intouchables, étaient privés de tout rôle dans le système de castes et travaillaient comme bouchers, balayeurs et nettoyeurs de latrines, tanneurs de cuir ; ils s'occupaient aussi des morts. Les enfants héritaient de la caste de leurs parents.

Les Moghols, qui régnèrent sur l'Inde pendant une bonne partie des XVIe et XVIIe siècles, conservèrent le système de castes indien. Plus tard, les Anglais trouvèrent cette tradition commode pour asseoir leur domination coloniale.

Avec l'indépendance de l'Inde en 1947 s'imposa une nouvelle constitution qui interdisait les discriminations fondées sur les castes et qui reconnaissait que le système avait injustement accordé des privilèges à certains, tout en les refusant à d'autres.

Malheureusement, il fallut plusieurs décennies, et plus d'une manifestation dalit, pour que l'Inde apporte des « réserves » considérables (proches des mesures de discrimination positive que nous connaissons) permettant aux dalits d'être admis dans des universités et de décrocher des emplois dans le secteur public.

Le système des castes continue de jouer un rôle important dans les mariages arrangés, préparations culinaires et célébrations religieuses. Une union entre castes peut ternir la réputation des deux familles impliquées et a souvent pour conséquence d'ostraciser le couple. Certaines castes refusent de manger de la viande tandis que d'autres y tiennent. Certes, les Indiens se montrent tolérants envers les pratiques religieuses qui diffèrent des leurs, mais chaque caste continue de pratiquer ses propres rites religieux.

Ce système s'ancrant profondément dans la culture indienne, et ce depuis des milliers d'années, il va falloir du temps aux Indiens pour se débarrasser de croyances de longue date en ce qui concerne les pouvoirs, privilèges et restrictions des castes. Grâce aux réseaux sociaux, cette population est désormais plus exposée au monde occidental, ce qui modifie certaines de ces croyances. De même, les opportunités croissantes en matière d'éducation et de carrière qui s'offrent aux femmes et aux castes inférieures ont permis de défier de nombreux tabous. Malgré tout, des systèmes similaires continuent d'exister, non seulement en Inde mais aussi au Sri Lanka, au Népal, au Japon, en Corée, au Yémen, en Indonésie, en Chine et dans certains pays d'Afrique.

Recette de Malik
pour les boulettes batti

Repas authentique du Rajasthan, le *dal batti churma* est un plat copieux, à la fois sucré et salé, que l'on sert aux mariages et à de nombreuses autres cérémonies.

Le *dal* est un curry simple pouvant être cuisiné avec des lentilles vertes, jaunes ou noires aussi bien qu'avec des pois chiches séchés, et assaisonné avec du cumin, du curcuma, de la coriandre, des piments verts, des oignons, de l'ail et du sel. Il existe autant de recettes pour les *dal* que pour les *chapattis*.

La *batti*, boulette de farine de blé complet qu'on fait cuire dans un feu de charbon ou dans un four, accompagne le *dal*. On peut les servir entières pour les plonger dans le *dal*, ou écrasées et mélangées avec du sucre ou du *jaggery* pour fabriquer le dessert sucré *churma*.

Vous trouverez ci-dessous la recette des boulettes *batti*, que Malik fait frire dans du *ghee* mais qu'on peut aussi mettre au four pour un plat plus sain.

INGRÉDIENTS :

Farine de blé complète : 2 tasses
Graines de fenouil : 2 cuillères à café
Sel : 2 cuillères à café

Ghee fondu (ou huile de colza) : 4 cuillères à café (plus, si les *batti* sont frites)

Yaourt entier : ¼ de tasse (pas de yaourt allégé)

Eau tiède : 2 cuillères à café

PRÉPARATION :

Faire préchauffer le four à 180 °C.

Ajouter à la farine complète les graines de fenouil, le sel et le *ghee* ou l'huile et bien mélanger.

Incorporer l'eau au yaourt jusqu'à obtenir une consistance lisse. Ajouter au mélange de farine.

Pétrir la pâte jusqu'à ce que toute la farine soit bien incorporée. Elle devrait être ferme, comme une pâte à biscuit, pas à gâteau.

Faire rouler la pâte entre ses paumes pour former des boulettes de 4 centimètres.

Disposer les boulettes *batti* sur une plaque de cuisson en les espaçant de 5 cm et enfourner pendant 15 minutes. Les boulettes devraient être d'un brun doré sur le dessous. Les retourner pour 15 minutes de plus afin de cuire l'autre côté.

Déchirer une boulette pour s'assurer qu'elle est cuite de part en part.

Servir avec du *dal*.

POUR 4 PORTIONS

Recette du palais
pour le rabri royal

Dessert facile à préparer, le *rabri* est crémeux, généreux et sain. Certes, la préparation est longue, mais elle en vaut en la peine. Lisez un livre pendant que vous remuez – pourquoi pas celui-ci !

INGRÉDIENTS :

Lait entier : 10 tasses
Crème à fouetter épaisse : 2 tasses
Sucre : 4/5 d'une tasse
Graines de cardamome, broyées : 1 cuillère à café
Tranches d'amandes effilées grillées : 2 cuillères à soupe
Safran : 6 stigmates
Essence de rose ou de *kewra* (optionnel) : 1 cuillère à café

PRÉPARATION :

Mélanger le lait et la crème dans une casserole profonde. Faire bouillir pendant 2 heures à feu doux tout en remuant sans discontinuer. Racler la crème qui s'accumule sur les côtés de la casserole et la remettre dans la préparation. Ne pas laisser le lait brûler.

Réserver 2 cuillères à soupe de lait chaud dans un bol et y tremper les stigmates de safran.

Ajouter le sucre au contenu de la casserole.

Une fois que la préparation à base de lait est crémeuse et a réduit de moitié, retirer la casserole du feu. Laisser refroidir.

Incorporer le safran, l'essence de rose, les graines de cardamome pilées et les amandes à la préparation.

Mettre au frigo pendant 4 heures.

POUR 10 PORTIONS

Remerciements

J'ai écrit ce roman pour ma mère.

Sudha Latika Joshi avait conclu un mariage arrangé à dix-huit ans et était mère de trois enfants à vingt-deux ans. Elle n'a jamais eu la chance de choisir avec qui, ni quand elle allait se marier, si elle avait envie ou pas d'avoir des enfants, de poursuivre ses études ou de réfléchir à ce qu'elle allait faire de sa vie. Mais elle a veillé à ce que ces choix s'offrent à moi.

Dans le roman, je réinvente son existence – sous les traits de Lakshmi, la tatoueuse de henné qui s'est forgé sa propre vie. Chaque jour, je remercie ma remarquable mère pour son amour à toute épreuve, sa ténacité et son absolu dévouement envers mes frères et moi. Sans elle, ce livre n'aurait jamais pu voir le jour.

Mon père, Ramesh Chandra Joshi, dont le remarquable parcours d'humble villageois à ingénieur globe-trotteur ne cesse jamais de me stupéfier, a accueilli ce roman avec enthousiasme dès le début. Il m'a raconté l'Inde de sa jeunesse à la suite du Raj britannique et le rôle qu'il a joué dans la construction de la nouvelle Inde. Ses souvenirs m'ont aidée à mieux comprendre l'euphorie de la post-indépendance que j'ai intégrée à l'histoire. Papa a lu des premières versions du roman et a demandé à des amis indiens de relire les brouillons et de partager leurs propres expériences. Toute erreur dans la narration m'appartient.

Je dois aussi mille remerciements à Emma Sweeney de l'Emma Sweeney Literary Agency, qui est tombée amoureuse de ce livre il y a tant d'années et qui ne l'a pas lâché tant qu'il n'a pas été prêt à être révélé au monde. Et mille autres mercis à la responsable des acquisitions de MIRA Books Kathy Sagan, ainsi qu'à l'équipe extraordinaire chez HarperCollins : Loriana Sacilotto, Nicole Brebner, Leo MacDonald, Heather Connor, Heather Foy, Margaret Marbury, Amy Jones, Randy Chan, Ashley MacDonald, Erin Craig, Karen Ma, Irina Pintea, Kaitlyn Vincent, Roxanne Jones et Laura Gianino. Vous assurez !

À Anita Amirrezvani, véritable mentor dont les romans m'ont incitée à écrire une histoire se déroulant dans un autre temps, un autre lieu et une autre culture, j'exprime toute ma reconnaissance.

Les premiers lecteurs qui ont aidé ce livre à chanter sont Tom Barbash, Janis Cooke Newman, Aimee Phan, Lanny Udell, Sandra Scofield, Robert Friedman, Samm Owens, Bonnie Ayers Namkung, Ritika Kumar, Shail Kumar, Grant Dukeshire, AJ Bunuan, Mary Severance et ceux avec qui j'ai participé à l'atelier CCA MFA.

Mes frères, Madhup Joshi et Piyush Joshi, ont lu des brouillons du roman et m'ont encouragée à poursuivre. Ma mère et moi nous sommes rendues plusieurs fois à Jaipur après 2008, où nous avons logé dans la copropriété de Piyush. À Jaipur, j'ai interrogé des familles rajputs, des commerçants de la Ville rose, des femmes de mon âge et leurs filles, des enseignantes à l'école publique pour filles Maharani Gayatri Devi, des docteurs ayurvédiques et, bien sûr, des tatoueuses de henné. Je me suis exprimée dans des écoles et universités, j'ai dansé à de splendides mariages et j'ai bu de copieuses quantités de thé chaï.

J'ai aussi effectué des recherches sur les plantes médicinales, remèdes ayurvédiques et traitements d'aromathérapie ainsi que sur l'histoire du henné, la façon dont on le fabrique et la raison pour laquelle il revêt une telle importance dans la culture indienne. Je me suis plongée dans l'histoire des Anglais au Rajasthan, l'éducation des filles à cette époque, le système des castes et la façon dont il a affecté les existences de ceux qu'il définit.

En guise d'inspiration, j'ai lu des auteurs dont les œuvres évoquent une Inde des temps passés et présents : Kamala Markandaya, Ruth Prawer Jhabwala, R.K. Narayan, Anita Desai, V.S. Naipaul, Rohintin Mistry, Amitav Ghosh, Manil Suri, Chitra Banerjee Divakurani, Thrity Umrigar, Shobha Rao, Akhil Sharma et Madhuri Vijay. J'ai aussi lu de brillantes œuvres postcoloniales d'écrivains tels que Jamaica Kincaid, Chinua Achebe, Khaled Hosseini, Chimamanda Ngozi Adichie et Edwidge Danticat.

Pour finir – et comme toujours –, je remercie mon mari, Bradley Jay Owens, qui m'a dit que j'avais épousé un écrivain parce que c'était ce que j'avais toujours rêvé de devenir en secret. S'il ne m'avait pas donné cet encouragement en 1997, je ne me serais sans doute jamais inscrite à un atelier d'écriture, je n'aurais jamais décroché mon master, je n'aurais jamais eu la chance d'immortaliser ma mère de la façon qu'elle méritait. Mon cœur t'appartient, mon amour.

J'adore recevoir des nouvelles de mes lecteurs, alors si vous souhaitez me contacter, vous pouvez le faire sur le site www.thehennaartist.com ou me rendre visite sur Facebook (alkajoshi2019) et Instagram (@thealkajoshi).

Achevé d'imprimer en juin 2023
Par CPI Brodard & Taupin à La Flèche
N° d'impression : 3052056
Dépôt légal : octobre 2022
Imprimé en France
38122336-2